大城貞俊
未発表作品集　第三巻

私に似た人

インパクト
出版会

目次

私に似た人

◇

「かな子先生ですよね」

「いいえ違います」

「えっ？　かな子先生ではないんですか」

「はい、私は俊子です」

「母は、そんなふうに一人芝居をして、私に似た人がいるんだよって、とても喜んでいました。名前はかな子。きっと私の妹だよ。嬉しいねえ。妹は生きているんだよ」って。

恵子さんは少し涙目で母親俊子さんのことを話しだした。

私が、恵子さんを訪ねたのは新聞に掲載された「戦禍で不明の妹どこに」という記事を見つけたからだ。二〇一四年十二月二十四日の地元A紙の記事だ。俊子さんの微笑んだ顔の写真付きで、次のような記事である。

「私に似た人いる」情報耳に　サイパン引き揚げ者　与那原町の上原俊子さん

サイパンでの戦争を生き延びた与那原町在住の上原俊子さん（75）が、現地で生き別れになり、行方が分からない妹の行方を捜している。生死も不明だが、県内で似た人物に間違えられた経験が何度かあり、「もしかしたら妹では」と思い返した。「現在の名前も分からないが、生きていて欲しい」と強調。戦後70年の節目に、行方知れずのきょうだいへの思いを強くしている。

1943年のサイパン戦時に小学校3年生だった上原さんは両親ときょうだい五人の合わせて七人家族。きょうだいの中では最年長で、現地で生活していたが戦闘で両親と弟の3人を失った。

当時6歳の弟が末の妹の範子さん（43年6月5日生まれ）を背負い、俊子さんを含めて三人が米軍の捕虜となったが、収容所内で離され、妹のみ幼児専用の戦争孤児の病院に入れられたとみられる。その後の妹の安否は不明という。

上原さんは、戦後サイパンから沖縄に引き揚げ、養父母に育てられ、保育園園長に。ずっと末の妹は亡くなったと考えていた。

だが20年余り前、那覇市内の商店街で「名護（なご）中学で国語を教えていた先生ですよね」と女性二人に話しかけられた。

昨年も「神原中学で教えていましたよね」と教え子らしい女性に声をかけられたため「もしかしたら妹が生きて帰り、沖縄で暮らしているのでは」と思い始めた。

上原さんは、他人のそら似かもとしながら「学校でアルバムを見せてもらうなどしたが手がかりがつかめなかった。もし生きているなら、会って戦後どんな生活をしていたか知りたい」と話している。

問い合わせは上原保育園、電話０９８（７６５）４３２１。

恵子さんは笑顔を浮かべて私に話し続けた。

「母はとても嬉しそうでしたよ。自分に似ている人がいるってことがね。嬉しさのあまり、何度も、お仏壇に手を合わせ、両親に報告していました

「妹が生きているんだよ、私も頑張って生きてきてよかった。私は幸せ者だよ」って。

恵子さんは、上原俊子さんの一人娘だ。

私は持参した新聞のコピー記事を広げる。新聞の俊子さんの写真に目をやる。やや細面の顔に眼鏡を掛け、まなじりの下がった目元から柔和な笑みがこぼれている。

目の前の恵子さんも、お母さんの俊子さんとよく似ている。「かな子先生」もこんな顔だったのだろうか。

私は顔を上げ、園長室に飾られた写真を見た。俊子さんが恵子さんに似ているのかな。思わずそ

んな思いが沸いてきて苦笑した。

私は姿勢を正し、再び恵子さんの話に耳を傾けた。恵子さんの家族のことを思い、私の家族のことを思い浮かべた。私の両親はサイパンではなくパラオからの引き揚げ者だ。

◇

私は宜野湾（ぎのわん）市の嘉数（かかず）に住んでいる。私の家の背後に嘉数高台公園がある。嘉数高台公園の展望台からは米軍の普天間基地が見渡せる。私の家は、嘉数高台公園から普天間基地を結ぶ直線上の真下にある。ちょうど滑走路に向かって低空飛行してくる米軍機の進入路になっている。家の真上をオスプレイやヘリコプターが頻繁に飛ぶ。娘たちが幼いころは、ヘリコプターやジェット機の爆音に昼寝をしているのを起こされ、身を引きつらせて泣きだしたこともある。今はオスプレイの爆音に悩まされている。

嘉数高台公園は、現在は公園として整備されているが、沖縄戦では嘉数高地と呼ばれ、日米の兵士たちが死闘を繰り広げた激戦地である。トーチカや陣地壕跡が今も生々しく残っている。

嘉数高地の争奪をめぐっての攻防は一九四五年四月八日から十六日間に渡って行われた。この戦いは沖縄戦最大級の戦闘の一つとして知られるほどの激戦であった。日本軍は斜面に生い茂る木々の中に陣地を構築して迫り来る米軍に頑強に抵抗した。嘉数高地での戦いは凄惨を極め、米軍からは「死の罠」「忌(いま)わしい丘」などと呼ばれたようだ。

米軍は、一九四五年四月一日に、読谷(よみたん)、嘉手納(かでな)、北谷(ちゃたん)の海岸に上陸する。海を埋め尽くした千五百もの艦船、十八万の兵員、沖縄戦はアイスバーグ作戦と呼ばれ、後方支援部隊を含めると五十四万人という太平洋戦争最大規模の作戦であった。

上陸して順調に進んできた米軍は、ここ嘉数高地で最初の大規模な日本軍の猛反撃に遭ったのだ。

日本軍は、嘉数高地にトーチカを構えトンネル陣地を構築した。正面の比屋良(ひやら)川も作戦の重要なポイントで、両岸は断崖である。その川に架かる橋を、敵の戦車の進撃を誘導する意味から敢えて破壊しなかった。その罠にはまった米軍は一日で二十二台の戦車を失ったと言われている。

四月九日アメリカ軍は歩兵三八三連隊第一大隊と第三大隊が午前六時、嘉数陣地北側に奇襲攻撃をかける。日本軍との間で熾烈な白兵戦が始まる。日本軍は機関銃での反撃を開始、白兵戦は一説によると二時間余りにも及んだという。

四月一〇日、アメリカ軍は前日に引き続き攻撃に出る。日本軍は狙い定めた砲火によりこれに応戦。四月十二日、アメリカ軍は、航空攻撃の支援のもとに第九六師団での総攻撃を行う。高台を有効に利用した日本軍側は果敢に反撃を続けるが、物量の面では戦力に歴然とした差があった。

アメリカ軍側は戦力を増強、戦車も続々と投入する。日本軍側は砲弾の補充もないままの日々が続く。やがて形勢はアメリカ軍側有利に展開していく。沖縄に配備された三十二軍の首里司令部は、前線基地となる嘉数高地を突破され、南部への撤退を開始するのだ。

実は、私が新聞記事のことが気になったのは、勤めていた職場を退職後、戦争体験の「聞き書き」を開始していたからだ。私の住まいが沖縄戦での激戦地であった嘉数高地と米軍の普天間基地に挟まれてあったからだけではない。私の両親が俊子さんの家族と同じく、南洋諸島の一つパラオでの戦争体験者でもあったからだ。父や母はすでに他界し、パラオでの戦争体験を聞くことができない。また生前にも聞いたことがなかった。私の関心はそこに向かわなかったのだ。私は私にしか関心のなかった青春期を、今は恥じている。

幼くして両親に引き連れられてパラオに渡った二人の姉の体験は悲惨なものだった。先に渡っていた伯父家族に誘われてのパラオ行きであったが、父は現地で徴兵され猿のように痩せてパラオのジャングルの野戦病院で終戦を迎える。パラオで命を授かった長兄は、三歳の年にパラオで病死した。戦争中は戦乱に追われコロール島アイミリーキ村での母子の疎開生活だった。

父だけでなく、私の家族や親族も南洋の土地と関わりが多くあった。その一つに私の次姉の嫁ぎ先はフィリピンからの引き揚げ者である。嫁ぎ先の家族は、フィリピンで綿花栽培を営み平穏な暮らしを手に入れていたようだが、父親が徴兵されて戦死した。母子は父親の訃報を聞いた後、フィリピンのジャングルを飢餓と闘いながらさまよい生き延びたのだ。

また、私の伯父（母の姉のご主人）は、戸畑で徴兵されフィリピンで消息を絶った。フィリピンの町中を行軍している兵士の一群に伯父の姿を見たというのが生き延びた郷里からの移民者の証言だ。それが最後になった。伯父は遺骨のない戦死者だ。

　さらに、父の二番目の実兄は、海軍兵士で、台湾の基隆と長崎の佐世保を往還していた戦艦の乗組員であった。兵役中に三名の息子を遺して病で斃れた。また母の長兄も海軍兵士で、台湾沖で米潜水艦の魚雷攻撃を受けて乗船していた戦艦が沈没、筏にしがみついて漂流しているところを救助されたという。

　私の近しい親族には、九死に一生を得たこれらの体験があるのだ。沖縄の人々の戦争体験は、沖縄戦だけではない。満州でも、中国でも、東南アジアの諸島でも、多くの人々が生死の境をさまよい、地獄のような体験を味わったのだ。兵士のみならず民間人もである。そして多くは帰らぬ人となったのである。

　私の聞き書きへの関心は、沖縄戦だけではなく、外国の地での戦争、特に南洋諸島でのウチナーンチュの戦争体験へと膨らんでいたのである。

◇

　戦争体験の聞き書きは、親族へのインタビューから始めた。それから、ふるさとの人々へのインタビューへと移り、さらに新聞記事を検索し、掲載されている体験者を訪ねてのインタビューへと広がっていった。

新聞記事の中で、上原俊子さんの「私に似た人」以外の記事にも、強く心を惹かれた記事は多かった。

特に二〇一五年十二月二日から十二月十一日まで、地元沖縄タイムス社が掲載した連載記事には瞠目させられた。執筆者は法政大学沖縄文化研究所の加藤久子教授。この記事も私の聞き書きの作業を勇気づけてくれた。連載タイトルは「インド抑留という秘録　囚われた沖縄漁民の体験」だ。第1回の書き出しは次のように始まる。


糸満のウミンチュを中心とする沖縄漁民集団が、かつてインドに抑留されていたことを知る人は少ない。戦前からシンガポールやマレー半島、ビルマ（現ミャンマー）など、英領植民地に住んでいた沖縄の漁民を含めた3千人近い日本の民間人は、1941年12月8日の太平洋戦争開戦により「敵国人」となり、一網打尽に捕らえられたのだ。

そしてインドのニューデリーにあるプラナキラと呼ばれる古城の城壁内に集められ、各地の領事関係者はヒマラヤ山中のムスーリーに抑留された。（中略）さらに43年3月にはラジャスタン州の砂漠地帯にあったデオリ収容所に移送された。

イギリスの植民地であったインド北西部のラジャスタン州デオリの夏は50度に上る酷熱の地だ。敗戦を迎えてもなお拘束が続いた日本人収容所では、祖国の敗戦を信じない「勝ち組」と、英字新聞などで敗戦を知る「負け組」が対立、暴動へと発展する。ついに46年2月26日午後2時、勝ち組の暴動にイギリス当局が出動させたインド守備軍の発砲によって、沖縄の幼児を含む日本人19人が射殺された。

抑留者たちが重い体験を胸に、解放されたのは46年5月末のことであった。4年5か月に渡る苦難の歳月は顧みられることはなかった。独立前のインドには日本大使館もなく、この史実は秘録として歴史上からも消し去られるところであった。

先の大戦での痕跡は、国境を飛び越えて至る所に土地の記憶として残っていたのである。戦争のことを自明なことにしてはいけない。私たちの土地にも、また私たちの知らない南洋諸島の土地にも、犠牲者の無念の思いや体験者の悲しみの声が埋没しているのだ。それを掬い上げることへの思いは益々強くなった。ただ最も過酷な体験をした人々は死者たちであったのだという事実にも愕然とした。死者たちの声を聞き取る行為を思い浮かべながら、私は祈るように体験者の証言に聞き入った。

始めたインタビューの体験者の声は、どれも驚くものだった。ふるさとの村史で発見した金城トミさんの証言が気になり、訪問してインタビューを行った。この時の衝撃も大きかった。

「私の夫は南洋諸島のペリュリュー島での戦いで死にました。人間魚雷にされて戦死したんです」

「夫は正直者でしたからね……、嘘がつけなかったんですよ」

「ペリュリュー島に上陸してくる米軍に反撃するために、日本軍の守備隊が考え出した作戦だと言われていますがね、無謀な作戦ですよ。自殺命令ですよ。島を取り巻くリーフ（環礁）まで泳いで行ってですね、爆弾を抱いて身を隠して上陸してくる舟艇に爆弾を投げろというんですよ」

「沖縄の人は、ウミンチュが多いから泳ぎは達者だろう。手を上げろ、と言われて手を上げたら、こんな作戦に使われたというんです。村から徴兵された何名かは、身の危険を感じて手を上げなかったそうです。それで生き延びたんです。私の夫は手を上げたんです」

「私は正直者を偉いと思ったことは一度もありませんよ。沖縄の戦後は正直者には生きてこられませんでしたからね。戦果も……、あんた戦果って知っているねえ？　米軍からの窃盗品さ。これがなければ沖縄の人々は生きていけなかったんだよ」

「沖縄の戦後は何もありませんよ。食べ物もない。家もない。土地も奪われる。生きていくには米軍基地で働いて、米軍基地の物資を盗む以外になかったわけさ。みんな悪いとは思っていたけれど、仕方のないことだったさ」

「こんな話は、だれにもしたことがありませんよ。あんたが同じ郷里の者だから話すんだよ。あんたのお父もパラオ帰りでしょう。あんたのお父はコロールのジャングルで生き延び、私の夫はペリリュー島の海で死んだ。これも運命かねえ。運命と考えているさ」

金城トミさんは、もう九十歳に手が届く年齢だった。子や孫に囲まれて日々を過ごしていたが、サーターアンダギーを揚げて私を迎えてくれた。

久高正康さんは、シベリアから帰還した。南洋戦線ではなかったが貴重な体験を聞けると思い、これまで親しく話したことはなかったが郷里に住んでいる友人と一緒に正康さんを訪ねた。

正康さんは奥さんを数年前に亡くしていたが四人の子どもに恵まれた。上の三人は女の子、四人目が待望の男児だった。長女は東京で就職したが滋賀の男性と知り合い、滋賀に移って焼き物に関心を持った夫と共に三人の子どもに恵まれて暮らしている。次女と三女は那覇に住む男性に嫁いだ。

息子は絵画の才能に恵まれ、県立芸大を卒業後、期待されて東京へ出たが自殺した。美術界からは惜しまれた死だった。何度か県内や東京でも個展も開き、正康さんの自宅の壁に掛けられた絵や無造作に床(ゆか)に並べられた絵は、私にも才気があふれているように思われた。

正康さんは、奥さんを亡くしてからは、那覇よりも郷里がいいと、長年勤めていた自動車修理工場を辞め、郷里へ戻ってきた。先祖から譲り受けた土地に家を建て、一人住まいの暮らしを続けている。時々、次女と三女の家族が様子を見に訪ねてくることがあるようで、このことを楽しみにしているという。

正康さんは初対面の私に、親しげに身の上話を始めた。老いた身体を少し前に折り曲げながら、自ら淹れた茶を勧め、私が持参した菓子を開いてテーブルに置いた。八十歳を優に越えていると思われたが、記憶をたぐり寄せるように話してくれた。

正康さんは、これまで戦争体験はだれにも話したことはなかったという。最初は戸惑っていて家族の話を始めていたのだが、次第にシベリアの記憶を甦らせていた。その様子が私にもよく分かった。

シベリアからは、正康さんと一緒に郷里から出征した友人の与那城松三さんと共に生還したという。私の問いに、正康さんは自分のことを話すよりは、友人の松三さんのことを多く話した。私はそれでもいいと思い、あえてその話を遮らなかった。

「シベリアは、とても寒い所でしたよ。生きて帰れたのが不思議ですよ。ダワイ、ダワイ（急げ！）とロシア兵に追い立てられて、毎日のノルマが課せられた作業に出かけるんですよ。それも食事はパン一切れです。戦友はバタバタ死んでいきましたが、戦友の死を毛布をかぶせて隠して、パンの配給を奪い合ったんですよ。目を光らせてね、家畜以下でしたよ」

「主な作業は大木の伐採と、地下に大きなパイプを通す坑道を掘ることでした。なんのためのパイプかは分かりませんでした。目的の分からない作業です。ただ、そのために二、三メートルも深く穴を掘るんですが、その深い坑道が湯気を立てて凍るんですよ。だから、たぶんパイプは地上ではなく地下に埋めたんでしょうねえ」

「私と松三は、示し合わせて国が募集した満州開拓団に応募したんです。わが故郷は貧しい半農半漁の小さな村でしたからね、二人一緒に夢を見たんです。でも、開拓どころか、すぐに戦争に駆り出されました。可愛い嫁さんをもらう夢も、全く叶いませんでした」

「満州の戦いも悲惨でしたが、思い出すのはシベリアで抑留された二年間のことが多いですね」

「松三は死んでしまいましたが……、あんたは、松三のことを知っているか？」

「そうか知らないか。あんたが生まれる前だったのかな、松三が自宅で首を括ったのは」

「松三は、耐えきれなかったんだ。生きて帰ってきた戦後にな……」

「ロシア兵だけではないよ暴力を振るうのは……。友軍の上官たちが戦場の規律のままで暴力を振るうんだよ。年長者であろうと部下のようにこき使って身の回りの世話をさせていた」

「上官は下っ端の兵士から、体力のある者は弱い者から、食べ物や金品を強奪したんだ。金品はロシア兵への賄賂だよ」

「松三は上官からも、また体力のある者からもいじめられた。狙い撃ちされたんだ」

「松三はロシア兵からの思想教育にも耐えられなかった。要するに戦争に耐えられなかったんだ。松三は心優しい男だったからねえ、戦争の記憶にも耐えきれなかったんだ」

「引き揚げてきて、ずっと自宅の裏座に引き籠もっていた。気が狂っていたんだ。もちろん見舞い客もいないさ。私が時々訪ねて励ましていたんだが、裏座の梁に首を括って死んでいるのを、私が発見したんだ。痩せこけていてね、羽を毟られた鶏がぶら下がっているようだった」

「松三が死んだから、私も那覇へ出て、仕事を探したんだよ」

「戦後七十年余り、いろいろなことがあったが、戦争のことは話したくないな。銃を持って人を撃ち殺した話など、だれも思い出したくないさ。戦争のことを話している人たちは、人を殺さなかった人たちだな。殺した人は話さないし、殺された人たちは、話もできないからな」

「私は、ゲートボールが趣味だよ。そろそろ時間だ。ゲートボールの時間だよ。もうおしまいにしよう。いいかな」

私にもこれ以上の話を聞くのは辛かった。仏壇に飾られた奥さんと息子さんの遺影に香を焚いて手を合わせ、お礼を述べて正康さんの家を辞去した。私も、案内してくれた友人も、感想を述べ合うこともできなかった。

◇

恵子さんと会う前に、新聞に掲載された上原俊子さんの連絡場所へ電話をした。七年前の新聞記事だから、あるいは番号は不通になっているのではないかと気にしながらの電話だったが、意外とすぐにつながった。

「はあい、上原保育園で〜す」

幼い声だった。驚いた。大人が受話器を取ってくれると思っていたので少し慌てた。「上原保育園で〜す」というので、俊子さんと関係のある保育園に間違いはない。気を取り直してもう一度尋ねる。

「上原保育園ですか？」

「はい、そうで〜す」

「えーっと、お嬢ちゃんのお名前は？」

「タナハラ　アユミで〜す」

ちょっと不安になる。

「上原俊子さんはご在宅ですか？」

「大きいおばあちゃんは亡くなったよ」

俊子さんが亡くなったことにも驚いた。七年前の記事には七十五歳とあったが、亡くなったのは、何歳になっていたのだろうか。持病をもっていたのだろうか。あるいはそういう年齢なのだろうか。大きいおばあちゃんだとすると受話器の相手はひ孫になるのだろうか。郷里の犠牲者のことが頭に浮かぶ。戦争体験者の記憶を途切れさせてはいけないのだ。改めて気を取り直してアユミちゃんに尋ねる。

「アユミちゃんは何年生ですか？」

「小学校の一年生です」

アユミちゃんは得意そうに答える。

だんだんと状況が分かってきた。その年齢だと受話器を取りたがるのだろう。大きいおばあちゃんの経営する保育園に遊びに来て傍らの受話器が鳴ったので手に取ったのだろう。

「小さいおばあちゃんはいますか？」

「ヘノコ」

「ヘノコ？　辺野古へ行ったの？」

そこで受話器は、アユミちゃんから保育園の保育士さんが替わってくれた。

「申し訳ありません。すぐに受話器を取れなくて」

保育士さんに丁寧に謝られて、こちらが恐縮した。急な電話で申し訳ないと謝り、用件を伝えると丁寧に答えてくれた。

小さいおばあちゃんの名前は恵子さん。恵子さんは辺野古の新基地建設反対の現地集会へ出かけたこと。保育園は、確かに上原俊子さんが創設したが、今は亡くなっており、娘の恵子さんと孫の棚原千恵美さんが運営していること、千恵美さんの娘さんが電話に出た歩美ちゃんで、千恵美さんは仕事で市役所へ出かけていることを教えてくれた。

私は、丁寧に礼を述べ、俊子さんの娘の恵子さんが仕事に就くという明日にでも、再度直接お電話をして私の意向を伝えたいと述べると、相手も承知してくれた。さらにこの旨を恵子さんに伝えておいてくれるとのことでお礼を述べて電話を切った。

私は改めて翌日、恵子さんへ電話をした。母親の俊子さんのことを詳しく聞かせてもらいたいとインタビューの依頼をすると、恵子さんは明るい声で答えてくれた。

「ご用件は分かりましたが、母でなく私で役立つことがあるかしら」

恵子さんの躊躇する言葉に、私は穏やかで誠実な人柄を思い浮かべながら、是非お願いしたいと、半ば強引に依頼した。

恵子さんは承諾してくれた。訪問する日時と場所をも示してくれた。

「明日にでもいらっしゃい。インタビューの場所は保育園の応接室でよろしいですか」

恵子さんの言葉に、私は喜んで出かけて行きますと返事をした。

翌日の午後二時、私は保育園を訪問した。恵子さんは予想どおり、明るく気さくな人で、私の質問にも快く答えてくれた。

「母は亡くなりました。あの新聞の記事に取り上げられてから四年後のことです。ですから、今からちょうど三年ほど前になります」

「この保育園は、母と父が日本復帰の年に開園した保育園なんです。二人とももう亡くなりましたが、私と娘の千恵美で引き継いだんです。私も娘も結婚し、上原姓ではないのですが、母と父の思いを引き継いで、そのまま上原保育園の名前を残しています」

「母は生き残った弟、私からすると叔父に当たりますが、健造叔父と一緒に、何度もサイパンを訪ねていました。サイパン墓参団の一員として、亡くなった両親や弟、そして妹、妹の名前は範子と名付けられていたようですが、その供養のためです」

「でも、母は新聞広告を出した数年前から、かな子先生と似ていると間違われることが多くなったと言うようになったんです」

「それで母は思ったんでしょうねえ。妹の範子は死んではいない。かな子として沖縄で生きているって。私に似たかな子先生は範子に違いないって。それから妹捜しが始まったんです」

「まず、かな子という名前を手がかりにしました。範子は、かな子に替わっていると思ったのです。別れた当時はまだ二歳の幼児でしたから、新たに養父母か乳幼児院で名前を付けて貰ったと考えたんですね」

「名前のあがった学校を訪ね、記念誌などに掲載された職員録などを見せてもらいました。また県教育庁へも出かけて行き、詳細を話し、協力をしてもらいました。実際に三名のかな子先生にもお会いましたが人違いでした」

「健造叔父は諦めましたが、母は諦めませんでした。健造叔父に替わって、私が母の妹捜しを手伝うようになったのです」

「父は、私が中学生のころに亡くなりました。私は一人娘です。子どももいます。父の死後、母と私で保育園を運営してきましたが、母の死後は、私と娘の千恵美と二人で頑張っています」

「あの記事は、健造叔父とも相談して新聞社へ広告依頼をしたのです」

「健造叔父は、これで俊子も諦めがつくだろうと言っていましたが、母にとっては決して諦めるための広告ではなかったのです」

　ここで、保育士がドアをノックして恵子さんへの電話を告げた。

　恵子さんは笑みを浮かべて中座した。私は立ち上がって恵子さんを見送った。

　私は恵子さんの話にうなずくことが多かった。応接室の壁に掛けられた保育園の創設者である両親の上原徳吉（とくよし）さんと俊子さんの額縁入りの写真を眺めた。

　母親の俊子さんの風貌は、やはりどこか恵子さんと似ているように思われた。眼鏡を掛けてふっくらとした頬。いつも微笑んでいるようなやや両端の垂れ下がったまなじり。輪郭のきりっとした顔。上下の整った唇……。

　初代の園長である父親の徳吉さんは軍雇用員であったが、解雇されたのをきっかけに、保育園を創設したという。小さくこぼした笑顔から子煩悩な父親の姿が想像された。徳吉さんは沖縄戦での戦争孤児ということだった。

◇

　応接間に戻ってきた恵子さんへ、私は再び立ち上がって会釈をしてお礼を述べた。心配事の電話ではなかったかと尋ねると、園児の母親からの電話で、預かっている園児のことでの報告ごとだと言って笑顔で座り直し、また話しを続けてくれた。

「新聞の広告は予想以上に効果があったんですよ。多くの人々が情報を寄せてくれました。また保育園にも会いに来てくれました。一時は大騒ぎでしたよ。でも母は大喜びでしたがね」

　恵子さんは、そう言って壁に掛けられた母親の写真を見上げた。似ている人は、笑顔も似ているのかもしれない。

「あなたの妹を見た、写真の俊子さんとそっくりだった、という情報から、会って話がしたい、私も妹を捜しているという話まで様々でした。ここで会ったり、那覇まで出かけて行き、市内のデパートの喫茶店で会ったりすることもありました。健造叔父にも手伝ってもらいましたよ」

「私は、あなたと似た人を見たことがあります。でも名前は富子さんで、私の姉の同級生だった。そうおっしゃってくれる人もいました。でも年齢が全く重ならないんですよ。それでも伝えずにはいられなかったんでしょうねえ」

「サイパンではないが、私も沖縄の戦争孤児院で、あなたに似た人を見たことがある。そんなことを真剣に話す人もいました。母の小さいころの顔は知らないはずなのにねえ。なんだか笑えなくて……。母と二人でうなずきながら聞いていましたが、いろいろでしたよ」

私がそのいろいろの話を聞かせてもらいたいと言うと、恵子さんは首を傾げながらも笑みを浮かべて、その幾つかを話してくれた。

「妹を見たというのは、沖縄だけでなく、サイパンで見たという人もいましたよ。よちよち歩きの幼児をサイパンの乳幼児施設で見たというのです。だから頑張れ、きっと生きているはずだって」

「私が妹ではないかと名乗る人も現れました。健造叔父と母とで確認していました。ちょうど妹の年齢とも重なるようでした。三人とも人違いだと分かって笑っていましたが、帰るときは三人とも泣いていましたよ。肩を叩き合って励ましていました」

「私も時々は健造叔父に替わって同席しました。母が不在の時は私が電話を受けることもありました」

「私は姉を捜している。サイパンで行方不明になった。姉はあの写真とそっくりだった。俊子さんは私の姉ではないかって……。姉は幾つになっているんでしょうねえ、と尋ねると、黙ってしまいました。尋ねなけりゃよかったかなと、後悔したこともありますよ」

「わしはサイパンで行方不明になった親族を捜している。それがあなたではないかと思ってな。親族はバンザイクリフまで家族そろって出かけて行ったんだ。でも飛び込む姿はだれも見ていない。だから生きているに違いないんだ」

「私は、サイパンのアスリート村に住んでいました。あなたはどこに住んでいましたか」

「私はあなたと境遇が似ている人を知っていますよ」

「俺は、サイパンの戦禍を生き抜いてきた。あれは生き地獄だった。あんたは戦友だよ。そう言ってサイパンの思い出話をして帰って行く男の人もいました」

「サイパンの戦争だけでも、こんなにたくさんの人々の体験があるんだって実際驚きましたよ。まだ戦争が続いているんですね、戦争を体験した人には……」

「実際、母に似ている人はたくさんいるのかなって思いましたよ」

「本土の新聞社からの取材もありました。サイパンの戦争のことを聞かせて欲しいって。もちろん母は丁寧に体験を語っておりました。私も同席しましたがね。辛い話でした」

「結局は、母の妹は見つかりませんでした。でも母はますます信じるようになったんです。妹は生きているって。母の妹捜しは止まりませんでした」

「健造叔父はもうあきれていました。母は亡霊を捜しているんだって。夢を見ているんだって」

「私は、亡霊でもいい。母の夢を見続けさせてやりたいと思ったのです。新聞社からの取材の時もそうでしたが、母のサイパンでの体験を聞いていると、亡霊を見なければ生きていけないと思うようにもなっていたんです」

私は、思いきり身を乗り出して恵子さんに尋ねた。

「お母さんの俊子さんのサイパンでの戦争体験を、もう少し詳しく聞かせてもらえませんか」

恵子さんは、再び額縁の母親と父親の写真を見つめた。そして、つぶやいた。

「私が辺野古新基地建設反対の現場で座り込みを続けるようになったのは、母の話を聞いてからなんです……」

◇

恵子さんは別室から俊子さんのサイパンでの慰霊祭に参加したアルバムを取り寄せて広げて見せた。母親の俊子さんが語り継いだ言葉を思い出すようにゆっくりと話し出した。

「サイパンでの戦争はまるで生き地獄、人間はこんなこともできるんだねって、母は何度も目頭を押さえていました。母は当時国民学校初等科の三年生。地獄のような毎日が続いたんだって話したんです……」

「私はね、恵子、母はそう言っていつも話してくれたんです」

「私はね、恵子、戦争の時は小学校三年生。サイパンで空襲が始まったのは六月、私はその日、いとこの洋子ちゃんたちと一緒に学校近くの浜辺で遊んでいたんだよ。すると学校の空襲警報が鳴ってね。最初は訓練かなと思ったんだけど、訓練ではなくアメリカ軍のグラマン機の襲撃だった。私たちはすぐにアダン葉の生い茂った下に隠れたよ。アダン葉の棘にチクチクと身体を刺された痛さを、まだ昨日のことのように覚えているよ」

「それからすぐにサイパンの戦争が始まったんだ。もう大変だった。怖かったねえ。飛行場も爆撃で燃えたんだ。島中が火の海になってね。島の周囲は何十隻というアメリカの軍艦が取り巻いていたよ。昼間はずっと艦砲射撃が続いていた」

「当時は小学校から軍事訓練を受けていたんだ。竹槍訓練、足腰を鍛えるための徒歩や駆けっこの競争、小学生の私たちも飛行場の滑走路の基礎固めの作業にも出かけたよ。砂利を何度も海辺から運んだよ。戦争が始まってからは、学校の校舎はみんな軍に接収されたんだ。しばらくは山に行って木の下で授業も行われていたんだけど、やがてそれもなくなった」

「私はね、恵子、南部のアスリートという村に住んでいたんだけどね、飛行場にも近いし、学校にも近い、攻撃されるかもしれないということで、日本軍からの勧めもあって山の中へ避難したんだよ」

「アスリート村を出たのは私たちだけではないよ。多くの人たちが村を離れたんだ。苦労して新築した家や家財道具の多くを捨ててね」

「サイパンの空を飛んでいたのはアメリカ軍の飛行機だけだったから、もう戻れないかもしれないという思いと、いや、きっといつか戻れるんだ、日本軍が勝利するんだと信じてね。全く違う二つのことを同時に信じたんだ」

「私はね恵子、親しくしていた三家族一緒に逃げる相談を親たちがしてくれたから、とても嬉しかったよ」

「私の母の兄の家族、私からすれば伯父さんだね、富山宗助伯父さんの家族、そしてアスリート村で親しくなった瀬長吉男さん家族の三家族だ」

「ところが、瀬長さんの家族は逃げ遅れて、すぐに米軍の捕虜になったんだ。小さい子どもが三人もいたからね。逃げるのに手間取ったんだ。でも結局は瀬長さんの家族だけが全員無事で沖縄に戻れたんだよ」

「母の兄の宗助さん家族は一緒にサイパンに渡って、サイパンでもずっーと一緒だったから何かと心強かった。いとこの宗孝兄（むねたかニイ）ちゃんや、同じ年の洋子ちゃんもいたからね。避難するときはなんだかピクニックに行くような気分にもなっていたよ」

「逃げた山の名前はタポチョ山と呼んでいたかね。でもね、すぐにピクニック気分は吹っ飛んだよ。ひと月もすると食料もなくなるし、水もなかなか手に入らない。そこで山を下りて水源地があると聞いていたドンニーという所へ向かったの。途中でサトウキビをかじったり木の実を食べたりしてね。それからさらにバナデルという海岸へ移り、最後はマッピ岬の海岸下の壕へ隠れたんだ。

沖縄の人たちがたくさん避難していると聞いたからね」

「父の名前は山川宗健（そうけん）、母の名前は節子と言います。恵子も名前だけは知っているよね。父さんも、母さんも、とっても優しかったよ。私の運動会には家族みんなで大きなお弁当を広げて食べたよ。卵焼きとか、かまぼことかが入っていてね。とっても美味しかった。母さんの料理はサイパンで一番美味しいと弟の健造が言ったら、父さんが、それで結婚したんだよって笑っていた。みんな幸せだった」

「ナデルの海岸沿いにはね、噂どおり何組かの避難民が隠れていたよ。私たちは海岸壕で二週間ほど過ごしたかねえ。そこで様々なものを見たんだ。私には一生忘れられない光景だよ。悲しかったよ。辛かったよ。私の目にはいまだ強く焼き付いているんだ。時々思い出すんだよ」

「まず……、父さんの死です。父さんと宗助伯父さんは、壕に到着するとすぐに食料を探しに出かけました。出かけたかと思うと、宗助伯父さんが血相を変えて戻ってきたんです。父さんが艦砲射撃の直撃弾を受けて死んでしまったというのです。時々、艦砲射撃の音が聞こえていましたが、信じられませんでした。やがて伯父さんは気を取り直して、母さんと一緒に再び出かけて行き、父さんの遺体を担いで帰ってきました。千切れた遺体です。父さんの右肩から半分は抉り取られてなくなっていました。顔は血で真っ黒に染まり、身体全部が血で黒ずんでいました。父の優しい顔はゆがんでいました。一瞬のことであっても苦しんだと思いました。私は大声で泣きました。宗助伯父さんに慰められたけれど、みんなで泣きながら砂浜に穴を掘って父の遺体を埋めたんです」

「ナデルの海岸からは海に浮かぶアメリカ軍の艦艇がたくさん見えました。また、海に面した絶壁の断崖も見えました。そして、信じられないことですが、その断崖から多くの人々が身を投げて、飛び降り始めたんです。アメリカ軍に捕まったら大変だ。男の人はロープで束ねられて戦車で轢き殺される。女の人は乱暴されて殺される。子どもは軍艦に乗せられてアメリカに連れて行かれ売られてしまう。こんなことを思い出して、みんな恐怖におののいていたんです」

「親が子どもを振り回して、崖から放り投げる姿も見ました」

「食料も思うように手に入らないので、明日は生き延びることができるかどうかも分からなかったのです」

「夜中になって宗助伯父さんと母さんが声を潜めて相談している声が耳に入りました。宗助伯父さんは、自分たち家族も断崖から飛び降りる。お前たちはどうするかと、言っているようでした。私は大好きな洋子ちゃんたちや宗孝兄ちゃんたちと一緒なら断崖から飛び降りるのも怖くないと思いましたが、いつの間にか寝入ってしまいました」

「翌朝、宗助伯父さんたち家族だけが壕を出て行きました。私の頭は混乱していました。あれ、なぜ私たちの家族は一緒に出て行かないんだろう。いつも一緒なのに……。私は母さんを見ました。母さんは涙を堪えて、ハンカチで目や口を押さえていました。宗助伯父さんは笑顔で私たちの頭を撫でました」

「俊子も、健造もしっかり勉強して、お母ちゃん孝行するんだよ。いいなって、言いました。私はうなずきました。宗助伯父さんがお父さんを埋めた場所に目を遣ったので、あっ、お母ちゃんはお父ちゃんを埋めた場所から離れたくないんだなと思いました」

「洋子ちゃんも、宗孝兄ちゃんも笑って手を振って出て行きました。二人は死ぬことが分かっていないのかもしれないと思いました」

「私は洋子ちゃんたちが出て行った後、すぐに涙を堪えて断崖を見渡せる場所へ走って行きました。朝日に照らされてまぶしく光っていました」

「朝日の中で、何組かの家族が飛び降りるのが見えました。それが宗助伯父さんや洋子ちゃんたちだったかは分かりませんでした。私は手を合わせました。洋子ちゃんたちが天国に行けますようにと必死で祈りました」

「やはり宗助伯父さんの家族は戻ってきませんでした。四名家族全員です。お母ちゃんは妹の範子を抱いて泣いてばかりいて、やはり何も聞けませんでした」

「壕に残った私たちの家族は五人。お母ちゃんと私と、二人の弟の健造と健太、そして一番下の妹の範子です。それから、二日後のことでした。私と弟の健造と二人で浜辺で食料にする貝を見つけたり蟹を捕ったりしている時でした。大きな轟音が私たちの隠れている壕の辺りから聞こえてきました。すぐに艦砲射撃の爆弾が落ちたのだと思いました。急いで壕に戻りました」

「妹の範子が大声で泣いていました。母さんと下の弟の健太が、身体中血に染まって動かなくなっていたのです」

「二人は死んでしまったことが分かりました。範子がそれを遠くから見て泣いていたのです。範子は何を聞いても答えることができませんでした。私は弟の健造と二人で一所懸命砂浜に穴を掘って、母さんと健太の遺体を埋めました。お父ちゃんを埋めたそばに穴を掘ったんです」

「翌日のことでした。私と弟の健造、妹の範子と、生き残った三人で壕の中で眠っているところをアメリカ兵に発見されたのです。三人とも痩せこけて餓死寸前でした」

「私はね、恵子。母さんと健太を亡くした後、健造と範子と三人一緒に、洋子ちゃんたちのように断崖から飛び降りることを考えていたの。夜が明けたらそうしようと思っていたの。もう食料を集める気力もなくなっていた。範子は泣いてばかりいたし、痩せこけて死にそうだったからね。母さんも父さんもそうしなさいと言っているようだった。待っているよ、よく頑張ったねって言ってくれるような気がした。目が覚めたらすぐにそうしようと決めていたんだ。健造も、うなずいてくれていたからね。アメリカ兵に見つかるのが一日遅れていたら、私たちは、もう死んでいたかもね」

「アメリカ兵は、私と健造を一緒の収容所へ連れて行きました。でも、範子は憔悴が激しくて、米軍の病院か、乳幼児施設へ連れて行かれたのだと思います。範子とはそれっきりでした」

「それから半年後、健造と私は、沖縄へ引き揚げてきました。武装解除された日本の駆逐艦に乗せられて、三、四日かかったと思います。沖縄本島中部にある久場崎（くばざき）という港に上陸しました。そして、コザのインヌミと呼ばれる場所にある収容所に三日ほど収容されました。そこからさらに石川の収容所に連れて行かれたんです。沖縄での私と健造の戦後が始まったのです」

「いつまでも終わらない戦後です。私と健造は範子の消息を尋ねることができないままに引き揚げてきたんです。このことが悔やまれて仕方がないんです。あるいはアメリカの兵隊さんから範子の消息を聞いたかも知れませんが、よく覚えてないのです。私たちは幼すぎたのです。戦争を迎えるのも、また戦争を終えるのも、幼すぎたのです……」

「私はね、恵子。戦争はまだ終わっていないと思っているよ。範子を探さなければ、父さんや母さんのところへ逝けないのよ。だからね、恵子。私に似た人を探したいの。その人がきっと範子なのよ。範子は生きているのよ……」


恵子さんの顔に疲労が浮かんでいた。あるいは父と母の記憶を引き受けた決意の日々と辛苦の日々が甦っていたのかもしれない。

「私は……、母が保育園を開設した思いが、今になってやっと分かるんですよ」

「父にもまた、戦後がなかったはずです。父も、沖縄戦での戦争孤児だったのですから……」

私は恵子さんの言葉に驚き深くうなずいた。言葉が返せなかった。

「父も戦争孤児だったのですから」という恵子さんの言葉が重くのしかかった。母親の俊子さんと同じように父親の徳吉さんにも、奪われた家族の物語があるのだろう。米軍基地の雇用員として働き、そして解雇され、保育園を開設する物語は、徳吉さんだけが描くことのできる人生なんだろう。

応接室の壁に飾られた俊子さんの傍らの徳吉さんの写真を見上げた。徳吉さんの幼い顔が浮かんできた。痩せた身体で米軍配給のミルクを飲み、こちらを見つめている戦争孤児の顔だ。

しかし、私もまた恵子さんと同じように疲労を感じていた。それ以上に恵子さんに負担をかけるのはためらわれた。またこれ以上、仕事の邪魔になるのもはばかられた。徳吉さんの人生に思いを巡らすことを、あえて遮断した。もう一度別の機会に徳吉さんの戦争体験や戦後の人生を伺うことを密かに決意して、恵子さんへ感謝の言葉を述べて保育園を辞去したのだ。

◇

恵子さんへのインタビューを終えてから半年後のことであった。新聞の「死亡広告欄」に恵子さんの名前があった。驚いた。あやうく見落とすところだった。俊子さんに続いて、娘の恵子さんも亡くなってしまったのだ。

還暦を過ぎた私ぐらいの年齢になると、友人や知人が一人、二人と欠けていく。欠礼がないようにと、意識的に死亡広告欄を見ることにしている。死亡広告欄は沖縄の新聞の特徴の一つだという。告別式の通知にもなっているが、死者を粗末にしない沖縄の風土が生みだしたものだろう。少なくともこの年齢に到達した私にとっては有り難い特徴だ。

恵子さんの死亡広告は次のようになされていた。

母　新垣恵子　儀（65歳）
自宅＝与那原町与那原一丁目３０６番地
病気療養中のところ、十一月十日午前四時五分永眠いたしました。
生前のご厚誼を深謝し謹んでお知らせいたします。
告別式は左記のとおり執り行います。
一、日時　十一月十二日（火）午後四時〜四時半
二、場所　与那原葬祭会館第一ホール

その後に喪主の名前や家族の名前、さらに親族、友人の代表者の名前が続く。喪主は長男新垣雄一郎と続き、長女に棚原千恵美の名前がある。棚原千恵美は棚原歩美ちゃんのお母さんだ。千恵美さんは、上原保育園を訪ねたとき、恵子さんに紹介してもらって名刺をも交換したので間違いない。上原保育園の副園長という肩書きが付いていた。歩美ちゃんは一番下の娘だという。

他に上原保育園保護者会からの広告欄も付いているので間違いないだろう。園長の恵子さんとも名刺を交換していたのに、漠然と母親と同じ上原の姓が脳裏にインプットされていて、新垣という姓にあやうく見落とすところだった。

病気療養中とは知らなかったが、見知らぬ私の突然の訪問に丁寧に対応してくれた恵子さんの優しい笑みが目に浮かぶ。私はクローゼットの中の喪服を確認すると、告別式への参列を決めた。

案内のあった十五分ほど前には会場に到着したが、すでに会場では長蛇の列ができていた。恵子さんの人柄は多くの人々に愛されたのだろう。私の後ろに並んでいた二人のおばあちゃんの囁き合う声が聞こえてくる。

「恵子は何の病気だったのかねえ」

私の疑問と同じだ。耳をそばだてる。

「あい、あんたよう、急性肺炎っていっていたよ」

「急性肺炎でも、病気療養中というのかね」

「あり、急性肺炎も病気でしょう」

「私は前に、恵子は膵臓がんだと聞いたことがあるから、あんたに確かめようと思っていたんだけどね」

「膵臓がんだったら、辺野古に座り込みなんかに行かないんじゃないの?」

「それが恵子の偉いところさ。お母の俊子さんも辺野古に通っていたと言うんじゃない。親子とも偉いねえ」

「ウチナーンチュは、みんな艦砲ぬ喰(ク)え残(ヌク)さー」

「あの世はあるかねえ」

「あるさ。きっとあっちでお父やお母と会っているよ。よく頑張ったねえ恵子って、言われているよ」

「そうだねえ、そうだといいねえ」

「だけど、新聞に載っていた私に似た人は見つかったかねえ」

「だれの？」

「あれ、恵子のお母の俊子のことさ」

「分からんさ。どうなったかねえ」

「チムグリサンヤ（可哀相だね）」

「俊子のお父、お母はサイパンで亡くなったんだよね」

「俊子も、恵子も、哀レソーサヤ（哀れしただろうねえ）」

二人の声は、私だけでなく周りの何名かには届いていたはずだ。私は振り返らずに黙って聞き続けた。

祭壇には大きな遺影が飾られていた。その前に遺族が右と左に別れて腰掛けていた。右は男性陣、左は女性陣だ。私は香炉の前に立ち、遺影に黙礼し、遺族に頭を下げて香を焚いた。その際に左側の席の前列に座っている千恵美さんと目が合った。千恵美さんも軽く会釈をしてくれた。白いハンカチを口に当てていた。

人の一生は、本当に予測がつかない。そしてはかないものだと思った。俊子さんや恵子さんの思いはどのような形で引き継がれていくのだろうか。そう思うと弱い人間の命が、いまさらのように愛(いと)おしくなった。命の軌跡は唯一無二の、たった一つの軌跡なんだ。私の後ろに並んだおばあちゃんたちが言っていたように、あの世で俊子さん、恵子さん親子二人が出会えればいいがなと思う。

再度黙礼し、遺影を見て手を合わせた。

◇

恵子さんの告別式を終えた数日後に、娘の棚原千恵美さんから私の元へ電話が届いた。告別式へ参列したお礼と、母、恵子さんからの依頼を実行したいとの電話だった。

「恵子さんの依頼とは何でしょうか？」

私がそう尋ねると、サイパンの戦争や、戦争の悲惨さを知ることのできる資料の一つになるのではないかということで、恵子さんの母俊子さんが書いた妹への手紙を私へ渡してくれ、とのことだった。

千恵美さんは園での多忙さと子育ての忙しさに紛れて、つい失念していたことを詫びた後、告別式で私の姿を見たので、思い出して母からの依頼を実行することにした。私が渡した名刺から電話番号を知り、さらに名刺に記載された住所宛に、俊子さんが書いた手紙を郵送したい、とのことだった。私は受け取りに伺ってもいいと話すと、すでに準備して発送したとのことだった。私は恐縮してお礼を述べた。

赤の他人の私への好意を、私はなんだか俊子さんや恵子さんに導かれているような気がして胸が熱くなった。一方で私は、千恵美さんからの手紙を、恋人からの手紙のように心躍らせて待った。

俊子さんが書いた妹への手紙とは？　妹への手紙というからには妹は見つかったのだろうか。私は少し混乱していた。

手紙の入った角封筒が届くと、すぐに封を切った。同封された千恵美さんの手紙は、告別式へ参加した私へのお礼を述べた後、次のように続けられていた。

「母から預かった手紙は、俊子おばあちゃんの手紙です。おばあちゃんの手紙はサイパンで亡くなった妹への手紙で、いわゆる差し出されることのない手紙です。しいて言えば、あの世への手紙です。何通もありますが、その中からいくつか選び出してお送りしますのでお収めください。何かのお役に立てれば幸いです」

そんな結びの後、六通の手書きの手紙が入っていた。いずれも封筒に入れられ、宛名もある。驚いた。俊子さんの几帳面な性格が窺われたが、予想もしなかった手紙だ。その一つは次のような手紙だ。

かな子、元気ですか。

私はきっとあんたを捜してやるからね。お姉ちゃんは頑張るよ。諦めないからね、元気で生きているんだよ。

サイパンでは、あんたはまだ二歳を過ぎたばかりだったから、あまり覚えていないと思うけれど、それはそれは、お父ちゃんもお母ちゃんも、とってもあんたを可愛がっていたよ。あんたは、賢くてねえ。二歳なのに、もうカタコトの言葉が話せたんだよ。お父たん、お母たん、お姉たん、お兄たんって、言えたよ。1、2、3、4も言えたよ。お魚も、「おかさな」と言ってみんなを笑わせていたよ。こいつは天才になるぞって、お父ちゃんは喜んでいた。

戦争が始まったので私たちは家族みんなで山の中へ逃げたけれど、さすがにあんたは山の中では歩けなかったね。あんたはしっかり者だったけれど、私と健造とで、代わる代わるにおんぶして歩いたんだよ。覚えているかな。お父ちゃんとお母ちゃんは大きな荷物を担いでいたからね。

かな子、会えたらいいね。きっと会えるよね。会えたらお父ちゃんのことも、お母ちゃんのことも、いっぱい話してあげるね。亡くなったすぐ上の健太兄ちゃんのこともね。

かな子、私はね、今上原保育園の園長をしているんだよ。子どもたちの笑顔を見る度に、あんたや健太の笑顔を思い出すよ。そして、がりがりに痩せたあんたの泣き顔もね。泣いたら駄目だよって、叱った私の幼い姿も……。サイパンの海や空の青さも……。

あれ、あんたはもうおばあちゃんになっているんだよね。歳月、人を待たずって言うからね。きっと可愛いおばあちゃんになっているんだろうねえ。次はおばあちゃんになっているあんたに手紙を書くね。それまで元気でね。

二〇一四年十二月十四日

あんたが大好きなお姉ちゃんの俊子から。

かな子へ。

なんだか、いたたまれなかった。読むことが辛くなる六通の手紙だった。戦争はこんなにも人を悲しくさせるのか。いや、戦争の記憶は、俊子さんを限りなく優しい人間へと成長させてくれたのかもしれない。優しくならなければ、戦争の記憶を乗り越えられなかったのかもしれない。

戦争は人を醜くさせ、鬼畜生にもさせると聞いたことはあるが、自らの記憶にこんなにも優しくなれるのだ。一度も会ったことはなかったが、新聞に掲載されていた俊子さんの優しい笑顔が再び浮かんできた。

ところが、腑に落ちないことが一つあった。「伸子」や「友子」ってだれだろうと思ったのだ。伸子や、友子さん宛の手紙も同封されていたのだ。

「伸子、頑張るんだよ」

「友子、お姉ちゃんと遊んだこと、覚えている？」

そんな手紙が混じっていたのだ。封筒の宛名も、しっかりと、「伸子へ」、「友子へ」と書かれている。私には解せないことだった。「範子」や「かな子」ではない。何度繰り返し読んでもこの疑問は解けなかった。じっとしているとますます大きく膨らんできた。

私は、もう一度保育園を訪ね、貴重な手紙を返却しながらお礼を述べ、私の疑問を糺(ただ)したかった。また、これらの手紙は私の手元に置くものではないようにも思われたのだ。

◇

私が再び上原保育園を訪ねたのは、師走の月になっていた。巷ではクリスマスのセールが始まり、年の瀬が押し迫っていた。

保育園は子どもたちの元気な姿であふれていた。男の子も、女の子も、掛け声を張りあげながら園内を走り回っていた。

園内には、甘酸っぱいサンニン（月桃）の匂いが立ちこめていた。応接室の傍らに段ボール箱に入れられたサンニンの葉がうずたかく積まれている。何に使うのかと千恵美さんに尋ねると、明日、園の子どもたちと保護者のみなさんと一緒にムーチー（鬼餅）を作るのだという。俊子さんの代から続いている園の恒例行事だという。なんだか嬉しくなった。

千恵美さんへ手土産のお菓子を渡し、改めて手紙のお礼を述べた。預かった俊子さんの手紙を返そうとすると、千恵美さんは母の遺言のようなものだから、と当初は断った。私は貴重な手紙で妹さんへの思いがあふれている。きっと園でも、また平和祈念資料館へでも寄贈すれば何かの学習に役立てることができるかもしれない。そんな強引な理由をつけた。千恵美さんはやがて笑みを浮かべて受け取った。

ムーチー作り以外にも、沖縄の伝統行事に関する園の恒例行事があるのかと尋ねると、いくつかあると教えてくれた。サーターアンダギー（天ぷら）を作ったり、遠足には園のマイクロバスを利用して中城城址や首里城の見学にも行ったりするという。私はさらに感心した。素直な感慨だった。

　頃合いを見つけて、俊子さんの手紙の宛先になっている伸子さんや友子さんのことを尋ねてみた。

　千恵美さんは私の言葉に、逆に驚いて聞き返した。

「あれ、母は、伸子さんや友子さんのことは話さなかったのですか」

　私は思い当たらないと首を振って答えた。

　千恵美さんは大きな笑顔を浮かべて説明してくれた。

「俊子おばあちゃんは、かな子さんだけでなく、伸子さんや友子さんにも似ていると言われたんですよ」

「えっ？　どういうことですか」

　私は、千恵美さんの言葉に驚いた。

「おばあちゃんは、何度か母にも私にも、嬉しそうに話していたんです。今日は伸子さんに間違われたよって。私に似ている人は、かな子さんだけでなく伸子さんもいるんだよって」

「ええっ？」

「おばあちゃんは、見知らぬ人から、私に似た人を見たよってよく言われるって嬉しそうに話したんです。伸子さんの次は、友子さんです。友子さんの次は芳子さんです。芳子さんにも似ているよって……。母は不安になり、おばちゃんを病院へ連れて行ったんです。すると、母の予感は当たりました。やはりおばあちゃんは認知症を患っていることが分かったんです」

「そうそう。健造おじいちゃんは、また、こんなことも母に言っていました。俊子おばあちゃんは亡霊を見ているんだよって」

「えっ？　亡霊ですか？」

私は思わず聞き返した。

「健造おじいちゃんは病院で亡くなる前にも母に言っていました。妹の範子が亡くなったことは確かなんだって。範子はサイパンの浜で爆撃を受けてお母や健太兄ちゃんと一緒に死んだんだよ。遺体は俊子と一緒になって、砂浜に埋めたんだよって」

「えっ、ということは？」

「ええ、俊子おばあちゃんの話は、半分以上は作り話なんです。範子はもうこの世にいないんだ。サイパンで死んでいるんだよ。俊子も知っているはずだがなあって」

私は、ますます混乱した。どういうことなんだろう。新聞には嘘の広告を出したということなのか……。

「健造おじいちゃんは言っていました。かな子が駄目なら今度は伸子だ。伸子がだめなら、今度は友子だ。そんな俊子姉があまりに可哀相でなあ。俊子の妹捜しにつきあっていたんだよって」

「健造おじいちゃんは、範子さんが亡くなったことを、はっきりとおばあちゃんにもお母ちゃんにも言ったそうです」

「お母ちゃんは手紙のことは知っていたはずなのに、言い出せなかったんですね。おばあちゃんの思いに、お母ちゃんも付き添ってあげたんだと思います。辺野古へも、よく二人で一緒に行っていましたから」

私は、この答えに呆然としながらも、うなずいて聞き続けた。うなずきながら胸を熱くして保育園を後にした。

私が求めていた真実はとんでもない答えだった。同時に記憶は真実を越えられるかも知れない。そんな途方もない感慨が沸き起こってきた。

外に出ると師走の寒い風とは裏腹に、明るい太陽の日差しが街並みや人々の上に降り注いでいた。私たちは、今ここで生きている。この街で生きている。このことをみんなが許されているんだ。だれもが許されなければならないのだ。このことはとても大切なことなんだ。

私は、とてつもなく大きな発見をしたように思われた。同時に、私にも、私に似た人がいて、この街で生きているような気がした。

改めて上原保育園を振り返る。保育園を訪ねる度に、私にまといつき、笑顔を浮かべてあれこれと尋ねてきた幼い子どもたちの笑顔が私を揺さぶった。この笑顔が、徳吉さんにも俊子さんにも、たまらなく愛(いと)おしかったのだろう。子どもたちのいまだ言葉にならない大きなはしゃぎ声が聞こえてくるようだった。

〈了〉

夢のかけら

1

健太のスマホの着信音が鳴った。恋人の理恵からだ。どうしようかと迷ったが出ないことにする。スマホをいつもポケットに入れているがバイブにしておくべきだったと後悔した。向かいに座って茶を飲んでいる芳郎さんに会釈をして謝る。芳郎さんは笑顔を浮かべたままでうなずき茶を啜る。

理恵とは高校時代からつきあっている。一緒に同じ大学に入学した。学部は違う。健太は文学部で理恵は教育学部だ。

理恵は、休学した健太を心配してよく電話してくる。健太は有り難いことだとは思うが、最近では面倒臭くなって時々電話に出ないことがある。ＬＡＩＮでのメールのやりとりもあるから困ることはないが、休学した理由をしつこく尋ねられたり、復学を強いられたりする意見を聞くのは少し疲れてきた。健太は、どちらもうまく説明できないのだ。

「仕事中」と、心でつぶやいてスマホを切る。電話に出なかった愚痴をまたこぼされるのだろうか。少し気が滅入る。そんな鬱陶しい思いを隠すように健太も茶碗に手を伸ばし、茶を飲む。芳郎さんは茶を啜りながらテレビの画面を見つめている。

「さあ、そろそろ出発するぞ」

社長の誠勇さんが声をかける。テレビを消し、二人は椅子からすぐに立ち上がる。仕事の依頼のあったことは朝のミーティングで聞いていた。今日はキヨさんはお休みなので、健太と芳郎さんが社長に同行する。

会社の駐車場に停めてある大きめのボンゴ車へ向かって歩きだす。ボンゴ車の内部は、清掃用具が収まりやすいように改造してある。歩きながら、社長が健太と芳郎さんに向かって言う。

「Ａさんは九十歳になったばかりの男性だ。遺体は片付けられている。依頼人は長男で、現場で待っているそうだ」

死者のことを会社では、ＡさんＢさんと仮名で呼ぶ。

社長は運転席へ乗り込み、健太と芳郎さんは改造した後部の室内に乗り込む。清掃道具を確認し、ＯＫと運転席の社長へ合図をする。ボンゴ車が社長の運転で出発する。

現場はＮ市の山下町だという。山下町という名だが海辺に近い町だ。健太は、ふとこのことに気づいて隣の芳郎さんに話す。芳郎さんは関心がないのか素っ気ない返事だ。

「昔は山下だったんじゃないか。それで今でも山下だ」

芳郎さんの返事はクイズの問答みたいだ。しかし、健太もこれ以上話しをつなぐつもりはない。周りのことに関心が持てないのは、むしろ健太の方が多いはずだ。このことが健太の憂鬱な気分を作る原因の一つになっている。そのために、健太は意識的に周りの物事に関心を持とうとしているが、やはりうまくはいかない。

コロナ禍で、Aさんのように一人住まいの孤独死が多くなってきている。健太たちの会社へ特殊清掃の依頼が増えてきた。むしろこの方に関心を持つべきかもしれない。「べき」という言葉を使ってしまったが、「～すべき」という言葉が嫌いになったことも大学を休んだ理由の一つになる。何事にも関心を持てなくなった自分の意欲の減退や空虚感を見極めたいという思いが休学させたようにも思う。文学部で文学の効用や言語を学び歴史を学んでも何の役に立つのだろうか。一度こんな疑問を理恵に話したのだが、大切なことだよと一蹴されたので途中でやめた。

清掃を依頼された部屋は、古いアパートの一階の西側一〇四号室だ。駐車場に到着してボンゴ車を降りると、部屋の入り口のドアは開け放たれていた。社長が開放されたドアをノックして来訪を告げると、中から男の人の返事がした。

それを聞いて健太と芳郎さんはマスクをし、室内履きの靴に履き替える。手袋をして洗剤や消臭剤などを入れたバケツを持って社長の後を追い室内へ入る。

社長の誠勇さんが依頼人へ名刺を差し出し、ひととおりの挨拶が終わると、すぐに部屋を案内される。案内されるといっても2ＬＫの小さな部屋だ。台所と居間と寝室がある。居間と寝室の間はふすまで仕切られるようになっているが、ふすまは外されている。部屋の中央に立つと、すべての部屋が見渡せる。玄関の横にトイレとシャワー室がある。

「ここに親父は斃れていた。脳梗塞だ」

長男だという依頼人はベッドでなく、ベッドの脇の床を指さした。

「このベッドも処分していい。部屋にある物はすべて捨てていい」

依頼人は六十歳ほどだろうか。白髪が少し交じっている。社長の誠勇さんにあれこれと説明し指示するのがいかにも面倒臭そうだ。

誠勇さんが腰を低くして尋ねる。

「アルバムなどの思い出の品々もあるようですが」

「それも処分してよい。ひととおり部屋の遺品はすべて見てある。残すものは何もないよ。頑固親父でねえ、手に負えなかった。料理や清掃をする家政婦を雇ったんだがね。その家政婦を追っ払った。このとおり散らかし放題だ」

依頼人は、社長だけでなく、健太や芳郎さんをも見ながら苦笑を浮かべてそう言った。自分は親不孝者ではないよ。精いっぱい親に尽くしたんだよと。そんな思いの弁明のようにも聞こえる。早くこの場を立ち去りたいようだ。

「アパートの管理会社からは、しっかり清掃をしてからカギを返してくれと言われている。特に部屋に死体があった場合は丁寧に清掃してくれということだ。それであんたの会社を紹介された。死んでも迷惑をかけてくれるよ、親父は……」

社長の誠勇さんが、うなずきながら部屋を見回した。食台の上のアルバムの横に無造作に置かれた大学ノートを見つけて、気になったのか素早くめくる。

「日々の感慨を書いた日記のようなノートですが……」

「ああ、それも見てある。それも処分してよい」

「電化製品もあるようですが」

「それもすべて処分していい。古くなったもので使い物にはならない。現金以外はすべて捨ててよい」

「分かりました」

「それではお願いするよ」

依頼人は社長の細かな問いかけに少し不機嫌になったようだ。誠勇さんへ部屋のカギを渡すと一度も後ろを振り返らずに出て行った。

誠勇さんが依頼人が出て行ったのを確認すると、苦笑を浮かべて健太と芳郎さんに声をかける。

「さあ、それでは始めようか。まずベッドからだな」

いつものとおり、大きめの家具から始める。ベッドや食台、冷蔵庫やテレビなど、大きな家具や電化製品を運び出し、それから日用雑貨などを集め、ダンボールや塵袋に詰めて運び出す。押し入れの中には汚れたままの衣類もある。ヘラやクリーニング剤などを使い、トイレや風呂場、さらにキッチンの壁にへばりついた汚れを洗い落とす。一時間も経過すると汗だくになる。

家族は、長男の言葉とは裏腹に全く遺品を整理しなかったのではないかと思われるほどの乱雑さだ。新型コロナ感染予防のワクチン接種の予約券も見つかる。結局、接種なしで亡くなったのだろうか。遺体が横たわっていた場所からは、体液が床に染みこんだのか異臭がする。健太は、脱臭剤や、たわしなどを使って丁寧にふき取る。

「亡くなったAさんは、沖縄戦の体験者だと言っていましたよね」

健太の背後で、芳郎さんと社長の誠勇さんが話し合っている。

「そうだ。戦争で妻子を亡くして、戦後再婚したと聞いた。そして授かった子どもたちが、さっきの依頼人の長男たちだ」

「軍服姿の写真が出てきましたよ」

「えっ？　本当か？」

芳郎さんの言葉に、誠勇さんが近づき写真に見入る。小さなケース箱に入っていたようだ。健太もヘラを置き、近づいて写真を見る。写真館ででも写したのだろうか。凛々しい軍服姿だ。

「家族の写真もありますよ。たぶん戦前の写真ですよ。前妻との家族でしょうね。奥さんは子どもを抱いています。三歳ほどの男の子が側に立っています。四人家族ですね。たぶん出征前に写真館で記念に撮ったものでしょうね」

「そうだね、そうだろうね」

社長の誠勇さんがうなずく。健太もそう思う。

芳郎さんの祖父も戦争犠牲者だと聞いたことがある。

「この写真が、Aさんと依頼者の仲を引き裂いたのでしょうか」

「えっ、どういうこと？」

芳郎さんの言葉に誠勇さんが尋ねる。

「依頼人は、Aさんの再婚後の長男といっていましたよねぇ」

「うん、そうだと聞いた」

「いえねえ、家族の間で過去の記憶が禍（わざわい）したのかなと思って。Aさんは、かつての家族を忘れることができなかった。それが新しい家族には煩わしかった」

「さあ、それはどうかなあ。それは分からないよ」

「そうですね。私の考えすぎでした。これ、どうしましょうか」

「何を？」

「この写真です」

「私が預かっておくよ。きっと大切にしていたのだろう。むげに捨てるわけにもいかないよ」

「そうですね。よろしくお願いします」

誠勇さんが写真を受け取り、持参したバッグに収める。現場でのいつもの出来事の一つだけれど、芳郎さんはいつも以上にとても丁寧だ。健太は芳郎さんや誠勇さんのようにまだ冷静にはなれない。

誠勇さんが指摘した大学ノートには、家族宛ての遺書のような文章や、戦争で犠牲になった妻や息子へ宛てた手紙のような文章も記載されていた。健太は思わず見入っていた。

「そのノート、どうしようかなあ。捨てるには、ちょっと躊躇するよなあ」

誠勇さんは健太の背後から、つぶやくように健太に言った。

2

与那嶺健太は「多和田（たわだ）特殊清掃社」のアルバイト社員だ。会社は社長の多和田誠勇さんと奥さんの繁子（しげこ）さんの二人で立ち上げたという。健太は社長がかつて務めていたN市役所の同僚の息子である。休学して家でぶらぶらしている息子を、健太の父親が見かねて、かつて親しくしていた誠勇さんにお願いしたのだった。

誠勇さんは、社員の募集広告をHPで立ち上げたばかりだったので喜んで採用してくれた。健太も家で寝転んでいるだけの日々に退屈していたので、父親の紹介を感謝して受け入れた。

多和田特殊清掃社は健太にとって、なかなかに居心地のいい場所だった。事務所でテレビを見たり、本を読んだりすることも自由だった。一日中拘束されて、身体を動かし頭を働かせているわけではなかった。清掃の依頼があれば出動する。なければのんびりと時間を過ごす。本を読んでもいいし、テレビを見てもよい。もちろん依頼者の要請や会社の都合で一日のスケジュールは組まれていたが、少なくとも大学よりは居心地が良かった。アルバイトの学生として働いてから、すでに三か月が過ぎていた。

会社は立ち上げてから十年が経過していた。誠勇さんはN市役所の社会福祉課勤務で課長にまで昇進していたが、その席を辞去しての転職だった。繁子さんはN市の市立保育園に勤務していた。二人はそれぞれの場所でN市のみならず県民の貧しさを実感していた。

二人の出会いは、米軍兵士の少女への暴行事件があって米軍基地撤去をスローガンにした県民抗議集会でのN市職労の旗の下でだった。その後も集会現場や労組の会議で時々一緒になることがあり、同じ大学の出身であることも分かり、また両親の郷里が同じヤンバルであることも分かって急速に親しくなっていった。

誠勇さんが映画に誘ったのがデートの始まりだった。それから数年後に結婚をし、三人の子どもをもうけた。順風満帆な公務員生活の日々であったはずだが、二人は一緒に転職した。二人共に四十五歳の時だった。少なからず周りの人々を驚かせたという。

「ね、芳郎さん、社長は、あのノートを持ち帰ったんだろうか？」

健太が事務室でテレビを見ている芳郎さんに問いかける。

「あのノートって？」

「Aさんのノートですよ。この前行った山下町の現場で見つけたノート」

「ああ、あのノートか。プライベートな情報は持ち帰らない。それが社長の方針だ」

「そうですか……」

「でも、どうして、今ごろ尋ねるんだ？」

「なんだか、気になって……」

「あれ、お前が気にすることもあるんだな」

「それはありますよ……。芳郎さんが現場で言っていたじゃないですか。Aさんの過去の記憶が家族を引き裂いたのかなって。だから」

「だから？」

「Aさんの過去の記憶って、どんなものだったのかなって。Aさんの体験した戦争の記憶が何だか気になって……」

「おっ、大学生に戻ったかな」

「冷やかさないで下さいよ」

「うん、悪かった。でもあのノートは社長も迷っていたが、結局はゴミ箱行きだった。Aさんの記憶も記録も、もう何もない。身体に刻まれた記憶もだ……」

健太は芳郎さんの物言いに驚いた。身体に刻まれた記憶……。そうなんだ。沖縄戦の記憶は、体験者にとって身体に刻まれているんだ。このことにも改めて気づかされた。

沖縄戦が言葉になって吐露され、文字となって記録されるのはごく一部の人の記憶なのだろう。

多くは高齢で亡くなっていく死と共に、すべて消滅するのだろう。死者は語れないのだ。

「だから……」

「だから、なんですか？」

芳郎さんの「だから」のつぶやきに、今度は健太が問いかける。

「だから、社長も何か感ずるところがあったのだろう。遺品を一時的にでも預かることができればいいがな、と言っていた」

「そうですね」

健太もうなずく。体験を共有し、土地の記憶を記録することは大切なことかもしれない。この土地で生きる者にとって、土地の歴史は現在の自分をも作っているような気がする。

翻って理恵との共有する記憶を思い浮かべる。現在の記憶は、どのような意味があるのだろうか。過去に、現在に、そして未来に……。

健太は苦笑する。

「芳郎さんのおじいちゃんも、戦争で亡くなったと聞きましたが」

「うん、ヤンバルの防衛隊だった。八重岳で戦死した。私の父は、何度もおじいの遺骨を探しに八重岳に出かけた。私も一緒について行ったこともあったが、結局探すことはできなかった」

「そうですか……」

「社長の奥さんの繁子さんの祖父も防衛隊で亡くなった。私のおじいとヤンバルでの幼馴染みだ。

その縁もあって、私はこの会社で働かせてもらっている」

「おいくつでしたか」

「えっ？」

「いえ、おじいちゃんが防衛隊に入隊した年齢」

「あっ、そのことか。四十代も半ばを過ぎていたようだよ。沖縄の男はな、当時根こそぎ動員といってな。正規の訓練を受けた兵士だけでなく、徴兵年齢を上は引き上げられ、下は引き下げられて、働ける者はみんな戦争に駆り出されたらしいよ。多くは銃も支給されずに軍属として弾薬運びや食糧調達、陣地壕造りなどの任務であったらしいが、戦場では兵隊と一緒だよ。銃の扱いも知らないのに斬り込みにも参加させられたらしい。ボー兵隊だよ」

「ボー兵隊？」

「武器を持たずに棒を持って戦ったような兵隊だから棒兵隊だ。ミノカサ隊とも呼ばれていたらしいよ。簑と傘しか持たない農民兵だ。実際、私のおじいは、鍬を持って防衛隊の集合場所に出かけたと聞いているよ」

「そうですか……、そうなんですか、なんだか……」

「うん？」

「なんだか、切ないですね」

「切ない？　そうだな、切ないね」

芳郎さんは健太の感想に苦笑を浮かべた。

健太にも自分の思いをうまく表現する言葉が見つからない。このことも切なかった。

「さあ、現場に行くぞ」

社長の誠勇さんから声がかかる。今日は宜野湾市に2件の引っ越し現場の片付けと清掃がある。

「また、いつの日にか、いろいろ教えてください」

健太の言葉に、芳郎さんが笑顔でうなずいた。

3

沖縄の夏は長い。十月になっても秋の気配は訪れず、炎天下のもとですぐに汗ばむ。部屋の中でもクーラーが必要だ。会社の事務室でもまだクーラーが作動している。

事務室は中央を背の低いアコーディオンカーテンに仕切られて二つのスペースに仕切られている。いずれも広くゆったりとした空間だ。

一つのスペースには個人専用の机が向かい合って五つ置かれている。一つは社長の机で、窓際を背にして中央を向き、その両サイドに机が四つ向き合って並べられている。その中の一つは繁子さんの専用で、社長の机と同じくパソコンが置かれている。その隣の席は空いていて、芳郎さんと健太は向かい側に並んで座っている。

芳郎さんと健太は個人用のその席よりも、もう一つのスペースが気に入っている。そこには中央に大きな長方形のテーブルがあり、それに向かって腰掛けが巡らされている。いわゆる茶飲み場だ。テーブルの上には繁子さんが準備した茶菓子や湯茶が置かれている。壁際には自由に見れるテレビもある。休憩スペースであると同時に毎朝のミーティングにも使用されている。

茶飲み場と扉一つ隔てた隣の部屋はガスコンロを置いた湯茶室になっており、さらにシャワー室やトイレもある。事務室の横並びには別棟の倉庫がある。駐車場の一角に建てられたものだが、清掃用具が置かれ、また清掃後に手に入れた貴重品や遺品などが整理されて棚に置かれている。

「健太は、沖縄に孤独死が多いということを知っているか？」

突然、社長の誠勇さんが茶飲み場にやって来て健太に声をかける。芳郎さんと一緒にテレビを見ていたときだ。

「いいえ、知りません」

「そうか、ここに二年前の新聞の記事がある。人数などのデータも紹介されているが、読んでみるか？」

「ええ、有り難うございます。読んでみたいです」

「うん、何かの役に立つかもしれない。読んでみるといい」

社長は新聞を健太に手渡すと、すぐに隣の席に戻っていった。わざわざこの記事を見せるためにやって来たのかと思うと、健太は恐縮してすぐに新聞を広げた。

二〇一九年二月の地元紙だ。社会面での特集記事である。「沖縄の孤独死の実態　3年で431人、平均59歳、8割は男性　飲酒が原因多く」との見出しの文字が並んでいる。健太は注意深く文章を読んだ。

だれにもみとられずに自宅で亡くなる「孤独死」が2016年1月から18年11月までの約3年間で、沖縄県内で少なくとも431人おり、男性が約8割を占めることが26日までに、琉球大学大学院医学研究科法医学講座のまとめで分かった。毎年100人以上が孤独死していることになる。

死者の平均年齢は59歳。人数では60代が最も多く144人、20代も2人いた。肝硬変など飲酒が原因で亡くなるケースが目立った。司法解剖を行う同講座が取り扱う遺体は県内で亡くなる人のごく一部にとどまるため、実際の孤独死者数はさらに多いとみられる。県内全域の孤独死の実態が明らかになるのは初めてだ。

琉大法医学講座のまとめでは、16年は158人（男性127人、女性31人）、17年は142人（男性108人、女性34人）、18年は11月末時点で131人（男性100人、女性31人）となっている。

年代別では60代が144人（男性121人、女性23人）で最も多く、次いで70代の109人（男性82人、女性27人）、50代の79人（男性66人、女性13人）と中高年が大半を占めた。30代も

10人（男性8人、女性2人）いた。

県内の死亡者数は毎年1万人前後で推移する。県警は16～18年、毎年約1700～1800体の遺体を変死体として取り扱い、事件に巻き込まれていないかを確認した。そのうち法医学講座は県警などからの依頼を受け毎年400～500体を解剖するなどして死因や身元を特定する。

孤独死のうち死亡推定日から1週間以内に発見された遺体は246体、1週間以上は164体、1か月以上は21体あった。最長は死後1～2年経過しミイラ化した状態で発見された遺体だった。この死者は生前に心筋梗塞を患っており、家族はいたが本人が接触を避けていたという。

孤独死の死因で最も多いのは病死だが、階段からの転落死など事故死も含まれる。高温多湿の沖縄では遺体は数日で腐敗し、異臭やハエの発生で孤独死が発覚することが多いという。死後1か月ほどで骨だけになってしまい、死因が特定できない場合がある。

琉大法医学講座の担当教授は「さまざまな理由で社会との接点が薄くなった人が孤独死する場合が多い。孤独死を避けるには定期的に生存を確認する仕組みを作った方がいい」と話した。

健太は小さくため息をついた。思っていた以上に大きな数字だ。自殺者を省いた数字だというが、沖縄では自殺者も毎年３５０人程度で推移しているという。毎日一人が自殺している。孤独死と併せると悲惨な状況だ。何が原因なのだろう。再びため息が出る。

「十年前も今も、状況は変わらないということだな」

健太のため息に気づき、傍らから芳郎さんが声をかける。

「十年前？」

「そうだ、社長が会社を興したころだよ。いえねえ、私がこの会社に誘われたのは、社長からそんな数字を見せられて口説かれたんだ。社長は市役所では市民福祉課の課長だったんだが、この実態と具体的な現場を実際に体験していたんだよ」

「そうですか……、やっぱりこの数字は、ちょっと驚きますよね」

「ちょっとではないさ、だいぶ驚くよ。明日は我が身かもしれないからな」

「変なこと言わないでくださいよ、芳郎さん……」

「変なことではないよ。ここで働いて一年も経つと、よく分かるよ」

芳郎さんは、少し言葉に詰まっていたが、言い切った。

芳郎さんは、しばらく黙ってテレビに目を移していたが、再び健太に語りかけた。

「健太は、社長が市役所勤務を辞めた理由を知っているか？」

「いえ、知りません」

「そうか、社長も言いづらいだろうから、私から少し話しておこうな」

芳郎さんは、茶を一口啜ると健太に話しかけた。

「社長の転職の理由はな、この数字に表れているように沖縄には孤独死が多いということからだ。市民福祉課で課長を務め、末はさらに部長のポストが約束されていたはずなのに、それを投げ捨てたんだ」

やはりそうかと、健太はうなずいた。

「当初は奥さんの繁子さんはそのまま勤務を続けてもらうつもりであったようだが、繁子さんも社長の意向に賛成して二人一緒に仕事を辞め、会社を立ち上げたんだ。二人とも偉いよなあ。感心するよ」

芳郎さんは、さらに次のようなことを訥々（とつとつ）と話した。

芳郎さんの祖父と繁子さんの祖父とが同じヤンバルの出身で、繁子さんとは遠縁に当たる。それが縁で会社の創立に芳郎さんも繁子さんから誘われた。芳郎さんは建築会社の下請けで大工仕事をやっていたが、繁子さんや社長の思いに共感して喜んで参加した。

社長と繁子さんが転職したのは二人とも45歳の時だから、今から十年前だ。三人の子どもも手がかからなくなっていた。今では長女が結婚して30歳、長男が25歳、二女が20歳で大学生になったばかりだ。二女は健太とは別の大学に通学している。

社長と繁子さんは、那覇市の郊外に事務所を設けてパソコンを置き、ホームページを立ち上げて広報した。もちろん広報のチラシも新聞と一緒に配布した。パソコンのホームページは業者に作って貰ったが、その後の管理更新は主に奥さんの繁子さんが担当している。孤独死の遺品整理や特殊清掃を主として旗揚げした会社だが、それ以外の一般の清掃業務も請け負ってスタートした。

清掃業務の依頼は、個人からだけでなく、むしろアパートなどの管理会社からが多い。かつての職場である市民福祉課からの依頼もある。三年後には軌道に乗った。発足当時の社員は社長夫婦以外に芳郎さん夫婦と社長の伯母さんの友人だというキヨさんが加わった。近年は軌道に乗って若い社員を追加採用するものの、なかなか長続きしないという。

健太が来たので、キヨさんの希望で、キヨさんは忙しいときに応援する臨時職員になっている。パソコン管理の可能な事務員をもう一人採用したいというのが繁子さんや社長の希望だ。

立ち上げた当初は一般の清掃依頼が多かったが、今は逆の状況で特殊清掃の依頼が多い。このことが社長が会社を立ち上げた理由だから喜ぶべきことかもしれないが、ちょっと複雑な心境だ。

芳郎さんは、だいたいこのようなことを話してくれた。それから手を伸ばして茶碗を掴んだ。健太は慌てて、芳郎さんの茶碗に茶を注いだ。

「有り難うございます」

素直にお礼の言葉が出た。芳郎さんはうなずいた後、何事もなかったかのようにテレビの画面を見つめている。

芳郎さんは、一緒に会社で働いていた奥さんを五年ほど前に亡くしていた。今は一人住まいだ。還暦を過ぎたと思われるが、寂しさを紛らわすためにもこの仕事を続けているのだろうか。

健太はもっとお礼の言葉を続けようと思ったが、なかなか言葉を探せない。健太より先に芳郎さんがつぶやいた。

「それにしても、若者はこの仕事に居着かない。私の女房が亡くなってからもう五年になるが、女房の後釜としてやって来た若者は、だれも彼も数か月で辞めていく。男も女もだ。清掃という業務が嫌いなのかな。お前は三か月以上も頑張っているから特別かな」

健太はすぐに打ち消した。

「いえ、特別ではありません。この仕事は続ければ続けるほど、なんだか、とても意義のある仕事のように思えてきます」

「そうか、そう思ってくれると有り難い。社長も喜ぶだろう」

「ええ……」

健太は自らの茶碗に茶を注いだ。照れくさくもあったからだ。同時に、意義のある仕事だということの理由を、自分の言葉で述べようと思ったが、なかなかまとまらなかった。確かにあるような気がしたが、言いあぐねて茶を飲んだ。

4

沖縄の高齢者の孤独死は、沖縄戦のトラウマや貧困からの死であることが多いという。もちろん、すべてがそうではない。沖縄戦や貧困が原因になって、人間や社会への絶望を生みだし、夢をなくし、生きる意欲を減退させているという。識者のこの見解を知って、健太は愕然とした。

翻って考えるに、健太の両親のそれぞれの祖父母の家族にも沖縄戦の犠牲者がいる。知ろうとすると、周りの人々の家族にも多くの犠牲者がいることが分かる。ただ知ろうとしなかったがゆえに、見えなかったのだ。とすれば、多くの県民が孤独死の予備軍になる。

沖縄戦では当時の県民の三分の一から四分の一の人々が犠牲になったと言われている。それを知って、健太は、ああ、そうなのかと納得したが、数字だけが脳裏に刻まれただけだったのだ。このことに健太は恥じ入った。

例えば社長の誠勇さんは祖父をフィリピンで失い、芳郎さんと繁子さんは、祖父を沖縄の地上戦で亡くした。三人とも残された父母の戦後の苦労を見てきたのだ。

誠勇さんの祖父は、フィリピンで綿花栽培が成功し会社を立ち上げたが努力は水泡に帰した。祖母も戦後すぐに亡くなり、一人娘の老いた母は現在八十歳。長男家族とヤンバルで暮らしているという。長男は村役場の職員で誠勇さんは二男だという。

繁子さんの祖父は、芳郎さんの祖父と同じく防衛隊で八重岳で戦死した。一家の大黒柱を失った家族は貧しさ故に、ヤンバルでは食べていけずに、祖母は実兄を頼って糸満に出てきた。実兄は、戦前に糸満売りされてそのまま糸満で家庭を持っていた。その実兄を頼ったのだ。祖母の家族もそのまま糸満に住み着き、繁子さんの父親も含めて三人の子どもを女手一つで育てたのだ。

芳郎さんの祖父の兄弟家族は貧しさゆえに、戦前に南米へ移住していた。祖母は繁子さんの祖母と従姉妹同士だ。戦後、ヤンバルから那覇へ住まいを移した両親はすでに他界していたが、父親は芳郎さんと同じく腕のいい大工だった。芳郎さんの母親は夫を亡くした後、那覇市場で魚屋を構える友人の手伝いをして一人息子の芳郎さんを育ててきたという。

健太が三か月余の会社勤めで、本人や訪れる親戚縁者や友人らから聞いた三人の家族の経歴だ。切れ切れの情報をつなぎ合わせただけでも多くの物語がある。目を閉ざせば見えないし、耳をふさげば聞こえなかった物語だ。過酷な時代に、だれもが夢を奪われ、夢を再生してきたのだ。

健太には沖縄の貧しさは、沖縄戦の後遺症だけでなく、さらに戦後も日本国家から切り離されて無国籍の民となり、米軍統治がなされた軍事優先政策の犠牲になったことも上げられるように思われた。耕したくても父祖の土地は米軍に収奪され、家屋や田畑が潰され巨大な軍事基地が至る所に建設されたのだ。

米軍機が民間地域に墜落して学童が犠牲になり、米軍車両が青信号の横断歩道を渡る市民を轢き殺す。井戸の水が汚染されて燃え、婦女子が強姦される。基本的な人権が奪われ、戦後も県民を苦しめる新たな基地被害が頻発する。大学で学んでいるときには気づかなかった沖縄のもう一つの顔だ。沖縄はトロピカルな観光地だけではなかったのだ。

芳郎さんは「特殊清掃業も沖縄戦の供養の一つだ」という社長の口説き文句に共感したというが、健太にもその気持ちが理解できるような気がした。

地元新聞二紙には、毎日のように基地被害の報道が掲載される。米国軍人の暴挙、交通事故、止まらない婦女子への暴行、そして今なお新たな基地建設が多くの県民の反対の意志を無視して進められている。沖縄にとって、日本国家に組み込まれた明治以降の歴史は、圧政を甘んじて受け続けねばならない歴史でしかないのだろうか。

健太の思いが、大きなため息となってこぼれる。

その声を芳郎さんに気づかれた。

「どうした？　健太」

「えっ」

「大きなため息なんかついて」

「いえ……、あの……、芳郎さんのおじいさんも繁子さんのおじいさんも防衛隊で戦死したんですよね」

「うん、そうだよ」

「さぞ、無念だったでしょうねえ」

「当たり前だよ、そんなこと」

「そうなんですよね、当たり前だとして、ぼくは沖縄戦のことを自分で考えることを怠ってきた。基地被害もです」

「うん、どうしたんだ、急に」

「なんだか、沖縄のことを考えると辛くなります。ぼくは沖縄で生まれ、沖縄で育ったのに、沖縄のことを何も知らなかった」

健太の言葉に、芳郎さんが眼鏡を外し、読んでいた新聞を畳む。

健太はさらに続けた。

「ぼくは、基地被害のことも何も知らなかった。スマホで調べてみたんです。そしたら」

「そしたら」

「由美子ちゃん事件といって、石川市で七歳の女の子が米兵に連れ去られ、強姦されて殺されて、嘉手納のゴミ捨て場に捨てられた」

「……」

「こんなことも知らなかった」

芳郎さんが健太の思いを推し量るように言い継いだ。

「沖縄の人々の戦争は、一九四五年六月二十三日で終わったのではなかったんだよな。戦後も地上戦は続いたんだ。今でも続いている、と言ってもいいかもしれない」

「そうですね……」

「でも、負けないよ、沖縄の人々は戦っている」

「ノーサイドは、いつまでもやって来ないんですか」

「それを願っているんだが、残念ながらやって来ないんだ。しかし、戦い続けている間は、負けたことにはならないさ」

「そうですね、そうですよね」

健太は、涙がこぼれそうになるのを必死に堪えた。なんだかこの思いを恋人の理恵と共有したいと思った。思ったが、今では理恵から遠い場所に来てしまったようにも思われる。スマホは握れなかった。

5

社長の誠勇さんが受話器を握りながら、少し顔をこわばらせる。かつての職場である市民福祉課からの電話のようだ。うなずきながらも険しい表情は消えない。

受話器を置いた後、険しい表情のままで、芳郎さんと健太の前にやって来た。

「出かけるぞ。現場にBさんの遺体がある。おばあちゃんだ。葬儀屋に寄って棺を受け取ってから現場へ向かう。死後一か月ほど経っているようだ。準備をしてくれ」

芳郎さんと、健太はすぐに立ち上がる。倉庫へ行き消臭剤やクリーニング剤をボンゴ車へ積み込む。社長は葬儀屋へ電話を入れているようだ。

現場に行く途中で、葬儀屋からBさんを入れる棺を受け取る。女性の遺体の場合はBさんだ。

現場のアパートには市民福祉課の﨑浜さんが待っていた。

「警察の許可も得ています。事件性はありません。身寄りもいません。孤独死です。火葬に付していいそうです。よろしくお願いします」

崎浜さんの言葉を受け、社長が遺体を確認するためにBさんに被せられた毛布を取る。腐臭が一気に鼻を刺す。崎浜さんが慌てて窓を開ける。健太も一目見て顔を背ける。Bさんの遺体は腐乱している。

会社から持ってきた香炉に香を立て、社長と芳郎さんと健太、そして崎浜さんの四名で手を合わせた後、立ち上がって燃え尽きるのを待つ。

崎浜さんがBさんについて丁寧に説明してくれた。崎浜さんにとって誠勇さんは、かつて職場の上司であったようだ。

「おばあちゃんは一人暮らしでした。近所の住人からの通報で発見されたんです。おばあちゃんが見えないし、腐臭がするということで、市の職員が中に入って、遺体を発見したんです」

崎浜さんのマスクを掛けたままの説明に社長がうなずく。

「おばあちゃんは市の生活保護の対象でした。独居で高齢者を見守るために福祉課が編成した市民ボランティアの見守り隊の対象者でした。でも見守り隊もコロナ禍でなかなか機能しません。独居老人とはできるだけ交流を持ちなさいと指導していたのですが、一方で、感染に気をつけて距離を取ってくださいと言わざるを得なくなった」

芳郎さんもうなずいている。

「おばあちゃんは離島のM島の出身で家族はいない。若いころは家族のために本島に出てきて米兵相手に商売をしていたようです。ところが、どういう理由があったかは知りませんが、Aサインバーに勤めていたころ、若い沖縄のバーテンダーと心中を図った。男だけが死んだ。そんなこともあって家族親族から疎まれて縁を切られた」

「年老いてこの街に流れてきて、生活保護者になった。空き缶等を集めて小遣い銭を稼いだり、かつて務めていたと思われる小料理屋などを回って物乞いなどをしたりする生活だった。人生、人それぞれだけど、全く……、何と言っていいか分からないよ」

健太もうなずいた。Bさんの人生はだれのためにあったのだろうか。何を生きがいにしてきたのだろうか。希望はあったのか。夢はあったのか。家族は作らなかったのだろうか。

「結婚は？」

「結婚はしていません」

芳郎さんの小さなつぶやきを崎浜さんが聞き取ってとっさに答えてくれた。

社長がうなずいている。

多和田特殊清掃社にとっては、このような例は何度かあったようだが、健太にとっては初めてのことだ。言葉にならない感慨が何度も健太を襲う。

「多和田さん、それではよろしくお願いします」

「うん、分かった、いつものとおりだな」

「ええ、そうです。火葬に付していつものお寺に納骨してください」

﨑浜さんはそう言うと会釈をして部屋を出て行った。

「さあ、それでは始めようか」

社長の言葉に、芳郎さんが健太を促す。いつものとおりが健太には分からない。

芳郎さんが、小声で説明する。

「まず、Bさんを部屋から運び出す。火葬をして骨を拾いお寺へ預ける。それから戻って清掃だ。すべて三人でやる。社長は特殊清掃だけでなく死者の供養をする葬送の業務も請け負っている。たぶんまる一日がかりの仕事になる」

「そうですか……」

「さあ、行くぞ」

芳郎さんの合図で、Bさんの遺体をさらに毛布で丁寧に包む。やはり顔を背けたくなる。腐乱した遺体がぼろぼろと削げ落ちる。骨が剥き出しになる。手袋をした手で削げ落ちた肉片を拾う。蛆が湧いている。強烈な臭いに耐えながら丁寧に毛布の中へ手で押し込む。遺体を持ち上げ棺へ入れる。周りを見回し、Bさんの愛用の品だと思われる黒い小さなバッグを見つけて、棺の中へチトゥ(あの世への土産)として入れる。声を合わせて棺を持ち上げる。なんだか棺が重く感じられる。

火葬場には前もって社長が連絡をしていたのだろうか。ボンゴ車の到着を待ち受けていた葬儀屋が、車から棺を降ろすのを手伝ってくれた。待機していたお坊さんが読経をしてくれる。焼香するのは健太ら三人と葬儀屋のスタッフだけだ。社長が焼却炉のスイッチを押す。

健太は合掌し、深々と頭を下げた。崎浜さんから聞いたBさんの人生に思いを馳せる。Bさんのマブイ（魂）はどこへ行くのだろう。迷わずに成仏して欲しいと思った。

「なあ、健太」

社長が健太を見て小さな声で言う。

「沖縄には戦争被害だけではない。戦後被害もある。それも最も弱い人々へ、狙い撃ちするかのように訪れる。一人では背負えないよなあ」

健太はやはり感想を言葉で言い表せない。自分の家族のことが頭に浮かぶ。そして理恵のこともだ。

「そうですねえ」

このようにしか答えることのできない自分の不甲斐なさに、言葉を詰まらせて足下を見る。

社長が健太の感慨を推し量ったように続ける。

「人間は弱い存在だ。その弱さを隠すように家族を作る。家族を作らないで生きるには、強くならないとなあ。だれにも死が待っているんだ。支え合う家族が必要だ。理解し合える隣人が必要だ」

芳郎さんが、健太の肩に手を置いて、うなずいた。

6

健太が多和田特殊清掃社に務めてから半年余が過ぎた。様々な体験を得たが、今日は心中事件のあった現場を清掃するために健太がボンゴ車のハンドルを握った。社長の誠勇さんは、N市が運営する社会福祉協議会へ出掛けている。健太と芳郎さん、そしてキヨさんの三人で現場に向かった。

ボンゴ車に揺られながらN市から浦添市を経由して北谷（ちゃたん）に向かう海岸沿いを走る。助手席にはキヨさんが座り、後部座席には芳郎さんが座っている。

現場は北谷町にできた新しい街の海岸沿いの裏通りだ。米軍基地の一部が開放されてアメリカンヴィレッジと呼ばれる新しい街ができた。この街の北側の海岸沿いの一角に、外人向けのアパートや一軒家の貸し住宅が並んだ住居街がある。人々の目からは隠れるようにしてできた場所で、県民はよっぽどのことがない限りここに出かけることはないだろう。この隠れたようにできた外人向けの住居街に建つクリーム色の三階建てのアパートが現場だ。

健太にはスマホのナビの誘導で初めて訪れる住居街だが、異様な風景に驚いた。ここは沖縄ではない。まるで別世界だ。基地の米兵か軍属か、あるいは一般市民かどうかの区別はつかないが、庭に通じる車庫に長テーブルを置いて、多くの若者たちが集まってバーベキューをしている。男女ともほぼ上半身を剥き出しにしてビールを飲んでくつろいでいる。そのようなグループが何組か、同じようにバーベキューをして昼間から騒いでいる。ボリュームを上げ音楽に合わせて踊っている若者たちもいる。

建物はどれも鮮やかな色で個性豊かに彩られ乱立している。中には横文字の看板が掲げられている建物もあり、商売をしているのか、住宅なのか、健太にはこの区別も定かでない。路上では、子どもたちが叫び声を上げながらローラースケートを楽しんでいる。

「びっくりだねえ」

キヨさんが、周りの風景を見ながら声をあげる。

「沖縄にこんな場所があったんだねえ。私はここに来るのは初めてだからさあ。びっくりだよ」

「ぼくも初めてです。ぼくもびっくりしています。なんだか、外国みたいですね」

「このアメリカーたちを見ていると、沖縄には米軍基地があるっていうのが分かるよねえ。フェンスで囲われた基地を見るより怖いさあ。こんな所、一人では歩けないねえ」

キヨさんの感慨に芳郎さんも答える。

「私も初めてだが、よくこんな所に部屋を借りて住んでいたもんだなあ」

「アイエナー(ああ)、ヤマトンチュはアメリカーが怖くなかったのかねえ。すぐカチミラッティ(捕まって)家の中に引きずり込まれるような気がするさ。お父やお母たちのイクサ(戦争)の哀れを思い出すよ」

キヨさんはハンカチを取り出して目頭を押さえた。

指定されたアパートの駐車場にボンゴ車を駐める。アパートの管理会社からカギも預かっている。説明も受けた。104号室だ。重たいドアを開ける。部屋の中は思ったとおり乱雑だ。

この部屋で心中したAさんとBさんのふるさとは、北海道の釧路だという。出発前に、社長の奥さんの繁子さんから聞いた事件の概要を思い出す。

若い二人は高校を卒業すると釧路を離れて札幌へ出た。Aさんは家族や親族の期待を背負って北海道大学で学び、Bさんは札幌の商店街で働いた。釧路を出た三年後、二人は札幌から行方をくらました。両方の家族から警察へ捜索願いが出ていた。

それから一年後、二人はこのアパートで遺体で発見された。警察から両親へ電話があり、両親が沖縄へやって来て遺体を確認した。両親は腐臭が激しく遺体が白骨化しているので、沖縄の地で荼毘に付すことに決め、遺骨だけをふるさとに持ち帰ることにした。部屋の清掃について、アパートの管理会社から多和田特殊清掃社の紹介があり、了承したということだ。

繁子さんから聞いた話しはこれだけだ。これ以外のことは分からない。

「ヌーガアタラヤア（何があったのかねえ）。天から授かった命、死ぬことはないのにねえ。一緒に頑張ろうねえっていう、夢はなかったのかねえ」

キヨさんは部屋を見回しながらつぶやいた。

遺体はないが、いつものとおり持ってきた香炉に線香を立て合掌する。死者が出た部屋での特殊清掃の際の社長が決めた儀式だ。線香の赤い火を見ながら芳郎さんが言う。

「時々、他府県からやって来た人たちが沖縄を死に場所に選んでいるようだけど、なんでかなあ。沖縄は死ぬにふさわしい場所なのかなあ」

「ヤマトンチュ（本土の人）は、戦争でもたくさんの人が沖縄で死んだからねえ。死んだ人のマブイ（魂）が寂サシテ（寂しくて）、あんたもおいで、おいでって、呼び寄せるのかねえ」

キヨさんが、少し顔を曇らせながら言う。

「トスインチャー（年寄り）だけでなく、若者も沖縄に来て死ぬんだよ」

健太はキヨさんや芳郎さんの言葉で、数年前、慶良間諸島の一つの渡嘉敷島での若い男女の心中事件の報道を思い出した。

ケラマブルーと呼ばれる美しい海を前にした海岸で若い二人の遺体が発見されたのだ。警察は他殺と自殺の両方で捜査を始めたが、結局若い二人の心中事件だと判断された。地元からは、なぜ美しい海原を前にした観光スポットで死が選ばれたのだろうと困惑している、との記事だった。渡嘉敷島は戦争中に集団自決のあった島だ。

「沖縄は死の臭いがするのかねえ」

キヨさんが、困惑したように合掌したままでつぶやく。その言葉を遮るように、芳郎さんが立ち上がる。

「さあ、始めようか。部屋をきれいにすることが供養になるさ」

芳郎さんの言葉に、健太もキヨさんも立ち上がった。

会社に戻ると、健太は理恵からのスマホへの着信に久しぶりに返事をした。デートの誘いだ。

健太と同じほどの年齢の若い二人の心中に少し動揺していたのかもしれない。思わず着信に反応した。少し迷ったが、迷ったままでデートの誘いにも応じた。

若い二人には、自ら死を決断する理由がきっとあったはずだ。その理由をあれこれと考えていたが、容易には分からなかった。納得する答えが得られないということは、健太はまだまだ生に未練があることかと結論づけて苦笑した。

待ち合い場所のマクドナルドで、理恵は明るく弾んだ声で健太に話しかけた。

「ねえ、健太くん、私たちね、もう教育現場へ出かけているのよ。先輩たちの教育実習を見て、授業後の反省会にも参加させてもらっているのよ」

窓際の席で、理恵が明るい日差しを浴びながら、楽しそうに健太に話しをする。大学での日々がいかに充実しているかを、ポテトチップを食べながら話し続ける。

「一歩、一歩、夢に近づいているんだなあって感じがするのよ。子どもたちはやっぱり可愛いよ」

「ねえ、学習指導案って書いたことある？　ないよねえ。学習指導案てのはね、最後まで案が取れることはないんだって。あくまでも案は案で、その時間のベストの展開を肌で感じて、修正していくんだって。永遠に終着することのない指導案ね」

「でもね、案は案でもおろそかにしてはいけない。授業前に自分の授業をシュミレーションするために、すごく大切なものだって。特に私たちのような新米教師にはね」

「健太くんは、夢に近づいている？　卒業したら新聞社などのマスコミ関係の仕事に就きたいって言っていたけれど、今でも変わらないの？」

「ねえ、健太くん、私の話、聞いてる?」
「うん、聞いているよ」
「そう、それなら相づちの一つぐらい打ってくれてもいいじゃないの。久しぶりのデートなんだから……」

理恵が、不満そうにジュースを飲む。

釧路からやって来たAさんやBさんにもこんな時間があったのだろうか。どうして心中なんかするのだろう。わざわざ沖縄まで来て……。やはり答えは見つからない。見つからない答えを探すのが人生なんだろうか。

健太は、理恵の話よりも、心中事件の方に興味があった。だが、明るい笑顔で夢を語っている理恵には、このことは、やはり話しづらかった。

「ねえ、健太くん、中学の教科書の文学作品ではね、登場人物の心理を理解することが大切なポイントになるっていうからさ、文学部の健太くんに手伝ってもらうことがあるかもしれないね」
「健太くんは、地元の作家の長堂英吉さんの作品が好きで、卒業論文にしたいなって言ってたじゃない。今でも変わらないの? その気持ちは……」

そうだった。健太は思わず記憶をたぐり寄せた。沖縄の作家である長堂英吉さんの「ランタナの花の咲く頃に」とか「エンパイア・ステートビルの紙ヒコーキ」とか、「海鳴り」とかで描かれる人物像に、健太は共感を覚えていた。しかし、なぜだったか、もう忘れてしまった。

そう言えば、長堂さんの作品には死者はどのように描かれているのだろうか。健太は、読み終えた作品を思い浮かべる。そうだ。「伊佐浜心中」は米兵と沖縄人女性との心中事件を扱った作品だった。基地あるがゆえの被害者としての沖縄人女性ではなく、着想を反転させて米兵を心中に引きずり込む加害者としての沖縄女性を描いていた。そんなことを思い出して、ハンバーガーサンドを一口かじる。

「ねえ、健太くん……」

目の前の理恵が目を赤く腫らしている。

「私たち、もう駄目なのかしら……」

「何が？」

健太は、ルートビアを手に取って、ストローで音立てて飲む。理恵が涙をぬぐうようなしぐさを見せた。

「一緒に夢を見ようって、健太くんが言ったのよ。そんな人が隣にいるといいなあって」

「ううん、そうだったかな。でもそれは困難なことだな」

「どうして？　どうしてそう簡単に言うの？」

「だって、人間はそれぞれ違うんだもん。感情も感性も生き方も、何もかも」

「でも努力することはできるでしょう。恋人同士なら」

「そうだね、恋人同士ならできるかも知れないね。でもそうしたって一人ひとりが生きる何の力にもならないよ」

健太はアメリカンヴィレッジで心中した二人のことを思い浮かべていた。

「そうかなあ。私には力になるように思うけれどな」

理恵の言葉に、健太は、黙って窓の外を見る。北海道からやって来た若い二人には、二人で生きることは、何の力にもならなかったのだろうか。あるいは、二人で生きるためにこそ死を選んだのだろうか。二人で生きるとは、二人のそれぞれの夢をこの世で力を合わせて叶えることなのだろうか。一人で出会う喜怒哀楽を二人で共有することなのだろうか。改めて様々な問いが反芻される。

理恵にそんな疑問や感慨を伝えようと思ったが、心中した二人が住んでいた部屋の乱雑さが思い出された。死ぬ時は身辺を整理するものだと思っていたが、どうやらそうでないかもしれない。そんな小さなことが気になった。健太の思いは、一瞬そこに留まった。なんだか最近、気になることが多くなったような気がする。

「健太くんは、高校時代に、バスケット部に所属していて、きらきら輝いていたよ。私にはそう思えた。何事にも夢を持って挑戦していた。私の憧れの健太くんはどこに行ったのかなあ。もう私の前には現れないのかなあ」

理恵が、傍らの小さなカバンを手に取って立ち上がった。いつもならGパンにリュックという服装が多いのに、今日はスカートを着て少し化粧をしている。そんな理恵を見て不思議に思った。その理由を考え、答えを得るよりも先に、理恵が手を振って健太の前から姿を消した。健太も思わず手を振って理恵を見送った。

その晩、理恵からＬＡＩＮにメールが入った。短い文字の、さよならメッセージだった。

7

キヨさんが体調を崩して辞めることになった。持病の神経痛が悪化して腰が痛いという。病院を退院して自宅で療養しているようだ。社長が見舞いに行き、このことを芳郎さんと健太に報告した。

芳郎さんは、ひどく残念がった。健太も同じ思いだった。社長が二人を慰めるように言う。

「腰の痛みは心配するほどではないそうだ。歳も歳なので、もうのんびりしたいということだった。体調が良くなったら挨拶に行くから、二人によろしく伝えてくれ、とも言っていた」

「そうですか……」

芳郎さんがうなずく。社長も残念そうに付け加える。

「キヨさんは、会社の創立当初からの仲間だからなあ。十年間よく頑張ってくれた。感謝しているよ」

社長が、健太や芳郎さんの心配する顔を見ながら、キヨさんへの感謝の思いを述べる。それから、さらに独り言のようにつぶやいた。

「キヨさんは幾つだったかなあ」

芳郎さんが、そのつぶやきに返事をする。

「私より七つ年上ですから、数えで七十三歳ですかねえ」

「そうか、七十三歳になるのか、古希を迎えるんだな」

「ええ、沖縄では数えで七十三歳の年に古希の祝いをやりますからねえ。キヨさん、年末に子どもたちがお祝いをしてくれるって、楽しみにしていましたよ。その日まで仕事も頑張るって言っていたんですがねえ」

「そうか、私の前で痛みを堪えて無理をしていたのかな。いずれにしろ、何かお祝いをしてやらんといかんなあ。会社の功労者の一人だからなあ」

社長の言葉に芳郎さんがうなずいた。

「ええ、よく頑張ったと思います。社長の今の言葉、キヨさんが聞いたら喜ぶと思いますよ」

「そうか、そうだと嬉しいねえ」

社長が珍しく長テーブルの前で、立ったままでコーヒーを飲みながら話しをしている。芳郎さんの年齢にも触れて、冷やかしながら無理をするなよと笑みを浮かべお礼を言っている。創立当初からの二人には、健太には知らない大きな苦労もあったのだろう。

「ところで、君たち二人に告げておきたいことがある」

健太も、芳郎さんも背筋を伸ばした。

「いや、緊張する話しではない。実はもう一人、社員を採用したいと前にも二人に伝えていたが、採用が決まった。来週の初めから出勤する」

「ええっ？　そうですか、良かったですね」

「うん、良かった。偶然にもキヨさんとの退職と重なったのだが、助かるよ」

社長は、社員の採用を、かつての職場と関係のあるN市の社会福祉協議会へ斡旋を依頼していた。パソコンのＨＰの管理更新が主な業務だが、個人や業者からの仕事の依頼を、電話のみでなく、本格的にパソコンでも受けつける体制をも整えたいという。その他、電話の受け取りや来客への接待業務などもやってもらうことになるという。

ハローワークでなく社会福祉協議会へ依頼したのは、これまでの就職者が長く続かずに辞めていくことが多かったからだ。思い切り、特別支援学校の卒業生を紹介してもらいたいとお願いしていたのだ。スマホは得意でも、パソコンの得意な若者は少ないということで、ひと月近くも待たされた。

「名前は、小橋川睦美さん。特別支援学校の卒業生で、健太よりも一つ年下かな。少し言語障害があって、どもることもあり、発音もおかしいときもあるが、仕事に大きな支障が出るわけではないだろう。会ってもみたが明るくていい子だ。よろしく頼むよ」

社長は、そう言うと隣の自分の席へ戻っていった。

健太と芳郎さんは笑みを浮かべて、茶碗を合わせて乾杯をした。

睦美さんが、週明けの初めからやって来た。社長が言ってたように明るくて活発な女の子だ。女の子でなくて女性と言うべきかもしれないが、パソコンの前に座る時間よりも、機会を見つけては清掃現場へ行きたがった。

「私ね、パソコンも得意だけど、清掃も得意なのよ。学校では、よく先生に、清掃頑張っているなって、誉められたよ」

睦美さんの自己PRに、社長は苦笑を浮かべていたが、しばらくして睦美さんの現場への参加を許してくれた。

睦美さんはパソコンの管理だけでなく、テーブルをふき、茶も淹れてくれる。社内の清掃も頑張っている。社長は睦美さんが会社で長く働いてくれることを期待して、仕事が過重にならないように気を遣っているが、睦美さんはお構いなしだ。

奥さんの繁子さんは会社のHPの管理を睦美さんへすべて移したかったようだが、睦美さんは社長や繁子さんから言われた入力などをさっさと済ませると、現場へ行きたがった。

繁子さんは当てが外れたようで、苦笑を浮かべて時々パソコンの前に座っている。パソコンでの仕事の依頼も予想どおり徐々に増えていた。

睦美さんは現場へ行く予定の繁子さんを制止して自分が現場へ行くこともある。でも睦美さんも繁子さんも余り気にしていないようだ。

健太も芳郎さんも、睦美さんの飾りっ気のない明るい人柄が好きになった。茶飲み場で休憩を取りにやって来た睦美さんへ健太が話しかける。

「ねえ、睦美さん、学校では部活とかもやっていたの？」

「うん、バスケットボールをやっていたよ」

「あれ、そうなの、ぼくと同じだね。偶然だね」

「偶然で困ることある？」

「ないない、全然ないよ」

睦美さんのツッコミに、健太はたじたじとなることが多い。でも睦美さんとの会話は、新鮮で楽しい。休憩時間は長テーブルの前で時々おしゃべりをする。

「ねえ睦美さん、ホームページってさ、だれでもが作れるの？」

「だれでもが、作れないよ」

「睦美さんは？」

「作れるから、ここにやって来た」

「それはそうだね、ごめんごめん」

健太は、謝ることもある。

「健太さんには、恋人とかいるの？」

「うーん、いたような気もするけれど」

「その返事は、未練ありだね」

「そうかなあ」

「スマホよりも、恋人を大事にした方がいいよ」

「えっ？」

「スマホより人間の方が複雑だよ、パソコンの前に座っていると、よく先生に言われたよ。睦美さん、パソコンより、人間が複雑だよって」

「そうか、そうなのか……」

健太が感心してうなずいた。

「私は、そういうふうにうなずかなかったよ。先生に聞き返したんだ。先生、どういうことですかって」

「そうしたら？」

「そうしたら、先生が答えた。人間には喜怒哀楽がある。だから楽しいよって」

「楽しい？　そうか……」

「人間は、この四つを同時に持つことができるから楽しいって。パソコンは一つずつしか持つことができないって」

「そうか、先生は哲学者だね」

「うん、ピタゴラスって渾名が付いていたよ。わけが分からないことを先生はよく言ったからね。でもみんなピタゴラスが大好きだった。健太さんには渾名とかあるの？」

「ないよ」

「では、私がつけてあげようか」

「うん、よろしくお願いします」

「それでは……、みみ、さんで、どうかな」

「えっ、みみさん？　みみさん、って？」

「何でも聞きたがるから耳さん」

睦美さんが自分の耳を引っ張って答える。

「そうか、いいねえ。気に入ったよ。ぼくも沈黙さんから、やっと耳さんになったんだ。嬉しいなあ。ところで睦美さんには渾名とかあるの？」

「あるよ。あるけど内緒、教えない」

「どうして？」

「だから人間は複雑なの。ピタゴラス先生の教えは正しいの」

睦美さんはそう言って大きな笑みを浮かべた。

健太は、またしても睦美さんに一本取られたような気がしたが、少し嬉しかった。何にでも関心を持つことができなかったが、今では耳さんになっている。不思議な気がした。

それに、睦美さんの先生の教えは当然なことなのに、全く考えてもみなかった。言われてみれば、学校では自分の周りにもピタゴラス先生だけでなく、ガリレオもアイシュタインも、ベートーベンも、志賀直哉もいたような気がする。先生だけでなく、仲間たちの顔も浮かんでくる。

「おいおい、何、にやけているんだよ」

芳郎さんに、こぼれた笑みを見られて冷やかされた。

「別に、にやけてなんか、いないですよ」

「そうかな？」

「そうです」

今度は芳郎さんがにやけた笑みを浮かべて言う。

「健太は、睦美さんが来てから、随分明るくなったなあ」

「そうですか。別に変わらないですけれど」

「そうか、私は少し変わったよ」

「えっ、そうですか」

芳郎さんが照れくさそうに話し出す。

「うん、若者を見る目が少し変わったような気がする。この数か月間だけど、健太くんや睦美さんを見ていると楽しい。健太くんの来る前に辞めていった洋子さんも清君も、どこか防御服を着ていた。自分を見せたくなかったんだね。それなのに、彼氏や彼女と同棲していることを平気で公言する。そのギャップが理解できなかった」

「でも、今は……」

「そうだ、睦美さんを見て思ったんだが、自分に素直に生きるってことは素晴らしいことだと思う。このことが一番大切なんだなって思う。スマホで自分を隠す必要なんかないんだよ。見えない相手に見えない自分、見える部分と見えない部分、どちらも大切なんだよ。洋子さんも清くんも、会社に来てもスマホばっかりいじっていた。自分を見せないようにしているんだと思っていたけれど、そうとばかりは言えないような気もする」

健太は芳郎さんの感慨に、うまく返事ができない。

「私の理解が足りなかったかもしれない。スマホに頼る若者の人間関係は希薄だなあって思っていた。しかし、睦美さんを見ていると、案外そうでもないかもしれないことに気づいたんだ。素直でいいんだ。自然でいいんだよ」

「ええ……」

「そう考えるとな、私も案外素直に若者たちを見れるような気がするんだ」

「それって……、どういうことですか？」

「いえねえ、私たちの世代はモアイ（模合い）とかして他人と交流しているけれど、若者はそれに代わるのがスマホなのかなあと思ってね。若者も独居老人に劣らず、案外と孤独なのかなあっと思ってね。殻に閉じこもろうとしているのではなく、スマホで、殻を破ろうしているのかなと思ってね」

「そうですね、そうかもしれませんね。たぶん、人間はいろいろなんですよ。若者たちは、と一括りするには、人間は複雑すぎるんですよ」

「えっ？」

芳郎さんが、健太を見た。健太は、なんだか初めてまともな意見を芳郎さんに言えたような気がした。

久しぶりに理恵のことが頭に浮かんだ。健太は、自分も理恵も、いろいろな人間の一人なんだと思うと、少し笑みがこぼれた。睦美さんも傍らで笑みをこぼしていた。

8

「睦美さん、どう？　うまくいっている？」

「ええ、大丈夫です」

「そう、よろしくお願いしますね」

社長の奥さんの繁子さんが、パソコンの前に座っている睦美さんの背後からパソコンを覗き込む。パソコンの前は睦美さんの席に代わっている。その隣が繁子さんの席だ。

社長の隣には対面のソファーとテーブルが置かれた。臨時の応接間だ。仕事の依頼は電話だけでなくＨＰでも増えてきた。さらに直接お客さんもやって来る。少し部屋の模様替えをして、アコーディオンカーテンを応接間と事務室の仕切りに移動した。

睦美さんは親しい人やゆっくりと話すときなど、どもることはないが、会社にやって来るお客さんなどとの対応で慌てたり緊張したりすると、時々どもることがある。しかし、社長の言うとおり仕事に支障の出ることは全くない。

睦美さんは、やはりパソコンの操作が抜群にうまい。指の動きもそうだが、高校生のころにはパソコン教室にだけいるので、「パソコンおたくにならないでよ」と先生から注意されたと言うが、なるほどと思う。

健太もそうだが、友人の多くはパソコンよりもスマホが手軽で便利だと言っていたが、睦美さんを見ていると、そうとばかりは言えないような気がする。

睦美さんには聴覚障害があり、人工内耳を装填しているようだがこのことを全く感じさせない。

健太は睦美さんから手話を習っている。こんな世界があったことに今更ながら驚くと同時に、睦美さんとの出会いそのものに感謝したい気持ちだ。

会社のホームページは、健太も覗いたことがある。インターネットを立ち上げ、グーグルで多和田特殊清掃社と打ち込むと、すぐにホームページが立ち上がってくる。もっとも会社のパソコンには初期画面がすでにそうなっている。

ＨＰには、まず会社の紹介があり、社長の挨拶がある。それから営業関係の必要事項が紹介されている。基本的な料金が、部屋の大きさや作業の種類によって提示されている。営業日や見積もり額の提示、一般清掃と特殊清掃の相談受付や趣旨などが記載されている。特に特殊清掃については、遺品の整理や清掃の手順や方法について丁寧に説明されている。社長が最も力を入れている分野だ。

今回は、ホームページの中に、作業依頼の窓口も開設されたが、遺品の一時預かりや、仏壇供養の業務拡張、そして遺品のリサイクルの三点について、追加提示することが睦美さんの主な作業になっていた。この作業を二週間ほどの間に、睦美さんは社長の文言や繁子さんのアドバイスを参考にしながらてきぱきと処理したようだ。

遺品の一時預かりは一年を上限として、社長は大きなコンテナを用意したようだ。コンテナ会社との借用契約をも済ませていた。数か月前のAさんのノートのことが思い出された。

仏壇供養は、既に社会福祉協議会や警察署との相談や了解を得て始めてもいたが、正式にホームページで広報する。身寄りのない遺体を火葬に付し遺骨をお寺に預けて供養してもらう。三年経っても身寄りが現れなかったら永代供養にするというものだ。行政の側の経済的支援も得られたようだ。

遺品のリサイクルは、遺族と相談のうえ、了解を得られれば利用可能な家具や電化製品は再利用に資する。衣類などは発展途上国へ寄付をするというものだ。航空会社の協力やボランティア団体との連携も紹介されている。

健太は、改めて社長の誠勇さんや繁子さんの思いに気づき、転職をして会社を立ち上げた意義や理由について思い知らされた。芳郎さんが会社を手伝いたくなった理由も分かるような気がした。

「健太くんは、最近スマホを、あまり見なくなったね」

「えっ？」

茶飲み場のテーブル前で本を開いている健太に、繁子さんが声をかける。

繁子さんが睦美さんと一緒にパソコンの前を離れて茶飲み場にやって来たことに健太は気づかなかった。それほど夢中になって本を読んでいたのだろうか。

健太は少し赤面したが久しぶりに小説を読んでみたい気分になって、村上春樹の『ねじまき鳥クロニクル』を読んでいたのだ。

「いいことだと思うよ」

繁子さんが健太に笑いかける。

「睦美さんが来たからかな」

「えっ？」

繁子さんが悪戯っぽく冷やかす。芳郎さんにもそんなことを言われて冷やかされたことがあった。睦美さんも微笑んでいる。

「いえねえ、うちの娘の由美子はね、片時もスマホを離さないのよ。風呂場にもトイレにもスマホを持ち込むのよ。スマホ依存症になるよって注意しているけれど、きかないの。大学に入ったら楽しいことがいっぱいあるはずなのにね。若い人はみんなそうなのかなと思って」

健太が口ごもると、睦美さんが答えてくれた。

「それぞれです」

繁子さんが睦美さんを見る。

「そうか、そうだよね。人、それぞれだよね。そう思いたいよね」

繁子さんが睦美さんの言葉にうなずいた。

健太はとっさのことに答えられなかったが、睦美さんはあっさりと答えた。健太も感心しながら睦美さんを見る。健太もそんなふうに答えたことがあったような気がした。

繁子さんが睦美さんに向かって言い継ぐ。

「でもね、睦美さん、睦美さんもパソコンの前だけに座らないで外の空気も吸いなさいよ。遠慮なく、会社の周りを散歩してきてもいいよ」

「はい、有り難うございます」

「清掃現場はどう？」

「はい、頑張っています」

「健太君もよろしくね」

「はい、睦美さんも一緒に行ってもらって助かっています」

健太は慌てて芳郎さんの姿を探すが、どうやら芳郎さんは煙草を吸いに外に出たようだ。このことにも健太は本を読んでいて気づかなかった。集中力も増したのだろうか。少し苦笑する。

「娘の由美子にもね、時々お父さんの仕事を手伝ったらって言っているんだけどね。全く関心を示さないのよ。お父さんとお母さんの仕事が嫌いだって。どうして市役所を辞めて転職なんかしたのって、最後には私に愚痴るのよ。中学生のころから保護者の職業を問われるのが嫌だったって。今でも反対しているのよ。大学生になったんだから、少しはお父さんの仕事を理解してあげてもいいと思うけれどね。これもスマホ依存症の影響かしらね」

繁子さんが苦笑をこぼす。なんだか今日の繁子さんは饒舌だ。

繁子さんも睦美さんが入社してから、なんだかおしゃべりになって明るくなったような気がする。長女の美智子さんのところに二人目の赤ちゃんが生まれたことも幸せな気分にしているのかもしれない。

「誠勇さんの仕事、立派な仕事だと思いますよ」

健太がうなずきながら意見を言う。

「そうだよね、有り難う。若い人からそう言ってもらうと嬉しいわ」

「繁子さんは、子どもさんは何人ですか」

睦美さんが健太の傍らから尋ねる。

「三人よ、長女に長男に次女。長男の修治は離島の学校の中学校の先生なの。当分は帰ってこないって。今のところ、私たちの仕事を引き継ぐ気はないみたいだね。教職に生きがいを見いだしているようだからね、それはそれでいいかもね。長女はお父さんと同じ市役所に就職したのよ。そこでの出会いもあって結婚して二人目の子どもが生まれたの。私も、何度も呼ばれるんだけど、孫は子ども以上に可愛いっていうけれど、本当だね」

　繁子さんが相好を崩して微笑む。

「次女の由美子さんの将来の夢は？」

　健太も尋ねてみる。

「それがね、将来どんな仕事に就きたいかも分からないの。そのうち話すねって言うけれど、いつまでも教えてくれないの。本人も分かっていないんじゃないかなあ。夢はないのかしらねえ」

「大学の学部はなんですか？」

「国際学部って言っていたけれど、私は何を学ぶところか、実のところよく分からないのよ」

「そうですか……」

「夢が人生を作るってよく言われているけれど、うちの由美子はどんな夢を持っているのかしらねえ」

「そうですね……」

「あら、ごめんなさい、健太くんにはプレッシャーになったかな？」

「いや、そんなことはないですよ。お気になさらずに」

　健太は、慌てて言い繕った。健太の方から言い出した話題だ。

　夢を持って生きる。しかし、健太は夢のかけらさえも見失っていたのじゃないか。天井を見上げて腕を組む。

睦美さんが話題が一段落したところで、パソコンの前の席へ戻る。

繁子さんも茶飲み場から席を立つ。

「私は、これから孫のお守りよ。娘に呼ばれているので出かけるね。子どもは、いつまでも手がかかるんだよ、ね、健太くん」

繁子さんは笑顔を浮かべ、そう言って部屋を出て行った。

健太は、「ね、健太くん」に、なんだか冷やかされたような気分になって、外で煙草を吸っている芳郎さんの姿を探しに外へ出た。

9

老人の孤独死は相変わらず多かった。ジングルベルの鳴る季節を迎え、年末になっても、空の青さは変わらない。同じように人々もこの世を去ってゆく。人の世と自然の移ろいは無関係なはずなのに、なんだか同じ糸で括られた運命共同体として時を刻んでいるような気がする。

孤独死の多さと相まって特殊清掃業者の新規参入も増えていた。業界は思わぬ活況を呈していたが、素直に喜ばしいこととも思われない。逆に悲しむべきことのようにも思われる。

業者と依頼者とのトラブルも増えているようだ。例えば高価な品物の紛失や、故人のプライバシーの侵害など、秘匿すべきことなどもネット上で拡散されることが相次いでいた。一般清掃業務はともかく、社長からも特殊清掃業務については依頼者に寄り添い、故人の視線を忘れないようにと、朝のミーティングなどで厳しく注意を喚起されている。特にスマホのやりとりやホームページ上での更新記事などについては注意を喚起された。睦美さんも健太も緊張して社長の言葉を聞いた。

睦美さんが入社してからも、やがて半年余の歳月が流れようとしていた。健太にはもうすぐ一年になる。

「健太、どうだろう、睦美さんと二人だけで現場に行ってみないか。一般清掃業務だ。たまには若い者二人だけで出かけるのもいいだろう」

睦美さんが手を上げ、腰を上げて大賛成の素振りを見せる。

「二人だけでですか？」

健太は当たり前なことを、思わず聞き返した。

「そうだ、二人だけだよ」

芳郎さんが微妙な笑顔を見せてうなずきながら答える。

芳郎さんの声を聞いて、社長が後押しするように続ける。

「会社に来る前に現場を見てきた。離島からの長期出張者の家族が住んでいた部屋の清掃だ。小さな子どもが一緒だったようで、ふすまの破損がある。それを修理してもらいたい。大きな作業はこれだけだ。ふすまの破れを確認し写真を撮ったら、お前たち二人のセンスで張り替えてよい。管理会社と確認は取ってある。たまには芳郎さんを休ませろ」

「はい、分かりました」

健太も返事をする。芳郎さんも何か思うところがあるのか、にやにやと微笑んでいる。

「ボンゴ車を運転していけ。急がずに今日一日の仕事でいいぞ」

冷やかされながら、健太が立ち上がる。

「私、頑張ります」

睦美さんは笑顔でガッツポーズを作る。明るい言葉と手際の良い手話に、社長も芳郎さんも笑顔を受かべる。健太も思わず笑みをこぼす。

健太が、ボンゴ車の中へ清掃用具や洗剤などを運び入れている間に、睦美さんが更衣室で作業着に着替えてボンゴ車の助手席に乗り込む。健太は苦笑して慌てて運転席に着く。

「よろしくお願いします」

「こちらこそ、よろしくお願いします」

睦美さんの丁寧な挨拶に、健太も丁寧に挨拶を返す。

睦美さんはピクニックにでも行くような気分なのか、いつもより大きな声で挨拶をした。

現場に着くと、大きな家具もなく、電化製品も持ち運ばれた後だった。一日どころか、半日でも作業は充分終えることができそうだ。

窓を開ける。右手の下方に高速道路が見える。高台に建てられた四階建てのアパートで六世帯、二階の東側の部屋だ。一階は駐車スペースなので、二階より上が住居スペースだ。

睦美さんがマスクをして髪を結い直しヒサシの付いた野球帽を被る。部屋は３ＬＤＫでやや広く家族向けの間取りだ。

「始めるわよ」

「うん、ぼくは風呂場と、トイレから始めようね」

「私は台所から始めるね。競争だよ」

「競争なんかしなくていいよ」

「それもそうだね」

健太の言葉に睦美さんが笑みを浮かべる。

「清掃が一段落したら、休憩がてらに、ふすま紙を買いに行こうね」

「はい、賛成です」

睦美さんが、またも大きな笑みを浮かべて手を上げた。

健太はクリーニング剤と消臭剤、たわしやヘラを持って風呂場やトイレの汚れを落とす。黒カビが壁面や手すりにこびりついている。浴槽を磨き鏡を磨く。天井も脚立を持ち込んで汚れをふき取る。風呂場とトイレは仕切られている。小一時間もすると汗が噴き出した。

風呂場のドアを開けて居間に出て、腰に手を当て背筋を伸ばす。

睦美さんは腰掛けを台所に寄せタイルの壁を磨いている。睦美さんの一所懸命さが健太には足りなかったのだ。睦美さんの姿を見ていると、生きることの意味や大切さに気づかされるような気がする。

健太に気づいて、睦美さんが腰掛けを降りる。帽子を取って顔の汗をぬぐう。

「睦美さん」

健太が睦美さんに声をかける。習ったばかりの手話を使う。

左手を曲げて手の甲を上にして胸の前に寄せ、右手を曲げて、小指を下側にして左手の甲を軽く叩き会釈をする。

「有り難う」

これが有り難うのポーズだ。睦美さんは、不思議な顔をしながらも手話で返す。

「どう致しまして」

簡単な動作だ。腕を曲げ手の平を顔の前に立てて横に振るだけだ。

健太はなんだか嬉しかった。大きく深呼吸をすると、振り返って再び風呂場へ足を踏み入れた。

10

辺野古新基地設に南部の土砂を使うな！　という意見書が、連日のように新聞に掲載された。沖縄戦で亡くなった犠牲者の遺骨を含む土砂を、米軍基地建設の埋め立て工事に使うなという趣旨の意見書だ。

この趣旨を掲げて、南部で遺骨収集作業を続けてきた人々が県庁前でハンガーストライキをするという。この人々を激励したいということで社長と芳郎さんが県庁前を訪問するというのだ。

「ぼくも、行っていいですか」

健太は思わず同行を申し出ていた。二人が驚いて健太を見る。健太も自分の言葉に驚いた。何事にも関心を示さなかった健太が、思わず言葉を発していたのだ。社長と芳郎さんが同時にうなずいた。

ボンゴ車に乗ると、社長が後部座席の健太を振り返って言った。

「健太……、私にはね、遺骨収集も特別清掃業の仕事もどこかで、つながっているような気がするんだよ」

社長の祖父はフィリピンで戦死し、芳郎さんの祖父は八重岳で戦死していた。どちらも遺骨のない死者だ。

七十六年前の太平洋戦争末期、沖縄での地上戦は約三か月に及び、日米軍及び民間人を合わせた犠牲者は二十万人余だという。令和三年現在、「平和の礎」の刻銘者は二十四万人余に達しているようだ。沖縄本島南部は最後の激戦地となり、多くの日本兵や民間人が命を落とした。ボランティアらによる遺骨の収集は現在も続いているのだ。

日本政府は、米軍普天間飛行場（宜野湾市）の移設先を辺野古基地とし、基地の拡充強化のために海を埋め立てる計画だ。その埋め立てに使う土砂の採取を、本島南部から行うというのである。辺野古の軟弱地盤を改良するために当初の予想以上の土砂が必要になったからだ。

新聞には次のような趣旨の投稿も目立ってきた。

「戦没者の遺骨を戦争に直結する軍事基地建設の埋め立てに使用することは、犠牲者の人々の尊厳を冒瀆し、物言わぬ戦没者を二度殺すような人道に反する行為だ」

「政治の問題ではなく人間としての生き方の問題だ」

そんな声が紙上に掲載され多くの県民の怒りと関心を集めていた。

県庁前の駐車場にボンゴ車を駐めると、健太も社長や芳郎さんの後を追い、ハンガーストライキ者らの傍らに歩み寄った。炎天下、小さなテントを張った下に青いビニールシートを敷いて数人の人々が座っている。その姿を見て、健太は胸が熱くなった。報道員の取材があり、多くの県民が激励に駆け付けていた。

社長と芳郎さんが、わずかな隙を見つけてストライキ者へ歩み寄った。握手をした。健太も後を追い握手を交わした。

「頑張ってください」

ただ一言だけだった。それでも一言、発することができただけで健太は嬉しかった。自分の周りには、自分の知らない多くの出来事が起こり、多くの人々が生きている。多くの人々の意志が渦巻いて対峙し、考え続け、行動に移しているのだ。

帰りのボンゴ車の中で社長が健太の思惑に気づき声をかける。

「健太、生きることは、どこかでみんなつながっているんだよ。死者たちともつながっているんだ。孤独死はその糸を断ち切ることになる。その糸をつなぎたいんだよ。だれもが孤独死を望んでいるわけではない。それぞれのやむを得ぬ事情がそうさせているのだ」

芳郎さんも、少し思い詰めたように健太に声をかける。

「私はね、健太くん。孤独死の現場へ出かける度に祖父を思い出すんだよ。会ったことのない祖父だが、あれこれと考えると祖父に向き合うことができるんだ。死の間際に、何を考えていたんだろうってね。それだけで、この仕事は、私には意義がある。偉そうなことを言うようだけど、特殊清掃人として生きることは他者の人生をも生きることになるような気がするんだ。奪われた人々の人生を奪い返すんだよ」

健太はうなずいた。

「もうすぐ一年か……。健太、そろそろ大学へ戻ってもいいぞ」

社長の声だ。

「よく頑張ってくれたなあ。卒業したら本社員で採用してもいいぞ。ゆくゆくは、この会社を引き継いでもらってもいい」

社長が冗談めかした声で笑顔を浮かべて健太を見て言った。

「有り難うございます。感謝しています」

健太は、社長の冗談っぽい言葉だけでなく、ここ一年間で出会った諸々のことに感謝したかった。

会社に戻ると、睦美さんと繁子さんが茶飲み場で談笑していた。帰ってきた健太たちを見てねぎらいの言葉をかける。

健太たちも冷蔵庫から冷えた麦茶をコップに注ぎ、喉の渇きを潤す。健太は席に戻った後も社長や芳郎さんの言葉を思い出していた。人間はどこかでみんなつながっている。他人の過去をも生きている。自分の未来とうまくつながらない場合もあるが、どこかで確かに交わっているような気がする。

電話が鳴る。睦美さんが慌てて立ち上がって受話器を取る。

「は、はい、多和田、と、とくす、清掃社です」

睦美さんの、久しぶりのしどろもどろの対応にみんなが笑顔を浮かべる。いつもは、うまく言えるのに、どうやら慌ててしまったようだ。睦美さんも照れている。

社長も繁子さんも顔を見合わせて笑顔を浮かべた。

睦美さんが受話器を切って、社長へ用件を伝えた後、繁子さんが微笑みながらみんなに言う。

「私はそろそろ引退して、孫の子守役に専念しようかなあ」

「そ、そ、そんな、まだ早いです。ま、まだ、私は、独り立ちしていません」

睦美さんは、また慌てたようだ。繁子さんが立ち上がって、そんな睦美さんを愛おしむように抱き寄せる。

健太は社長の進言を受け、三月に退職すると決めた、あと一か月だ。

健太にとって、特殊清掃人として働いたこの一年間は、何よりも大きな財産になった。誠勇さん夫婦や芳郎さんだけでなく、死者たちに出会ったこともだ。もちろん、睦美さんに出会ったことも大きな財産になった。

理恵に電話をしようと思った。健太からのデートの誘いだ。どこかで失った夢のかけらをまだ拾えるかもしれない。スマホを握ったが、思い直して退社後に電話することにする。長い電話になるかもしれない。

卒業したら再度ここに戻ってきたい。その時にも睦美さんが元気で働いているといいなあ。こんなことへ思いを巡らしながら、健太はそっと笑みを浮かべた。

〈了〉

ベンチ

1

マルエーデパートは、いつも快適だ。明るく賑やかで心が弾む。たぶん多くのデパートがそうなのだろうが、正昭はこのマルエーデパートが気に入っている。訪れる時間は決めていないが、訪れるデパートはここだと決めている。正昭の住んでいるG市から近いこともあるが、新都心にあるこのデパートは、那覇市でも最も多くの買い物客が訪れる。

正昭は壁際のベンチに腰掛けてデパートにやって来る人々の姿を眺め続ける。そんな日々が多くなった。もう二年余になる。眺める人々は多ければ多いほど退屈はしない。退屈を紛らわすためにここに来る。そう言ってもいいかもしれない。

しかし、それがすべての理由ではない。微妙に的がズレている。が、正確な理由を求めることは、必ずしも大切なことではないように思う。年老いたからだろうか。自分に求めるものも、あまり厳しくはない。

一年も過ぎると、人々を眺めるのも、ただ漠然と眺めるだけでなく、様々な工夫やアイディアを凝らして眺めることができるようになった。最初のころは容貌や体格に目を奪われた。それだけでも十分に楽しかった。息を呑むような派手な服装や、顔面を厚く化粧した若い女の子を見るのは、実際驚いた。正昭の知らない別世界のようだった。

様々な方法を駆使して眺めるのは、新たな楽しみや新鮮な発見にもつながった。もちろん最も大きな楽しみは顔の表情だ。友達と会ったときの表情、恋人らしき人物と別れたときの表情、一瞬にして顔が変わる。その落差のある表情を見るのは楽しい。

顔だけではない。視線を下げて足元を見る。靴の色、種類、デザイン、汚れ、高低、それぞれの足元に違いがある。サンダル、スニーカー、草履、時々は素足で歩いている客もいる。カバンの持ち方、帽子のかぶり方、一つ一つを観察すると見飽きることがない。

時には、水色の服を着ている人だけを探す。時には花柄模様の服を着ている人だけを探す。そんなゲームをする。あるいは一人の人物に狙いを定めて目で追う。数分ごとに頭に手をやる癖がある。髪を撫でる。立ち止まった後は、必ず最初の一歩を右足から踏み出す。人間の行動は万華鏡のように様々なバリエーションを有している。実際、目を細めて見ると、万華鏡には小鳥が飛び交い、花びらが舞い、蜜蜂の群れが蠢いているようにも見える。

正昭は、長く勤めたG市立図書館を十数年前に退職した。三〇年余も勤めたが、そこで何かの業績を上げたわけではない。就職がそこでなければならなかったというわけでもない。たまたま、求人広告が目に付いたというだけだ。

正昭が卒業したG市の大学では図書館司書の資格を取れる講座を開講していた。卒業後は幅広い選択のできる総合文化学部に入学したのだが、漫然と受講した講座が役に立った。

就職したG市立図書館は正昭には最適な職場だった。小学生のころから人見知りが激しく、友人を作ることが苦手だった正昭にとって、貸し出しの手続きなどが機械化されていく図書館は、居心地がよかった。辞めたいと思ったことは一度もない。本を整理し、書棚を眺めることは、むしろ心地よくさえあった。

妻の信子を亡くしたのは、正昭が退職してから一年後のことだった。

退職する前年に信子が癌を患っていることが分かった。信子は大手デパートの経理部に勤めていて、長く会計事務を担当していた。正昭より二歳年下だ。見合いを勧められて、結婚した。

結婚したのは交際が始まってから一年後で、正昭三十四歳、信子は三十二歳だった。二人とも晩婚と言っていいだろう。

「趣味は?」

「図書館です」

「趣味は?」

「会計事務です」

そう言って笑い合った。それが趣味と言えるのだろうかと、互いに見つめ合って苦笑した。

相手の言葉をつなぐのが苦手な正昭にとって、信子もそうだということが分かったとき、どこかで安堵するものがあった。こんな些細なことが、あるいは結婚する大きな理由になるかもしれない。そんな不思議な予感がした。一年後、思い切ってプロポーズした。信子も笑顔で受諾した。

正昭は母親のキクと二人暮らしだったが、信子は一人で暮らしていた。結婚すると、信子が正昭の元へ移り住み、キクと一緒に一つ屋根の下で暮らすことになった。このことについては、今でも感謝している。結婚して三年目に長女の美香子(みかこ)が生まれ、それからさらに三年後に次女の亮子(りょうこ)が生まれた。父親になることは、ほとんど諦めていたから、夢のようにも思われた。

母キクと信子の間には、嫁姑の大きなトラブルはなかったように思う。信子は結婚後も仕事を続けたので、授かった二人の娘は、おばあちゃん子で育った。信子はキクに、いつも感謝していた。

その信子が、キクよりも先に死んでしまうとは信じられなかった。信子が入院していた二年間は、それこそ看病三昧の日々だった。二人の娘の美香子と亮子も懸命に看病してくれた。また母キクも高齢であったが、信子のベッドの傍らに腰掛を寄せて、一日中見守っていることが多かった。しかし、信子は助からなかった。

信子が五十九歳で亡くなったとき、長女の美香子は二十四歳、次女の亮子は二十一歳、母のキクは八十歳を越えていた。当時、美香子は高校を卒業し、東京に出て就職していた。三十六歳になった現在も東京で働いている。次女の亮子は高校を卒業して県内の専門学校に入学したばかりだった。

信子が亡くなっても、二人の娘は、もう手のかかる年齢を越えていたから心配はなかった。このことが不幸中の幸いになった。二人は母親を亡くしても健気に振る舞ってくれた。

しかし、母親のキクは信子を失って一気に年老いた。九十歳になった年に、病院に併設されている介護施設に預けることにした。身体を自由に動かせなくなり、まだらな呆けも出始めた。亮子も頑張ってくれたが、仕事に就いていたから思うように世話はできなかった。戦後七十年、戦前生まれの正昭は、もうすぐ古希を迎える七十三歳になる。正昭は自らも年老いていて、一人でキクの世話をみることは、もうできなかった。

正昭は、信子を失って後、信子の存在がいかに大きかったかが分かった。二人の娘が自立して家を出て、キクも施設に入院している今、身軽にはなったが、信子と一緒に失ったものはたくさんあった。気力を失い、希望を失い、生きる理由を失った。信子の介護で疎遠になった友人たちも失った。もっとも友人と呼べるような親しい仲間は、正昭には少なかった。古希を迎える正昭にとって、デパートで過ごす時間だけが、いつの間にか、かけがえのない時間になっていた。

マルエーデパートにやって来て、ベンチに腰掛けているのは正昭だけではない。多くの老人たちがやって来た。正昭のように一人暮らしをしている者もおれば、自宅で居場所を失った老人たちもいた。みんなそれぞれの理由でベンチに座り、毎日のスケジュールを実行するようにやって来た。

正昭はベンチに並んで座る老人たちの姿を眺めては、電線に群れる小鳥のようだと思った。時には服を着たカラスが、ぼんやりと首を垂れて座っているようにも思われた。ベンチだけでなく、テラスに置かれた円卓の腰掛けにも、多くの老人たちが身体を寄せ合って食べ物をつつく鳩のように群れていた。

デパートの中にある食堂や本屋にも、老人たちはたむろしていた。そしてテルピア（魚）のように静かに動いた。顔見知りになって会釈を交わす老人たちもいた。会釈だけでなく言葉を交わし、ここで親しくなる老人たちもいた。知り合った者同士でパチンコに出かけたり、麻雀をしたり、魚釣りに出掛けたりする老人たちもいた。今やデパートは、老人たちにとってかけがえのない場所であり、憩いの場所になっていた。

しかし、正昭にとっては、デパートは社交の場所ではない。会釈を交わすことはあるが、言葉を交わすことはほとんどない。友人を作ることは苦手だし、実際、歳を取ってからの友人は面倒だ。ただ黙ってベンチに腰掛け、通路を往来する人々を眺めるだけで十分だ。

そんな正昭にも、最初のころは親しげに声をかけてくれる老人たちもいた。しかし、今ではめったに声をかけられることはない。多くは正昭の無愛想な態度が原因だが、正昭は改めるつもりはない。

信子を失ってから今日まで、寂しさは日増しに強くなるが、だからといって、何かを変えようとは思わない。これが人生なんだ。これが自分なんだ。何を今さら、何を変えるんだ、という気分だ。

デパートに来るのは、退屈を紛らわすこと以外に、何かを待ち、何かを考え、何かを捨てる。それも理由になっているように思う。しかし、それが何かはよく分からない。希望を持たずに、過去を振り返る。そして静かに現在を生きる。そんな場所になっているような気がする。そのような気がするで十分だ。正昭にとって未来とは、せいぜいが一週間ほど先のことまでだ。ひと月先、一年先のことは分からない。考えたくもない。信子が迎えに来てくれたら、「はい」と返事をしてあの世に逝く。その準備はいつでもできている。

「信子はいつ迎えに来てくれるのだろうか。遅いなあ……」。

ぽつりとこぼれるのは、ため息と死んだ妻への愚痴だけだ。それも、だれかに向かって吐き出されるのではない。独り言だ。退職をして一緒に旅行をしたいという夢は、あっさりと断たれた。二人とも映画が好きなので、週一回は一緒に映画を見ようねという約束も果たせなかった。

それだけではない。正昭は、家事一切を信子や母親のキクに任せていたので、一人になって戸惑うことが多かった。生きていく上で、これほどの約束事や、しなければならないことがあるのかと驚いた。保険のこと、年金のこと、市民税のこと、燃えないゴミを出す日のこと、振り込まなければならない上下水道料金や電気料金など……。何もかも会計事務が趣味だという信子に任せっきりだったから、一人暮らしになって正昭は戸惑った。嫁いだ娘の亮子に電話をして、教えてもらうこともあったが、何度も電話をすることは、ためらわれた。自分の預金がどのくらいあるのか。その金額さえよく分からなかった。通帳の置き場所を思い出せないことも度々あった。

入院中の信子が、必死に教えようとしていた生活をする上での常識や義務が、正昭には面倒臭かった。面倒なことをするには、体力と気力が必要だが、正昭にはその二つが衰えていた。

面倒臭い多くの労を省いてくれるのが、デパートだ。ここに来ると何でもある。食事もできるし、トイレもある。昼寝もできるし、読書もできる。暑い日にはクーラーが効き、寒い日には暖房がある。正昭が暮らした田舎の小さな村よりも豊かな設備や環境が整っている。デパートは、日々の暮らしに潤いを与える最適な場所だ。正昭は、そう思って、いつもベンチに腰掛けている。

2

「おじいちゃん……、ねえ、おじいちゃん」

最初は、ほとんど聞こえなかった。ベンチで文庫本を広げている正昭は、近くに少女が寄って来たことに気づかなかった。全く気配がなかった。

「ねえ、おじいちゃん、いい？」

「おじいちゃんって、私のこと？」

「そうだよ」

「いいかいって……、何が、いいのかな？」

「だから……」

少女は、もじもじと照れくさがっている。

少女は、小学校の二、三年生のように思われる。珍しいことに首から画板を下げている。正昭の娘たちが小学生のころ、そのようにして絵を描いていたことを思い出した。

何がいいか、は分からない。本を読むのに夢中になっていたからなのか、ぼけーっとしていたからなのか、何度か発せられたであろう少女の言葉は、正昭には届かなかった。それでなくても、正昭は時々自分が置かれた状況が分からなくなるときがある。今は、そんなときだろうか。何がどうしたのだろう。少女の姿も、ぼんやりしている。まるで陽炎のようだ。

辺りを見回してみる。近くに少女のお母さんらしい女性が、弟と思われる男の子の手を取って立っている。正昭と目が合うと、微笑んで会釈をした。正昭も思わず微笑んで会釈を返す。

お母さんらしいその女性が、やがて男の子の傍らで膝を曲げて男の子を励ました。男の子も少女と同じように首から画板を下げている。二人は姉と弟だろうか。

「ほら、ちゃんと自分で言えるって、約束したでしょう。お願いしてごらん」

男の子は、母親に励まされてもなお下を向き、口をもごもごと動かしている。

正昭は思わず目の前の少女に語りかけた。

「お嬢ちゃんは、何年生?」

「三年生……」

「そうか……、お名前はなんていうの?」

「ようこ……」

「ようこ、か。いい名前だね」

少女は、笑みを浮かべてうなずいた。

背後の女性が、驚いたように正昭の顔をじっと見つめた。

それから、にこっと微笑んで、再び男の子の背中を押すように励ました。

「自分で、お願いするって言ったでしょう？　それともお母さんがお願いする？」

やはりお母さんだ。男の子が、お母さんに向かって首を振る。そして意を決したように正昭の前に歩み寄る。

「おじいちゃん、お願いします」

「はい。えっと、何をお願いするのかな。おじいちゃんは、本を読むのに夢中になっていて、お願いに気づかなかったから、ごめんね」

「ううん」

男の子が、やっと安心したように大きな笑顔を浮かべる。

「ええっとね、絵を描きたいの」

「なんの？」

「おじいちゃんの」

「おじいちゃんのって、私の？」

「そう。おじいちゃんの」

正昭は、お母さんの方を見た。

「お母さんですよね」

「はい、この子の母親です。よろしくお願いします。実はこの子の小学校の宿題で、先生からおじいちゃんの絵を描いてきなさいって言われたんだそうです。私の家には、おじいちゃんがいないので、どうしょうかって迷っていると、この子が、ぼく知っているよって。いつもこのデパートで、ベンチにお座りしているおじいちゃんがいるよって」

正昭は、苦笑した。デパートの客を眺めていると思っていたが、眺められてもいたのだ。

「こんな、私でもいいのかな」

「ええ、もう、十分です」

「えっ？」

「失礼しました。有難いことです」

母親が丁寧にお辞儀をする。正昭は苦笑して頭に手をやる。

「急なお願いで申し訳ありませんが、この子のお願いを聞き入れて貰えませんか」

「分かりました。私でよかったら、どうぞ」

「有り難う、おじいちゃん」

男の子が、お母さんからお礼を奪って正昭に頭を下げた。それから嬉しそうに画板を胸の前に水平に広げた。お母さんが小さな折り畳み式の椅子を広げ、男の子の傍らに置く。

ようこちゃんは、いつの間にか既に折り畳み式の椅子に座って正昭を見つめ筆を動かしている。正昭は男の子に向き直り、尋ねてみた。

「おじいちゃんて、言ってたけれど、何だか、さっきは、おじさんって、呼ばれたような気もするけどな……」

「そうだよ。おじいちゃんは、おじいちゃんだけど、でも、最初からおじいちゃんと呼ぶのは失礼でしょう。最初は、おじさんて呼ぼうと決めていたんだよ」

「そうか、ぼくは、えらいね」

「お母さんに、教えて貰ったの」

「こら、この子は……」

お母さんが、ませた口を利く息子を見下ろしながら笑っている。なんだか微笑ましい。

「おじいちゃんて遠慮しないで呼んでいいんだよ。おじいちゃんはおじいちゃんだからね。でも、おじいちゃんは生まれて初めてモデルになるから、なんだか恥ずかしいなあ。ポーズはどうすればいいの？」

「そのままでいいよ」

「そうか……」

「そのまま、本を読んでいてもいいんだよ。きれいに描くからね」

「うん、分かった。では、お願いします」

二人の子は、かわるがわるに正昭に話しかけ、そして返事をする。正昭にとって、絵のモデルになるのは初めてことだ。孫はまだいないが、なんだか孫のような二人の子とうまく話せたような気がして、くすぐったい気分になる。同時に幼い二人を和ませるためとはいえ、少し饒舌になっている自分に気づいて恥ずかしくなった。

傍らを通り過ぎる買い物客たちが、チラチラと視線を送る。中には立ち止まって二人の絵を覗き込む者もいる。やっぱり恥ずかしい。緊張して、広げた文庫本の文字は目に入らない。手に持っているのは、某流行作家の小説『幸福な生活・不幸な生活』だ。

母親は、二人の背後に立ってなんだか感慨深そうに目を潤ませている。文庫本に背表紙をつけていてよかったと思った。

しばらくして男の子がぐずりだした。盛んに背後の母親を振り返っている。正昭はその様子を見ながら言う。

「どうぞ、お母さんさえよければ、息子さんの希望を叶えてあげてください。私はようこちゃんと、ここにいますから」

「ようこと、ここに……」

「はい」

母親の問いかけるような言葉に、正昭は素早く返事をする。そう返事をした後、「私はようこちゃんと……」ではなく、「ようこちゃんは、私と……」と逆の言い方をすべきだったのかなと、母親の戸惑いを見て思い直した。が、苦笑しただけで、訂正はしなかった。

母親は、正昭の言葉を聞いて小さくうなずいた。ようこちゃんが、母親を見上げて言い継いでくれた。

「私は、大丈夫だよ。おじいちゃんとここにいるからね。心配しないでいいよ」

ようこちゃんの言葉に、母親が笑顔を見せる。よう子ちゃんはさらに男の子にも言う。

「しんちゃん、ぐずるんでないよ」

なんだか、先ほどぐずっていたようこちゃんは、どこかへ行ってしまったようだ。男の子は「しんちゃん」ていうのだろうか。すっかりお姉ちゃんぽくなっている。

「それでは、お言葉に甘えさせて貰います。しばらくお願いします」

「ええ、どうぞ」

正昭の言葉に、ようこちゃんがすぐに言い継ぐ。

「どうぞ、行っていらっしゃい」

再び苦笑が漏れる。母親も笑みを浮かべながら言う。

「ようこ、おじいちゃんに迷惑をかけないでね」

「うん、分かっているよ」

母親は、ようこちゃんの言葉にうなずくと、しんちゃんの画板をしんちゃんの腰掛に伏せ、手を引いて二人の前から立ち去った。

「しんちゃんと言うのだね、弟の名前は」

「うん、そうだよ」

「しんちゃんて、漢字でどう書くのかな？」

正昭は、思わずそう尋ねた後で、しまったと思った。小学校三年生には難しい質問だったかもしれない。

「しんちゃんのしんはね。信じるの信だよ。信一だからしんちゃん。ようこはね。太陽の陽」

「そうか、信じるの信に、太陽の陽か。陽子ちゃんはそれで明るい子に育ったのか」

「うん」

陽子ちゃんが、はきはきと答えてくれる。目は画板に向け、手は動かし続けている。たいしたものだと感心する。

上の娘の美香子が掛け算九九を覚えたときは、天才かと思って感心した。そんな日々の懐かしい記憶が甦ってくる。

正昭は、幼いころの娘たちの記憶に心を委ねた後、やがて手に持った文庫本に目をやった。記憶が途切れると、陽子ちゃんに何かを尋ねることも、答えることも、いつものように面倒臭くなった。押し黙って文庫本の頁をめくった。

時々、買い物客が、やはり陽子ちゃんの画板を覗き込む。陽子ちゃんは臆する素振りを見せずに描き続ける。が、正昭はやはり恥ずかしい。

「陽子ちゃん、もうちょっと壁際に寄ろうか」

正昭は、恥ずかしさを見破られないようにそうっと言った。

「うん、いいよ」

陽子ちゃんも、通路の側にはみ出していることに気づいたのか、素直に小さな椅子を壁の側に引き寄せた。それから、また黙々と描き続ける。正昭もまた、黙々と『幸福な生活・不幸な生活』を読み続ける。

正昭の座っているベンチは、背後の高い壁が背凭(せもた)れになっている。正昭の側から通路の側はよく見えるが、通路の側からは正昭のベンチは見えにくいはずだ。目前の通路は人通りも少なく、もう一つ先の通路がメーンストリートだ。そう思ってこのベンチを選んだのだが、そうではなかったのだろうか。先ほどのお母さんの言葉が思い出された。

陽子ちゃんは、正昭をどこから観察していたのだろうか。尋ねたい気分になったが、どうでもいいことのような気もしてやめた。一所懸命、筆を動かしている陽子ちゃんの邪魔はしたくない。少なくとも表向きは、心の迷いや恥ずかしさを隠して、じっと本を読んでいる姿勢を取り続けた。

しばらくして、お母さんが信ちゃんと一緒に戻ってきた。大きな買い物袋を片手に下げ、もう一つの手には、スターバックスの商標の入った紙コップを持っている。

「有り難うございました。窮屈な思いをさせて申し訳ありませんでした」

「いえいえ、そんなことはありませんよ」

「どうぞ、これ、コーヒーです」

正昭の前に紙コップを差し出した。少しためらったが素直に受け取って礼を述べた。

陽子ちゃんが立ち上がって正昭の前にやって来た。

「おじいちゃん、有り難う。ほら、きれいに描けたよ」

「そうか、よかったね。おじいちゃんも嬉しいよ」

「ほらね」

信ちゃんも、伏せていた絵に、先ほどから再び色を重ねていたが、正昭の前に差し出した。正昭は一瞬戸惑ったが、悟られないように笑顔を浮かべた。自分に似ているとは思われないが、確かに老人ではある。くたびれた雰囲気がよく出ている。

お母さんも信ちゃんの絵に驚いた表情を見せたが、正昭と同じように笑顔を浮かべた。正昭に向かって言う。

「ごめんなさい」

「いえいえ、よく描けていますよ。銀髪頭は、いかにもおじいちゃんです」

「有り難うございます。そう言っていただくと……。信一、それでは帰ろうか」

「うん」

信ちゃんが嬉しそうに返事をする。

「ちゃんとお礼を言ってね」

母親が、信ちゃんに言う。信ちゃんが頭を下げる。

「おじいちゃん、有り難うございました」

「どういたしまして。頑張ってね」

「うん、ぼく頑張るからね」

「おじいちゃんも、頑張ってね」

陽子ちゃんが、傍らからやさしい笑顔を見せて、信ちゃんに次いで正昭にお礼を言った。

信ちゃんが、お母さんの傍らをスキップを踏みながら歩き出した。しばらくして、気がついたように正昭の方を振り返って手を振る。正昭も小さく手を振った。やがて二人の姿が見えなくなった。

「おじいちゃんも頑張ってねって……、陽子ちゃんは、私に何を頑張れって言ったのだろうか」

正昭は苦笑しながら幼い陽子ちゃんの思いを想像した。しかし、何を頑張ればいいのか、何も浮かんでこない。正昭は、信ちゃんや陽子ちゃんにお勉強やお手伝いを頑張ってね、という思いで頑張れと言ったのだが……。

やがてため息をついた。死ぬまでの今を頑張れかな。まさかそんなことはあるまい。そんなことに少女の思いを集約した自分が少し惨(みじ)めになった。

その思いを追い払うように、正昭は『幸福な生活・不幸な生活』をポケットに入れた。通路に目を凝らす。今日は三人組の親子を何組見つけることができるか。その組み合わせの客を数えてみようと思った。

3

母親のキクは、今年で九十五歳になる。妻の信子は五十九歳で亡くなったのにと思うと、キクの長生きが憎らしくさえ思えることもある。時々そんなふうに思う自分の気持ちを、正昭は持て余すことがある。

キクもまたそう思っているところがあるのか、息のように漏れる小さな声で言う。

「正……。もう十分だよ。もう疲れたよ」と……。

正昭は、慌てて自分の心に潜んでいる鬼子を追い払う。

「母さん、何を言っているんだ。そんなことを言わないで、頑張るんだよ」

しかし、正昭にも、辛そうなキクを見ると、実際頑張ることがいいことなのか、分からなくなる。

陽子ちゃんの言っていた「おじいちゃんも頑張ってね」という言葉が甦る。正昭がキクに言う言葉は、死ぬ日が来るまで頑張れということなのか。もちろん、陽子ちゃんは正昭の事情など知るわけがない。考えてみると、頑張れという言葉は一時的ではなくて、みんなが死ぬ日が来るまで頑張れというふうにも思えてくる。これからのキクに対する治療はすべて延命処置になるのだが、これでいいのだろうかと迷うことは何度もある。

キクは、半年ほど前から食べ物を飲み込む力が極端に弱くなり、直接腹部の外側から管を通して胃の内部に養分や水分を送り込むための胃瘻（いろう）処置を始めている。口を使って食べることができなくなった。それと時を同じくして会話もうまくできなくなった。

会話ができなくなっただけでなく、認知症の症状がはっきりと出てきていると医者に言われた。来訪者の区別がつかなくなっていると言うのだ。なるほどと思われることはたくさんある。実際、正昭は自分のことさえ忘れ去られているのではないかと思うこともある。亮子も、「あんたは、だれね？」と問われて驚いたと言っていた。

正昭は、デパートに行くのと同じように、キクを預けている施設にも行く。それが毎日の日課になっている。毎日、キクの昼食時間に間に合わせて家を出る。施設は歩いて二〇分ほどの距離にある。もちろん、自宅に近い施設を選んだからだ。

今日も日課になった施設に行くと、娘の亮子がやって来ていた。亮子には日曜日にだけ顔を出せばよいと言ってあるのだが、今日は平日の水曜日だ。心配でやって来たという。

「お母ちゃんは、よかったかもしれないね」

亮子が目に、にじんだ涙をハンカチでふきながらポツリと洩らした。

「何が？」

正昭は小さな声で亮子に尋ねる。

「こんなおばあちゃんの姿を見ることがなくてさ。辛いよ。私もお母さんも、おばあちゃん子だったからね」

亮子がキクの額にハンカチを当て、小さな汗を優しくふいた。

母親がおばあちゃん子だった、と喩えるのは面白い。実際二人の子どもだけでなく、信子もおばあちゃんに甘えてくれた。正昭はそれが嬉しかった。しかし、正昭は亮子の感慨に答えることができなかった。信子やキクの命と同じように、亮子の言葉は重かった。

そんなに深刻に考えることではない、と言おうと思ったが、言葉は出なかった。目の前のキクの姿は、あまりにも痛々しかった。入れ歯を外したキクの口元は、小さく皺になった唇を作って奥に絞り込まれている。目もほとんど開けることができなかった。時々、思い出したように唇を嘗めるしぐさを繰り返しては、小さく口元を開閉したが、生かされているという印象をぬぐえなかった。

しかし、生きていることにかわりはない。妻の信子は、あっという間に死にさらわれたが、キクはしぶとく生きている。どちらがいいのか。キクにとって、正昭にとって、あるいは娘たちにとって……。

答えは容易に見いだせない。だが、キクの姿は確かに無残である。正昭はこのように老いたくはない、と思う。

しかし、死んだ信子はどう思うだろうか。病院は人生最後の闘いの場だ。多くの人々が病院で息を引き取る。デパートではなく病院こそが待ち合い場所なんだ。そんな思いも沸き起こってくる。

信子が生きていたら、喜んでキクの世話をしただろう。死の瞬間まで、キクに寄り添うはずだ。それは確かなことのように思われる。そう決意をして、信子は退職を一年早めようとしたのだから……。でも、信子の思いは達せられなかった。

信子が入院する前、母のキクはすでに辻褄の合わないことを言い始め、記憶もまだらになっていた。足腰は丈夫だった。テレビ番組の「水戸黄門」や「暴れん坊将軍」が大好きで、その時間帯に合わせて家族みんな揃って食事をした。

「亮子、あとは、父さんが看るから、お前はもう帰りなさい」

「うん」

「仕事は？」

「うん、今日はちょっと具合が悪くて休んだの」

「具合が悪い？　それではなおさらのことだよ。家に帰って休んでいるんだ」

「うん、そうするよ。おばあちゃんも見たし、お父ちゃんにも会えたからね。すぐ帰るよ」

「篤志くんを、ほったらかしてはいないだろうな」

「大丈夫だよ、心配しないで。篤志は相変わらず釣りが好きで、毎週のように休みの日には、朝早くから釣りに出掛けているよ。たくさん釣ったらお父ちゃんを呼んでご馳走するって言っているけれど、いつになるかしらねえ」

亮子は二年前の春に結婚した。夫の篤志くんは高校時代からの友人で、篤志くんの趣味は磯釣りだ。正昭も何度か誘われたが、その度に疲れるからと言い訳をして断った。実際、このことが断る大きな理由だったが、もう一つ、他にも理由があった。正昭には海にまつわる不幸な記憶がある。もちろん無理に隠すことではない。亮子はこのことを察してくれたようで、篤志くんは間もなく誘うことをやめた。たぶん、亮子がその理由を話したのだろう。

正昭が六歳のころだから、今から六十七年ほど前の戦後間もなくのことになる。正昭と母キクに起こった悲劇だ。キクの夫、つまり正昭の父、正次郎（まさじろう）は村の漁師だった。正次郎が正昭の兄、正一（まさいち）と一緒に、海で命を落としたのだ。正一は九歳だった。

正次郎と正一の乗ったサバニ（小舟）が日が暮れても帰ってこなかった。キクは慌てて村の男たちへ捜索を依頼したが、男たちは取り合わなかった。海を知り尽くしている正次郎に限って遭難などのまさかはない、というのだ。また、村には正次郎の他に二人の漁師がいたが、一人は夕暮れ時に海から帰ってきたばかりで疲労困憊しており、もう一人は夜釣りに出掛ける準備をしていた。はっきりとしない正次郎の遭難に巻き込むのはキクも気がひけた。

キクは、自分の不安は余計な思い過ごしだと言い聞かせ、募ってくる思いを必死に抑えつけた。実際、キクの不安は何の根拠も無かった。しかし、直観とでも言おうか、不吉な胸騒ぎは収まらなかった。正昭の手を引いて、その晩、波の打ち寄せる浜辺に何度か降り立っては遠い海を眺めた。

夜が明けても正次郎は帰ってこなかった。今度は二人の漁師がすぐに頼みを聞き入れてサバニを出した。二人の漁師は、その日の夕暮れ時に正次郎のサバニを曳航（えいこう）して戻ってきた。サバニには正次郎も正一も乗っていなかった。サバニだけが沖へ沖へと向かって流され漂っていたというのだ。二人に何が起こったのか、キクには知る由もなかった。浜辺で膝を折って泣き崩れた。多くの村人が、キクと幼い正昭の姿を取り巻いて一緒に悲しんでくれた。

　ここから母子二人の苦難の歴史が始まった。

　父親を失った二人の生活は、徐々に貧困が極まっていった。キクには、耕す畑があるわけではなかった。もちろん、サバニに乗ることもできなかった。村人に懇願して小作人のように小さな畑を借り受け、その日を暮らす食料となるサツマ芋や野菜を植えた。キクは、いつか二人が帰ってくると信じて村を離れようとはしなかった。

　消息を絶って十年過ぎても、正次郎と正一は戻って来なかった。キクは、正昭が中学生を終えるころにやっと諦めて位牌をつくった。遺体の見つからない二人の死だった。

　正昭には、キクと二人だけで過ごした日々の中で、忘れられない記憶がたくさんある。空腹で他人の畑のキューリを食べた日の後悔もある。台風の日に家が飛ばされそうになって恐怖に慄(おのの)いた日の思い出もある。そんな思い出の一つに、村の男たちが、キクのもとに夜這いにやって来た日の記憶もある。キクは、かまどから薪を持って男たちに立ち向かった。正昭も母の悲鳴に気づき、一緒に薪を持って男たちを追い払った。

　若い男が肝試しのようにふざけてやって来ることもあれば、妻子のある男が、酒の匂いを撒き散らしてやって来ることもあった。何度も何度もそんな日が繰り返されたが、キクは頑なに村の男を拒んだ。追い払う度に村に居づらくなっていたはずだ。

正昭が高校生になったころ、村に道路工事のための飯場ができた。キクは賄い婦としての仕事を得た。いくばくかの現金収入があり、いくばくかの蓄えができた。正昭の高校卒業と同時に、二人はその日を待ちかねていたかのように村を離れた。

正昭とキクは、本島中部のコザの町に移り住んだ。キクはコザの公設市場の鮮魚店に勤めることができた。魚を捌(さば)くのには慣れていた。その腕が随分と役に立った。鮮魚店の経営者の夫婦に気に入られて退職までそこで働らくことができた。

正昭も市場内にある野菜売り場で働くことができた。数年後には、母の勧めもあってG市の私立大学へ進学した。もちろん、正昭の希望でもあった。

正昭は大学に入学すると、昼間の仕事は困難になったので、当時コザの町に乱立していたAサインバーの一つでカウンターボーイとして働いた。夜の仕事を得て、昼間はG市にある大学にバスで通学した。大学卒業後は、G市立の図書館職員に採用された。以来、一度も職場を変えることなく、退職までそこで働いた。

コザでの生活は、正昭にとっても、キクにとっても、田舎に比べてはるかに具合がいいものであった。ひもじさからも解放され、他人の目からも解放されて、好きな時間を過ごすことができた。

しかし、気がつくと二人とも故郷を失っていた。老いても帰る場所が、どこにもなかったのだ。

強いて言えば、正昭はキクの元へ、キクは正昭のところ以外には帰る場所はなかったのである。

4

「ユウスケさんが倒れたぞ！」

「意識が戻らないそうだ」

「救急車が来るぞ！」

そんなことを言って、正昭の前を通って行ったのは、顔見知りの老人たちだ。次々と何人もの老人たちが、正昭の前を通り過ぎていく。身体を揺らし、よろけながらだ。

デパートにやって来る老人たちは、自分たちの仲間のことを、互いにデパ友老人と呼んでいた。だれが名付けたかは分からない。顔は知っているけれど名前は知らない。そんな距離をもった友人たちだ。もちろん親しく付き合っている老人たちもいる。

ユウスケさんは、デパ友老人の一人だ。正昭は、あまり話したことはないが、正昭と同じぐらいデパートに頻繁にやって来ているはずだ。

正昭も立ち上がり、老人たちがあれやこれやと話しながら目の前を駆けていく方向へ足早に歩き出した。ユウスケさんは、同じ二階の西口のベンチにいつも座っている。

正昭が着いた時には、すでにユウスケさんを取り巻いて幾重もの人だかりができていた。ユウスケさんは、ベンチに仰向（あおむ）けになっていて、身体には薄い毛布が掛けられている。デパートの警備員や、常駐の看護師がやって来てユウスケさんの近くで腰を折り、しゃがみ込んで介抱している。

「おい、しっかりしろ、おい、聞こえるか」

ユウスケさんは、警備員に顔を叩かれているが返事がない。ユウスケさんと同じ仲間のデパ友老人だけでなく、通りすがりの客たちも集まってきて人混みは益々大きくなる。第一発見者は、デパ友老人のハルおばあだ。ハルおばあは、ユウスケさんの傍らに立って、周りのみんなに口早に説明している。

「ユウスケはや、ベンチで寝るときはいつもうつ伏せに寝るからよ。仰向けに寝ているから、おかしいなあと思ったんだよ。遠くから見ていても、何だかチム、ワサワサー（胸騒ぎが）したよ。それで急いで駆け寄ったんだよ。ワンが（私が）第一発見者さ」

ハルおばあは、手振りを交えて説明している。興奮している様子が手に取るように分かる。

「ワンやや。ユウスケのために、弁当も作ってきたんだよ。ユウスケと一緒に食べようと思ってね。でもね、声をかけても返事がないわけよ。身体を揺すっても動かない。息もしていない。タマシヌギタサ（びっくりしたよ）」

ハルおばあは、目の前の警備員に、口をふき、涙をふきながら懸命に説明する。救急車のサイレンの音が聞こえる。

警備員は、ハルおばあから何度も同じことを聞かされたのか、相槌を打つだけで振り返ることもない。白衣を着た女性の看護師が、聴診器を胸に当てて手首を握り脈を取っている。そこへ救急隊員が三人、担架を持って駆けつけてきた。看護師と、やり取りをすると、一人の救急隊員が膝を突き、大声でユウスケさんに呼びかけた。

「もしもし、聞こえますか、聞こえたら、右手を挙げてください」

ユウスケさんの反応がない。さらに耳元で大きな声で呼びかける。ユウスケさんは動かない。看護師は傍らで首を何度か横に振る。

「救急車へ！　急いで！」

ユウスケさんに呼びかけていた隊員の指示で、他の二人の隊員が傍らに置いた担架へユウスケさんを乗せる。すると、どういう仕掛けになっているのか、下から脚が出て、担架はすくっと立ち上がった。滑車の付いた担架は、あっという間にエレベーターの前に押し出され、そのまま中へ滑り込んだ。

何分か後、階下から再び救急車のサイレンの音が聞こえてきたがすぐに遠ざかっていった。正昭が現場に到着してから、ほんの数分間で、ユウスケさんの姿は目の前から消えた。

「ユウスケさん、どうなるのかね。死んだのかねえ」

ハルおばあが、うろうろと歩き回りながら、だれかれとなく周りの人々へ声をかけている。

「さあ、みなさん、もう大丈夫ですから、解散しましょう」

フロアの責任者らしい背広服姿の男が、集まった人たちをせきたてるように追い払う。みんな一斉に言われたままに移動する。

　しかし、その中で行動が怠慢で、なかなか動かない一団がいる。テルピアのような老人たちだ。あぶくのようにあちらこちらでぼそぼそと声があがる。

「ユウスケは死んでいる。もう手遅れだな」

「あいつは、このベンチで死ぬことができれば本望だと言っていた。家族に迷惑をかけずに死にたい。ここのベンチで死にたいってね」

「いつもそう言っていたな」

「ここで死ねて良かった、ってことか」

「そうさ、病院に入院もせずに、金もかからずに、家族の世話にもならずに死んだんだ。良かったってことさ」

「快適なデパートに、あの世からお迎えが来てくれるんだ。願ったり叶ったりだよ。最高さ」

「おれも、ここで死にたいなあ」

「アリ、まだ、死んだかどうか分からないよ。そんなことを言うのは不謹慎だよ」

「不謹慎も謹慎もないよ。俺たちはみんなここで死を待つデパ友老人だ」

　老人たちの感慨に封をするように、再びフロアの責任者らしい背広服姿の男が言う。責任者らしいじゃなくて、渡辺さんという責任者だ。

「さあさあ、戻って、戻って」

渡辺さんの指図に、今度は抵抗せずに、それぞれの腰掛場所に戻っていく。老人たちは、渡辺さんをあまり怒らせないほうが得策だということを分かっている。怒らせると追い払われてしまう。戻る場所は我が家にはない。元のベンチだ。老人たちは、それぞれに目配せをしながら、手を振って別れていく。ハルおばあもやっと諦めて、目頭に当てていたハンカチを畳み、ハンドバッグに入れて皆に手を振って歩き出す。腰を折ってのろのろと歩いているがどこへ行くのだろうか。ハルおばあは、もう八十歳に届いているはずだ。

正昭も、ヨウスケさんは死んだかもしれないと思った。一度、囲碁に誘われたことがあるが断った。名前を名乗り合うだけの仲で終わってしまったが、たしか離島の出身だと言っていた。那覇に出てきてタクシーの運転手を長年やっていたが、一〇年ほど前に事故を起こして会社を馘(くび)になった。老齢から来る事故で、家族も心配したので、仕事を辞めた。そう言っていた。

さらに、ユウスケさんを取り巻いていた先ほどの人々の噂話をまとめると、次のようになる。

ユウスケさんは仕事を辞めたが、他にすることがないので、朝早くからデパートにやって来て、日が暮れるまでベンチに座っていた。昼食代の六五〇円を握りしめて一日中デパートで時間を過ごしていた。奥さんや子どもさんは家に居るようだが、デパートの方が気楽でいい。タクシーの運転手一筋に頑張ってきたが、気がついたら妻や子どもたちとは共通の話題や思い出も少なく、会社で覚えた囲碁だけが趣味だった。ユウスケさんは、このデパートが開店したころからの居候者であった、と……。

正昭は、いつものベンチに戻り、壁に背凭れてユウスケさんのことを考えた。少し寂しい気持ちになる。正昭だってユウスケさんと同じではないか。このベンチで死を待っているのではないか。そんなことはない。そんなことはないと頭を強く振りながら、ここに来る理由を探した。ここは妻の信子とよく買い物に来た場所だ。ここは信子が正昭のために、かりゆしウェアを何枚も買ってくれた場所だ。思い出のいっぱい詰まった場所なんだ。だからここに来るんだ。そんなふうに無理に考えようとしている自分に気づいて、急に瞼(まぶた)が熱くなった。

「信子、ここは……」

正昭は、小さく妻の名を呼んだ、が続く言葉を探しあぐねた。

「ここのベンチは……、待ち合い場所なのか」

にじんだ涙を、小指でそっと拭き取って遠方のデパ友老人たちを眺めた。

5

マルエーデパートのベンチに腰掛けている正昭の目の前に再び陽子ちゃんがやって来た。正昭をモデルにした似顔絵を描いてからひと月ほどが経っていた。

「ねえ、ねえ、おじいちゃん、ねえ、聞いて」

陽子ちゃんは正昭の隣に走ってやって来ると、息を弾ませながら矢継ぎ早に言った。

「あのね、おじいちゃんを描いた似顔絵ね、先生に褒められたんだよ。よく描けていますねって」

「えーとね、それからね、県のコンクールに、学校代表で出品することになったんだよ。凄いでしょう」

「そうか、そうか、それは凄いね。おめでとう」

「おじいちゃんのお陰だよ。有り難う」

陽子ちゃんの後ろには、先日と同じように信ちゃんの手を引いてお母さんが立っていた。笑顔を浮かべて会釈をした。正昭も会釈をする。

「この子が、おじいちゃんに是非お礼を言いたいというものですから……。その節は大変お世話になりました。有り難うございました」

「いえいえ、お役に立てたなら、嬉しいです」

「これ、少しばかりですが……」

「いえ、要りませんよ」

「ドーナツなんです。本当に少しばかりで」

「おじいちゃん、これ、ぼくが選んだんだよ。食べてね」

「そうか、分かった、有り難う」

正昭は、断ろうとした思いが信ちゃんの言葉で腰砕けになり、思わず受け取ってしまった。

「さあ、信一、もういいでしょう、行くわよ」

「うん、おじいちゃん、有り難う、また来るね。バイバイ」

陽子ちゃんと信ちゃんの二人が笑顔で手を振っている。正昭も思わず笑顔を返して手を振った。

陽子ちゃん母子の後ろ姿が見えなくなってから、正昭は苦笑を浮かべて、ため息をついた。

「私は、施し物を受ける人間になったのかな。私はどんなふうに見えているのだろうか。ここに座っているのは、道端に座って物乞いをしていることと同じだろうか」

正昭は声にならない声でつぶやいた。陽子ちゃんは、「また来るね」と言って立ち去ったが、また来られたらどうしよう。

渡された紙袋を覗き見る。紙袋の口を広げ、信ちゃんが選んだというドーナツが見える。三個のドーナツが入っている。チョコのドーナツと、いちごのドーナツはすぐに分かった。三個目は白いクリームの付いたドーナツだ。三個も食べられないよという思いと、私はドーナツよりもサーターアンダーギーが好きなんだけどな、という思いに苦笑して、陽子ちゃんたちの姿が見えなくなった方角を見る。

陽子ちゃんの明るさは、名前のとおりだと思う。そして正昭の上の娘の美香子と同じように人見知りのしない活発な子だと思った。美香子もそんなふうに育った子だ。正昭のためらいを何度も断ち切って、勝手に行動した。

久しぶりに二人の娘の幼いころのことが思い浮かんだ。年老いると過去の記憶を紡ぐことが、希望になるのか。そんなふうに自分を揶揄（やゆ）する声も聞こえるが、構わずに記憶を甦らせた。

美香子が初めて「お父タン」と声を発したときは感激した。風呂場の扉の前で、座り込んで何度も何度も呼びかけている声に気づいて、正昭は思わずドアを開けて抱き締めた。

次女の亮子は好奇心が旺盛で、驚かされることが多かった。みかんの皮を剥いて皮を食べたり、セミを捕まえることに夢中になって転んで足を擦りむいたり、蟹に指先を挟まれて泣き出したりしたこともある。数え上げたらきりがない。

美香子は商業高校を卒業後、東京の大手の電器店に就職した。妻の信子も元気なころだった。しかし、一年後に突然帰ってきて、信子と抱き合うようにして泣いていた夜のことが忘れられない。美香子は帰省中、最後まで正昭にその理由を語らずに再び東京に戻っていった。信子も「女同士のことだから」と教えてくれなかった。美香子は、その後は自分で仕事を探して転々と職場を代わったが、今は元気印の明るさで頑張ってくれている。

美香子は三十六歳になる。結婚をしないのが心配だが、それも美香子の生き方だと思うようにしている。母親を亡くしてから、随分と心細い思いをさせたように思うが、美香子には美香子の生き方があるのだ。

亮子は美香子と違って県外に出ることもなく、ずーと正昭の傍らに居てくれた。信子の看病も正昭と一緒によく頑張ってくれた。高校卒業後は、美容師養成の専門学校に通って資格を取り、美容師として働いている。高校時代から付き合っていた友人の篤志くんと、二年前、やっと結婚してくれた。結婚後も正昭と一緒に住みたいという二人の申し出を頑固に突っぱねて、正昭は亮子を追い出した。

美香子も亮子も、おばあちゃんの手料理を食べて育った。正昭も信子も働いていたからだ。時々、五人で一緒に旅行に出かけたが、なかでも韓国旅行が一番の思い出だ。上の娘の美香子の高校入学の祝いにと信子が計画したものだった。ソウルのホテル前のマッサージ店の指圧に悲鳴を上げていた信子と二人の娘、そして母キクの姿が思い出される。あのころが幸せの絶頂期だったのだろう。

歳月はあっという間に過ぎていく。光陰矢の如しというのは本当のことのような気がする。成長した二人の娘は、これからどんな人生を歩んでいくのだろうか。亮子も晩婚で結婚したのは三十一歳。信子が正昭と結婚したのは三十二歳だ。この年齢から信子は、正昭と二人で一緒に人生を歩み始めたのだ。亮子だって、美香子だって、遅いということはない。

陽子ちゃんから貰った紙袋を再び覗く。いつの間にかチョコのドーナツが無くなっている。自分で食べたのだと気づいた正昭は、思わず苦笑した。

陽子ちゃんたちが立ち去った通路に、再び目を遣った。もちろん、そこに陽子ちゃんたちがいるわけがなかったが、久しぶりに二人の娘のことを思い出させてくれたことに感謝した。

6

正昭は、妻信子との約束を一つだけ破っている。正昭本人は破っているのではなくて一時保留にしているだけだと言い聞かせている。あの世から自分を迎えに来たときに、その約束を果たせばいい。それまでは保留にする。このことを二人の娘は了解してくれた。

約束というのは、だれが先に死んでも仏壇を造らないということだった。遺骨は寺に預けて永代供養にする。もしくは遺骨を海上で散布して位牌も寺に預けるということだった。

海難事故で亡くなった正昭の父と兄は、遺骨のない死者だが、三十三年忌の法要も既に済ませた。心残りはない。信子とキクが元気なときだ。

二人の法要を済ませた後、位牌はキクの了承も得て寺に預けている。大学時代の親しい友人が住職になっている寺だ。正昭に男の子がいないがゆえに、習慣的に男の子が継承していく沖縄の位牌相続のあり方では継承が困難になったからだ。友人の住職は、女子相続が可能であること、また娘に男の子が生まれたら相談をして、その子に継がせることも可能であると助言してくれたが、新しく作られる娘たちの家族を煩わせたくなかった。

そのようなこともあって、正昭と信子は、自分たちの死後の永代供養の方法を考えたのだ。しかし、信子を失った後、寂しさは募ってくるばかりだった。喪中の四十九日を迎える前に、正昭は小さな仏壇を造り、家に置くことを決心した。友人の住職には、確かな理由を言うことは恥ずかしかったが、気が向いたときにいつでも永代供養の相談に乗るからと励まされた。

正昭は、家に戻ると、陽子ちゃんたちから貰ったドーナツを、仏壇の信子の遺影の前に供えた。

線香を点け、信子を見る。心なしか、今日の信子は笑っているように見える。正昭は、幼い恋人のことを、思わず微笑みながら話しだしていた。

信子は、退職直前の健康診断で癌が発見され、そのまま入院し帰らぬ人となった。正昭の手を握りながら、入院中に何度も同じ言葉を繰り返した。

「お義母さんを介護するために早く退職しようと思ったのにね、なんでこんなことになるのかね。ごめんなさいね……」

信子はキクの介護をすることのできなかった無念さを嘆きながら死んでいった。

正昭にはでき過ぎた女房だった。二人ともやや適齢期を過ぎた結婚であったが、いい人に巡り合わせてくれたと、信じてもいない神様に感謝さえした。

家庭のことは、ほとんど信子に任せていた。実際、正昭は自分の給料の金額さえ分からなかった。上下水道の支払いや、G市に土地を購入して新築した家のローンの支払い、生命保険や年金のことなども全く信子に任せっきりで、そんなことには疎かった。これらのことで信子に相談されても、上の空で聞いて相槌を打っていただけだ。

「私の母さんはね、父さんが帰ってくるのを信じたままで死んでいったのよ」

信子がそう言ったときは、思わず聞き返した。確か父正次郎と兄正一の位牌を、寺に預けようと決心して、住職を訪ねた日のことだった。

「それ、どういうこと？　信子の父さんは戦死したんじゃなかったの？」

「そうなのよ。父さんは戦死したのよ。でもね、母さんは生きて帰ってくるって信じたままであの世に逝ったのよ」

「そう、そうなのか……」

「父さんはね、南方戦線のニューギニアへ配属されたけれど、戦死した場所は分からないの。遺骨も戻ってこなかったからねえ。母さんは父さんの死を信じなかったの。母さんは、あの世で父さんと会ってびっくりしたんじゃないかなあ。やっぱり、死んでいたんだなということが分かって」

信子は、笑みを浮かべながらそう言った。

正昭には初めて聞くことだった。現実のことなのか、架空のことなのか曖昧だ。

「ねえ、お父さんのこと、もう少し聞かせてくれないかな」

「そうだわね。まだ話していなかったんだね」

信子は遠くを仰ぎ見る目で話してくれた。

「私はね、戦争の時、生まれたばかりで一歳。一人居た姉さんは五歳。戦後、母さんは、私たち二人を必死に育ててくれたの。必ず生きて帰ってくると、父さんの帰りを待ちながらね」

信子は、そんな母親の背中を見ながら育ってきたのだと言った。そして晩年には、母親は帰ってきた夫とも話し合っていたという。母さんの思いが叶って夫が帰ってきたのだと。

「最初は驚いたよ。母さんが父さんと話している姿にね。目の前に居るように話しかけるんだよ。お姉ちゃんと二人、気味が悪くなったけれど、しまいには私たちも信じることにしたの。お父ちゃんが帰ってきたんだねって。その方が、都合がよかったからね」

「……」

「お母ちゃんは、仏壇に向かって言うんだよ。お父ちゃん、信子が高校に合格しましたよ、お姉ちゃんが結婚しますよ、私は、どんな服を着て式に出ようかね……とかね、父さんに相談しているんだよ……」

信子の目に涙がにじんだ。正昭親子もそうであったように、信子親子にも、戦争によって奪われた物語があったのだ。日本のいや世界のそれぞれの地で、戦争で奪われた物語を必死につなぎ、再生した物語として甦らせる。死者を甦らせ新しい物語を紡ぐ。小さな家族の物語であろうと途絶えさせてはいけないのだ。その闘いこそが、戦争に翻弄された人々の戦後であろう。

信子の母親は、信子が高校を卒業すると、間もなく病に伏して亡くなったという。それだけに、キクに母親代わりになってもらい、親孝行がしたかったというのだ。

信子は、父親のことは全く覚えていないというが、このことに関連して、正昭は一度だけ不思議な感慨を覚えたことがある。信子と一緒に買い物に出掛け、かりゆしウェアを買ってもらったときのことだ。

その日、信子はむきになって正昭に似合いの柄やデザインを選び、何度も着せ替えた。いつもと違う尋常でない信子の行為に気づいて、正昭は直感した。

「私と一緒に、信子の父親がいる……」と。

信子の物語は、母親を喪った後も途絶えることなく紡がれ続けていたのだ。もちろん、正昭はその時の思いを、信子に言うことはなかった。だが、幼い信子の瞼に焼き付いてもいない信子の父親を演じることに一瞬戸惑ったものの、何のためらいもなかった。信子もまた、母親と同じように、見えないものを見て、奪われた父親と語りあっていたのだ……。

7

正昭にも正昭の物語があった。母キクと共に、村を蹴るようにして出て住みついたコザは、日本でも唯一のカタカナの地名のついた町だった。沖縄戦で上陸してきた米軍がキャンプ地を置いたことによってできた戦後の町である。

コザは、その後、急速に発展していく。米軍は戦後すぐに極東最大の軍事基地と言われる嘉手納基地を建設する。コザは嘉手納基地の南側ゲートに接続して発展していく。ゲート通りには米兵相手の飲食店や商店街が、通りの両脇で風船が膨らむように拡大していったのである。

正昭は、隣のG市にある私立大学に通いながら、夜はネオン街と化したゲート通りのAサインバーで、カウンターボーイとして働いた。母子二人の生活は、村での生活とは一変したが、充実したものだった。

正昭は、大学へは路線バスを利用して約四十分ほどの時間を費やして通学した。日本復帰前のG

市の私立大学は、まだ学生の数も少なかった。とはいえ、県内のいたるところから集まった学生たちは意欲に満ちていた。夜間課程もあり、学生の中にはすでに仕事に就いて妻子のいる者もいた。一九六〇年代の半ばのことである。

学生には、戦争が終わっても軍事基地が建設され、米軍政府の支配下にある沖縄の状況に矛盾を感じ、政治的な闘争へ走っていく者もいた。六〇年の安保闘争が終わっても、七〇年代の復帰闘争を迎え、小さな大学構内には大きな文字で書かれた立て看板が威圧的な風景を作ることもあった。

正昭は、学内でそのような話題に加わることもあったが、四十分をも要するバスでの通学時間のことを考えると、共感こそすれ、多くは支援者のままの位置に留まり、スクラムを組んで隊列に加わることは、ほとんどなかった。母子二人の生活費や自らの学費を自らの手で稼がなければならなかった。そしてベトナム景気と呼ばれるAサインバーでの仕事は、日増しに忙しさと厳しさを増していた。

米兵たちはベトナムの戦争で殺気立っていた。緊張を強いられる戦場から疲弊して生還した兵士たちは嬉しさを爆発させた。逆に出征する兵士たちは死の不安に怯えながらも自らを奮い立たせるために虚勢を張り怒声を発した。その感情をAサインバーで爆発させた。有り金全部を一夜の遊興費に充(あ)ててベトナムへ飛び立った。あるいは貴重な品物を現金に換え、湯水のごとく使い果たした。Aサインバーの経営者たちは、一夜にしてバケツいっぱいのドル紙幣を手に入れると噂されていた。

しかし、カウンターボーイやホステスたちにとっては、命がけの仕事であった。カウンターボーイをしている沖縄の青年たちは、時にはベトコン(ベトナム兵士)と間違われて、酔った兵士から半殺しにされるほどに殴られた。ホステスたちも常軌を逸した兵士たちの快楽の餌食にされ、時には殺されて新聞の紙面を飾る事件も起きた。

それでも多くのホステスやカウンターボーイがその場所に留まったのは、多額の現金収入があったからだ。多くのホステスたちが、何らかの切実な理由で働いていた。例えば多額の借金を返済するために、例えば家族のだれかの病気の治療費を得るために、歯を食いしばって屈辱に耐えていた。みんな生きることに必死だった。

正昭は、時々、カウンターから見える酔った兵士たちのホステスに対するあくどい行為や、無理を強いる破廉恥な行為を見かねて止めに入ることもあった。その度に散々に殴られ血だらけになった。

マスターからは、見ない振りをしろと注意されたが、見えているものを見ない振りすることもできなかった。両手、両足をバンドで縛られ、酔った兵士たちに嬲(なぶ)られ、強姦まがいの行為を強いられるホステスたちを目前に見るのは耐えられなかった。悲鳴を聞く度に耳を押さえ、目を閉じたが限界があった。

ホステスたちの中に、アキという四十代に近い女性がいた。兵士たちの悪さを一身に引き受けているように思われる親分肌の女性だった。若いホステスたちへの破廉恥な行為には、分け入るように間に入り自分が身代わりになった。兵士たちの行為を受けながら、歯を食いしばり涙を堪えているようにも見えた。

正昭の殴られ役と、アキの嬲られ役は、Aサインバーのカウンターボーイやホステス仲間たちの噂になっていた。

母のキクは、正昭の赤く腫れあがった顔や血のにじんだ腹部を見て、何度も仕事を辞めるようにと意見を言ったが、正昭は辞めなかった。ズキン、ズキンと痛む身体を抱えたままで大学へ行くこともあった。

「正坊、私にはね、子どもがいるのよ……」

正坊というのが、ホステスたちが名付けた正昭の呼び名だ。アキは、開店直後の客待ちの短い時間に、コーラに浮かんだ氷を指先でかき混ぜながら、カウンターの内側の正昭に言った。

正昭は、答えることができなかった。答えを探しあぐねて、顔を上げることもできずに、コップを洗い続けながらため息のような声を漏らした。

「ええ……」

正昭は、返す言葉を持たない自分を恥じた。間の抜けたため息だった。それっきりだった。アキはその続きの言葉を正昭に投げかけることはなかった。ずーっと黙ったままだった。正昭には長い時間が過ぎたように思われた。やがて、アキからもため息のような言葉が漏れた。

「正坊……、アタシ、疲れたなあ」

小さな、泣くような声だった。アキのそんな弱音を聞くのは初めてだった。

正昭は、今度は顔を上げた。

「そんなことを言わずに……、頑張りましょう」

精一杯の返事だった。アキは、すぐに言葉を返した。

「そうだよね、それ以外にないよね……。正坊、ほら、こっちへ来て、おばさんの手を見てごらん」

正昭は、コップを置いてアキの手を見た。

「おばさんなんかじゃありませんよ」

正昭は笑みを浮かべて冗談ぽく言った。それからアキの顔を見た。アキの目に涙がにじんでいる。

「有り難うねえ」

アキは、カウンターに置かれた正昭の手の上に自分の手を重ね、やがて両手で包むようにして正昭の手を握った。アキの左手の人差し指に傷跡があった。

「この傷はね、鎌で切ったの。サトウキビ畑でね。子どもが、ちょっと目を離したすきに、どぶ川に落ちてね、それで慌ててしまって手元が狂ったの」

「……」

「それでも、あの時まで、ウチの人も元気だったからね、不幸が続いたけれど、幸せだったんだろうね……。おかしい？　こんな言い方」

「いえ……、おかしくありません」

「無理しないでいいのよ」

アキは、何かを振り払うように首を振った。それから笑顔を浮かべて正昭に言った。

「正坊、いつも、有り難うね」

「えっ？」

「私たちを助けてくれて有り難う。一度、お礼を言いたかったの」

「……」

「痛いでしょう、殴られたら。痛くないわけがないよね」

アキは笑った。それからそっと正昭の手を引き寄せて、その手を頬に当てた。柔らかい頬だった。

「もうすぐ、終えられそうなのよ、この仕事。そしたらね……」

そしたらね、の後は聞くことができなかった。多くの兵士たちがどやどやと入り口のドアを開けてやって来たからだ。

アキは、小さな笑みを閉じ、大きな笑みを作って椅子から立ち上がった。正昭に照れたようなウインクをして、兵士たちを迎えに入り口に向かった。

館内は、一気に賑やかになった。怒声や叫び声が飛び交い、怒涛のような時間が押し寄せてきた。アキも正昭もその時間にあっという間に飲み込まれた。

アキは、この日から二日後に遺体で発見された。ホテル街にある亀甲墓のコンクリートの上で、衣服を毟り取られて首を絞められて殺された。

正昭はこのことを、はじめに職場のホステスから聞いた。詳しい情報を新聞で知って思わず悲鳴をあげた。記事を貪るように読んだ。記事の内容は、被害者は乱暴され絞殺されたと思われるが、犯人は逃亡して分からない。詳細は調査中で、そこが殺人現場か、それともどこかで殺されて、そこに遺棄されたのか、そのこともよく分からない。そんなふうに書かれていた。

「分かっている、犯人は分かっているんだ!」

正昭は思わず声をあげた。軍事基地化したこの島がアキを殺したんだ。ベトナム戦争が、アキを殺したんだ。この島の貧しさがアキを殺したんだ。正昭は、必死であふれ出る怒りを抑えたが、大粒の涙がぽたぽたとこぼれ落ちた。

アキの本名は、新聞報道によると島袋昭子、三十九歳、沖縄本島の南に浮かぶT島の出身。子どもが三人おり、夫は長く患った後に死亡したという。さらにホステスたちの噂では三人の子どもはアキの老父母に預けられ、老父母がアキの遺体を引き取りにやって来るという。

「正昭の昭と昭子の昭は、同じ漢字だよ。不思議な縁だね」

アキはそんなふうに正昭に告げたことがあった。嬉しい記憶も死んでしまえばむなしさだけが残った。名前なんか、なんの縁にもならなかった。悔しさだけが残った。強姦され殺される場面が、何度も何度も正昭の夢に現れた。アキは助けを求めてもがいていたが、正昭にはどうしようもなかったのだ。本当にどうしようもなかったのか、とまた自分を責めた。

アキが死んでもAサインバーは何事もなかったかのように開店し、営業が続けられた。相変わらずホステスたちはだれもが店内のシートで悲鳴をあげ、酔った兵士たちの破廉恥な行為に嬲られ続けていた。

正昭も同じように店を開け、店内を掃除し、カウンターの中でコップを洗った。そんな自分に気づいて呆然とした。かけがえのない生命の喪失に、世界は見向きもしない。一人の女性の無残な死に、哀悼の意さえ示さないのだ。生きていることの馬鹿さかげんに気づいて怒りが込み上げてきた。

しかし、その怒りや寂しさをどこに向ければいいのか分からなかった。巨大な基地と戦う術も知らなかった。自分の内部で膨らんでいくマグマのような感情をコントロールできないままに、正昭はコップを掴んで、思い切り床に叩きつけた。皆が突然の出来事に正昭を振り向いたが、もう躊躇はしなかった。

正昭は二年余も働き続けたAサインバーをその日に辞めた。何の悔いもなかった。あるとすれば、どうしてこの場所で殴られっぱなしになりながら二年間余も働き続けたのだろう。悲しみを見続けてきたのだろう。アキに手を差し伸べなかったのだろう。見ることの苦痛に耐え、見えているものを見えないままにしたのだろう。そんな悔しさだけだった。

8

ユウスケさんが死んだと知らされたのは、救急車で運ばれてから一週間後のことだった。デパ友老人のコウゾウさんが、ベンチに座っている正昭の傍らにやって来て、身を寄せるようにして座ると、腰を折り、両膝に両手を置いて独り言のようにつぶやいた。

「新聞の死亡広告欄に名前が出ていたらしいんだが、君は知っていたか？」

「いや、知らなかった」

「そうだろうな……」

「そうだろうなあって？」

「君はどうだろうか。私は新聞の死亡広告欄は見ないようにしているんだ。死亡広告欄を見ると毎日が憂鬱になるからな。時々は他人の死亡広告が自分の死亡広告に見えることもある」

「そんな……」

「人間はだれもが死ぬんだ。このことを確認して生きることは、いいことかもしれないが、毎日だと、ちょっと辛い」

「ええ……」

「死亡広告欄を毎日掲載しているのは、沖縄の新聞の特徴らしいが、君は知っていたか？」

「ええ、聞いたことがあります」

「そうか……」

コウゾウさんは、学校の先生を長年勤め、最後は学校長で定年退職を迎えたと聞いていた。正昭より七つほど年上のはずだから、もうすぐ八十歳を迎えるのだろう。

「君は知っていたか」がコウゾウさんの口癖だが、コウゾウさんは、それ以後は口をもごもごさせるだけで、言葉は発しなかった。

死亡広告欄のことは「知らない」と答えればよかったのかなと後悔した。気まずさを埋めるために、正昭のほうから言葉を発した。

「ユウスケさんは、いつ亡くなったのでしょうか」

「病院に担ぎ込まれたときは、もう死んでいたそうだ」

「そうですか……」

「だから……」

「だから？」

「一週間前だな」

コウゾウさんは身を起こし、背中を壁にもたせて目を閉じた。それから、しばらくして目を開け、来たときと同じような姿勢で腰を曲げ、両膝に両手をつくと、じっと遠くを見つめるように視線を泳がせてつぶやいた。

「ユウスケさんのように、私もここで死ねたら本望だな。ぴんぴんコロリンだ。長患いもせず、家族に迷惑もかけずに死ぬことができたらな」

「デパートは、そんな場所ですか？」

「そんな場所にしたいとデパ友老人は、みんな思っているんじゃないかね」

「そうですか……」

「君はどう思っているんだね」

「そうですね……」

正昭が答えを考えていると、コウゾウさんはいきなり立ち上がった。

「それでは失敬」

コウゾウさんは何かを思い出したように、足早に立ち去った。正昭の返事に頓着もしない。何を思い出したのだろう。あまりにも突然のことだったので、正昭は唖然として、立ち去るコウゾウさんの後ろ姿を見送るだけで、その理由を尋ねることができなかった。コウゾウさんの後ろ姿は、右に左に大きく揺れながら消えていった。

コウゾウさんの言葉に返事をする時間はなかったが、正昭もここ数年、自らの死を身近に感じるようになった。あの世があるようにも思われる。あの世には父や兄がいて、両手を広げて待ってくれている。そんな気がした。亡くなった信子も、そろそろ迎えに来てくれるのではないか。そのようにも思った。

「待ち合い場所」……。

そうだ。ここは待ち合い場所なのだ。そう思うことも多くなった。デパートには夢もあるが、デパ友老人たちが死を待つ場所の一つのような気もする。ここで死ねたら賑やかな生の続きを獲得できる。あの世で必要な品物も、ここにはみんな揃っている。生と死の境界がボーダーレスになる場所。老人たちの待ち合い場所なんだ。

母キクを看取ったら、ここで死を待とう。帰る場所を失い、故郷を失った者にとって、ここは最高の楽園かも知れない。夢を買い、死を手招く。そんなことができる場所なんだ。

そんな思いに囚われている自分に気づいて、正昭は思わず苦笑した。それでは、母親キクの死を待っているようなものではないか。またもや鬼子の顔が頭をもたげてきた。待ち合い場所という言葉を慌てて押しやった。

キクのことは、まだ迷っていた。胃瘻（いろう）の管を外すことをお願いするのは罪なことだろうか。安楽死という法律がアメリカの一部の州や東欧の国にはあって、それが許されるということを聞いたことがある。しかし、定かではない。記憶の多くが定かではないような気がする。これが老いるということなのかとも思う……。

しかし、定かな記憶もある。その一つに、母親のキクより先には死なないという誓いを立てた日の記憶だ。その誓いが、正昭を明日へと牽引する力にもなってきた。今でもそうだ。それだから迷うのだ。

ホステスのアキの死に激しいショックを受け、Aサインバーを辞め、怒りを鎮めるために正昭は旅に出た。那覇港から客船に乗って鹿児島に上陸し、北に向かって日本列島を縦断した。北海道の宗谷岬で折り返して南下し、再び東京から船に乗って戻ってくるという行程だ。沖縄が日本へ復帰する前のことで、ひと月余りの旅だった。帰ってくる船上で誓った日の記憶だ。

あのころ、アキは、正昭に多くを語ったわけではないが、たくさんのものを掌の温かさから伝えてくれた。頬の柔らかい感触は今でも覚えている。正昭はアキの苦悩を引き受けるほどに大人ではなかった。またそのようにアキも理解し、正昭に重たいものを背負わせなかったように思う。もしも正昭がアキの苦悩を背負っていたら、正昭は潰れていたかもしれない。

アキは、正昭を抱いたわけでもなければ、思いを伝えたわけでもなかった。しかし、正昭はアキの死によって、自分が生きているこの世は矛盾だらけだと悟った。Aサインバーも矛盾だらけ、この島も矛盾だらけだ。少し見回すだけで、人を殺す凶器と化した島の実態が浮かび上がってきた。それに自分も加担していることが耐えられなかった。

その矛盾への怒りは、正昭が島を離れて本土を旅行している間にコザ市で一気に噴き出した。Aサインバーのあるゲート通りから、町外れまでの路上に停めてある米軍車両が次々と焼き払われるという事件が起こったのだ。正昭がこのことを知ったのは、沖縄に帰ってからだ。旅行中は新聞を読む機会はほとんどなかったが、本土紙では、あるいは報道されなかったのではないか。報道されても小さな記事だったのだろう。最も旅行中は、たまに駅の売店で新聞を買って読むだけだった。

正昭は、鹿児島から北海道まで、列車を乗り継ぎながらひと月余の旅を続けた。宿泊は、当時流行していたユースホテルや民宿を利用した。かっこよく言えば、生きる意味を見つける旅だった。矛盾を呈した世界の歯車が回る度に人間が死ぬ。アキを殺された喪失感を何とかして埋めなければならなかった。

しかし、何も見つからなかった。生きている意味はどこかに落ちているわけではなかった。旅をすれば見えてくるわけなんかないのだ。かえってむなしさだけが増大した。

東京の晴海（はるみ）港から、再び客船に乗って沖縄に戻った。二泊三日の船旅は退屈以外の何ものでもなかった。船上から夜空の星を眺め、昼間には波立つ航跡を眺めながら、ふと人生は耐えることの連続だ、耐える方法を学ばねばならない、と考えたりもした。

甲板に出て、風に当たり、太陽に照らされて船べりに描かれる白い泡飛沫を見つめた。数限りない模様を作っては瞬時に消滅する光景を、退屈を紛らわす唯一の方法でもあるかのように何度も何時間も見続けた。

実際、太陽に照らされて躍動する白い飛沫は、不思議な生き物のように蠢いて見えた。一つとして同じ模様はなかった。瞬時に生まれ瞬時に消えていく。そこになんの意味もなかった。しかし、じっと見つめていると、正昭の心でいつしか熱くなっていく思いがあった。どのような脈絡があったのかは、定かではない。

「母さんより先には、死なない……」

込み上げてくる熱い思いの中で、正昭が誓った言葉だ。瞬時に生まれ瞬時に消える。それでも生まれては消えていく法則がある。人間の命にも、法則がある。この旅が終わるのを母親が待っている。自分を待っている母親より先に死んではいけない。それが、自分一人を支えにして戦後を生きてきた母親への恩返しになる。母親の存在が、自分の生きる意味になる。そのように思ったのだ。

母キクは、正昭が幼いころから、正昭を守ってきた。また、自分を守るために敢然と戦ってきた。その母を悲しませないことが、正昭の生き続ける理由だ。白い泡飛沫でも、様々な模様を作ることができる。順序よく模様を作り、順序良く消滅していく。自分にも一度限りの人生を母親よりも長く生きることはできる。泡飛沫のような人生でも意味がある。目を強く閉じて、涙を堪えながら、そんなふうに思ったのだ。その誓いが、その後を必死に生きて来た正昭の拠り所になったのだ。

正昭は、ひと月余の旅から戻ると、偶然にG市立図書館職員の求人ポスターを見た。すぐに応募して卒業後の採用が決まった。以来、この仕事を変えることはなかった。

正昭は三十歳を過ぎたころ、母キクが、職場の夫婦の紹介だといって縁談を持ってきた。その時の見合いの相手が妻の信子だ。正昭の結婚の決意を、母のキクが喜んでくれるのは何よりも嬉しかった。

信子は、本当に気が利く女房だった。老いていくキクの身の回りの世話を、正昭以上に気遣ってくれた。二人の娘も五体丈夫で授かった。これ以上に幸せなことはない。幸せな人生だった。十分に生きた、ように思う。

でも、母より先には死なない。死ねない。その思いを裏切りたくはない。順序よく死を待つ命の法則……。もちろん、正昭には、いつでもあの世へ行く準備はできていた。

9

マルエーデパートに居るすべての時間が楽しいわけではない。時には見たくもない光景に出遭うこともある。暴力沙汰もうんざりだ。万引き、置き引きなども見たくない。子どもの泣き声も好きではない。通路での夫婦喧嘩もある。それこそ何でもござれのオンパレードだ。退屈はしない。自宅にいるよりは、ずっと面白い。見えるものはたくさんある。

ベンチは腰掛けるだけでなく、寝転がることもできる。野外の公園のベンチだと恐喝や暴力沙汰に巻き込まれる不安もある。雨の心配もある。デパートのベンチはそんな心配は無用だ。常時警備員が巡回している。何の心配もない。快適なトイレもあるし食堂もある。デパートは天国だ。

かつての職場で築きあげてきた人間関係も、退職から十数年も経てばあまり気にもならない。無愛想で、愛嬌なしで過ごした職場であったから、職場のみんなに名残惜しまれることもなかった。その証拠に、デパートのベンチに座っていて、かつての同僚や後輩から声をかけられたことは一度もない。自分は賞味期限が終わって萎びていく茄子(なす)みたいなものだ。そう思っている。

今では、正昭に声をかけてくれるのはデパ友老人だけだ。なかでもハルおばあはうるさいほどに正昭に声をかける。ハルおばあは、ユウスケさんの死をどう思っているのだろうか。あんなに悲しそうにしていたのに、もう忘れてしまったかのように元気に廊下を歩き回っている。

ハルおばあは、正昭にとっては、どちらかというとウザイ存在だ。この前もハンカチで包んだてんぷらを取り出して一緒に食べようと言ってくれた。正昭の傍に座り、熱いお茶を魔法瓶から淹れてくれたのだが、正昭はきっぱりと断った。ユウスケさんの代わりを務めさせられるような気がして、不愉快になった。

ハルおばあは、仲間うちでは、認知症を患っているのだと噂されている。ハルおばあは戦争孤児で、身寄りもなく一人で戦後を生きてきたという。娘が二人いるというが、二人とも米兵との間にできた子どもだと言われている。しかし、よくは分からない。

ハルおばあは一日の大半をマルエーデパートで過ごしている。もっとも正昭だって、他人のことをあれこれと言うことはできない。正昭も他人から見れば、ハルおばあと同じように見えるかもしれない。そのように見られたら、警備員に目を付けられて追い出されてしまいかねない。だから、だれもハルおばあのことを警備員に告げ口をしない。でも警備員は知っているはずだ。ハルおばあや正昭たちを、見て見ぬ振りをして黙って許してくれている。

正昭の一日は、午前中は家でのんびりと過ごす。必要なときには洗濯や掃除をする。庭に出て小さな花園の手入れをする。鉢植えの花に水をやるのも日課の一つだ。時には書物を読み、のんびりと過ごす。

午後には母キクの昼食時間に間に合わせて施設を訪ねる。キクは口から食事は運べないが、できるだけ手を握り、声掛けをする。腰を揉み、足の屈伸運動を行い、絞ったタオルで身体をふいてやる。キクは自分で身体を動かすことを億劫がっている。それだけに、背中に床擦れができないように十分に注意をする。体調のいい日には、車椅子に乗せて施設の内外を探検する。

キクの反応は徐々に鈍くなっている。耳は聞こえているのか、聞こえていないのか、はっきりしない。首を振ったり、うなずいたりするので、正昭が言っていることを分かってくれているとは思うけれど、それも確かではない。気分で返事をしているようなところもある。

「母さん、正昭だよ、分かるよね」

正昭が耳元で話すと、うなずくこともあるが、全く反応しないこともある。正昭も疲れて、無言で傍らの椅子に座っているだけのこともある。

午後の二時間ほど、病院で母親の相手をした後に、正昭はマルエーデパートに行く。デパートでは夕方まで過ごし、食堂で夕食を摂ることもある。しかし、多くはデパートで購入した店屋物を手に下げて家路へ向かう。バスに乗って十分ほどの時間で自宅に到着する。時々は歩くこともあるが、その距離の適度さも、正昭をマルエーデパートへ向かわせる理由の一つになっている。

土、日には、娘の亮子がキクの入院している施設や自宅を訪ねてくる。亮子には、あまり無理はするなと言ってあるのだが、亮子にもキクに対する特別な思いがあるのだろう。信子が働いていたころは、亮子の弁当もほとんどキクが作っていた。

自宅に戻ると、まず仏壇の信子に合図をする。線香を立てて、手を合わせる。時々、信子はあの世で、父親に会えただろうかと思うことがある。父親の顔はほとんど覚えていないと言っていたが、母親に紹介して貰えただろうか。正昭だって、父や兄の顔をよく覚えてはいない。考えてみると、二人の境遇はよく似ているねと、笑い合ったことも何度かあったように思う。

正昭が、仏壇の上に手紙が置いてあるのに気づいたのは、デパートから帰ってきてテレビをつける前だった。冷蔵庫から缶ビールを出し、刺身を皿に移し替えて、テーブルの上に置き、仏壇に香を焚いて信子に合図をしようとして手紙に気づいた。

封筒の表書きには、「父さんへ」とある。亮子からだ。心配事だろうか。少し心を騒がせながら用紙を取り出して広げ見る。ボールペンで書いた亮子の字だ。一気に読む。胸騒ぎはすぐに鎮まった。心配事ではなかった。嬉しいことだった。正昭はすぐに亮子に電話をした。

「父さん、どうしたの？」

「どうしたのって……、おめでとう」

「うん、有り難う。気づいてくれたんだね。食卓に置こうか、仏壇に置こうか、迷ったんだよ」

「どこに置いても、見つけるさ」

「そうだね。父さんは、まだまだ、母さんに惚れているからね。仏壇が確実かなと」

「おいおい……」

「今日ね、産婦人科の病院へ行ったのよ。そしたら妊娠していることが分かってね、帰りに父さんの所に寄ったのよ。一番に喜んで貰おうと思ってね。でも父さん居なかったから、メモを残しておいたんだ」

「うん、おめでとう。とても嬉しいよ」

「デパートに行っていたの？」

「うん……」

「孫ができたら、頻繁にデパートには行けなくなるかもよ。父さんは、じいちゃんになるんだよ。頼りにしているんだからね。孫の遊び相手だよ。それでいいよね、父さん」

「う、う、うん……」

「あれあれ、父さんには、孫のお迎えなんかもしてもらわなくちゃ。私も篤志も仕事だし、あてにしているんだよ」

「うん、そうだな。私も、本当のおじいちゃんになるんだな」

「本当にって……、あれ、嘘のおじいちゃんを、しているの？」

「いや、そうではないのだが……」

正昭の頭には、陽子ちゃんや信ちゃんの顔が浮かんでいた。

「母さんは、おばあちゃんになれなかったからね。そうだな、母さんの分まで、おじいちゃんをするか」

「あれ？　変なの」

「変なのって？」

「母さんの分まで、おじいちゃんをするって、なんだかおかしくない？」

「うん？　そうだなあ」

「母さんは、おじいちゃんにはなれないよ」

「うん、そう言われると、なんだかおかしいような気もするなあ。それじゃあ、母さんの分までおばあちゃんをするか」

「あれ？　これも、なんだか変だよ。父さんは、おばあちゃんにはなれないよ」

正昭は、亮子のツッコミに声をあげて笑った。

亮子も電話口で幸せそうな笑い声をあげている。

「篤志くんには伝えたのか？」

「まだだよ、帰ってきたら、びっくりさせようと思っているの」

「そうか、お祝いだね」

「うん、そうだよ」

「姉ちゃんには？」

「姉ちゃんにも、まだ伝えてない。さっき電話したけれどつながらなかった」

「そうか、姉ちゃんには父さんからも電話をしていいかな」

「うん、いいよ」

「有り難う、驚かせてやるよ。姉ちゃん、喜ぶよ」

「うん、そうだね。ねえ、父さん、こっちに来ない。篤志が帰ってきたら三人でお祝いしようよ」

「いや、今日は刺身を買ってきたから、ここで母さんと乾杯する。お前も篤志君が帰ってきたら二人で乾杯しなさい。篤志くんにもよろしくな」

「うん、有り難う。ねえ、父さん、やっぱり、この機会だから携帯電話、買ってよ。便利だから」

「どこかで倒れたら困るから、とは言わないのか？」

「もう言わないよ。父さん、まだまだ元気だよね」

「そうだな」

最後は曖昧にして、正昭は電話を切った。喜んでいる亮子の表情が目に浮かんでくる。

正昭は、飲みかけのビールを注ぎ足して仏壇の信子の遺影の前に置いて手を合わせた。

「母さん、おじいちゃんになるんだよ、おじいちゃんに」

正昭は、徐々に喜びが沸いてきて、思わず声を出して語りかけていた。

「大きいおばあちゃんにも、知らせなけりゃね」

「美香子にも、知らせなけりゃね」

あふれそうになる涙を堪えた。

「忙しくなるよ、おばあちゃん……」

正昭は、そう言うと、信子の遺影の前に置いたビールのコップに手を伸ばした。古希を迎えて古希から始まる人生もある。信子を失った無念の思いが沸き起こってきたが、涙を堪えて一気に飲み干した。

10

「おじいちゃん、ねえ、おじいちゃん。おじいちゃんの絵が入選したよ」

陽子ちゃんが、息を切らせながら駆け寄ってきて、正昭を見つめると大声で言った。笑顔があふれ、頭には長い髪を押さえる可愛いピンクのヘアバンドをしている。

「凄(すご)いでしょう、おじいちゃんの絵だよ」

「そうか、そうか、よかったね。おめでとう」

「うん、よかった」

「おじいちゃんの絵って……、陽子ちゃんが描いた絵だよね」

「そうだよ、県の図画作文コンクールで入選したんだ」

「そうか、凄いね」

「うん、有り難う。信ちゃんも一緒に入選したんだよ」

「そうか、二人一緒か、それはよかった。バンザーイだ」

「うん、きっと、モデルがよかったんだね」

陽子ちゃんは、ませた口を利き嬉しそうに何度も得意になって飛び跳ねるしぐさを見せた。正昭も右手の親指を立ててガッツポーズをした。そのとき、やっとお母さんと信ちゃんの姿が見えた。

「すみません、信一がお礼を言いたいって……。信一の描いた絵が県の図画作文コンクールで入選したんです」

お母さんも息が上がっている。

「よかったですね。この度は、おめでとうございます」

「有り難うございます。おじいちゃんのお陰だから、信一がどうしてもおじいちゃんにお礼のご馳走をするってきかないんです」

「ご馳走？　とんでもない。これまでにもいろいろとお礼をしてもらっています。もう充分ですよ」

「いいえ、ご馳走といっても、おじいちゃんと一緒にデパートのレストランで、お食事をするだけです」

「いえ、それは……、困ります」

「私も、かえって迷惑になるわよって言ったんですが、聞き分けのない子で……」

「ねえ、おじいちゃん、いいでしょう。一緒に行こうよ」

信ちゃんは、いつの間にか正昭の腕を捕まえている。

「もし、よろしければ……、私からもお願いです。信一の願いを叶えてくださいませんか」

正昭は、困ったと思った。見ず知らずの家族に食事をご馳走になるのは控えた方がいい。どこに住んでいるのかさえ分からないし、第一、名前だって分からないのだ。

「失礼しました。私は村上といいます。村上由香です」

「金城です。金城正昭、歳は七十三歳」

「そうですか、よろしくお願いします」

正昭は、思わず年齢まで言ってしまった。このことを恥じて頭を掻いた。

「失礼しました、年齢は余計でした」

「いいえ」

由香さんが笑っている。正昭は言い継いだ。

「この歳になると、一本、一本、ネジが外れていく音が聞こえるんですよ」

「そんなことは、ないでしょう。まだまだお元気そうですよ」

「ねえ、おじいちゃん、一緒に行こう。いいでしょう」

信ちゃんが正昭を見ながら強引に手を引っ張り始めた。

「この子のお父さんは、今、トルコに行っているのです。ボスポラス海峡にトンネルを掘る仕事です。夏には、三人で一緒に主人を訪ねる予定です。この子も少し寂しいんでしょうねえ」

信ちゃんが、正昭を見てにっこりと微笑んだ。

「分かりました、ご迷惑でないのなら、ご馳走になりましょう」

「やったあ！」

信ちゃんが、スキップを踏むように正昭の周りを回り始めた。それからすぐに正昭の手を取って立ち上がらせようとした。

「あれっ、陽子ちゃんは？」

「えっつ？」

「陽子ちゃん、さっき来ていたけれど、どこに行ったのかな」

正昭の言葉に、由香さんが戸惑ったような顔を見せてうつむいた。目に涙さえ浮かべている。

「おじいちゃんね、時々、おかしなことを言うよね」

「ええっ、どういうこと？」

「ぼくね、お姉ちゃんなんていないよ」

「ええっ」

「お姉ちゃんはね、ぼくが生まれるとすぐに死んじゃったんだ」

「ええっ？」

「ぼくが一年生だから、陽子姉ちゃんは生きていたら三年生ぐらいになるのかな」

由香さんが、ハンカチを取り出して目頭をふく。

「奥さん……」

由香さんが涙をふいて少し小さな声で言った。

「本当です。この子の言っていることは」

「先ほど、確か三人と……」

「お母さんも時々、変なこと言うんだよ。ぼくは慣れたけどね」

信ちゃんが、由香さんを見上げながら正昭に言う。

「お母さんね、時々ね、亡くなった陽子姉ちゃんとお話するんだよ。凄いでしょう。陽子姉ちゃんが見えるんだって」

信ちゃんが、得意げな顔で正昭を見上げながら言う。

正昭は、じっと信ちゃんの言葉に耳を傾けた。

「お母さんが言っていたよ。おじいちゃんにも、陽子姉ちゃんが見えているかもしれないって」

「……」

正昭は、言葉が返せなかった。黙ったままで由香さんを見た。デパートの喧騒が嘘のように遠のいていく。三人の沈黙が大きな波紋を広げていた。

正昭は、やっと探し当てた言葉を信ちゃんに告げた。

「お母ちゃんは、偉いね」

「うん」

正昭は、思いきり、信ちゃんの頭を撫でた。由香さんは見えないものを愛することができるのだ。

亮子にやがて生まれる子どものことを思った。陽子ちゃんや信ちゃんのような孫ができるのも悪くはないと思った。

亮子の妊娠のことを東京の美香子に電話で告げると、泣き出さんばかりに喜んだ。

「お父さん、私も、いよいよ、おばさんになるんだね。言われてみたかったんだよね、美香子おばさんて」

それが美香子の返事の一つだった。

「お父さんも、おじいちゃんか……。おじいちゃんになりたかったんでしょう。よかったね、おじいちゃん」

「おいおい、まだ早いよ」

美香子は正昭をひとしきり冷やかした後、急に口ごもった。

「お母さんが生きていたらね……」

正昭も、そう思った。きっと涙を流して喜んだだろう。いや踊りだしたかもしれない。

「ねえ、お父さん、古希のお祝いの記念に温泉旅行に行こうよ。私の誘いの返事、まだ貰っていないけどなあ」

「そうだなあ」

「やったあ！」

「そうだなあって言っただけだよ。まだ、子どもみたいだなあ、お前は」

「子どもですもの……、お父さんの」

美香子は、電話口で涙ぐんでいる。正昭は、美香子が東京から戻ってきて信子と抱き合っていた日のことを思い出した。幼いころの美香子と亮子のことを思い出した。それから家族の少なかった自分と信子の境遇を振り返った。

死んだ信子と一緒に、おじいちゃんと、おばあちゃんをすることができるんだ。古希を過ぎてもまだ楽しいことが残っていたんだ。その日を待って生きることができるなんて……。正昭は、美香子との電話を切った後、ふと一人でつぶやいていた。これが普通の生活なんだ。こんな単純なことが、困難なことのように思えていた。

今、傍らの信ちゃんや由香さんがはっきりと教えてくれた。見えないものを見る。陽子ちゃんと一緒に生きることは大切なことだって。

「それではご馳走になろうかな」

「やったあ！」

正昭の返事に、信ちゃんが声をあげる。どこかで聞いた声だ。

正昭は由香さんと信ちゃんの二人の顔を交互に見ながら歩き出した。信ちゃんと右手をつなぎ、陽子ちゃんとは左手をつないだ。

陽子ちゃんが笑って正昭を見上げた。正昭はうなずいた。心持ち、姿勢を正し、胸を張って二人の手を握った。由香さんは、こうやってご主人が待っているトルコへ行くんだろう。

「おじいちゃん、あのね」

「うん、なんだ？」

「お父さんはね。もう一人、トルコに奥さんがいるんだよ」

「えっ？」

「お母ちゃんは、その奥さんにも、ご挨拶に行くんだって」

「えっ？」

「こら、信ちゃん」

由香さんが、信一をたしなめる。信ちゃんは下を向いたが、すぐに正昭を見上げて笑顔を見せた。

正昭は、立ち止まって由香さんを見た。由香さんは瞼を閉じてしばらく不動の姿勢で立ち続けた。それから何事もなかったかのように笑顔を浮かべた。

正昭の脳裏にたくさんの思いが渦巻いた。どういうことだろう。由香さんに届ける言葉が取り出せない。

「正昭さんが、信一のお願いを聞いてくれて本当によかったです。断られたらどうしようかって思っていたんですよ」

正昭さんと呼ばれて一瞬驚いた。自分のことだ。若いころ、信子に呼びかけられた時以来のような気がする。

「変なお母さんでしょう」

だれかの声だ。正昭はすぐに返事した。

「いえ、立派なお母さんです」

「そうですか。有り難うございます」

由香さんは笑みを浮かべて、小さく頭を下げた。

正昭は、とっさに飛び出した自分の言葉に戸惑ったが、それでいいんだとも思った。たくさんの思いが渦巻く中で、飛び出した言葉だが嘘ではない。人はだれでも悲しみや悩みを抱えながら生きている。過去の思い出や、今の思いと共に生きている。それは辛いこともあるが、とても尊いことなんだ。

正昭は座っていたベンチを振り返った。亮子の子どもが、ばあちゃんになった信子に抱かれて笑っている。そんな光景が見えた。見えないものが正昭にも見えるようになった。

正昭は笑みを浮かべて由香さんを見て言った。信子が父親との物語を紡いだように、正昭も孫との物語を紡ぐことができる。

「物語が……」

「えっ？」

「いえねえ、もうすぐ、孫が生まれるんですよ」

「えっ、そうですか。それはおめでとうございます。今日は、そのお祝いも一緒にしましょう。予定日はいつですか？」

正昭は、次々と尋ねられる由香さんの質問に笑顔で答えた。こんな日常が幸せであってもいい。明日を生きる希望になるんだと思った。

正昭は、再び笑みを浮かべて周りを見回した。由香さんが笑っている。信子が笑っている。それを見て、正昭はうなずきながら再び信ちゃんと陽子ちゃんの手をしっかりと握って歩き出した。

〈了〉

幸せになってはいけない

1

「和江、兄さんが亡くなったよ」

兄の善正が亡くなったと、村の区長さんから連絡があった。二〇一七年八月のことだ。沖縄戦が終わってから七十二年が経過していた。兄は八十五歳になっていた。一瞬返事に戸惑った。

「兄さんはね、畑のあぜ道に仰向けに倒れていたんだ」

「幼馴染みのサチおばあに発見されたんだよ」

サチおばあは認知症を患っていて徘徊老人になっている、と聞いたことがある。兄と同じ歳のはずだ。私も八十歳になった。

私も徘徊老人にならないとも限らない。もの覚えが悪くなった。昔のこともなかなか思い出せない。今は長男の宗太家族と一緒に住んでいる。ぼけの徴候が出たら、遠慮することなく、施設や老人ホームへ預けて欲しい、と長男夫婦には言ってある。だれにも迷惑をかけずに死にたい。

善正兄さんは、だれにも迷惑をかけずに死ねただろうか。死ぬことは、だれかに迷惑をかけることになるのだろうか。兄さんは、このことをどう思っていたのだろうか。

兄さんは、私が家を出た後、祖母のウサおばあと一緒の二人暮らしだった。もっとも、ウサおばあは日本復帰の年、一九七二年に亡くなったから、復帰後の四十五年間は一人暮らしだ。

私が家を出たのは、日本復帰するずーと前の年だ。たしか一九五四年、昭和二十九年ごろだ。その年、私は十七歳になっていた。島には高校がなかったから、沖縄本島の那覇にある定時制の高校へ入学するためだ。もちろん、昼間は仕事に就いた。那覇市場にある魚屋に勤めた。当時は女の働く場所は、那覇とはいえ、多くはなかった。私は運が良かったのだ。足を棒にして歩き回った末、自分で見つけた働き場所だった。

魚屋の夫婦には、とても可愛がってもらった。私の境遇をも理解してくれて、自分たちの子どものように育ててもらった。住まいも一つ屋根の下に住まわせて貰った。このことも運が良かった。私は高校を卒業しても島には戻らずに、ずーっとこの魚屋で働いた。島に戻らない決意で島を出たのだから、このことも運の良いことだった。二十二歳のころ、魚屋夫婦の親戚すじにあたる男との見合いを勧められ結婚した。子どもも生まれ、私が魚屋を継いだ。私は幸せな人生を送ったのだ。

兄はどうだったのだろうか。兄は私と違って島を出ようとはしなかった。島を出ることを、自らに厳しく閉ざしているようにも思われた。戦争の時、兄は十三歳、私は八歳だ。兄は学校でもユーディキヤー（賢い生徒）だったから、高校で学ぼうと思えば、島を離れることはできたはずだ。亡くなった父も母も、兄の将来を楽しみにしていた。しかし、兄はそうしなかった。

私が島を離れたとき、兄は二十二歳、私が結婚した歳だ。兄は結婚もしなかった。終生独身を貫いた。ウサおばあが残した家で、一人、ひっそりと生きてきた。まるで息を止めたように戦後を生きた。そして、今年、二〇一七年八月九日、本当に息を止めたのだ。

兄の葬儀を執り行うために、私は息子の宗太と恵美子夫妻に伴われて島に渡った。ウサおばあが亡くなった年に、私は一度だけ島に戻ったからおよそ四十五年ぶりの帰郷だった。

不義理をしている私にも故郷の人々は温かかった。村に唯一ある小さな火葬場で、テントを張って、兄の告別式の準備をしてくれていた。参列者の中には見知った顔もあって懐かしかった。思わず歩み寄って、互いに涙を堪（こら）えながら短く再会の挨拶を述べあった。

火葬後、兄の遺骨は先祖の墓へ納骨した。区長さんと成人会長さんが墓口を開け、手伝ってくれた。村のウガンサー（礼拝者）のカメおばあにも同席してもらって、墓前で別れのウガンを述べてもらった。村人の親切の何もかもが有難かった。

葬儀の準備などは老齢の私の手を離れて、息子の宗太と嫁の恵美子の二人が行ってくれた。多くは那覇と島とを結ぶ電話での対応であったから手間取ったと思ったが、滞りなく進んだ葬儀に安堵した。

葬儀が済んだ後、二人にお礼を述べて、孫たちが待っている那覇へ帰した。私は一週間ほど、兄が一人で住んでいた父と母の家へ寝泊まりすることにした。息子夫婦は不安を隠さなかったが、私もかつて住んでいた家だと、笑って二人の不安を打ち消した。

両親が亡くなり、ウサおばあが亡くなり、復帰後は兄一人だけの住まいであったが、家の中はきれいに片付けられていた。家屋は風雨に朽ちていたが、室内は整然としていて、庭もよく手入れされていた。兄は、死を予感していたのだろうか。それともいつ死んでもいいようにと準備していたのだろうか。そう思わせるほどにきちんとしていた。

村に滞在した一週間の間、昼間は、息子や孫たちの形見分けになる衣類などを整理したり、兄が愛していた植栽や耕していた畑などを見て回った。また、区長さんを初め、サチおばあや兄の友人たちが交互に訪ねてきて、縁側に座り茶を啜りながら兄のことを感慨深そうに話してくれた。

さらに私の古い友人たちも、何人か訪ねてきた。居間に上がり丸い座卓を囲んで懐かしい想い出話に花を咲かせた。話しをすれば次々と様々な記憶が甦ってきた。島では十七歳までの日々だったが濃密な日々だったのかもしれない。古い友人たちとは、兄の想い出話以上に、懐かしい少女時代に共有した体験の記憶が芋づるをたぐり寄せるように次々と甦ってきた。思わず少女に戻ったような気分になり笑い合った。

私を訪ねてくれた人々は、だれもが私を励ますために訪ねてくれたのだった。村人は兄と私のことをよく知っていた。古い友人ほど私たち家族のことは記憶にあるようであった。

夜は、しんしんと更けていく。都会とは違って聞こえてくるのは自然の音だけだ。風の音、波の音、木々の葉擦れの音、闇の音、他には虫の鳴き声や得体の知れないもののざわめきだ。この中で兄は、四十五年もたった一人で過ごしたのだ。いや戦後の七十二年間、仏壇に置いた父や母や妹たちの位牌の前で、供養する香を絶やさずに過ごしたのだ……。

兄の思いに考えが及ぶと、自然に涙がこぼれた。私こそが親不孝な娘だったのだと……。

私は涙をふかなかった。こぼれるままに父や母の前で涙を流した。これまで頑なに守ってきた記憶を封印する扉が一斉に開かれたような思いだった。

兄の遺品を整理している中で、私宛の手紙を発見した。手紙といっても、発送する意図のなかったと思われる大学ノートに記されたメモ書きだ。そこには私の尊敬する兄がいた。ユーディキヤー（賢い子）として教師から誉められ、父や母から期待されていた兄の姿が浮かんできた。十歳余の兄の姿だ。私や弟の武とよく遊んでくれた兄の笑顔だ。

私は、何度も何度も涙を流した。兄と別れて暮らすようになった四十五年分の涙だ。いや戦後七十二年分の堪えていた涙だ。遂に投函されなかった手紙を、私は兄の身体を撫でるようにして読んだ。区長さんの言葉やサチおばあの思いが分かるような気がした。

私は仏壇に新しく加わった兄の位牌と遺影を撫でながら、四六時中、香を焚いた。故郷に不義理をしていただけでなく、兄や父母や家族にこそ不義理をしていたのだ。いや私自身にこそ不義理をしていたのだ。残り短い人生を、兄が守ってきた位牌を、今度は私が守ると、何度も何度も声に出してつぶやいた。区長さんやサチおばあ等の声を噛みしめながら、兄や父母に、何度も何度も呼びかけた。

2

和江……、あんたの兄さんの善正はな、優しいグァー（優しい男）だったが村行事にはほとんど参加しなかったよ。頑固な男だったなあ。区長の私がどんなに勧めても駄目だった。私だけでなく、歴代の区長はみんな困っていたよ。戦後、ずーとだよ（笑い）。特に日本復帰した年からは徹底していた。ホントに頑固な男だったなあ。

理由は、みんなが分かっていたようで、だれも分かっていなかったかもしれないな。実のところ、私にもよく分からなかった。ただなんとなく分かったような気になっていたのかもしれない。でもねえ、だれもが、善正を放っておけなくてな。だれもが、そっと善正の様子を窺っていたよ。

最も気を使っていたのはサチおばあだな。サチおばあは善正のことが分かっていたかな。サチおばあも、分かっていなかったかもしれないな。いや、分かっていたからこそ、善正の遺体を一番に発見できたかもしれないな。

善正は心の内を覗かれるのを最も嫌っていたように思われるからな。村の人だけでなく、本土からやって来た若い学生たちがインタビューをお願いすると、鎌を振りかざして、追い回すこともあったよ。

善正が村行事に参加しない理由は、さっきも言ったが、村の人は、正確には分かっていなかったかもしれない。だが、大体の察しがついていた。だから、歴代の区長だけでなく、みんなが無理を言わなかったんだ。やがて、だれもが村行事にも誘わなくなった。善正はますます一人で家に引きこもるようになったんだ。

善正は死ぬ数か月前まで、山羊を飼っていたよ。子山羊を増やして成長した山羊を顔見知りの仲買業者に売るんだ。竹細工も上手だった。バーキ、ソーキを丁寧に編んでな。評判だったよ。村の人から注文も受けていたはずだ。年金と合わせてこの二つが現金収入だったかな。それ以外の現金収入はなかったはずだ。

復帰前のことだったが、善正もあんたもまだ成人に達していなかったかな。戦争での犠牲者の遺族年金のことが話題になった時期があった。あんたは覚えているか。善正はまだ若かったんだが憤慨していたよな。人間の命を金に換えられるかってな。

沖縄では日本軍と米軍による激しい戦闘で、住民も巻き添えになって多くの死者が出た。軍人・軍属以外にも民間人が十万人余も犠牲になった。戦争自体が、いわゆる「軍官民一体」だったからなあ。住民の中には軍の作戦に直接関わって死亡した者も多くいた。

しかし、国の援護法は一般住民を対象としていなかったため、当初から沖縄戦については国の責任でどこまで援護するかが問題となっていた。

そのうち、「ひめゆり学徒隊」「白梅学徒隊」など、女子学徒隊については、看護師として従軍した者は軍属として取り扱われることが一九五三（昭和28）年の援護法適用時に既に定められていた。その後一九五六（昭和31）年には「鉄血勤皇隊」として知られる男子学徒隊についても軍人として取り扱われることが決まった。大きな課題はその他、軍の作戦に関わった一般住民の扱いをどうすべきかということだった。

そこで日本政府は一九五七（昭和32）年に、戦闘に巻き込まれた一般住民についての実態調査に乗り出した。厚生省から派遣された三名の事務官が約一か月半に渡って沖縄各地を回り、聞き取り調査を行った。その結果、沖縄戦では軍人・軍属ではないにも関わらず、現場で軍に徴用されて負傷または死亡した人、また軍の要請により戦闘に協力して負傷または死亡した人々が大勢いたことが分かったんだ。沖縄県民にとっては当然の事実だった。

そこで、これらの人々については、援護法の中で「戦闘参加者」という類型を新たに設けて準軍属扱いすることとして援護の対象者に含めるという決定がなされたんだ。

ところが、沖縄戦の過程で「集団自決」をした人々をどう扱うかが、もう一つの焦点になった。結論として、その人々の遺族についても、特別に「戦傷病者戦没者遺族等援護法」が制定され適用されることになったんだ。

しかし、このことに異議を唱える人々が出てきた。集団自決は自ら進んで行ったものだから援護金の対象にはならないという意見だ。このことについては当然、賛否両論が起こった。「集団自決」

は自ら行ったものではなく、軍命によるものであったこと。このことについて賛否両者が譲らずに法廷闘争までが起きたのだ。

このことに善正はワジィワジィーしていたんだよな。ワッター島ンチュ（島の人）も、みんなワジィワジィーしたさ。軍命ではなく、自ら死んだことにすれば支払われる金額も少なくなる。もしくは、なくなる。だから遺族は、軍命がなかったにもかかわらず軍命があることにしている。そんな誹謗中傷が乱れ飛んだんだ。

さらに、自決は軍隊が使う言葉だ、自ら死んだんだから「集団自決」という言葉を使うべきではない、もっとふさわしい言葉があるはずだとか。また、島ンチュ（島の人々）は援護金をたくさん貰うために、口裏を合わせて軍命があったことにしているんだとか、様々な意見が飛び交い、事実が歪曲されていった。遠い昔の話じゃないよ。復帰のころの話だよ。

善正は、死者たちをお金で差を付けたり、決着をつけたりしようとする日本国家に怒っていた。また戦争当時、島に駐屯していた軍隊の指揮官たちの保身の抗弁にも怒っていた。

戦争のことは、だれもが忘れないと生きていけなかったのに、善正は忘れなかった。善正はワッター島の人たちの苦しさをマンガタミーして（みんな背負って）生きてきたんだよ……。

戦争中に、この島で起こったことは、やっぱり忘れてはいけないよな。善正は忘れないままに死んだんだ。島ンチュは、善正の死によって、再び戦争の酷さを思い出したんだよ。

善正は畑仕事は一所懸命だった。それこそ、雨の日も風の日も、センゾが残した畑に出て鍬（くわ）を握り、鍬を振るった。隣近所に野菜を分け与えるほどにいつも善正の畑は潤っていた。

あんたたちのお父もお母も働き者だったからなあ。荒れ地を譲り受けて開拓して、肥沃な土地に変えていた。村には漁業で生活している者も多かったが、あんたのお父は珍しく、海には関心を示さなかった。海は豊かで、だれもが自給自足で魚を得られるほどだったから、海では商売はできないと思っていたかもしれないなあ。お父は学問を積んで、村役場の職員になったんだよな。

日本復帰後は、村にも観光客が押し寄せてなあ。一時期はヤマトからの土地買い占めなどもあった。海がきれいだから、リゾートの島、観光の島にしようとしたんだ。しかし、善正は絶対に土地を売らなかった。しつこいヤマトンチュには殴りかかった事件もあった。村の駐在の山城さんに諫(いさ)められて説教されていたこともあったけどなあ。あんなにおとなしい善正が暴力を振るうなんて考えられなかったよ。それほどヤマトンチュを嫌っていたんだなあ。

日本復帰の時に、区の公民館でお祝いをして、子どもたちに紅白の饅頭を配ったことがあったんだが、善正は、なんでお祝いをするのかって、公民館に来て怒っていたよ。日の丸の国旗を破り捨てて帰っていった。みんな驚いたよ。あんなにおとなしい善正が人が変わったように怒りをあらわにしていたんだからなあ。

でもなあ、みんな善正の気持ちも分かりよったからな、だれも止める者はいなかった……。

あり、和江さんよ。ユンタクが過ぎたなあ。年寄りの長話と思って許してくれよ。私ももう疲れたから、来年の区長選挙には出ないでおこうと思っているよ、でも私の在職中に、区民のみんなで善正を見送ることができてよかったよ。私の在職中の誇りにするよ。

和江さん、気を落とすなよ。善正は立派な男だったよ。あっちの世で、お父お母や姉エネエに、きっと優しく迎えられているよ。私はそう思うよ。アンセーヤア（では、失礼するよ）……。

3

和江よ、あんたの兄イニイはね、私とニービチ（結婚）をする約束を交わしていたんだよ。ユクシ（嘘）じゃないよ。ジュンニ（本当）だよ。私は徘徊老人、ぼけ老人のサチおばあ、と村の人には言われているけれど、あの人のことでは、ぼけてなんかいませんよ。なんでも覚えていますよ。

あの人が畑で倒れているのを発見したのは私だからね。村の神様が私を導いてくれたんです。村の神様が私を選んだわけさ。私はこのことを誇りに思っているよ。村の神様も私とあの人をニービチさせようとしたんだよ。

あの人はね、畑に仰向けに倒れていた。右手に鍬を握ったままでね。今は、八月でしょう。暑いさ。私が発見したのは、夕方の四時ごろだったからかね、あの人の顔は、真っ赤になっていてね、仰向けになったままティーダ（太陽）に長く照らされたからでしょうねえ。顔の皮膚が爛ただれていたよ。可哀相にねえ。だれかも分からないほどに顔がぐしゃぐしゃになっていた。赤鬼みたいにね。実際に怒っていたんじゃないかね。もちろん、私には、あの人だとすぐに分かったさ。

でもね、分からないのはね。普通はうつ伏せに倒れることが多いはずなのにねえ。なんであの人はティーダに顔を向けるようにして仰向けに倒れていたのかねえっていうこと。あの人のことでは分からないことが多いんだよ。

でもね、これははっきりしているよ。あの人はだれよりも優しいグヮだったよ。だからね、私もあの人と結婚の約束をしたんだよ。私も優しいグヮで可愛いグヮだったんだよ（笑い）。

約束といっても小学生のころだからね。村の人は笑うかもしれないけれど、二人とも真剣だった。結婚がどういうことか、よくは分かってはいなかったけれどね。今も分かっていないかもしれないけれど、一緒にいようねえ、ずーとずーと、一緒の家に住もうねえって、約束したんだよ。

結婚の意味が分かってからも、私はずーっとそう思ったよ。私は、ずーっと待っていたんだよ。約束が果たされる日をね。

でもね、戦争が終わってから、あの人は変わったさ。ウサおばあが亡くなってからは、余計に変わった。私を見ると隠れたよ。話しもしてくれなくなった。寂しかったねえ。辛かったさ。でもね、あの人は病気になったんだ、病気はきっと治る。治らない病気はないと思って、私はあの人を待っていたんだけどね、なかなか治らなかった。精神の病気だったからでしょうねえ。だあ、私はあの人と同じ歳だから、いつの間にかおばあになってしまったさ。

私は、あの人を待ったことを後悔はしていないよ。あの人のことを考えるときは幸せだった。あの人との思い出は消せなかった。幼馴染みだったからね。いっぱい思い出はあるさ。楽しい思い出は勝手に膨らんでいくんだよ。

私たちは、生まれる前から一緒になることは決まっていたかもしれないね。会えなくなっても、思い出はどんどん膨らんでいったよ。あんなこともあった、こんなこともあった、またこんなことも一緒にしたいねえって想像するとね、このことが思い出になるんだよ。不思議だよね。

私は、よく二人でニービチの約束をした浜辺に行ってね、海を見て祈ったよ。あの人の病気が早く治りますようにってね。何度も何度も祈ったよ。

アリ、あの人の病気は、病院では治せない病気だから、私がウガンして治そうと思ったんだよ。戦争が作った病気だからね。世の中を支配している全部の神様に祈ったんだよ。二人で海を見て、大人になったらニービチしようねえって、神様に祈ったようにね。大きくなった手を合わせて必死に祈ったんだよ。

海を見て祈っただけでないよ。山に行っても祈ったよ。センゾの墓の前でも祈ったよ。あの人が心を失った現場に行っても祈ったよ。村の拝所でも祈ったよ。祈るべきところには何度も行って祈ったよ。ユタ（巫女）のところにも行ったよ。だからいつの間にか徘徊老人、フラーおばあ、ぼけ老人って言われるようになったんだよ。

私は気にしなかったさ。あの人の病気が治るなら、何でもしてあげたかった。

あの人はユーディキヤー（賢い人）だったからね。学校だけでなく、村でも評判だった。だからあの人の夢を聞くのは楽しかったさ。戦争前のことだけど、あの人は私に言いよった。那覇で勉強してから村に戻ってくる。師範を出て最初は先生になる。ゆくゆくは村長になって、全部の家に電灯も点けて水道も付ける。空港も造って、いつでも那覇に行けるようにする。島の人みんなを幸せにする。お前も幸せにするってね……。

私は、あの人ならきっとできると信じていたよ。先生たちも、あの人だったら頑張れる、師範にも合格できるって、楽しみにしていたからね。私も楽しみだったさ。

戦争は、ジュンニ（本当に）ヤナグトゥ（嫌な出来事）だよね。あんたの家族は、あの人とあんたと、ウサおばあだけが残ったんだよね……。

ウサおばあは、私を可愛がってくれたよ。ウサおばあは、村の人みんながニシヤマに逃げようというのを、もう歳だからと言って、家に残ったんだよね。お父が家の床下に掘ったという防空壕に隠れていて、助かったんだよね。

あんたのお父が建てた家は、艦砲からも空襲からも弾が当たらなかった。家も焼けずに残った。おばあも無事だった。おばあは、戦後はその家で、あんたとあの人を育てたんだよね。日本復帰の年に亡くなるまでね……。

ウサおばあは、私も励ましてくれたよ。

「サチ、頑張れよ、善正も、あんたのことを考えているよ。サチ、シワスナヨ（心配するなよ）サチ……、と言って、私を慰めてくれたんだよ」

「でもね……、おばあは泣いている時もあった。サチ、許チ、トラシヨ（許してくれよ）。イットチヤサ（少しの間だよ）。我慢するんだよ。泣カンケヨ（泣くなよ）」って。

そう言って、自分が泣いているんだよ。

ウサおばあは、私とあの人の仲を分かっていたんだね。ニービチの約束をしていたことも分かっていたと思う。私が行くと、すぐ家に上げてくれてね。

「一緒にハンメー（食事）ツクラナヤ（作ろうね）」

と言って、私にルーシーメエ（混ぜご飯）の作り方とか、ソーメン汁の作り方なんかも教えてくれたよ。

ウサおばあは、野菜作りも上手だったねえ。ゴーヤーとかナーベーラーとかを自分の畑から取ってきて、ゴーヤーチャンプルーとか、ナーベーラー汁とかの作り方も教えてくれた。

和江、あんたも覚えているかね。私もあんたたちの家で、一緒に夕飯を食べてから帰ったことも度々あったさね。幸せだった。私は幸せだったよ。あの人は顔をうつ伏せていたけれど、私を時々見てくれた。それだけで幸せだった……。

私は当時、親戚の家に身を寄せていたからねえ。私も……、家族全滅した生き残りだった……。

日本復帰の年にウサおばあが亡くなってからも、私はあの人の家を時々覗いて台所に立ったけれど、やがて私に「来るな！」と言って、追い返しよった。最初のころは許してくれていたのによ。

シンジムン（美味しい料理）を作って、鍋に入れたまま持って行っても食べなかった。弁当を作っておいても手を付けなかった。子どものころを思い出して、おにぎりを作って食台の上に置いていたけれど、それにも手を付けなかった。

「お前は、他の男と結婚しろ！」

「なあ、ワッター（俺の）家には、来るな！」

あの人は、本気で怒ってからに、私に言いよった。

でも、そう言われても、私はあの人が好きだった。あの人のことがいつも気になってねえ……。心配で、訪ねることをやめられなかったさ。

あれ、私はあの人の何を気にしたのかねえ。何を心配したんだったかねえ。私も、もう忘れているさ。確か、戦争であの人が死ぬことを心配したような気もするけれど、でも、もう戦争は終わっているよね。今は戦後でしょう？　戦後だのに戦争で死ぬことを心配するってあるかねえ。何でかねえ、私にも分からなくなったよ。やっぱり私はぼけているのかねえ。なんで心配するか、って言われても、心配するさねえ。

あっ、思い出した。私はずっとあの人の心の病気が良くなるのを待っていたんです。これは、ぼけていても言えることだよ。私はだれとも結婚しないであの人を待ったんです。

でも、いつまでも心の病気は良くならないで死んだから、ひょっとして病気ではなかったかもしれないねえ。あの人は、あの人の選んだ戦後の生き方を、貫いただけかもしれないねえ。

戦争があの人の戦後の生き方を作ったんだね。戦争って、戦後も作るから怖(こわ)いね。

あの人の名前？　あれ？　何だったかねえ。もう忘れているさ。

私の名前？　私の名前も忘れているさ。チルーだったかね、ヨシコーだったかね、カミーだったかね……、ワラビナー（童名）もあったはずだが、やっぱり私は、村の人が言うようにぼけているのかねえ？　私には、私でなくて、戦争を忘れている村の人がぼけているような気がするんだがねえ。あれ、あんたの名前は、何だった？　和江？　和江ねえ？　和江だよね……、和江、私はもう帰ろうねえ。もう、あの人は、ここにはいないんだよね。私は、どこへ行けばいいのかねえ。徘徊老人から、ヤーグマイ（引きこもり）老人になるのかねえ。カラスが泣くからサチ帰る。カラスが泣いてもゼンショウは……、ゼンショウは帰らないね……。

4

善正が死んだと分かったときは、やっとあれの戦争が終わったなあと思ったよ。あれもサチおばあも哀れなムン（者）さ。戦争の犠牲者だな。

俺も善正もサチおばあも、三人は同級生。三人とも家が隣り同士だったから、よく一緒に遊んだよ。善正はだれよりも明るくて賢い少年だった。戦争当時は俺も善正も十三歳。戦争がなければなあ。今ごろ、善正は村一番の出世頭になっていたはずよ。真面目な性格が災いしたんだなあ。

俺だって戦争を忘れてはいないよ。忘れようとはしたけれどね。あれ、忘れた振りでもしないと、この村では生きていけないさ。善正は忘れた振りができなかったんだよ。

善正は勉強だけでなく、何でもできよったよ。ジンブン（知恵）があるだけでなく、手先も器用だった。何をさせても一番だった。

釣りもよく一緒に行ったけれど、デージ（とても）上手だったよ、俺は何も釣れないのに、善正は必ずイラブチャー（ブダイ）とかミーバイ（ハタ）とかを釣りよった。それもデカいやつをな。そして俺に分けてくれたよ。優しいグヮでもあったな。

善正のお父は役場の職員。俺のお父はウミンチュ（漁師）。ウミンチュの倅の俺が感心するぐらいだったよ。

善正の家には、雑誌も遊び道具もたくさんあったからなあ。漫画もあったんだよ。お父が那覇に「出張」の時なんかに買ってあげていたんだろうなあ。俺のお父と違って、善正のお父は、「出張」といって、那覇にもよく出掛けていたからな。帰りに、お土産として買ってきたんだろうなあ。俺が図鑑なんか広げていると、善正のお父が俺の頭を撫でてくれたよ。嬉しかったなあ。善正の家の子どもになりたかったよ。

お母も優しいグヮだった。善正と一緒に本なんか読んでいると、ソーミンチャンプルーとか、芋天ぷらとかも作ってくれたよ。善正のお父とお母は、村の人みんなから尊敬されていた。

善正のお母は野菜作りも上手でな、村でも評判だったよ。善正にもその才能が引き継がれていたかもしれないな。戦後、ウサおばあと一緒に暮らしていたけれど、あれの野菜畑はいつも瑞々しくて潤っていた。そして隣近所に野菜を配っていた。変人だと言われていたけれど、善正を嫌いな人は、村にはだれ一人もいなかったはずよ。

アメリカーの神様は、いい人たちから殺していくのかなあ。だあ、ワッター家族は全員生き残ったのに、善正の家族は……、全滅だからなあ。日本の神様のせいかなあ。

善正の家族は、ウサおばあに、お父の善一郎さん、お母のトヨさん、そして、喜代(きよ)ネエさんに善美(よしみ)ネエさん、善正の下に妹の和江と、それに弟の武(たけし)とがいたな。思い出すな。武は四歳ぐらいじゃなかったかな。よく善正のチビ（後）を追いかけていたよな。

生き残った善正と妹の和江は、祖母のウサおばあに育てられたんだよな。両親は死んでいたからな。

善正の戦後は、全く別人になっていた。一転して暗い青年になっていた。同級生の多くは村を出て行くのに、善正は中学校を卒業しても村を出ようとはしなかった。高校にも行かなかった。両親や家族の遺骨を納めている墓守で生涯を終えたんだ。

善正は、海が好きだったのに海にも行かなくなった。山が好きだったのに山にも行かなかった。毎日、畑と山羊小屋と自分の家を行ったり来たりさ。だから、村人からは「サンカクーヤッチー(三角兄さん)」って渾名がついていたよ。「サンカクー善正」ってな。いつも三箇所を行ったり来たりするからさ。年を取ってからは、ワラバーたあにも「サンカクーおじい」って言われていたけれど、善正は怒ることもなく笑っていた。村の人にとっても、子どもたちにとっても、馬鹿にするのではなくて、愛称みたいなものだったんだろうなあ。

俺は善正と約束したとおり、那覇の高校を出たさ。卒業後は、首里の泡盛工場へ勤めた。十年経って島に戻ってきて、島で泡盛工場を起こした。善正のことはずーと気になっていたから、俺の工場で働かないかと誘ったんだが、うんとは言ってくれなかった。

泡盛は島外にも需要があって、結構、儲かったよ。俺はやがて観光ホテルも経営したよ。海がきれいといって、ヤマトから観光客が来るようになっていたからな。その時も一緒に頑張ろうって、誘ったんだけど、うなずかなかった。うなずかなかったけれど、野菜は毎日のように俺のホテルに届けてくれたよ。嬉しくてなあ……。

俺も集団自決の生き残りさ。村のほとんどがそうだよ。俺たち家族は輪になって、兄貴が手榴弾を叩いたんだが爆発しなかった。家族全部が生き残った。ニシヤマから逃げたんだよ……。お父の合図でな。

この島は、集団自決で死ななかった人たち、生き残りの島さ。優しい人たちが死んで、卑怯な人たちが生き残ったんだ。恥じてはいないよ。恥じては……。

でも、死んだ人のことを考えると、胸が苦しくなるよ。みんな顔見知りだったからなあ。ドゥシンチャー（友達）だった。崎浜のユタカも、山城のミユキも……。泡盛工場を村に起こしたのは、苦しいからだよ。

和江、だあ、善正にも泡盛ウサギラーや（差し上げようなあ）。善正は大人になっても酒も全く飲まなかった。あれ、戦前も飲まないさ。戦前はワラビだったからなあ（笑い）。

善正よ、ヤッチーよ（わが友よ）。あっちの世は、あるのかどうか分からないけれど、イクサ（戦争）のことは忘れて、泡盛も飲めよ。哀レスナヨーヤ（哀れをするなよ）。俺もやがて行くからな、マジュン（一緒に）、泡盛を飲もうなあ、善正……。

5

和江、ぼくは幸せになってはいけないんだよ。世の中には絶対に忘れてはいけないことがあるんだよ。家族のこととか、お父やお母の恩とかね。戦争のことも、絶対に忘れてはいけないんだよ。家族のことは、いつでも思い出すよ。ウサおばあにお父の善一郎、お母のトミ、そしてぼくたち五人姉弟だ。喜代姉エと善美姉エ。ぼくと妹のあんたと弟の武。思い出すなあ。武は戦争の時、四歳だったな。よくぼくのチビ（後）を追いかけていた……。

武の手を引いて何度も海に遊びに行ったよ。武は海が好きだったなあ。和江、あんたも知っているだろう。海に連れて行くと一日中でも一人で遊びよった。

「兄イニイ、トンネル作ったよ」

「兄イニイ、お船作ったよ」

「兄イニイ、見て、見て」って……。

いつまでも、砂浜から離れなかった。波打ち際で白い泡を捕まえると言って、必死になっていた。砂浜の穴に隠れた蟹を捕まえるのも上手だった。四歳だのになあ。アーマン（ヤドカリ）に指を噛まれた時は、ぼくもびっくりした。でも泣かなかった。強い子だった。

山にソーミナー（メジロ）を捕りにも連れて行ったことがあるよ。連れて行ったというより、いつもついてきて離れなかった。ぼくがどこかに行こうとすると、一緒に行くって泣きよった。いつも泣かない強い子なのになあ。それが可愛くてしょうがなかった。ぼくも武を友達に自慢した。

同級生の幸子が遊びに来たときは、不思議なことに、幸子とよく遊びよった。武だけでなく、お前も善美姉エも、幸子とはよく遊んでいた。

お父は、村の人から将来村長にまでなって欲しいと期待されていた。実際、ぼくもお父はそんな人だと思っていた。村の人たちがよくお父のことを「人格者」と言って誉めていたけれど、ぼくもそう思っていた。人格者ってよくは分からないけれど、正しいことのできる人を言うんだと思った。将来、ぼくも人格者になって、ゆくゆくは村長になりたいと思って、幸子に、ぼくの夢を語ったこともあった。

お母も村一番の優しいお母だった。野菜作りが上手でなあ。お父がよく誉めていた。

喜代姉エは、一高女への合格が決まっていたから、四月からは那覇に行く予定だった。喜代姉エの夢は学校の先生になることだった。夢の切符を手にして、あとは船に乗って那覇に行くだけだった。ぼくは、ぼくの家族を誇りに思っていた。村の人たちも喜代姉エの一高女への合格を誇りにしていた。あやかりたいと言って、お祝いに駆け付けてくる人もいた。

家族との思い出はたくさんあるよ。中でも一番の思い出は、みんなで那覇に一泊の旅行をしたことだな。ぼくの十三スージ（十三歳祝い）だと言って家族みんなで出掛けたんだ。ウサおばあも一緒だった。アメリカ軍が島に上陸する一年ぐらい前だったかな。トシビー祝い（生年祝い）は旧暦でやるから、満では十二歳。楽しかったなあ。

「山形屋」に行って、お祝いだといってジャンパーを買ってもらった。嬉しかった。それからずっとお気に入りになった。喜代姉エも善美姉エも、そして和江、あんたも武も、みんな一つずつ好きなものを買って貰っていた。

和江……、あんたは運動靴を買ったんじゃなかったか。武はぼくと同じジャンパーだった。お父が玩具でもいいんだよって言ったけれどきかなかった。

「嫌だ、兄イニイと同じジャンパーがいい」ってな。

「武は、好きなものも、兄ィニィと一緒か」

お父に笑われ、みんなに笑われていた。武と同じジャンパーを着て手をつないだけれど、ぼくはお父とお母の子で、本当に良かったと思った。

山形屋の屋上には遊園地があって、吊り下げられた飛行機に乗ったこともよく覚えている。ぼくはその時、村長よりも、那覇と島を結ぶ飛行機のパイロットになることもいいかなって思ったんだ。お父に話したら、お父は頭を撫でて言ってくれた。

「善正、お前ならなれるよ。頑張れよって」

ぼくはうなずいたよ。

映画も見たよな。チャンバラ映画だった。なんか強い侍が大蛇をやっつけるような話だった。このことはあんまり覚えてないけれど「帝国館」という映画館だったような気がする。

宿泊は波之上にある旅館だった。お母も立派な旅館だねって驚いていた。

今から考えても贅沢な旅だった。お父もお母も、戦争が来る前に、家族のみんなで大旅行をしようと考えていたのかなあ。那覇の十・十空襲の前だからなあ。その年の終わりに十・十空襲があって、戦争が始まったんだ。アメリカー（米軍）はまずぼくたちの島から上陸したんだ……。

幼馴染みの幸子のことを考えると辛い。ぼくは幸せになってはいけないけれど、幸子には幸せになってもらいたかった。幸子の気持ちは分かっていたけれど、ぼくは、ぼくを許せなかった。ウサおばあにも幸子との結婚を勧められたんだが、どうしてもぼくは結婚できなかった。ぼくは、戦争で人間が嫌いになった。ぼくは、ぼく自身を許せなかった。生きるのが辛かった。

だって、ぼくは殺人者だよ。普通なら死刑さ！　なんでぼくを死刑にしないんだよって、ぼくは日本の国を恨んだよ。でもよく考えると、日本の国も死刑！　国こそが死刑になるべきだと思った。国は自分が死刑になるようなことをしたんだから、ぼくを死刑にできなかったんだね。

国がぼくを死刑にできないなら、ぼくは、ぼくが死刑にしようと思った。ぼくは自分で裁判をした。ぼくの判決は、死刑は、死刑より重い終身刑だ！

ホントは、死刑にしようと思ったけれど、死刑にしたらお父やお母の墓を守れないからな。ぼくは考えたんだ。終身刑が一番、ぼくにとっては残酷な判決だなって。だってぼくは生きるのが嫌になっていたけれど、終身刑は生き続けなければいけなかったからな。

生き続けることは辛かった。哀しかった。寂しかった。寂しくなると家族のことだけでなく、幸子のことも考えた。幸子との思い出もいっぱいあった。幸子と二人で手をつないで夕日を眺めたこと。指切りをして結婚の約束をしたこと。幸せだった。海がきらきら光っていてなあ。幸せに続く道だと思っていた。

ぼくは辛かったけれど、戦後を生き続けたことを後悔はしていないよ。思い出は、幸子との思い出も家族との思い出も戦前のことだけどね。戦前の思い出が、戦後のぼくを生き続けさせたんだ。思い出は力になるんだよ。

幸子と一緒に山に登って海を眺めたことがあった。海にも一緒に潜って遊んだこともあった。友達の勇治も一緒のこともあった。三人とも隣近所で同級生だったからなあ。よく三人で一緒に遊んだよ。

勇治は最後までぼくの友達だった。殺人者のぼくを許してくれたよ。幸子が勇治のことを好きになるのではないかと思って、ぼくは心配したこともあったよ。ホントに、子どもだったんだな。

勇治が那覇の高校を出て、しばらくして島に戻ってきて酒屋をやったときも、勇治はぼくを誘ってくれた。商売がうまくいって、ホテルをやったときも、ぼくを誘ってくれた。でも、ぼくは働くわけにはいかなかった。ぼくは犯罪者だ。終身刑の判決を受けているんだ、ぼくは監視されているんだ。終身刑は一生牢屋から出られないんだ。だから勇治の申し出を断る以外にはなかったんだ。当然、同じ理由で幸子と結婚することもできなかった。幸子を牢屋に入れるわけにはいかないんだ。幸子が幸せを掴むためには、自由にしておかなければいけないんだ。鳥籠の中のソーミナー(メジロ)ではいけないんだよ。幸子にも、ぼくとの結婚は諦めろ! って強く言ったんだが、幸子は諦めなかった。

和江、あんたとの思い出もいっぱいあるよ。でも、ぼくは、あんたの目を、忘れることができない。ぼくを責める目だ。ニシヤマであんたの首に手をかけたぼくをじっと睨んでいた目だ。ぼくがあんたを殺すことができなかった目だ。その目を背負って生きることが、ぼくの罰なんだ。だから終身刑なんだ。看守は、ぼく自身と、あんたさ。

日本の国は看守になれないよ。あてにならないさ。信用できないよ。裏切りものだからなあ。沖縄県も信用できないさ。県民を犠牲にして国を守ろうとしたんだからな。沖縄県は日本一ひどい県だと思っているよ。

もちろん、人間も信用できないよ。だれもが信用できないんだ。信用したから、ぼくたち家族は不幸に見舞われたんだ。裏切られる前に裏切ればよかったんだ。勇治たち家族みたいに逃げればよかったんだ。ぼくはお父に言えばよかったんだ。

「お父、逃げよう、お父ならできるよ、逃げよう」って。

お父は家族を守ろうとして、家族を殺したんだよ。きっとお父は人格者過ぎたんだよ。村のみんなから尊敬されていたからな。

ぼくは時々思うよ。悪人になって生きることは、善人になって生きること以上に難しいことじゃないかって。幸子の幸せのためにも、ぼくは悪人になって生きるって決意したんだ。

ぼくは、今、お父とお母が残してくれた畑で野菜を作る幸せが残っている。このことに感謝している。いつまでも生きていけると思う。いつまでも生きることが、ぼくの罰だって。

和江、ぼくの妹、たった一人の妹、和江……。

ぼくは罪人だけど、あんたの幸せを祈って生きることができるよ、ぼくは悪人だけど、祈ることができるよ。和江、ぼくの分まで、幸せになれよって。

6

「オー、マイ、ガッド」

「神よ、許し給え」

ワタシが、現場に来て、悲劇の惨状を見て最初に口から出た言葉です。正確には口から出る言葉を両手の平で抑えたのです。

ワタシは米国の軍医です。名前はサンダース。ルイ・サンダースです。

ワタシは、沖縄へ派遣される前にヨーロッパ戦線にいました。沖縄戦の後はベトナムにも行きました。でも沖縄戦で見た住民のあの悲劇は驚きでした。軍人ではありません。兵器をもっていない民間人たちの死です。そんな場面には二度と会いませんでした。また会わないことを願ったのです。

ワタシはベトナムにいても、沖縄のことを忘れることはできませんでした。沖縄は太平洋に浮かぶ美しい島です。その島に住む人々を守ってやるんだと決意して沖縄に来ました。ワタシの期待も祈りも届きませんでした。ワタシは島の神様に拒絶されたのだと思いました。いえ、神様のせいではありません。人間のせいなのです。

第二次世界大戦が始まったのは一九三九年だと言われています。その年から一九四五年までの六年間に渡って続いたイギリス、フランス、アメリカ、中華民国、ソ連などの連合国陣営と、日本、ドイツ、イタリアなどの日独伊三国同盟を中心とする陣営との間で戦われた戦争です。

ドイツは国の東西で戦闘となるのを防ぐために、敵対していたソ連と独ソ不可侵条約を締結。その後一九三九年九月、ポーランドに侵攻します。融和政策の失敗を悟ったイギリスとフランスはドイツに宣戦布告し、「第二次世界大戦」が始まります。

日本はそれ以前から中国での軍事衝突がありました。本格的な衝突となったのは一九三七年の盧溝橋事件です。中華民国の北京西南方向の盧溝橋で起きた日本軍と中国国民革命軍との衝突事件です。

米英との本格的な参戦は、日本時間一九四一年十二月八日未明、日本海軍が、アメリカ合衆国のハワイ州オアフ島真珠湾にあったアメリカ海軍の太平洋艦隊に対して奇襲攻撃を行ったことによって幕が切り落とされました。当初優勢であった日本軍は、南洋諸島各地で敗北し徐々に守勢に回っていきます。

アメリカ軍は日本を降伏させるための第一段階として沖縄侵攻作戦を立て、「アイスバーグ（氷山）作戦」と名付けました。当初から、戦後も沖縄を占領し、軍事基地にする戦略構想が立てられていたのです。沖縄の島々の地図や沖縄を理解するためのハンドブックが作成され、歴史、地理、民俗などを詳細に調べ、占領後の住民の保護や占領行政など、周到な準備をしていました。

沖縄の歴史を学ぶと、沖縄は琉球王国として繁栄した時代があったことが分かります。そして一八七九年に日本に侵略され併合されたことが分かります。沖縄は日本に侵略された土地なのです。ワタシたちは沖縄の人々を守りたいと思いました。

同時に、沖縄は日本本土を攻略し、降伏させるための足場として、地理的に有利な位置にありました。アメリカ軍は、太平洋戦争最大の上陸作戦を開始したのです。

兵員・物量ともに日本軍をはるかに上回るアメリカ軍の攻撃は、沖縄本島を一木一草もないほどに焼きつくし、山野の形も変えてしまいました。

激烈な戦闘が三か月にも及び、住民たちは絶望と恐怖のなか、戦場を逃げまどい、日本兵を上回る死者をだしたのです。ワタシたちの想像をはるかに超える出来事が、様々な場所で様々な時間に現れたのです。

アメリカ軍は一九四四年十月十日の空襲で，那覇市を中心に島の人口密集地を焼き払い，死者五四八人を出します。本土の空襲と同様の意味で空襲と言えるのはこの一回だけです。年が明けて四月から，沖縄は地上戦に突入します。太平洋艦隊司令官ニミッツ元帥配下のバックナー中将の率いる第十軍を主力とするアメリカ軍は一九四五年三月下旬から，約一五〇〇隻の艦船と，延べ五十四万八千人の兵員で，沖縄本島中南部や慶良間諸島に艦砲射撃を行い，沖縄上陸作戦を開始していくのです。

沖縄本島への上陸作戦を開始する前に，私たちの軍は慶良間諸島へ上陸したのです。ワタシを震撼せしめた悲劇はこの諸島のひとつK島で起こったのです。

後ほど理解したことは，この悲劇はK島だけでなく多くの島々や沖縄本島各地で起こった出来事であったことが分かりました。しかし，なぜこのような悲劇がもたらされたのか。ワタシの頭では，理解できませんでした。沖縄県民は日本からの解放を望んでいると思っていたからです。日本の国の教えを死を賭けて忠実に守るとは思いませんでした。

ワタシは，苦しみました。ずーと苦しみました。ベトナムの地でも，ワタシの見た沖縄戦の悲劇がフラッシュバックしてきました。沖縄県民の服装をして突撃してくる日本軍，兵士と住民を区別して攻撃していた我が軍は，やがて区別がつかなくなって住民へも引き金を引くようになりました。住民を射殺した兵士は錯綜して精神に異常をきたす者も多く出ました。

ワタシもまた，ワタシが見たK島での悲劇のトラウマに悩まされたのだと思います。ワタシは，やがて、ベトナムの戦地での勤務に耐えられなくなりました。ワタシは同僚から退役することを勧められました。ワタシはベトナムの地を離れることを決意をしたのです。沖縄戦の悪夢から二十年も経っていたのですが、耐えられなかったのです。

沖縄戦の記録については、沖縄側には戦中・戦後の混乱のために、多くは残されていませんでした。しかし、米国の側には大量の沖縄戦の記録、文書や写真、映像資料も含めて保存されており、米国国立公文書館などで公開しています。

ワタシは退役後もその資料を読みました。K島での悲劇も記録されていました。

K島では、一九四五年三月二十三日から、米軍による猛烈な空襲が始まります。二十四日には海峡からK島への艦砲射撃、二十七日には阿波連海浜と渡嘉志久海浜からK島へ上陸しました。日本軍の統治下にあった住民は、軍命により山裾の避難壕を離れ、雨の降りしきる二十七日深夜、ニシヤマ（北山）方向への移動を開始します。翌二十八日、日本軍陣地の近くの谷間などに集結した住民に軍からの自決命令の情報が伝えられ、自決が始まりました。手榴弾だけではなく、小銃、かま、くわ、かみそり、縄等、あらゆる手段で親子兄弟の殺し合いを試み、この世の出来事とは思えない凄惨な状況の中で、愛する肉親の命を奪い、自らの命を絶っていきました。この時、死亡した島民は三三〇人で一家全滅は七十四世帯にも及びます。

アメリカ軍の撮影兵アレキサンダー・ロバーツ伍長は、現場の様子を一九四五年四月二日のロサンゼルス・タイムスに次のように寄稿しています。

米国の侵攻軍、日本民間人の集団自殺を発見
「野蛮なヤンキー」の噂で「拷問」より死を選ぶ日本人たち／琉球列島、三月二十九日。
米国の「野蛮人」の前に引き出されるよりも自殺する方を選んだ日本の民間人が、死体あるいは瀕死の状態となって折り重なった見るも恐ろしい光景が、今日慶良間列島の一つK島に上陸した米兵たちを迎えた。最初に現場に到着した哨戒隊に同行したニューヨーク市在住の陸軍撮影兵アレキサンダー・ロバーツ伍長は「いままで目にしたものの中で最も凄惨」と現場の様子を次のように報告した。

※

我々は島の北端に向かうきつい坂道を登り、その夜は露営した。闇の中から恐ろしい叫び声や泣き声うめき声が聞こえた。それは早朝まで続いた。

明るくなってから、悲鳴の正体を調べに行くために二人の偵察兵が出ていった。彼らは二人とも撃たれた。その少し前、私は前方六か所か八か所で手榴弾が炸裂し炎が上がっているのを見た。開けた場所にでると、そこは死体あるいは瀕死となったK島の人々で埋め尽くされていた。足の踏み場もないほどに、密集して人々が倒れていた。

ボロボロになった服を引き裂いた布で首を絞められている女性や子どもが、少なくとも四十人はいた。聞こえてくる唯一の音は、怪我をしていながら死にきれない大人や幼い子どもが発

するものだった。人々は全部で二〇〇人近くいた。

細いロープを首に巻きつけ、ロープの先を小さな木に結びつけて自分の首を締めた女性がいた。彼女は足を地面につけたまま前に体を倒し、窒息死するまで首の回りのロープを強く引っ張ったのだ。彼女の全家族と思われる人々が彼女の前の地面に横たわっており、皆、首を絞められ、各々汚れた布団が掛けられていた。

さらに先には手榴弾で自決した人々が何十人もおり、地面には不発の手榴弾が転がっていた。島の防衛召集兵の遺体も六体あり、また他にひどく負傷した防衛兵が二人いた。

衛生兵は負傷した兵士らを海岸へ連れて行った。後頭部に大きなV字型の深傷を負った小さな男の子が歩き回っているのを見た。あの子は生きてはいられない、今にもショック死するだろう、と軍医は言った。本当にひどかった。

軍医たちは死にかけている人々にモルヒネを注射して痛みを和らげていた。

負傷したK島の人々を海岸の応急救護所まで移そうとしている米軍の担架運搬兵らを、道すじの洞窟に隠れていた一人の日本兵が機関銃で銃撃した。歩兵らがその日本兵を阻止し、救助活動は続けられた。

質問に答えられるまでに回復したK島の人々は、米国人は、女は暴行、拷問し、男は殺してしまうと日本兵が言ったのだと通訳に話した。彼らは、米国人が医療手当をし、食料と避難所を与えてくれたことに驚いていた。自分の娘を絞め殺したある老人は、他の女性が危害を加え

られず親切な扱いを受けているのを見て悔恨の情にさいなまれていた。（以下略）

ワタシもロバーツ伍長が報告したこの現場に立ち尽くしていたのです。

この日、空は泣いていました。どんよりとした天気の中で、雨粒がK島を濡らしていました。自決現場に入った途端、今まで吹き渡っていた気持ちのいい風も止まり空気が重く澱み、その場所はいかにも他とは違う雰囲気が凝縮しているように思われました。

人が人を殺しあう戦争というものを起こしてはならない、という当たり前のことが実現されない世界の不甲斐なさを思いながら、ワタシは神を呪ったのです。いや人間であることを呪ったのです。

この島のことは、日本の教科書問題などで何かと話題となっていることは知っています。しかし、ワタシにとって、直接軍の命令があったかどうかはあまり大きな問題ではありません。人が死んだことが問題なのです。

本来問題にされるべきは、なぜ戦争が起きたのか、日本の国家、アメリカの国家は本当に正しい道を歩いたのか、日本は、戦前、戦時中においても、国民に対する皇民化教育を推進してきたが、このことについて、きちんとした自己批判をすることができたのか。このことこそが大切なのではないか。また、アメリカ政府も、沖縄での地上戦も含めて、広島、長崎に原爆を落とした行為を検証すべきです。

ワタシは、今なお沖縄に米軍の軍隊が駐留している現実を憂えています。日米両政府は、沖縄戦を真摯に総括すべきです。そして何よりも大切なことは、現在と未来に同じ過ちを繰り返さない決意です。全ての日本人、アメリカ人、ひいては世界の人間に、その覚悟があるかどうか。ワタシはこのことを問いたいのです。

あの惨劇の現場で、呆然としていた子どもたち、手をつないで泣き続けていた兄妹の姿が、今なおワタシを苦しめます。ワタシが抱き締めたあの二人の兄妹の身体の震えが、ワタシの身体にも刻まれているのです。

7

アイエナー、ワン、マーグァタ―(私の孫たち)よ。善正よ。和江よ。哀レナクトゥヤサヤ(哀れをさせたねえ)……。

あの日、お父たちの姿がなくて、あんたたち、二人だけが生きて帰ってきたとき、おばあは不吉な予感がしたよ。おばあが思ったとおりだったさ。

お父の善一郎は、役場職員。マットーバ(実直)な人だったからねえ。真面目で、真心第一の人だった。それがおばあの自慢でもあったけれど、不安でもあったんだよ。

戦争中は、正直な人から亡くなるんじゃないかねと心配していたんだよ。だからニシヤマに行くと聞いたときは、心配だった。おばあは歩けなかったから残ったけれど、やっぱり一緒に行けば良かったたって後悔しているよ。戦争は、たくさんの人を後悔させるんだね。

善正、あんたのお父は、おばあとおじいの一人息子だったからねえ。おじいは善一郎が生まれてからすぐに亡くなったんだけど、おばあは一人息子の善一郎の成長だけを楽しみにして生きてきたようなもんだよ。善一郎も頑張ってくれて、おばあの願いは叶ったと思ったさ。役場の職員として働くことができたからね。

だけど、戦争が、おばあの苦労も幸せもみんな奪っていったんだ。

おじいはウミンチュ（漁師）だったんだが海の事故で亡くなった。だから善一郎は絶対にウミンチュにはしたくなかった。学問を積ませて陸の仕事をさせたかった。

善一郎が那覇の高校を卒業して村の役場に勤めるようになったときは、島の神様に感謝したよ。おばあは幸せ者だってな。トートーメー（位牌）になったおじいにも感謝したよ。

嫁に来たトミさんもいい人でなあ。隣村から嫁いで来たんだけど、すぐに村の人たちとも仲良しになってな。月々の村行事にも嫌な顔を見せずに参加してくれた。おばあにも口応え一つしなかったよ。

トミさんは料理も野菜作りも上手でな、村の人たちの評判にもなった。孫たちをひもじくさせることも全くなかった。孫たちも善一郎に負けずにユーディキヤーでな。五名の孫ができたけれど、おばあも将来が楽しみだったよ。

戦争が終わって善正と和江がアメリカーに連れられて戻ってきたときは驚いたよ。善正は泣いてばかりいた。目を真っ赤に腫らして泣いてばかりいた。でもな、おばあはだんだんと何が起こったか分かってきた。おばあは、強いて善正には聞かなかったけれど、何が起こったか予測がついたんだよ。善一郎はマコトムン（真面目）だったからなあ。役場職員だったから、村長と同じように見本を示そうとしたんだろう。村長が真っ先に死んだというからな。善一郎も後を追ったんだよ。

善一郎はニシヤマに行くときに、きっとその万一のことを考えて覚悟していたかもしれないな。おばあを強引に誘わなかったのも、万一のことが頭に浮かんだんだろうよ。おばあは善一郎が台所から包丁を持ち出すのを見たからね。おばあは、黙って見ていたけれど、このことが、おばあを一層、苦しめたんだよ。この時、止めておけばよかったってな……。

家に帰ってきた善正と和江を、お父やお母に代わって立派に育てようと思った。それがおばあにできることだってな。でも、駄目だった。二人とも物も言わない子に育ってしまった。おばあにはどうしようもなかった。あんな体験をしたら、おばあだって物も言わないおばあになっていたはずよ。

それが分かるだけにおばあも苦しかったよ。善正と和江の姿を見ていると、チムグルシク（心苦しく）なってなあ。おばあにできることが何かあるんじゃないかと思ったけれど、何もできることはないんだよ。二人はじっと見つめ合っているだけだった。

善正の幼友達の幸子が訪ねてくることが救いだったね。幸子はいい娘でなあ。おばあの手伝いもよくしてくれたよ。台所にも立ってくれてなあ。ユウハン（夕食）も作ってくれたよ。二十歳を過ぎても、嫁に行こうともしないから、善正と何か約束でもしていたのかねえと思ったけれど、おばあにはよく分からなかった。二人がミートゥンバ（夫婦）になったら嬉しかったけれどなあ。

善正が、幸子となかなか結婚しないから、おばあは幸子に言ったんだ。

「幸子、あんたは、善正のことは忘れて、自分の幸せを考えなさい」って。

おばあがそう言うと、幸子は泣き出してね。でも、わけは言わなかった。

和江も、物言わない子になっていたけれど、那覇の高校に進学したいと言った時、おばあはほっとしたよ。善正も那覇の高校に送り出したかったんだが、善正はまるで行く気がなかった。善正は頑固でなあ。おばあが言うのを受け入れなかった。

「自分は島がいい。おばあを残して島を出たくない」

善正はそう言いよった。でも、本当の理由は分かっていたからな、おばあも無理が言えなかった。親孝行な子でなあ。姉弟（きょうだい）でも一番に優しい子だったよ。

日本復帰の年までしか、おばあの気力も体力も持たなかった。おばあは日本復帰が怖かったよ。アメリカ軍は、アメリカに帰ろうとはしなかったし、日本がまた戦争をする国になりはしないかと思ってな、心配だった。今度はアメリカーと日本がグーなって（一緒になって）、中国とかソ連とかと戦争をするんではないかと心配になってな。沖縄もワッター島も、また戦争に巻き込まれるんじゃないかと思ったんだよ。

おばあは、復帰後の沖縄を見なくて良かったと思っているよ。幸子と善正の二人の復帰後はどうなったかは分からないけれど、二人とも哀れしただろうなあ。二人とも優しいグヮだったからなあ。

善正は一緒に住んでいたから、善正の思いは少しは分かりよった。でも、和江、あんたの思いはよく分からなかったよ。那覇に出て行ってから一度も島には戻ってこなかったからね。あんたの本心はどこにあるか分からなかった。あんたは自分の心を隠すのが上手だった。それだけに兄イ兄イの善正も辛かったはずよ。

和江、あんたは那覇に出ていってから、お父やお母の命日にも戻ってくることはなかったね。おばあには、あんたは島を捨てるんだねと思ったよ。兄イニイもお父もお母も、姉エネエたちもみんな捨てるんだねと思ったさ。

あんたは島のジュウロクニチにも帰ってこなかったからね。ジュウロクニチは、島で亡くなった人たちを祀るあの世の正月と言われていて、旧暦の一月十六日に開催される。分かっているよね。今でも続いているよ。その日は朝、早くからお墓の掃除をして、墓前で重箱を広げて、先祖の霊を慰めるんだよ。一月一日には帰らなくてもジュウロクニチには帰ってこないと親不孝者と言われたんだがね。あんたは帰ってこなかった。おばあと善正と二人で墓掃除をして、いつもあんたを待っていたんだよ。

毎年三月二十八日には島の「白玉之塔」の前で行われる戦没者の慰霊祭にも、あんたは帰ってこなかった。旧暦六月二十五日に行われる伝統行事の「大綱曳き」にもあんたは帰ってこなかった。善正は、決まったように折り目節目の日には港に行って船が入ってくるのを待っていた。あんたが帰ってきはしないかねって……。

和江、あんたは兄さんの気持ちを考えたことがあるねえ。善正兄さんが、どんなにあんたのことを気にしていたか、分かるねえ……。

おばあには生きているのは辛いことばかりさ。おじいを亡くしたときも辛かったが、善正を見るのも辛かった。おばあが生きていく世はあるのかねえと思ったよ。この世では大事な孫たちをたくさん死なせてしまったし、あの世では、おじいに怒られると思ったさ。

善正よ、和江よ……。おばあは、もうおじいのところに逝くよ。おじいは怒るだろうけど、おじいのところ以外に、おばあには行くところがないからね。ミートゥンダやカーミヌチビティーチ(夫婦はあの世でも一緒)と言われているからね。せめて戦争を生き延びた二人の孫より先に死ねるのが、おばあの幸せだよ。

善正よ、和江よ……。あんたたち二人が仲良く暮らすのがおばあの願いだよ……。チバリヨーヤ(頑張れよ)、マーガーターよ(孫たちよ)……。

8

トミの声――。

善正よ、ありり、お母の姿が見えるかね。お母のトミだよ。私が分かるかねえ。私の可愛い息子、善正よ……。

あんたはお母の作る天ぷらが大好きだったね。芋天ぷらも、魚天ぷらも、イカ天ぷらも、タナガー（川エビ）天ぷらも、天ぷらだったら何でも美味しい美味しいって食べよったね。

お父は長男のあんたが生まれたときは、とても喜んでいたよ。ウサおばあの喜びようも、尋常ではなかったよ。家の跡取り息子ができたといってね。もちろん、お母もほっとしたさ。

でも、善正よ。苦労かけたね。こっちからは、あんたたちが住む世界が見えるんだよ。助けることはできないけれど、心を痛めることはできるよ。あんたを見て、お父と二人悔やんでばかりいるよ。

弱音を吐くことのないお父が、あんたのことになると、涙を流してばかりいるよ。だからね、善正。私たちのことを考えるのはもういいからね、自分の幸せを考えなさい。あんたはお母たちと違って生きているんだよ。生きていることを大切にしなさい。

生きているってことは、ただそれだけで意義のあることだよ。そしてね、幸せになろうとすることはもっと意義のあることだよ。お母はそう思うよ。幸せになるためにはどうすればいいかねって、考えながら生きる。それが幸せを作るんだよ。

あんたは考えることが得意だったでしょう。考えることは楽しいことさ。そしてね、考えてから得た答えはね、変わってもいいんだよ。ずーと同じ答えっていうのもおかしいさ。人間は成長していくさ。変わる答えを見つけていくのが成長したことにもなるんだよ。

ねえ、善正よ。自分の心が変わったからって、何も恥じることはないんだからね……。

善正よ、耐えることだけが人生でないよ。祈ることだけが人生でないよ。どこかで考え方も変えてごらん。例えば願うことも人生さ。幸せを願えば、幸せはやって来るさ。今からでも遅くはないよ。願うことが幸せを呼ぶんだからね。願い事を作るんだよ。作った願いごとが叶うように生きることが人生なんだからね。

お母は、あんたたちの夢が叶いますようにって、毎日祈ったよ。それがお母の幸せになった。善正よ。お母は信じているよ。あんたが笑顔で生きて、こっちの世に来ることを信じているよ。あんたには、みんなが感謝しているよ。ずっと家族のトートーメー（位牌）と墓を守ってくれたんだからね。センゾ（先祖）のみんなも感謝しているよ。あんたのことをだれも恨んではいないからね。

善正、寂しくしないでよ。マーサムン（美味しいもの）も遠慮なく食べて、幸せになるんだよ。お母を悲しませないでよ。ティーダ（太陽）に顔を向けて、笑イカンティ（笑顔で）、こっちの世に来なさいよ。いいね、善正……。

善一郎の声――。

善正、お前には辛い役目を背負わせたな。お父は今でもこのことを後悔しているよ。お前に手伝って貰ったからなあ。お父を殺すのを……。お父はもうあの時、自分で自分を殺す力がなくなりそうなのを怖れていたんだ。だから、お父は言ったんだ。

「家族、みんなで死のうなあ」って。

長男のお前の肩を抱きかかえるようにして、お父はそう言ったんだ。お前は涙を流してうなずいてくれた。死ぬということがどういうことか、分かるほどに賢い子だった。お前は十三歳だったが、お父はお前の将来を楽しみにしていたんだよ。

だあ、お父のいたらなさから、お前の将来を奪ってしまったさ。お父はこのことが悔しいんだよ。

お父はな、間違っていたんだ。家族の幸せは、国の幸せがあって成り立つものだと思っていた。お父は長く公務員生活を続けていたから、いつの間にかそんな考えに取りつかれていたかもしれないなあ。あの日、国が滅びる予感がして、お父は、村も家族も、みんな滅びると思ったんだよ。生きていく意味もないってなあ。

本当は逆だったんだ。一人ひとりの幸せがあって国の幸せもあるんだって。また、国は一人ひとりの幸せを守っていかなければならないんだ。作っていかなければならないんだ。奪ってはいけないんだよ。このことに気づいたんだが、遅かった。後悔しても後悔しきれないさ。

お父は、お母と喜代と善美を手にかけた。三人だけで、もう疲れてしまった。精いっぱいだった。お前と和江、武を手にかける力は、お父には、もうなかった。自分を殺す力も残っていないような気がして心配だった。お父は生き延びることが怖かったんだよ。

十三歳のお前は、よく頑張ったさ。お父は、やはりお前のことを誇りにしているよ。どんなことがあっても、いつまでもだ。

お父の言葉を守ったお前はエライんだよ。自分を責め過ぎてはいけないよ。責めるべきは間違った考えをお前に伝え、実行に移したお父なんだよ。お前は何も悪くない。お父が悪かったんだ。お父が判断を誤ったんだよ。

お父は周りが見えていなかったんだ。世界が見えていなかったんだ。このことをお父は悔やんでいるよ。勉強が足りなかったんだ。お前がパイロットになる夢を、お父の勉強不足から奪ってしまったんだ。

お前は、那覇と島を結ぶだけでなく、東京と島を結ぶ飛行機のパイロットになるのが夢だと言ったな。そのために島に飛行場も造る。村長にもなりたいって言っていたな。

善正、夢を持つことは大切なことだよ。夢を持つことは年齢には関係ないさ。今からでもできるさ。あれ、自分ができなかったら、善正、あんたの子どもに託することもできるさ。子どもができなかったら孫ができるかもしれないさ。家族は夢をつないでいくんだよ。大きな夢でもいい。小さな夢でもいい。それが家族さ。

善正、結婚しなさい。結婚して子どもを可愛いがりなさい。幸子は待っているんだろう。ずっと待っているんだろう？　幸子と結婚して可愛い子どもをもうけなさい。お父が、お父の夢をお前に託したように、お前も、お前の夢を子どもに託して生きることもできるんだよ。夢が叶わなければ、それはそれでまたいいさ。今度は子どもの夢を応援してあげればいいさ。

生きる形はいくらでもあるんだからな。一つのことだけに、こだわらなくてもいいんだよ。たくさんの夢を持てばいいさ。夢はたくさんあるだけ幸せもたくさん作ることができるさ。

善正、頑張れよ。死んだお父たちの声を、生きているお前たちにもっとたくさん届けなければいけないって思っているよ。あり、これもまた、長く役人仕事をやってきたせいかな……。

でもな善正、これだけははっきり言えるよ。お父はな、お父たちの声を、あの場所に埋もれさせてはいけないと思っているよ。声をあげなければいけないと思っているよ。

どうすれば、生きている人たちに、お父たちの声が届くか。それはな、善正、お前が生きることなんだよ。このことに気づいたんだ。

善正、しっかりと生きるんだよ。お前が生き続けることが、お父の今の夢だからな。

頑張れよ、善正。

喜代の声——。

善正、元気ねえ。喜代姉(ネ)エだよ。私の声が聞こえるかね？

善正、生きることは尊いことだよ。生きていることだけで価値があるんだよ。みんな弱い人間だからね。みんないつかは死んでしまうんだからね。このことを分かっているのに、みんな精一杯、生きているさ。このことだけでも尊いんだよ。

そしてね、善正、人を愛することはもっと尊い行為だよ。人生を豊かにするんだよ。家族を作り、家族を愛することは生きている人たちの美しい行為だと思うよ。

姉エネエには許婚（いいなずけ）がいたよ。あんたも知っているでしょう。浦崎の高志兄イニイさ。高志兄イニイは島を離れて県の師範学校で学んでいたんだが、沖縄本島で戦って、死んでしまった。私がニシヤマで死んだ後だよ。

戦前、沖縄には21の中等学校があったんだけどね。沖縄戦では、これらのすべての中等学校の生徒たちが戦場に動員されたんだよ。そして多くは死んでしまった。可哀相だよね。

男子学徒は十四歳から十九歳で、上級生が「鉄血勤皇隊」に、下級生が「通信隊」とかに動員されたんだよ。女子学徒隊は十五歳から十九歳で主に看護活動にあたったんだよ。たぶん、あんたは知っているよね。

鉄血勤皇隊は、軍の物資運搬や爆撃で破壊された橋の補修などが本来の任務だったけれど、日本兵と一緒に斬り込みにも参加させられたと言われているよ。

通信隊は、爆撃で切断された電話線の修復や電報の配達などの任務に従事したと言われているけれど、前線が破壊されて混乱すると、こんな割り振りも混乱したんだよ。

高志兄イニイは鉄血勤皇隊でした。首里の司令部壕近くの弁が岳で、日本兵と一緒に斬り込みに参加して死んでしまったんです……。

でもね、善正、私はね、短い人生だったけれど後悔していないよ。好きな人もいたからねえ。好きな人と二人で家族を作ることはできなかったけれど、家族を作ることを考えることはできたよ。高志兄イニイのことを考えていると、幸せな気分になれたよ。ニシヤマでも、高志兄イニイのことを考えていると、幸せな気分になれたから、お父の前で手を合わせたんだよ。高志兄イニイが私の前に現れて言ったんだ。いつでも、どこでも、いつまでも一緒だよって。

私は幸せだったよ。愛する人より先に死ぬのは、悔しい思いをするだけだよと言われているけれど、私は違いよった。私には希望があった。高志兄イニイがいつでもどこでも待っていてくれるような気がした。だから怖くはなかったよ。辛くもなかったさ。

人を愛することは生きる支えにもなるけれど、死ぬことをも怖れさせないんだね、勇気を与えてくれるんだねって思ったさ。

善正、人と人との出会いは、本当に運命だと思うよ。幸子と出会えたことにも感謝して生きなさい。今からでも遅くないさ。人を愛することには遅いも早いもあるもんかね。姉エネエからのユシグトゥ（遺言）だよ。

善正、あんたはお父からも、学校の先生からも、ユーデキャー（賢い子）と言われて、誉められていたけれど、あんたなら分かるよね。考えることは、神様が授けてくれた人間への贈り物なんだよ。うんと考えなさい。悩んでもいいさ。悩むことがあればこそ、豊かな人生を送ることができるんだよ。

善正、勇気を持って生きるんだよ。自ら命を絶ってはいけないからね。いいねえ、善正……。

姉エネエたちの死は、あんたのせいではないからね。大きな悪い力が働いたんだよ。自分を責めないで、この悪い力は何だったかを考えなさいね。あんたが生き続けていることで、幸せだと思う人がきっといるからね。いいね、善正、姉エネエのユシグトゥだよ。


善美の声――。

善正、夢を持つんだよ。たくさんの夢をもっていいんだよ。善美姉エ（ネ）だよ。私の声が聞こえるかねえ？

私は県立第一高等女学校へ進学する夢を持っていました。そんな夢をあんたにも伝えたよね。そしたら、あんたはぼくにも夢があるんだよって言いました。あんたの夢は私の夢より大きかった。びっくりしたよ。

あんたはヤマトの学校に行きたいと言ったんだ。それも、ヤマトのど真ん中の東京にある学校で勉強したいと言いよった。私は、あんただったらできると思っていたよ。

善正……、夢を持つことは人生を豊かにするよね。分かるよね。あんたみたいに、本をたくさん読むことも人生を豊かにすることにつながるよね。あんたは私と喜代姉エの本棚の本もみんな読んでいたからねえ。お父の本棚の難しい本も読んでいたね。

「善正は、ガクブリー（学問で気が狂う）にならないかねえ」

喜代ネエと二人で、本当に心配したこともあったよ。内村鑑三とかゲーテとか、私たちがあまり読まない本も読んでいたからね。

あんたは村長になる、とか言っていたけれど、野口英世とか二宮金次郎も好きだったね。村長だけでなく、お医者さんになるかパイロットになるか、悩んでいたね。村長になって飛行場も造るとか言っていたね。夢をたくさん持つことはいいことさ。夢の分だけ、努力できるんだからね。

あんたの目の輝きは、私も勇気づけてくれたよ。あんたを見て、私も一高女へ入るために頑張ることができたんだよ。

あんたの尊敬していた野口英世は一八七六（明治九）年、福島県猪苗代に生まれました。一歳半の時に手に大やけどをしたんだったよね。いじめられることもあったけれど、左手の手術により医学の素晴らしさを実感して、頑張って医者になったんだったかな。このことは、あんたが私に教えてくれたんだよ。

学校の校庭にあった二宮金次郎の像を見て、二宮金次郎も大好きだって言っていたね。二宮金次郎が薪を背負って歩きながら本を読んでいる姿を見て、自分も一所懸命に勉強して親孝行したいって言っていたね。

善正、あんたは親孝行したよ。また今もしているさ。だれにも恥じることはないさ。生きることは恥じることではないよ。胸を張って生きることだよ。あんたが生きていることが、戦争の酷（ひど）さを伝えているんだからね。

でも、善正よ。あんたは十分に頑張ったんだから、少しは休んでもいいよ。自分のことだけ考えていいんじゃないかね。

善正、あんたは滅私奉公って言葉知っているかねえ？　知っているよね。他人のことばかり考えていたら自分を捨てることになるよ。一番大切なのは、自分だからね。自分を殺してはいけないよ。頑張るんだよ、善正。姉（ネ）エネエからのお願いだよ。


武の声――。

善正兄（ニ）イニイ。ボクは兄イニイと一緒だと、いつも楽しかった。楽しい思い出だけでも、ボクは生きていけるよ。あの世でボクは生きているから、兄イニイも元気出して生きてよ。

兄イニイは、ボクといっぱい遊んでくれた。チャンバラごっこをしたり、凧揚げをしたり、独楽（こま）回しをしたりして遊んだよね。パッチーも、クギ立ティエーも、飛行機ごっこも、兄イニイがみんな教えてくれたんだよね。兄イニイはボクの神様だった。

兄イニイが作ってくれた竹細工の飛行機は遠くまで飛んだよね。ボクは兄イニイが自慢だった。

兄イニイは何でも知っていた。砂浜で遊ぶのも楽しかったなあ。トンネルを作ったり、アーマンを取って、走り競争をさせたりしたよね。アーマンはハーハーと息を吹きかけたら速く走ると兄イニイが教えてくれたから、ボクも息吹きかけたらアーマンに唇噛まれて泣いたよね。チンナン（カタツムリ）はしっぽを切って走り勝負させたね。

兄イニイがオタマジャクシを捕まえてきて、浜から拾ってきた大きいアジケー（シャコ貝）の殻に入れて育てたら、オタマジャクシが蛙になったのにはびっくりしたよ。

兄イニイ、また一緒に遊びたいなあ。ボクは兄イニイが大好きだからね。死んでも大好きだからね。忘れないでよ、兄イニイ。約束だからね、また一緒に遊ぼうねえ、また海に連れて行ってよ、兄イニイ。

9

兄さん……、善正兄さん、和江だよ。

私は間違っていたのかねえ。島を出たことも、兄さんを恨んだことも、私が幸せになったことも、みんな間違っていたのかねえ。

私も兄さんと一緒に島に残って、お父とお母、喜代姉（ネ）エと善美姉エ、そして武の霊を慰めれば良かったのかねえ。私が結婚して子どもを生んで、孫を見たのは、私の我が儘だったのかねえ。

戦争当時、私は八歳。戦争のこともよく分からない子どもさ。でも私は家族皆が殺し合ったあの悲惨な現場は頭にしっかりと焼き付けられているんだよ。消そうとしても消せないさ。私の顔に血がかかるぐらい目の前で多くの人が死んでいったのだからね。

私は兄さんを許せなかった。戦後、ウサおばあと一緒に生活するようになってからもずっとだ。お父も許せなかった。お父がどんな言い訳をしても、今も許せない。兄さんも同じさ。兄さんがどんなに私を慰めても、私は兄さんを許せなかった。今もずーとさ。

だから私は島を出たんだ。兄さんと一緒にいると、窒息しそうだった。島を出るときに、二度と島には戻らないと決意したんだ。

那覇の高校に入学してからは、沖縄戦のことについて、いろいろ調べてみたさ。島での戦争も調べてみたさ。調べる度に、私は間違っていないと確信したさ。

戦争は、普通は軍隊と軍隊、軍人と軍人が戦うものでしょう。でも沖縄戦では、十代前半の子どもを含む住民が、足りない軍人の代わりに戦争の手伝いをさせられたんだ。軍人も、武器を持たない住民も、まぜこぜになったまま地上戦が続いたんだ。

日本軍が南部に追い詰められてからは特に、米軍の無差別な攻撃に、軍人も住民も次々と命を奪われていった。こうしたことで、沖縄戦では、軍人よりも住民の命が多く失われたと言われている。

善正兄さん……、兄さんも沖縄戦については調べてみたはずね。私は、何度も何度も調べたよ。かつて日本が統治していたサイパンやテニアン、サハリンや満州などでも地上戦があったけれど、日本の国土で多くの住民を巻き込んで地上戦が行われたのは沖縄だけだと言われているよね。

沖縄戦の教訓として「軍隊は住民を守らなかった」と語りつがれている。日本兵に命を助けられた人はもちろんいるさ。でも、日本兵に命を脅かされたり、スパイとみなされて命を奪われたりした人たちは、もっとたくさんいるさ。

日本本土でも、飛行機から爆弾を落とされる空襲で大変な思いをした人がたくさんいるが、沖縄では米軍が上陸し、住民が暮らしていた場所で、住民を巻き添えにして米軍と日本軍が戦ったんだ。空からの攻撃に加え、陸からも銃や大砲、火炎放射器で襲ってきたんだ。

海からも艦砲射撃で狙われた。爆弾が大嵐のように降り注いだことから「鉄の暴風」とも言われている。米軍は沖縄のことを「ありったけの地獄を集めた」戦場と呼んだ。

首里城も、地下に日本軍の司令部があったために跡形もなくなるほどに攻撃された。地形も変わってしまったと言われている。なんであんな所に壕を掘って司令部を置いたのかねえ。日本軍は首里王府の神様に守ってもらおうとでも思ったのかねえ。自分たちが滅ぼした首里王府だのに、神様だって守ってくれるわけがないよねえ。

沖縄本島南部の喜屋武（きゃん）岬周辺では、多くの住民が犠牲になったけれど、一か月間に砲弾が約六八〇万発、住民一人あたり五〇発ほどが撃ち込まれたとも言われているよ。

沖縄でどれくらいの人が戦ったかというと。米軍はおよそ五十五万人、日本軍はおよそ一〇万人。武器の量や性能をあわせた戦力の差は米国が日本の五倍以上だった。そのうえ日本軍の一〇万人のうち、二万数千人は、沖縄にいる一定の年齢の男子を急きょ兵隊として集めて作られた「防衛隊」や「義勇隊」だった。今の中学生や高校生くらいの生徒たちで作る「学徒隊」だったんだ。

防衛隊の年齢は十七～四十五歳というが、実際にはもっと幼い少年や高齢の人もいたと言われている。軍隊の訓練も受けず、武器もないまま戦いに参加させられることもあったという。学徒隊では「ひめゆり学徒隊」や師範学校生などで組織された「鉄血勤皇隊」が代表例だ。

沖縄戦で亡くなった人は、ある統計によると米国側は一万二五二〇人。日本側はその十五倍の十八万八一三六人が亡くなったと言われている。このうち沖縄県出身以外の日本兵は六万五九〇八人。沖縄県出身の軍人・軍属は二万八二二八人。一般の住民は九万四千人。沖縄県民全体では十二万二千人以上、県民の四人に一人が亡くなったと言われている。

ただ、いずれも推計した数字だ。戸籍も焼けてしまって、亡くなった人の数ははっきり分かっていない。家族全員が死んでしまった家もたくさんある。名前も分からなくて戦没者の名前を刻んだ「平和の礎（いしじ）」に、〇〇さんの「長男」とだけ彫られている人さえいる。子どもだった人の中には、両親が亡くなって自分の生年月日も名前さえも分からない人もいる。

米軍の砲弾や銃弾を受けただけでなく、自ら命を絶つ「自決」で亡くなった人や、餓死や栄養失調、マラリアで亡くなった人もたくさんいる。沖縄から避難疎開したのに亡くなった人もいる。沖縄に米軍が上陸する前年の一九四四年八月、九州へ向かっていた船「対馬丸」が米軍に攻撃されて、多くの児童が海で溺れて亡くなる悲劇もあった。

当時の日本軍には「戦陣訓」という教えがあり、「生きて虜囚（りょしゅう）の辱めを受けず」、つまり捕虜になるくらいなら死を選べ、という考えが大切にされていた。沖縄に駐屯した日本軍のトップ、牛島満司令官は、本島南部に追い詰められて「自決」している。

自決とは、自らのことを自分の意思で決めるという意味もあるが、軍人が自ら命を絶つ、つまり「自殺」することを「自決」と呼んだ。大けがを負って洞窟内に寝かされたたくさんの軍人が、毒の入った飲み物が配られて死に追いやられたことを「集団自決」ということもあるという。

一方で、住民の「集団自決」もあった。私は、集団自決のことも調べてみた。米軍の激しい攻撃が続くなかで、家族や近所の人たちが壕の中や森で、まとまって命を絶つといったことが、慶良間諸島だけでなく、伊江島や沖縄本島の各地で起きていた。「強制集団死」と呼ばれることもあるようだ。

日本軍は、住民も、兵士と同じように命をかけて国を守れという「軍官民共生共死」という指導方針をとって、住民が米軍に投降することも許さなかったという。私たちの島にも、そうしたことが背景にあったんだ……。

善正兄さん……。私はK島の戦争についても、いっぱいいっぱい調べてみたよ。調べる度に島に帰れなくなった。兄さんが嫌いになったんじゃない。兄さんが可哀相になったんだ。

でも島に戻ったら、私も兄さんと同じように島から出られなくなる。そう思ったんだ。私は島に戻ることが怖かったんだよ。だから私は那覇で所帯を持つことにしたんだ……。

集団自決は沖縄戦の悲劇を象徴していると言われている。集団自決は調べれば調べるほど悲惨だった。何度、涙を流したか分からない。お父やお母、姉さんたちや武のことを思い出してね。

ウサおばあからも、何度か手紙をもらった。一所懸命書いたんだはず。たどたどしい日本語で、みんな戦争が悪い。善正は悪くない。善正を許してあげなさいって……。

私たち家族が巻き込まれた慶良間諸島の集団自決についても、もちろんたくさん調べてみた。最も自決した人が多かったと言われている渡嘉敷島では、村長の号令のもと三二九人が命を落とした。ただし、手榴弾の不発などによって一命を取り留めた人もいる。

「慶良間諸島の悲劇」を集めた証言集には、次のような証言もある。

証言1　Sさん（女性）

私は集団自決の時、現場から逃げようとは思わなかった。でも、殺されるのは怖かったよ。

私は当時、渡嘉敷島の南部の集落、海岸沿いの阿波連に両親と祖父母、きょうだいの計十人という大家族で暮らしていた。六人きょうだいの長女で十二歳だった。半農半漁で家畜も飼う、豊かな生活だった。

私はおばあ（祖母）に可愛がられてね。休みの日には、いつも畑に一緒に行っていた。当時は電気もないから、ランプやカマドの火で勉強していたんです。

自分たちの家は大きな家だったので、いつからだったか、日本兵が六、七人、一緒に住んでいた。学校も兵隊たちが宿舎に使っていたから、私たちは校舎で勉強できなくてね。大きな木の下で勉強したときもありました。

アメリカーの艦船は海の水面が見えないほどいっぱい来ていたよ。空襲と艦砲射撃が始まってね。私たち家族は、空襲や艦砲の音が聞こえると、家の近くに掘った防空壕に避難した。だが、二十七日朝、渡嘉敷島にも米軍が上陸してきた。島民は、北部にある日本軍陣地、ニシヤマ（北山）へ集まるようにと、日本軍の命令を受けた防衛隊や駐在らから呼びかけられた。ああ、日本軍が助けてくれるんだなあと思った。

それで雨が降っていたけれど、私たちは家族九人で集落の人たちと一緒にニシヤマに向かって山を歩いていった。父親は防衛隊の活動に出ていた。また、祖父は途中、腹が痛いと言うので山中で別れることになった。

肌寒かった。三月二十八日の未明、私たちの家族は北部の日本軍陣地の近くにある小さな広場にたどり着いた。家族、親戚同士で集まり、固まっていた。あの時はまだ自分たちが死ぬことは考えていなかった。

持ち物は何もなく、裸足でした。狭い広場に百人以上の人がいた。よくこれだけの人が集まったねえと思うほど多くの人が集まっていた。年寄りと子どもと母親たちが多かったが、私は家族や親戚、二十人ぐらいと一緒の輪にいた。

夜が明けると、思わぬ事態になった。午前十時すぎ、村長が「天皇陛下万歳！」と叫ぶと、周囲の人たちも斉唱した。その直後、集団自決が始まった。狭い広場の中、あちこちで手榴弾の爆発音が響き、多くの人が次々と吹き飛んでいった。

うちのところは、親戚のおじさんが手榴弾を持っていた。でも、信管を抜いたのに破裂しなかった。いろいろやっても、爆発しない。仕方ないから、おじさんは太い木の棒を持って、家族や親族を思い切り叩き始めた。私も首の付け根を激しく叩かれた。首の付け根には当時の傷の痕がまだ残っているよ。

うちのお母さんは棒でバンバカ打たれて、すぐ死んでしまった。いとこの家族も全滅だ。だから、お父さんの親戚、お母さんの親戚、一人も残っていない。私も気を失って倒れていた。でも死んではなかったんだね。やがて息を吹き返したんだよ。だから私は生きてるの。

短剣で殺す人もいた。鍬で殺す人もいた。自分で首を吊って死ぬ人もいたよ。

私たちの集落では五十八世帯、一五〇人が一家全滅していた。私はアメリカ兵に発見されて座間味島に設置された米軍のキャンプに収容された。当時は喉が腫れ、水を飲むと鼻から出てきてしまい、しばらく起き上がることも食事を摂ることもできなかった。

私は、祖父と生き残った二人の妹たちのために、自分が母親がわりになって畑作業などをして必死に生きてきた。祖父は戦後、「自分がその場にいたら、家族は死なさなかった」と言っていたが、私はその言葉を素直には受け取れなかった。

私は小さい時は甘えん坊でね、でも、家族みんながいたから幸せだった。でも戦後、父と母がいなくなって相当苦労したよ。私は二十五歳で結婚して沖縄本島に移り住んだ。集団自決のことは、ずっと心の大きな重石になっていた。

毎年、集団自決があった三月二十八日が近づくと、夜も寝られなくなる。寝ても棺桶が並んでいる夢を見る。また風邪をひいたり、体調が悪くなったりすると必ず思い出す。

沖縄本島も慶良間も日本軍がいなかったら、こんなことになっていなかったと思う。たくさんの人が死んだんだよ。うちの集落も半分以上が死んだ。

証言2　Kさん（男性）

私は戦争当時十歳、渡嘉敷国民学校初等科四年生。四人きょうだいで家族六人、渡嘉敷島の北部の渡嘉敷集落で暮らしていた。半農半漁の生活だった。

一九四五年三月下旬、突然慶良間海峡に現れた膨大な数の米軍の艦船に驚いたよ。ただ、意外だったのは、米軍の船からは軽音楽が流れてきて、のんびりした感じだったことだ。こっちは怖くて死ぬ思いだったのによ。

まもなく空襲、続いて艦砲射撃が始まり、集落の家々は焼き尽くされた。両親は、逃げ込んだ防空壕の中から焼け落ちる家を見て泣いていた。三月二十七日、米軍は渡嘉敷島に上陸した。

渡嘉敷集落の人たちは、防衛隊や駐在らの指示で日暮れを待ってニシヤマ（北山）に向かいだした。大雨の後のぬかるんだ泥の山道。闇夜の中、姉（二十歳）の腰紐を掴み、裸足で歩いていった。着いてみると、広場には多くの住民が集まっていた。

翌朝の十時すぎ、日本軍から伝令が来ると、村長の「天皇陛下万歳！」が響き、近所の防衛隊員が持ってきた手榴弾が一個ずつ渡された。私たちも親戚、家族そろって円状にロープで巻かれ、頭から着物をかぶせられた。私は幼かったけれど、その時、自決が怖いとは思わなかったよ。

それまで日本兵から「米軍に捕まると鼻を削がれたり、強姦されたりした末に殺される」と伝えられていたからな。それで、みんな米兵を怖がっていた。それなら自決のほうがいい、当然だと思っていたよ。

まもなく広場のあちこちで手榴弾の爆発音が轟いた。「わー！」という悲鳴や、低い呻き声、女性の甲高い叫び声、子どもの泣き声。そこが第一の自決現場になった。

私たちのいた輪でも、近所の防衛隊員が手榴弾を爆発させようとした。だが、爆発しなかった。私の印象では、広場の半分くらいの人が持っていた手榴弾が爆発しなかったと思う。でも、命令だからみんな必死だった。手榴弾を持って、鍬の刃の台座部分で一生懸命叩いていた。でも爆発しなかった。

手榴弾が爆発しないでパニック状態になった住民たちは、近くの日本軍陣地にどっと流れ込んだ。ところが、日本兵たちは住民を助けるどころか、日本刀を抜き、「住民はここからすぐに出て行け！」と斬りかからんばかりの形相で怒鳴った。民間人が来て米兵に所在が知られるのを恐れたんだと思う。

行き場を失った住民たちは、ひと山越えて谷間に行き着いた。私たち家族も谷間の河原に面した急斜面に逃げ込んだ。私たちが逃げたところは、足を踏ん張らないと座っていられないような相当な傾斜だった。

自決の広場では死んでもいいと思っていたが、逃げ出したあとは死にたくないという気持ちが強くなっていった。だが、砲弾の音はだんだんと自分たちのいる谷間にも迫ってきた。「ヒュルルルー」と音が近づき、ついに谷間にも砲弾が飛んで来た。崖の上の方にいた父親は下の方にいた私や姉、妹らに覆いかぶさるように盾になった。私たちは助かったが、かばった父親は亡くなった。私も砲弾で背中を怪我した。水が欲しいと言ったら、姉が谷間の川から手に汲んで来てくれた。あれは美味しいと思った。

夜が明けて、川を見たら血の海、血の水だった。おなかが抉り取られて唸っている人、頭の半分が割られている人、母親の手を枕に幼児が眠るように転がっていた親子……。谷間には無数の遺体や死に近い人が呻きながら転がっていた。砲撃で死んだ遺体も谷間に転がってきて、谷間の川が埋まるぐらいだった。ここが第二の玉砕場になった……。


兄さん、善正兄さん。私たち家族もあの集団自決の現場にいたんだよね。私たちはまだ小さかったから軍の命令があったかどうかは分からないけれど、たくさんの人たちが集まって殺し合って死んだのは覚えているよね。

私は当時八歳。お父が自決するのを兄さんが手伝っていたのも見ていたよ。そして兄さんは、弟の武の身体の上にも覆い被さったんだ。

そして……、私に向き合った。私は覚悟をしていたけれど、兄さんは私を見て、やがて包丁を捨てた。肩を振るわせて大きな声で泣き出した。兄さんは、私を殺せなかったんだ。

私は日本復帰前に島を離れて那覇に出た。那覇の高校に入学して以来、ずーと那覇で暮らしている。ナハンチュ（那覇の人）と結婚して子どもも孫もできた。ウチの人は数年前に亡くなったけれどいい人だった。

ウチの人は、結婚するとき、私が集団自決の島の出身だと言うと、何も聞かないで、私を抱き締めてくれた。ウチの人の兄さんもお父さんも沖縄戦で亡くなっていた。

ウチの人とは同じ高校で知り合った。私は卒業して学校の事務職員で定年退職した。ウチの人は、定年まで那覇市役所に勤めた。

善正兄さんよ。私はもうすぐあの世に逝くけれど、私はお父やお母や、姉さんたちや武に会ってはいけないのかね。

兄さんが亡くなってから、せめてもの供養と思って兄さんが一人で暮らしていた我が家に座り込んでトゥルバッテ（ぼーっとして）いるけれど、区長さんや、善正兄さんと同級生だったという幸子おばあや勇治おじいの話しを聞くと私は分からなくなったんだよ。兄さんからの私宛の手紙を見て、ますます分からなくなったさ。

戦争のことは忘れて生きた方がいいのか、忘れないで生きた方がいいのか、どっちがいいのかねえ。兄さんは忘れないで生きて、私は忘れて生きた。

でもね、自決現場で手をつないで二人一緒に泣いたのは忘れてないよ。兄さんに抱き締められて、兄さんの胸に顔をくっつけて心臓の音を聞きながら、涙を流したのは覚えているよ。アメリカーが来て、私たち二人の頭を撫でて泣いていたことも覚えているよ。

善正兄さん、私はティーダ（太陽）に顔向けできるかねえ……。

10

和江、ぼくは幸せになってはいけないんだよ。なんで幸せになんかなれるか。ぼくは人殺しなんだよ。

戦争のときでも、そうでないときでも人を殺したという事実は同じだろう。状況が変わったからといって、人を殺したという事実はなくならないさ。たとえ、肉親であろうとも、全く知らない赤の他人であっても、人間の命は同じ命さ。それを勝手に奪ってはいけないよな。

戦争だからって人を殺して、知らん振りして、いいわけはないんだ。だから戦争はやってはいけないんだ。みんなが反対するんだ。

日本は戦争が終わって戦争を起こした人は裁判にかけられたけれど、人を殺した人は、なんで裁判にかけられないのかなあ。ぼくは不思議でたまらないよ。

だからぼくは、自分で自分を裁判にかけたわけさ。判決は有罪！　終身刑だ！

和江、あんたは間違っていないよ。兄イニイを憎んでいいんだよ。あの世で、お父やお母たちに会って幸せに暮らしていいんだよ。

和江、覚えているか。覚えているよね。あの日は、雨も少し降っていたよなあ。

「みんなで死のうなあ」

お父がそう言ったので、ぼくはうなずいた。

お父は辛そうだった。泣きそうな顔をしていた。いや泣きながら、お母を殺し、喜代姉エを殺し、善美姉エを殺したんだ。次はぼくの番だと思っていた。ぼくの次が、和江、お前で、お前の次が武だ。お父が順序よく、家族を殺してくれると思っていた。お父はお家から包丁を持ってきていたから、覚悟していたんだな。ぼくも覚悟した。

ところが、お父は善美姉エまで殺したところで力尽きた。顔はくしゃくしゃになって涙で濡れて、血もついていた。

お父はぼくを抱き締めて言ったんだ。

「善正、お父はもう自分を殺す力がなくなりそうだ。腕の力も、指の力もなくなっている。指も曲がらなくなっている」

お父の顔は、ゆがんでいた。お父でなくなっていた。血のついた指でお父はぼくの顔を優しく撫でた。そして血のついた顔をぼくにくっつけて言ったんだ。

「善正、お父は手の力だけでなく、心まで弱くなっている。お父はもうここまでだ。お父を殺すのを手伝ってくれ」

　ぼくは、泣きながら頭を横に振った。

「いやだよ、お父、ぼくにはできないよ」

　お父は、ぼくの身体を強く抱き締めてまた言ったんだ。

「善正！　お父の教えるとおりやればできる。善正はいつでも頑張ってきたよな。お利口さんだったよな。お父はお前のような子どもを持てて幸せだった。嬉しかったよ」

　お父はそう言ってぼくの頭を撫でたんだ。それから武を見て、和江、あんたを見たんだ。

　お母や姉エネエたちの身体から血が噴き出すのは止まっていた。

　お父は包丁を持ってぼくの前に仰向けになった。包丁を握った手は震えて包丁が落ちそうだった。

「善正、おいで……」

　ぼくはお父の身体の横に座った。

　お父は自分の身体に乗るようにとぼくに指示すると、自分の首に包丁を当てた。

「善正、意地イザシヨウヤ（意地を出せよ）。しっかり包丁を握らないと、力が出ないよ。いいか」

　ぼくはお父にまたがり、うつぶせになってお父が握っている包丁に両手を添えて上から握った。

「イチュンドー（さあ、いくぞ）。身体を被せろよ。体重を乗せろよ。イチ、ニ、サン、あり！」

　グスッという奇妙な音が聞こえた。ぼくはお父に言われるままに体重を乗せたのだ。同時に血がぼくの顔に吹き飛んで来て目をふさいだ。目を開けたとき、お父の首からも口からも泡のような赤い血がお父の顔や肩や胸を覆っていた。

ぼくの身体の下で、お父の心臓が動き、心臓が止まり、呼吸が止まるのを聞いた。

ぼくは、身体を起こしてお父を見た。そして、泣きながら弟の武を見た。

それからは、夢の中のような出来事だった。ぼくは、武をだっこして、ぼくの前に寝かせた。武は強く目を閉じて、両手を合わせて強く歯を食いしばっていた。ぼくは武の身体にも包丁を持って覆い被さったんだ……。

和江、次はお前の番だった。でもお前の目を見て、ぼくはお前を殺すことができなかった。今ではお前を殺さなくて本当に良かったと思っている。お父もぼくの目を見て、ぼくを殺さなかったのかなあ。お母や、喜代姉エネエや、善美姉エネエの目には耐えたけれど、本当にもう力尽きていたんだろうねえ。

ぼくは、なんであんなことをしたんだろうって、思い出しては何度も涙を流したよ。涙を流すだけでないさ。思い出すと、気が狂いそうだった。死にたくなった。でも死んでしまうと、だれがお父やお母、姉エネエや武を供養するかと思うと、死ねなかった。だからぼくの裁判は死刑でなくて、終身刑にしたんだ。

お父は、なんでぼくに「お父を殺すのを手伝ってくれ」って言ったのかなと思うと、お父を恨んだこともあったよ。でもだんだんと、お父の気持ちも分かるようになってきた。

お父は、ぼくたち三人には生きて貫いたかったかもしれないなあ。お父が死ぬ前に、あんたと武を見たのは三人で力を合わせて生きなさいということだったかもしれない。それをぼくは誤解したんだ。お父の願いを踏みにじったんだ。ぼくは、やっぱり幸せになってはいけないんだよ。

和江、兄イニイは、とっても幸せになりたかったよ。幸子を嫁にして幸せになりたかったよ。どんなにか、ぼくの子どもの笑顔を見て育てたかったことか……。

でも、ぼくは、あの日のことが忘れられなかったんだ。お父を殺し、あんなにぼくを慕ってくれた武を、ぼくは殺してしまったんだ。可愛くて可愛くてたまらなかった武を、ぼくは殺してしまったんだ。悔やんでも悔やんでも、ぼくの罪は消えないんだ。何度、夜中に目が覚めて泣いたことか。何度死のうと思ったことか……。

でも、ぼくは生きることを選んだ。そして、ぼくが生きている間は、みんなに戦争のことを忘れないでもらいたかったんだ。ぼくが死んだら、戦争のことは忘れられるんだ。ぼくが生きている間だけでも、あんな悲劇は二度と起こしてもらいたくなかった。ぼくは、何十年も何百年も生きていたかったよ……。

そして……、一方でお前が幸せになることだけが、兄イニイの夢だったんだよ。

和江、みんなの分まで、幸せになれよ。武や姉エネエ、お母やお父や、おばあの分までもな……。幸せになってはいけないって死んでいった兄イニイの分までもな……。

〈了〉

歯を抜く

1

歯を抜く。一瞬のことだった。麻酔をかけられて痛みは全くなかった。抜いた歯を二本見せられた。右上の第一大臼歯と第二小臼歯だ。下部がホッチギスの針のようになった第一大臼歯は黄ばんでいた。所々には黒い染みがあり、自分の歯とはいえ、不愉快な嫌悪感を覚えた。自分の肉体の一部であったとは思いたくなかった。

診療室を出て、待合室で会計業務の終了を待った。併せて次回の予約日を決めねばならない。受付からの呼び出しを待つ間、口内の抜いた歯の部分を舌で触れてみる。舌先は驚くほどに大きな空洞を確認する。感触がない。

やがて失った歯への愛着も沸いてきた。診察室で見た歯に、一瞬嫌悪感を覚えて、医者から「持ち帰りますか」と問われたことに、首を振って断ったのに、その歯が愛おしくなった。逡巡したが思い切って立ち上がって受付へ声をかけた。

「あのう、抜いた歯をもらえますか」

「ええ、大丈夫ですよ。ちょっと待っていてくださいね」

「有り難うございます。お願いします」

受付の女性は笑顔で答えてくれた。

私はこの歯科医院へ、もう五年間ほど、毎月一回定期的に通っている。定年で退職したので虫歯の治療もあるが、歯茎が弱くなったので歯周病の予防や歯の掃除やケアが目的だ。

二年ほど前には食事の際に左の奥歯（小臼歯）の上下に痛みが続いたので、歯科医から上一本、下二本の歯を抜いた方がいいと言われ、了承した。

治療方法はインプラントと呼ばれる方法で擬歯を入れるものだった。詳しく説明されたわけではないが、ネットで調べると、およそ次のようなことが書いてあった。


インプラントとは、歯を失ってしまったところに、人工の歯の根っこ（チタン製）を埋め、その上に人工の歯のかぶせ物を取り付ける施術のこと。ブリッジや入れ歯と比較した場合、インプラントは天然の歯に一番近い構造を持っている。また、三つある治療方法の中でも「インプラント」は、周りの健康な歯に一番負担をかけにくいため、特にオススメの治療である。

利点は、天然の歯に一番近い構造をもっているため、天然の歯とほぼ同じで、自然な見た目の歯になる。歯が抜けてしまった部分にのみ施術を行うので、周りの健康な歯を傷つけることがない。食べ物を食べる際に、健康な歯と同じ状態で味覚や温度が分かる。天然の歯とほぼ同じように食べ物を噛むことができ、噛んだ際にも違和感もない。また顔の筋肉が衰えることもない。そのため、顔の老化（しわなど）を防ぐこともできる。

インプラント手術を行った後、定期的にメンテナンスを行うことで、半永久的にインプラントの歯を使うことができる。ほぼ天然の歯に近い構造であるため、他の歯とのかみ合わせが安定する。歯が1本なくなるだけで、発音が従来どおりに行いにくくなる場合があるが、インプラントを入れるとそのような問題も緩和される。

そんなふうなことが書いてあった。説明どおりに埋め込んだ歯は違和感もなく、見た目にも元の歯と同じ色で自然である。

ところが、今度はひと月ほど前から、右上の二本の歯が痛み始めた。第一大臼歯と第二小臼歯だ。我慢していたのだが、遂に我慢ができなくなって、予約日を前倒しして歯科医院へ行った。

診察イスに座った私の歯を診た歯科医師は即刻、次のように言った。

「以前から気になっていた歯です。もう浮いています。二本一緒に抜きましょうね」

歯科医師はそんなふうに言って痛み止めの薬と抗生物質を渡してくれた。すぐにではなく、一週間後、痛みがなくなったら抜歯するという。その一週間後が今日だった。

抜歯する歯の周辺をクリーニングしてもらった後、麻酔を打たれ、二本の歯が抜かれたのだ。

第一大臼歯はホッチギスの針のような根っこがあったが、第二小臼歯は一本のままだ。じっとその歯を見つめる。自分の肉体の一部であったことが信じられない。不思議な異物を眺めているようで気色悪くなっていた。

「しばらく痛みが残るかもしれません。鎮痛剤を出しておきますので、痛みが出るようでしたら飲んでください」

「お疲れ様でした」

歯科医師と助手の言葉に、診療室を出たものの、私は急にあの異物のように思われた歯が愛おしくなったのだ。己の身体の一部として七十年余も一緒に頑張ってきたのだ。瞬間的に拒否反応を示したものの、しばらく手元に置いて眺めていたかった。そう思うと、ちらっと見た異物は、異物ではなく自分の身体の一部だったようにも思われてきた。

待合室でソファに座り、精算を待つ間に、どんどんとそんな思いは増してきた。それで立ち上がって窓口に歩み寄ったのだ。

歯科医師は私に「もらいますか」と尋ねたので、半ば確信を持って受付に行き、「抜いた歯をもらいたい。もらえますか」と、尋ねたのだ。

受付けには二人の女性が座っていたが、私の問いかけに一人が顔を上げ、笑みを浮かべて答えてくれた。

「ええ、もらえますよ」と。

私はほっとして、再びソファに腰掛けた。もらわなければならない。抜いたとは言え、歯は私自身だったのだ。しばらくは眺めていなければならない。もしくは惜別の儀式と謝礼の儀式を行なわなければならない。そんな気概も湧き起こってきて密かにほくそ笑んだ。幼少のころの歯にまつわる記憶も浮かんできた。

受付から名前を呼ばれ、治療費と次回の予約日を告げられた。

傍らのもう一人の女性を見ると、笑顔を浮かべて言った。

「もう駄目でした」

「えっ？」

「ゴミ箱に、他の医薬品と一緒に混ざってしまいました」

「そうですか……。それでは……、いいです。有り難う」

私は、そう返事をした。

しかし、一方で、「私が診療室に入ってゴミ箱から私の歯を探してもいいですか」と尋ねたかったのだが言えなかった。

精算をして予約日を確認すると、受付を離れた。残念だった。抜いた歯を手に入れることができなかっただけに、ますます捨てられた歯への愛着は強まった。そして自分の不甲斐なさと情けなさへ怒りがこみ上げてきた。

「いつもこうだ。後悔ばかり……。自分の人生の縮図だな。これは」

私は、歯がゆくなって心の中で一人、口の中の空洞部分を舌で舐(な)めながら、慰めるようにつぶやいた。

2

虫歯の治療で最初に歯科医院を訪ねたのは、不確かな記憶だが、小学校の一年生か二年生のころだ。どの歯の治療だったか、どんな痛みだったかは覚えていない。そのころ、歯科医院に行ったのはたった一度きりだったような気もするから、治療だったのか、歯を抜いてもらっただけのことたのかも判然としない。覚えているのは八幡(やはた)屋のおばさんと一緒だったことだ。

八幡屋のおばさんは父の従姉だ。戦前に福岡県の八幡に住んでいたので、屋号も八幡屋になった。なぜ父や母ではなく、八幡屋のおばさんだったのかも判然としない。理由は分からないが、八幡屋のおばさんに連れて行ってもらったことは間違いない。

私には、ヤンバルのわが家から乗り合いバスに揺られて三十分ほどかかる名護まで行った記憶が鮮明に残っている。八幡屋のおばさんの優しい笑みも覚えている。海岸沿いの道路を走るバスの中から海を眺め続けたことも覚えている。

途中、源河(げんが)村のバス停で盥(たらい)に魚を入れて乗り込んできたおばさんのことも覚えている。私は暑がっていたのだろうか、八幡屋のおばさんが私の背後のガラス窓を開けてくれたことも覚えている。海風がさーっと頬を撫でた感触も覚えている。

しかし、名護のどの病院であったかは覚えていない、繁華街の十字路近くであったのかも分からない。バスでの記憶は残っているのに歯科医院での記憶はまるでない。三年生の四月から郷里を後にして、ヤンバルのさらに北にある国頭村のS小学校に転校したので、名護に行くことも郷里を訪ねることも間遠になったからであろうか。曖昧な記憶は取り出しても曖昧なままだ。

その後、私は生まれた故郷へ帰ることなく大学へ進学した。父が小中学校の校長職に就いていて五年ごとに勤務地を代えたからだ。大学を卒業して私も教職に就いたが、そのとき初めて生まれ故郷へ戻った。故郷にある中学校と高校で足かけ四年ほど教職に就いた。結婚していたが、妻を首里に残して、故郷の伯父伯母の家で下宿生活をした。幼いころの友人たちとも旧交を温めた。

故郷の高校の教師に就いていたころ、八幡屋のおばさんの孫の学級担任をして家庭訪問をしたことがある。八幡屋のおばさんは、既に亡くなっていた。孫や母親に、名護の歯科医院へおばさんに連れていってもらったことがあるよと、記憶を取り出して話をしたが、不思議そうに首を傾げるだけだった。全く覚えていないし、おばさんはそんな話をしたこともなかったという。名護に出かけるようなことも、ほとんどなかったのではないかと言った。

しかし、私の父とは従姉弟（いとこ）同士で、父を弟のように可愛がっており、父もまた姉のように慕っていたことは覚えていると、母親は私に告げた。逆に、私にはこのことの記憶はなかった。

父が退職してすぐに癌に冒されていることが分かり、那覇市の与儀にあった琉球大学附属病院に入退院を繰り返しているとき、八幡屋のおばさんは、一日がかりで、ヤンバルから那覇の病院へ一人でバスを乗り継いで見舞いに出掛けたことがあったという。このことも私は知らなかった。父は多くの人の励ましや家族の看病の甲斐もなく六十三歳で帰らぬ人となった。

八幡屋のおばさんは、どんな思いで父の元へ出掛けたのだろう。また父はどんな思いで、八幡屋のおばさんの励ましを受けたのだろうか。父の実兄も病院から近い寄宮に住んでいたが、毎日のように老躯を押して歩いて見舞いに来ていた。そして、父の枕辺に何時間も座り続けた。

父は男だけの四人兄弟で、寄宮の伯父は長兄で、父は年の離れた四番目の末弟だった。しかし、二人はだれが見てもすこぶる仲が良かった。パラオの地で緊迫した戦争前夜を共に迎えていたからかもしれない。父は六年間のパラオ生活だったが、伯父は十六年に渡る長い外地生活だった。父は伯父の勧誘もあってパラオへ渡る決心をしたとも言われていた。

3

「ヤンミー（兄さん）よ。ヤンミー」

父は、よくそんな声をかけ、伯父宅を訪問した。私たちも何度も父に連れられて伯父宅を訪問した。伯父はいつでも満面の笑みを浮かべて父を迎えた。足音だけで父が分かるのかと、娘たちには冷やかされていた。

八幡屋のおばさんの戦後は、苦難の連続であったようだ。夫と共に夢を抱いて郷里を離れ、八幡へ渡ったものの、やがて夫は徴兵されビルマ（現ミャンマー）で戦死した。おばさんは八幡で授かった四人の子どもたちを抱えて、戦後郷里に帰ってくる。おばさんの夫は末息子で、譲られた土地もなく屋号もなかった。親族の屋敷の片隅に小さな家を建てて母子の戦後がスタートする。女三姉妹に、一番下に幼い乳飲み子の男の子を抱えての帰郷だった。

おばさんの二女の息子が教育職に就いていたので、同業のよしみから、私も彼に何度か声をかけ激励した覚えがある。郷里の小学校の校長職で退職したが、立派な校長だった。

私は教育職を退いてから、郷里の人たちの戦争体験の聞き取りを始めた。なんとか悲惨な体験を次代に引き継ぎたいと思い、その作業をスタートさせたのだ。郷里の人々は、父や母の幼馴染みで、また私のことも見知っており、喜んで協力してくれた。

私には、驚くことが多かった。戦争のことを学んでいたつもりだったが、知らないことが多かった。驚いたのは、傍らの人々の笑顔の奥に悲惨な体験が色濃く刻まれていたことを知ったからだ。それを追いやって笑顔を作っていたことに人間としての強さや戦争の悲惨さを具体的に感じ取ることができた。そしてこの作業を通して、改めて人間への愛おしさが増し、郷里への愛着が増したと言ってもいいだろう。

私は聞くことの辛さに耐えられずに、何度か涙をにじませ、熱い思いに襲われたが、聞き続けて一冊の本を上梓することができた。この中に収載した聞き取りの一つに八幡屋の家族の物語があった。

私は、戦争体験を語ったことがないという八幡屋の二女へ無理を承知でインタビューをお願いした。ためらっていたが、彼女は、やがて辛い思いを紡ぎ出すように語ってくれた。

※

「昭和十二年、私は八幡で生まれました。戦後郷里に帰ってきたんだが、戦死した父は長男ではないから、郷里には屋敷も屋号もなかった。だから八幡屋と呼ばれるようになった。私たち姉弟は、みんな八幡で生まれた」

「父は八幡で兵隊に徴集された。戦死したのはビルマ（現ミャンマー）です」

「父はビルマに配属されたけれど、一時、親戚に会うことが許されて、パラオに渡ったことがあると、親戚のおばさんから聞いたことがある。パラオにいる親戚のみんなに会いに行ったんだって。みんなは、豚をつぶして大歓迎してくれたって。その後、父は、またビルマに戻ったんだけれど、それっきりで、もうだれにも会うことができなかった」

「父の遺骨は……、ないよ。遺骨のない戦死者だね」

「父は、八幡の製鉄所に勤めるために八幡に渡ったみたいだよ。母と一緒になった後に八幡に渡ったんじゃないかね。八幡には沖縄の人たちもたくさんいて、また近くの戸畑や小倉にも親戚の人たちが住んでいたみたい。だから何かと心強かったんじゃないかね」

「父には可愛がられたよ。たんすの取っ手に紐をつけて、縄跳びをしたことを覚えている」

「戦争が終わってしばらくしてから、沖縄に帰ってきた。帰りの船に乗るとき、頭からDDTを掛けられたことも覚えているよ」

「ウチのいとこたちは今も八幡にいるよ。一人は今帰仁（なきじん）の人と結婚したけれど、東江（あがりえ）という姓だった。でも当時は沖縄の人に対する差別があったからね、沖縄の人ってバレないようにトウエって読ませていた。今は沖縄の人と友達だと言われると羨ましがられる時代になったけれどね」

「母は、いろいろと辛いことがあったはずだけど、すごく明るくてね、本当に笑ってばかりいた」

「沖縄に帰ってきてからも大変だった。住む場所がないし、自給自足の生活だったからね。土地もないからね。セイイチおじさんのおうちの後ろの小さな部屋に、家族全員、身を竦めて生活していた。それからしばらくしてキヨシおじさんの家を貸してもらって住むことができた」

「戦争は八幡にいるときに巻き込まれたけれど、私たちも疎開させられたよ。山井という所だった。八幡で小学校にも入学したと思うけれど、そんな記憶もすっぽり抜け落ちているよ。山井という村も、どこにあったか分からない。でも、疎開したということは記憶に残っているよ」

「なんか、頭巾を被って疎開したと思うけれど、あんまりはっきりしないの」

「八幡の近くの戸畑に伯母さんが住んでいたけれど、伯母さんが元気なときに、父が伯母さんに送った手紙を持ってきたことがあったよ。自分は戦地に行くけれど残した妻子をよろしく頼むって
……（言葉に詰まり、涙ぐむ）」

「父は、小さい子どもたちを残して行くのが気がかりだったんでしょうね。伯母さんはウチの母に

その手紙を見せてくれた。母も涙ぐんでいた……」

「その手紙は長いこと置いていたんだがね。今はどこに行ったか……。父は繰り返し書いていた。女房は苦労すると思うけれど、お姉さんでよろしく頼むって……（再び涙ぐむ）」

「父は、戦争に行くときにはもう死を覚悟していたんだろうね。そういう教育をされていたんだろうね」

「達筆な手紙だった。四人の子どものことは、とても気がかりだったんだろうねぇ」

彼女は、父親のことを語るときは言葉が詰まった。父の記憶を手繰り寄せる時に万感の思いがあるのだろう。あるいは、父親の死後、母親と共に歩んだ苦労が思い出されるのかもしれない。あるいは、自分の歩んできた人生のことが脳裏を駆け巡ったのかもしれない。

私は聞くことが辛くなった。途切れがちの言葉だったが、彼女の辛さが、とてもよく理解できた。私も涙を堪えた。その後にも、郷里での苦労話など、いろいろなことを話してくれた。

彼女は、「私は戦争のことは覚えてないよ」と何度も繰り返した。なんだか意図的に、父親を奪った辛い戦争の記憶を消去したがっているようにも思われた。語らないことによって、記憶は闇に葬られ、消去されていくようにも思われた。

戦後の体験を語るときも、語りたくない記憶だとか、思い出したくない出来事があるのかもしれない。それらの辛い思い出を意図的に消去して、頑張ってきたのではないかと思われた。

私は、彼女が消去しようとしている記憶の中から、無理に扉をこじ開けて話をして貰おうとしているようにも思われた。それゆえにか、彼女が言葉を紡ぎだそうとするとき、なかなかその時間まで待てなかった。私も彼女の気持ちに同化してしまい、つい涙ぐんでしまった。沈黙の時間に耐えられず、急いで私が言葉を継いでしまった。「話さなくてもいいんだよ」と、話題を変えたいとさえ思った。そうしなければ、悲しみにつぶされてしまいそうだった。もちろん私以上に彼女がだ。

たぶん、私は聞き取りや、フィールドワーカーとしては失格だろう。もちろん、ズブの素人だということは承知している。彼女の話を聞きながら、どこで聞き取りをやめるか。そんなことも脳裏を巡った。重なっていく悲しい記憶の風景に、早く終えてしまいたいとさえ思った。そうしなければ、聞き取った事実の重さに、私自身がバランスを崩してしまいそうな予感さえした。

かつて、私はそんな予感がすると、いつも逃げ出した。逃げることによって、大げさに言えば生きるバランスを保ってきた。学生時代の政治の季節を通過してきた団塊の世代が身に付けた処世術の一つである。考え過ぎてはいけない。集中し過ぎてはいけない。思考の容器には限りがある。容れすぎると気が触れてしまう。そんな気がしていた。今回も逃げ出したいと思った。

しかし、今回は逃げるわけにはいかないのだ。一人だけの作業ではない。すでに相手と関わっている。関わることによって退路は閉ざされてしまった。もう始まっているのだ。

彼女は語り終えると、大きな赤瓜や新鮮な活魚を手土産にと用意してくれていた。私はそんな気持ちが、例えようもなく嬉しかった。改めて感謝の言葉を述べた。なんだか、勇気を貰ったような気分にもなった。

周りに目をやる。先ほどまでの雨は降り止んでいた。消滅していく記憶、甦る記憶、修正される記憶、忘れ去られる記憶……。沖縄戦の記憶の聞き書きを始めてから、様々な記憶があることを知った。

ヤンバルの山は、一際鮮やかに樹々を揺らして輝いた。土地の精霊が励ましている。記憶を紡ぎ記憶にうろたえる私を応援してくれているように思われた。

4

歯にまつわる思い出はいくつかある。記憶が曖昧なものもあれば鮮明なものもある。あるいは部分的には鮮明でも全体像が結ばない記憶もある。またその逆もある。

戦争体験者の記憶は、七十六年余も前のことだ。様々な記憶が語られる。それに比して、私の歯の記憶はわずか数年前のことなのに、多くは取り出すことができない。喪失された記憶だ。何が違うのだろうか。

沖縄戦での犠牲者の名前を刻銘した「平和の礎」には、二〇二一年現在日米を合わせて二十四万人余だという。そのうち県民の犠牲者は十二万人余。当時の県民の人口は四十万から五十万人ほどだというから三人に一人の割合で犠牲者が出たことになる。当然のことながら犠牲者の記憶は語られない。死者の記憶はその周辺を生きた人々によって語られる。曖昧な記憶もあれば肥大する記憶もあるかもしれない。あるいは消去される記憶もあるだろう。もしくは取り出すことのできない記憶もあるはずだ。私たちはそれらの記憶をつなぎ合わせるだけだ。

私は戦後生まれで、もちろん沖縄戦の記憶はないが、小学生のころの歯にまつわる記憶で、二つほど思い出すことのできる小さな記憶がある。一つは奥歯の激痛に泣きそうになり、家の薬箱にあった正露丸を取って穴の開いた奥歯に詰めたことだ。今でもあの痛みと苦みが口の中に残っている。薬箱の蓋には赤い十字マークが付いていて、金具の取っ手があった。横に付いたホックを開けると、「ノーシン」やら「赤チン」やら「オロナイン」やらガーゼやら絆創膏やらハサミなどが入っていた。常備薬として我が家に置かれていた薬箱から正露丸を見つけて奥歯の穴に詰めたのだった。

もう一つの歯にまつわる記憶は、二人の弟に、ぐらぐら動く前歯に糸を結びつけて引き抜いてもらったことだ。三人でおまじないを唱えながら引き抜いた。どんなおまじないだったかは思い出せないが、激痛に顔をしかめたことは覚えている。

抜いた米粒ほどの小さな歯を、やはりおまじないを唱えながら赤瓦の屋根の上に投げた。二人の弟と共に多くの神様を呼んでお願いしたように思う。

「天の神様、地の神様、山の神様、海の神様、村の神様、家の神様、どうか大きな立派な歯がすぐに生えてきますように」と。

そう言って小さな歯を投げたはずだ。

Ｓ村での思い出は無数にある。幼かったからだろうか。あるいは記憶の範囲が狭かったからだろうか。あるいは当時の私にとってそのどれもが強い衝撃になっていたのだろうか。

朝、学校へ行くためにゴム長靴を履いたらムカデに足を噛まれた。ハブではなかったかと驚いてパニックになった。

長く飼っていた愛犬のメリが生徒を咬むので隣村のヤマビサ（猟師）に首に針金をかけられ、キャンキャン鳴きながら引き立てられて行ったことも忘れられない記憶だ。山鳩を捕る仕掛けを作り麦畑に置くと面白いように捕れたので、今度は猪を捕る仕掛けを作った。罠にかかった猪を見て驚いて逃げ帰ったこと。メジロを飼っていたが猫に食べられたこと。海に魚釣りに出掛けて溺れて死にかけたこと。昆虫を集めて標本作りに夢中になったこと。薪割りが楽しくて、息を弾ませて斧を打ち下ろしたこと。椎の実やクビの実を取りに何度も山に入ったこと。友人たちと校庭の砂場で棒高跳びに夢中になったこと。必死に勝負をしたその息遣いまで思い出せる。

また、一年に数回、家族で三時間余も歩き続けて山を越え、祖父が一人で住む父の実家を訪ねたこと。母さんの焼く手製のパンが美味しかったこと。学校でのパン給食が始まると、母さんも村の人々と同じように、生徒全員分のパンを担いで隣村から十二キロ余の距離を歩いて昼食に間に合わせたこと、母さんの姿が現れるのを教室の窓から胸の潰れるような思いで待ち続けたこと。Ｘマスに、飾り立てたツリーを作ってサンタクロースからのプレゼントを期待して寝ると、翌朝の枕元には、古新聞に包まれた黒砂糖が置かれていたこと。サンタクロースは母さんだったんだと悟ったこと。悲喜こもごもの記憶が、時にははっきりと、時にはおぼろげに甦る。

これから十数年も経つと、間違いなく私も死を迎えるのだろうが、死の床では何を思い出すのだろうか。甦る記憶の数だけ幸せだったと言えるだろうか。今日の、歯を抜いた記憶を思い出せるだろうか。

5

記憶の蓋を開けてみる。高校時代には歯科医院で貧血を起こしたことがあった。恥ずかしかった。その日、同級生の憧れの女の子も同時間帯に歯科医院に来ていたからだ。彼女の目の前で、治療に怯えて貧血を起こしたと思われたのではないか。そんなふうに思ったからだ。

私は将来、医者になりたいと漠然と思っていた。小さなヤンバルの学校で野口英世や二宮尊徳などの偉人伝を読み、培われた夢だった。

しかし、そのための努力はせずに高校に入学してもソフトテニスに夢中になった。放課後になると、すぐに部室で着替え、ネットを出してコートを掃き、日が暮れるまで練習に打ち込んだ。日曜祭日にもテニスコートに出た。

そんな日々を担任は見かねたのだろう。ある日、呼ばれて問い詰められたことがある。

「学校に何をしに来るんだ」と。

私は、担任より先に答えたかもしれない。

「テニスをしに来ます」と。

曖昧な記憶だが、顰蹙を買い、冷笑を買ったような気がする。また、当時は担任の思いに気づかずに、得意になって答えたかもしれない。先輩と組んだペアで、県外派遣を手に入れるベスト８一歩手前で敗退しただけに、悔しさもあったように思う。

それでも、いや、それだから、私はテニスを辞めなかった。気がついたときは、漠然とした目標であれ、自分の学力や現状と余りにもかけ離れていることに気づいた。気づいたのが遅かった。高校三年生になっていた。私は卒業時の受験を諦めた。一年間浪人する道を選んだのだ。

高等学校は宜野座高校で、米軍基地の街、辺野古と金武の中間にあった。高校に通ってくる基地の街で育った同級生たちは、みんな大人びて見えた。自分の幼さや子どもっぽい態度や行動を恥じ、萎縮した日々を過ごした。私は背も低く体格も貧弱であった。

歯科医院は基地の街の金武にあった。歯の治療はどういう理由での治療であったかは分からない。分からないけれど、椅子を倒されて、脚を上げ、頭を逆さにして長い時間、寝かされていたことは覚えている。彼女がさっさと治療を終え、出て行った後も、そのような姿勢を取り続けていたことは確かだ。

憧れの彼女に自分の思いを告げることはなかったが、彼女は高校を卒業すると本土の短期大学に進学した。数年後に帰郷して小学校の先生になって結婚した。そんな噂を聞いた。順調な人生であったのだろう。

私は、高校在学中の大学受験を諦めて浪人生活を送ったが、暗い青春だった。自侍するものは何もなかった。強いてあげれば受験しなかったことが矜恃になった。このことを密かな拠り所にして、自宅の裏座に籠もり自らを鼓舞した。

浪人中に増えた読書で太宰治が好きになった。医者になるという漠然とした夢は遠のき潰えたが、新しい夢が芽生えてきた。現実的な夢だ。私は進路を変更して地元の大学の国語国文学科へ進学した。

大学は政治の季節のまっただ中だった。私たちは団塊の世代と呼ばれ、全共闘世代と呼ばれたが、入学後も暗い青春は続いた。大学は過激な学生たちにバリケードが築かれ教室は封鎖されて授業を受けることができなかった。それだけではない。大学教授が多くの学生の面前で「総括」と称して素手で殴られ血を流していた。セクト間の争いも激しく、私の在学中に一人の学生が犠牲になった。

私も、逡巡に逡巡を重ねて参加したデモでは、警備する機動隊員に過激派の側から投げられたとされる火炎瓶が当たって火だるまになって死んだ。後尾の隊列にいた私たちのセクトは、この情報が入るとリーダーによって解散が言い渡された。私たちは一目散に現場を離れた。私は初めて被ったヘルメットを、逃げる途中で投げ捨てた。

私は途方にくれた。大学を辞めていく仲間もいた。自ら死を選ぶ仲間もいた。そんな中、多くの判断を留保しながら私はやっとの思いで卒業した。

卒業後は、またしても浪人生活を己に課した。働くことは体制に与（くみ）することだった。そんな思いが卒業していく己を支えていた。私は家を出て、途方に暮れる両親の不安な顔を振り払って日雇い労務に就いた。ノンセクトで生きた後ろめたさと倫理観がそうさせたものだと思われた。一人暮らしの間借り先では、岡林信康や浅川マキのレコードを何度も聞いた。

しかし、私の決意と甘い幻想は長くは続かなかった。貧弱な体力と工事現場での事故が私の意志を挫けさせた。半年ほどが過ぎていたが、その翌年、教職へ就いた。職場が最後の流刑地だと自分を断罪する思いは長く消えなかった。

古希を数年後に迎える今、私の記憶はだんだんと拠り所を失っていく。青春期の日々も行為も、必然的な理由があったような気がするが、何のために、なぜそうしたのか。理由を思い出すことは少なく、断片的な行為の記憶だけが記録として甦る。不思議なことだが当時の感情は、多くは記憶から剥ぎ落とされている。

6

私の亡くなった兄は薬剤師だった。優しい兄だった。五つ年上の兄だったが、一度も叱られたことも喧嘩をしたこともなかった。私の大学時代には、兄に随分と生意気なことを言ったが、兄はいつも許してくれた。そして私に与えることのできるもの、私が欲しがるものをすべて与えてくれた。

学生のころ、兄の自家用車を借りて事故を起こしたことがあった。車は傷ついたが、その時も一言も私を責めず、怪我はなかったかと一番に私の身体を心配してくれた。

兄は病を得て六十五歳で亡くなった。二人の娘と一人の息子、そして奥さんを遺しての死だった。さぞ無念であったことだろう。

兄は膵臓病を煩い、長くインシュリン注射を自らに打ち続ける闘病生活を続けていた。死の数年前には、あらゆる病が兄の身体をむしばんだ。透析治療が始まり、さらに喉を切って声を失った。糖尿病を患い足指に壊疽が始まり片足を切り落とした。

そんな中でも、最期まで私たち弟のことを気遣い、妻子のことを気遣っていた。

私は兄と一緒に、父や母の死を見守ったが、兄の死は兄と一緒に見守れなかった。でも、私にとって死は身近なものになった。だれもが死んでしまうのだ。死に対する恐怖は見事に払拭された。学生時代に生きるに際して切り札にしていた死も、特別なものではなかったのだ。私が死ねば、父や母を始め兄もがあの世で待ってくれているような気がした。不遜な考えかもしれないが、老いるとは死に対する恐怖を払拭する歳月を手に入れる日々のことでもあるような気がした。

私は戦後生まれだが、多くの人々が一斉に犠牲になる体験は少なかったし、目撃することもほとんどなかった。しかし、二十年前の二〇〇一年九月十一日のアメリカ同時多発テロ、十年前の二〇一一年三月十一日に起こった東日本大震災の惨事は特別なもので、人はだれにも死が訪れる自然の法則を無視した突然の出来事だった。

アメリカ同時多発テロ事件は、イスラム過激派テロ組織アルカイダによって行われた。アメリカ合衆国に対する四つのテロ攻撃で、9、11テロ事件とも呼ばれる。一連の攻撃の結果として日本人24人を含む2977人が死亡、2万5000人以上が負傷した。

東日本大震災の犠牲者については、二〇二一（令和三）年三月十日時点で、死者は1万5899人、重軽傷者は6157人、警察に届出があった行方不明者は2526人であると警察庁は発表している。

日本国内で起きた自然災害で死者・行方不明者の合計が一万人を超えるのは第二次世界大戦後初めてであり、明治以降でも関東大震災、明治三陸地震に次ぐ被害規模であるという。都道府県別で犠牲者数が最多だった宮城県では火葬の限界を超えたため、仮埋葬（一時的な土葬）が行われたと言われている。

震災犠牲者の身元確認には、ＤＮＡより歯型が有効であったという次のような報告記事もある。

（日本経済新聞。二〇一六年三月十三日）

東日本大震災で亡くなった岩手、宮城、福島三県の犠牲者の身元確認は歯型鑑定によるものがＤＮＡ鑑定の約七倍だったことが十二日、警察庁への取材で分かった。震災では家族全員が亡くなったり、家が流されたりしたため、ＤＮＡを照合する試料が得られにくかった。未曽有の大災害に効果を示したことで、各地の歯科医師会などが歯科情報を長期間、安全に保管する取り組みを始めている。

警察庁の二月末現在の集計によると、三県で身元を確認した遺体は１万５７４９人。そのうち１万３９５５人（88、06％）は身体的特徴や所持品が身元確認につながった。歯型による鑑定は１２４８人（７、９％）で、ＤＮＡ型は１７３人（１、１％）、指紋・掌紋は３７３人（２、４％）だった。

県警によると、震災直後は身体的特徴や所持品で十分確認できたが、時間とともに顔や指紋では判断できないケースが増加。変化しにくい骨から採取できるＤＮＡや歯が鑑定に使われた。

しかし、ＤＮＡで身元を特定するには、家に残された髪の毛や皮膚片などの試料が欠かせない。震災では、自宅ごと流されて得られないことが多かった。歯型は、かかりつけの歯科医院に情報が残っていた。

南海トラフ地震による津波被害が想定される岡山県の県歯科医師会は、津波などの災害に備えて内陸の銀行に預けようと、患者の同意を得た上で歯科情報をＵＳＢメモリーに記録して保管している。

歯型の照合システムを作成し、宮城県で県警とともに犠牲者の特定作業に携わった東北大の青木孝文教授（情報科学）は「全国の歯科医院は六万以上。その情報は災害時、大きな身元確認の根拠となるはずだ」と話している。

また、警察においても警察歯科医の役割は年々重要視されつつあるという。警察歯科医は、警察署からの依頼を受けて、身元不明の遺体の歯や口の中の状態と、生前に歯科治療を受けた際のカルテ記録やレントゲン写真などを照らし合わせて、該当者本人の確認などを行うという。

このような歯牙鑑定を行う警察歯科医は、以前から全国で献身的な活動をしてきたが、昭和六十年の日航機墜落事故を契機に、テレビや新聞などで紹介される機会が多くなった。またそのころから、各都道府県の歯科医師会を中心とした警察歯科医の組織化が進んできた。現状では、分かっている範囲で、全国で年間約２０００件以上の歯牙鑑定が、警察から警察歯科医へ依頼されるなど、その果たすべき役割が、益々大きくなっているという。

歯は人間の身体の中で、最も硬度に優れ、高温にも耐えうる組織だという。また、歯は乳歯列で20本、永久歯は智歯を含め32本あるが、これら全ての歯の状態が近似しているケースは極めて少ないため、大規模災害などで多数遺体が発生するような場合には、生前の歯科データと死後の歯科データから、高確率の絞り込みを行うことが可能だとされている。

7

幼いころ、私は歯を磨く方法をだれからも教わらなかった。父や母からも教わった覚えはない。兄や姉からも教わったことがない。見よう見まねで覚えたものだと思うが、記憶は曖昧だ。

私は小学校三年生の新学期から、生まれ故郷の大宜味村を後にして国頭村の楚洲へ転校したが、年長者の兄や姉は故郷に留まったままだった。二人の弟と私が両親について行った。兄弟では私が一番年上になり、見よう見まねをする兄や姉もいなかった。たぶん自己流で覚えたものだ。

私は、朝起きたら洗顔と一緒に一度だけ歯を磨くものだと思っていた。歯の裏を磨いたり、食後に磨いたり、就寝前に磨いたりすることを覚えたのは、どれもこれもずーと後になってからだ。朝一番にひたすら歯の表面だけをせっせと磨いていたのだ。

高等学校の教員になって那覇のH高校に赴任したとき、昼食後に女生徒が一斉に廊下の手洗い場で歯磨きをしている光景を見て驚いた。何校目かの赴任校であったが、これまで北部や中部の高校での勤務であったから、さすがに都会の高校生は違うなあと感慨深く見ていたのだ。歯を大切にするという認識は薄かったように思う。

考えてみると、こんな不摂生な歯磨きの習慣と方法がツケになって、今日の状況を招いたようにも思う。歯磨き一つとっても、「先人はあらまほしきことなれ」だ。

日常生活の中で、常識的な習慣や方法に気づいて驚くことは今でも時々ある。小さな僻村で生まれ、小さな学校で学んだせいだと自分を慰めている。言葉の使い方や漢字の使い方も間違ったままで覚えていて、気づいた時に赤面することもある。謙虚になることが大切なんだろう。

教員になりたてのころ、同僚の数学の教師が「にんべん」を「いんべん」と読んでいたことには驚いた。さすがにそれほどまでの間違いはなかったが、一人赤面した思いは何度かある。「枝垂れ桜」を「えだたれ桜」と読んでいた生徒もいたが笑えないことだった。沖縄ではその言葉を使う機会もなかったのだから。

小学生のころ、昼食後に全員が校庭に出て、上半身裸になって乾布摩擦をする時間があった。女生徒は別の場所に集められて行っていたように思うが、校長先生が式台に立ち、自らが号令をかけて指導をしていた。

今考えると、タオルを浴場で要領よく使えるようになったのはその指導のおかげかもしれない。それまではどういうふうに、石鹸をタオルにつけ、身体を擦っていたかも思い浮かばない。

記憶は、改めて曖昧で気ままなものだと思うが、それでも人間は生きていく。少なくとも私は生きている。生きてきた。

8

私にも二人の娘が授かり、二人の孫が授かった。孫たちに歯が生えてきた。母親になった娘は、今、必死に歯磨きの仕方を教えている。孫たちは嫌がっているようだが、押さえつけてでも寝る前の歯磨きの習慣をつけさせようと必死である。歯の表、裏と声をかけながら歯ブラシの使い方を教えている。感心する。私は、きっと、こんなふうに歯の磨き方を教わったことはなかったはずだ。

歯ブラシをどうやって手に入れたのかの記憶もない。衝撃的な事件以外の日常の中の出来事や慣習は簡単に忘れ去られていくのだろうか。記憶は取捨選択されるのだろうか。なんのために、またどのような回路が働くのか。もちろん、詳細は分からない。

しかし、だからといって生きることに不自由はない。不自由のない日々の出来事は人々の記憶から脱落していくのだろうか。逆に言えば、記憶に留まるにはよっぽどの衝撃が必要なのだろう。自らの概念や自明としていた認識を揺るがすほどの大きな驚きが必要なのかもしれない。

歯磨きをした後、口をすすがない国があることを知ったのも新しい驚きだった。その一つがスウェーデンだ。口をすすがないのは、歯磨きの後に、歯を虫歯から守ってくれるフッ素を口の中に残しておくためだという。同様の理由で、歯磨き後約二時間は飲食を控えるという。

また、日本人のほとんどは、歯に痛みや異常を感じたときに歯科医院を訪れることが多いが、スウェーデンの人々は三か月に一度ほどの割合で歯科検診を受けるという。虫歯の治療でなく虫歯の予防だ。定期的な歯科検診によって虫歯を防ぐ確率が上がり、万が一、虫歯ができたとしても小さいうちに治療するきっかけになる。

さらにスウェーデンでは、歯が生えていないゼロ歳児のころから歯磨き教育を始めるという。授乳後に毎回口の中に歯ブラシを入れることによって、歯が生えてきたときに抵抗なく歯磨きができるようにするためだという。学校教育でもデンタルケアはとても大切なことだと教えられ、小学校では歯磨きおばさんがやって来て歯の磨き方の指導をしてくれるという。歯は、だれにとっても大事なものなので、収入に関わらず二十一歳までは歯の治療は無料だというから驚きだ。歯、一つとっても国が違えば、習慣も考え方も違うのだ。

現在はどうかよく知らないが、私たち団塊の世代の多くは、学校で歯の磨き方の指導を受けたことはないのではないか。私たちの少年時代は社会全体が戦後処理や高度経済成長期で多忙さもあったかもしれない。あるいは歯の磨き方は、当然家庭教育で学ぶものだと思われていたのかもしれない。

歯磨きの歴史に興味を覚えてインターネットや事典で調べてみると興味をそそる数々の記述が見つかった。

例えば、日本における歯磨きの起源は六世紀ごろの仏教伝来とともにあったという。世界においてはもっと早く、紀元前三千年ごろのメソポタミア文明時代のシュメール人の遺跡から、なんと黄金で作られた爪楊枝が見つかったそうだ。古代エジプトの遺跡の埋葬品の中からも爪楊枝と思われるものが発見されていて、古代バビロニアの時代には、指先に麻でできた布地を巻き付け、歯の表面を擦ってきれいに磨いていたとのことだ。

さらに世界初の歯ブラシは、中国の明の時代に発明され、竹や動物の骨でハンドルの部分を作り、ブタの毛を先端部分に植え込んだものだという。非常に高価なものだったのか皇帝への献上品として作られたという。

仏教伝来と共に日本に導入された歯磨きは、歯木と呼ばれる木片を利用して歯の表面を磨いていたようだ。僧侶や公家などの上流階級が身を清める儀式として歯磨きを行なっていたという。

江戸時代になると、次第に一般の人々へも広まっていき、歯木は房楊枝へと形を変えて商品化される。房楊枝とは柳などの木の枝を裂いて作られる。熱湯で煮立てて柔らかくした後に、先端部を木槌で叩いてブラシの毛先のような形にする。毛先の反対側の端は尖っていて爪楊枝のように作られ、歯と歯の間の汚れも掃除できるようにと考えられていた。

またこの時代に、歯磨き粉も作られたようだ。歯磨き粉といっても、現代のようなものではなく、当時の歯磨き粉は砂を加工して作られたものであったようだ。当初は単なる磨き砂だったものが、塩を配合したり、香料を混ぜたりと、時代とともに進歩していく。

明治時代の初期になると、現在の形のような歯ブラシが西洋文化とともに流入してくるようになる。日本で初めて発売された歯ブラシが、この西洋歯ブラシを真似て作られた鯨楊枝と呼ばれるもので、鯨の髯を柄にして馬毛が植えられた。そして、歯ブラシという言葉が最初に使われたのは明治二十三年ごろで、商品名として庶民に広まっていくのは大正の初めごろからだという。

歯ブラシの登場はとても画期的な出来事であったと思われるが、当時は人々の関心が低くすぐには浸透しなかった。その理由としてあげられるのが、動物の骨と毛という素材で作られた馴染みのないものであった点。また歯ブラシは高価なものであり、文明開化後にも、なお歯黒の風習を続けている女性にとって、歯ブラシでなく房楊枝のほうが歯の手入れに欠かせない必需品とされていたようだ。

歯ブラシが脚光を浴びるようになるにつれて、日本でも歯ブラシの生産が始まり、業者も徐々に増え歯ブラシ製造技術を発展させてきた。しかし発売当時は全て手作業で行われていたため作業効率が悪く、また歯ブラシも現在のような形や素材よりも劣るものであった。そこで歯ブラシ製造の業者は、より清掃性の高い歯ブラシの開発を求め　大学病院などと共に研究を積み重ね、昭和二十六年ごろになると現在のようなナイロンと樹脂からなる歯ブラシが登場する。ナイロンと樹脂は大量生産が可能であるため画期的な発見であった。現在では年齢や用途によって歯ブラシの形や硬さなどが異なる多くの種類の歯ブラシが誕生し、電動歯ブラシも登場している。

なお、考古学の研究によると、日本での歯磨きは縄文時代や弥生時代の遺跡から、その痕跡が見つかっているという。木の枝を加工して、爪楊枝のような形で使っていたようだ。

9

私の様々な記憶は曖昧だ。曖昧ともされずに浮かび上がってこない記憶は既に闇の中に葬り去られているということだろう。自らの未だ七十年余の人生を振り返っても、記憶は抜けた歯以上に多く消滅しているのだろう。

人間の永久歯は上下十六本ずつで併せて三十二本。前の方から左右二本ずつ名前が付いている。中切歯、側切歯、犬歯、第一小臼歯、第二小臼歯、第一大臼歯、第二大臼歯、第三大臼歯で左右合わせて十六本だ。

第三大臼歯は親知らずとも呼ばれ、正常な位置に生えてくることが極めて少なく抜いてしまう場合が多いので親知らずを除いた二十八本を永久歯の本数とする場合もあるという。一般的に中切歯、側切歯、犬歯を総称して前歯、第一小臼歯から第三大臼歯までを奥歯と呼ぶ。また、永久歯には別の呼称もあり、中切歯と側切歯は門歯、犬歯は糸切り歯、第三大臼歯は親知らず、または智歯とも呼ばれているようだ。

歯にはそれぞれの役割があり、切歯（前歯）は食べ物を嚙み切ったり、ちぎったりする役割がある。また切歯は顔の印象に大きな影響を与えるだけでなく、発音においても重要な役割を担っているという。

歯は、たった一本失われても、正常な働きができないという。例えば、大臼歯（奥歯）が一本なくなっただけで、ものを嚙み砕く能率は約40％も低下すると言われている。また、上の前歯が抜けるとサ行、奥歯が抜けるとハ行ラ行が発音しづらくなって言葉が不明瞭になり、顔の輪郭が変わって表情が老けて見えるという。

また、歯には番号を割り当てて呼ぶこともある。中切歯は1、側切歯は2、犬歯は3、第一小臼歯は4、第二小臼歯は5、第一大臼歯は6、第二大臼歯は7、第三大臼歯は8だ。歯科検診などで歯科医師や歯科衛生士らが右上6番Cなどと呼ぶ際は、右上の第一大臼歯が虫歯ですよということになるようだ。

私は沖縄本島北部のヤンバルと呼ばれる地域の小さな半農半漁の村で育った。魚を食べると骨や歯が丈夫になると教えられた。骨にはカルシュームが豊富なので道理にかなっているかもしれないが、さらに頭を食べると賢くなり、しっぽを食べると泳ぎが上手になるとも教えられた。魚嫌いの子どもにしたくないとの貧しい村の先人たちの知恵だろう。

魚を身と骨に分けて上手に食べると、猫も跨いで通るとも言われた。これも、食べ物を粗末にしないという先人たちの知恵であろう。揶揄されているのか、冷やかされているのか、あるいは両方でもあろうが、私は今でも魚が大好きだ。食卓にグルクンの唐揚げがあれば大満足である。

歯の形は人によって違うというが、私の歯形はどうなっているのだろうか。死んだ父や母の歯形や兄の歯形はどうなっていたんだろう。火葬に付して遺骨を拾い、骨壺に収めたはずだが、歯形はどうなっていたのだろう。これも曖昧な記憶だが、原形を留めていなかったのではないか。

戦死者たちの野ざらしにされた頭蓋骨の写真には、いつもはっきりとした歯形が残っているような気がするが、歯は自然の風雨に耐えることができても、火葬の火には耐えられないのだろうか。

10

耐えられないほどの高熱を有しているのが火葬場の火気なのだろうか……。

世界に戦後はないという。どこかで戦争が起こっている。国内での内乱もあれば、国家間の戦争もある。政権の転覆を謀ったクーデターもあれば、無差別テロもある。人類は記憶をどのような方法で留め、どのような方法で飼い慣らしていくのだろうか。

今年二〇二二年二月二十八日、ロシアのプーチン政権がウクライナに武力侵攻し第三次世界大戦の様相をも呈し始めている。ロシア軍は戦車やミサイルでの攻撃のみならず空爆をも行い、都市を破壊し、ウクライナの人々の命を奪っている。ウクライナ軍はロシア軍に比べて装備や重火器に劣るものの祖国を守ると徹底抗戦を行い、両軍に多数の死者が出ている。軍の施設だけでなく、病院や学校も狙われ、市民の死者も増加している。逃げ惑う負傷者の姿、埋葬される死者たち、放映される現地からの映像はどれもこれも痛々しい。

ロシア側の正義は、多くの識者の見解によれば、愛する祖国ロシアが、西側諸国から侵略されるのを怖れ、西側諸国と国境を接するウクライナを、武力を行使してロシア共同体に引き込むためだという。ウクライナはヨーロッパ連合体であるＥＵや軍事同盟のＮＡＴＯへの参加を画策しており、兄弟国とも思われるウクライナの住民同胞を、一部のウクライナ指導者らによって、かつてナチスが引き起こしたような惨禍から守るためだという。

これに対してウクライナも米国や西側諸国の支援を受けながら、専制化したプーチン政権によるロシア共同体を拡充する無謀な幻想やイデオロギーによる侵略だとして、人間の命や自由主義社会を守る戦いだとして徹底的に対決しているという。

ロシアにも、ウクライナにも、また西側諸国や米国にも、たぶん様々な正義があるのだろう。かつて、どの戦争も、自らの正義によって行われたことを私たちは知っている。それなのに、再び正義をかざした戦争が勃発した。

私たちは、なぜ、またどのようにして戦争を忘れ、記憶を喪失するのだろうか。近々の出来事で今なお続いているミャンマーでのクーデターや市民の虐殺、さらにはシリアやリビアでの政権転覆を謀った戦争やアフリカ諸国の内戦や貧困、イスラエルとアラブ諸国の抗争、米国が標的にされた9・11テロ……。どれも記憶に刻まれるべき悲劇だ。

沖縄戦はどうか。日本国家がハワイの真珠湾を攻撃し、アジア諸国を蹂躙した太平洋戦争はどうか。土地の記憶は体験者と共に、国家からだけでなく、自らの意志に関係なく消去されリセットされるのだろうか。

沖縄は現在、日米両政府によって基地の島と化されている。さらに基地は強化され、中国が台湾を侵略した場合、台湾を助け抗戦するアメリカ軍や日本国の最前線基地が沖縄島、宮古島、石垣島、与那国島を含む南西諸島に構築されつつある。自衛隊を配備し、米軍基地を強化する計画が日米両政府で画策されている。沖縄戦を体験した県民の平和を願う祈りにも似た思いは、まさに破壊され戦争の最前線基地になるのだ。

「ノーモア沖縄戦・命どぅ宝の会」が、今年三月、沖縄県民の有志によって立ち上げられた。南西諸島を軍事基地化する日米両国家の戦争計画に「ノー」を突きつけたものだ。「命どぅ宝の会」は、既に賛同者として県内外から多くの人々が参加しているという。土地の記憶も、戦争の記憶も風化されずに継承されるだろうか。

戦争体験者の記憶を自らの七十年余の記憶と重ねて考えてみる。余りにも不甲斐ない。歯が二本抜けただけでも、記憶は様々に抜け落ちていることに気づかされた。歯にまつわる直接の記憶さえである。それに比べると、やはり戦争で肉親を一人失うことはいかに強烈な記憶となるか、理解できるような気がする。

かつて沖縄には、小指の痛みは全身の痛みだと唱える政治家がいた。歯の抜けた痛みは世界の痛みだと考える政治家が出てくるだろうか。私の歯の痛みは私の全身の痛みになるだろうか。

私の抜けた右上の第二小臼歯と第一大臼歯は近々入れ歯をする予定である。私は古希を迎える年齢を間もなく迎える。私の入れ歯は、私の遺体を焼いても残るだろうか。記憶の空洞は入れ歯のように補えるだろうか。夢想や幻想も、歳を重ねると記憶ではなく現実になるようだ。

〈了〉

東平安名岬

1

「東平安名岬(ひがしへんなざき)へ行きたいなあ」

そう言ったのは優子(ゆうこ)だったか、それとも義昭(よしあき)だったか。もうはっきりとは思い出せない。東平安名岬は沖縄県宮古島の東端にある岬のことだ。なぜだろう。宮古島行きを決めたのは、ついひと月前のことなのに遠い昔に決めていたことのような気もする。義昭の心は、どこへ向かっているのだろう。過去か、未来か、それとも現在へ留まっているのだろうか……。

しかし、行くと決めると、二人の行動は素早かった。義昭は航空チケットを予約し、優子はすぐに旅行の計画を立てた。優子の決意の潔さと行動の素早さは若いころからの特質で、義昭にはないものだった。それだから優子に惹かれたのかもしれない。白い紙に一気に直線を引くような優子の性格は、義昭にはまぶしかった。優子には確かに人を惹き付ける魅力があった。そんな青春時代があったことを思い出すと、義昭から小さな笑みがこぼれた。

義昭と優子が結婚したのは世紀が変わるちょうど二〇〇〇年。周りからはミレニアム結婚と冷やかされた。その日から、もう二十年ほどの歳月が流れたのだ。二人の間に子どもはいなかった。原因は義昭の側にあった。それが分かったのが結婚して五年目のことだ。義昭は離婚を決意して優子に告げたが、優子は肯わなかった。期限を示したわけではないが、優子の返事待ちの期間がおよそ五年間、その後の十年間は無為に過ごした。

優子は、義昭の提言を受け入れてはくれなかった。頑固に断り続けた。まるで選ばれた土地で根付いた樹の宿命を生きるかのように毅然としていた。新しい伴侶を選ばず、新しい人生をやり直そうとはしなかった。義昭には有り難かったが、だからと言って簡単に諦めることもできなかった。優子には子どもを生んで母親としての幸せを味わってもらいたかった。

義昭と優子は名古屋市内のN大学で知り合った。N大学は薬学部で実績を上げている全国にも名の知れた伝統ある大学だ。義昭も優子も、実家は薬局を経営していたから、このことが大学を選ぶ理由の一つになった。

義昭は地元名古屋市の出身だが、優子は金沢の出身だ。二人は大学のキャンパスで初めて出会い、大学のキャンパスで恋をした。卒業後、優子は義昭との結婚の約束を守り名古屋に残った。

卒業すると義昭は、名古屋市立の総合病院に就職した。一人息子で、将来は実家の薬局を引き継ぐ予定であった。将来のためにも、卒業後の数年間は他の職場を経験してみたいという義昭の希望を両親は受け入れたのだ。

優子は、三人の兄と一人の姉を持つ五人兄妹の末っ子だ。両親はすでに亡くなっていたが、実家の薬局は長兄に引き継がれていた。それゆえに、名古屋に留まることに特に大きな支障はなかった。唯一人の姉だけが寂しい思いを口にしたが、三人の兄は名古屋に留まることにも、また結婚することにも反対することはなかった。

優子は、卒業後義昭の父の紹介で、父の友人が経営する薬局に就職した。このことは優子にとって有り難いことだった。

義昭とは一年後に、約束どおり結婚した。義昭の両親は、嫁が薬剤師であることを喜び、優子を娘のように可愛がった。子どもができずに五年後に離婚の話が出るとは、義昭と優子だけでなく、両親にとっても予想外のことだった。

優子にとって、予想外のことは他にもいくつかあった。その一つは、このことで親しく相談する友人が身近にいなかったことだ。大学で親しくなった仲間は県外の故郷に帰省していたし、仕事で関わった友人は何人かいたがプライベートな悩みを話すほど親しい友人はいなかった。

相談相手にふさわしい人物と言えば義昭の両親であった。しかし、義昭との結婚後、義昭の父親は間もなく体調を崩して入退院を繰り返していた。離婚の話が持ち上がったころには、優子が実家の薬局の運営を任されていた。そんな時期と重なったので相談はしづらかった。

考えてみると、義昭と出会ってから、義昭以外の友人を作ることに、さほど深い関心を持たなかった。たまに寂しくなることはあっても金沢へ帰りたいとは思わなかった。名古屋が気に入っていた。生まれ育った日本海側ではなく、明るい太平洋側の海の見られる土地の大学へ進学したいということもN大学を選んだ理由の一つだった。両親が死んでしまった今では、金沢の地に戻る理由も少なかった。

戻る理由に比べると、留まる理由は多かった。義昭との生活は手放したくなかった。子どもがいなくても義昭を愛し続けることができると思った。このことを矜持として二人の生活を続けることを決意した。ブーメランは義昭の手から投げられて優子の手に戻ってきた。義昭の気持ちを深くおもんばかることはなかったかもしれない。

義昭が離婚の希望を告げてからの十五年間は、義昭の父が死んでからの十五年間でもあった。父が死んでも義昭は職場を辞めようとはしなかった。代わりに優子が職場を辞めた。優子は、義父が紹介してくれた薬局を辞め、実家の薬局を義昭の母とともに運営した。

義昭は、優子が一緒に暮らし続ける決意をした後も、わが子を生むチャンスを奪ってしまったことに対して、優子に済まないという思いを払拭することができなかった。デパートなどで子どもの手を引いて楽しげに買い物をしている家族を見かけると、これでよかったのかと自問することも多かった。しかし、もう口には出さなかった。あるいはそのころから、義昭は優子に対して口数も少なくなっていったのかもしれない。歳月は二人の間を足早に刻んで過ぎ去っていた。

「宮古島ねえ。今回は、二人で行っていらっしゃい。私も一人で、のんびりしたいから」

義昭の母は、なんとなく二人の間に漂う暗い気配を察知していたのかもしれない。母の側から今度の旅の同伴を断ってきた。

父を喪ってからの旅と言えば三人一緒の旅が多かった。今回も当然そうなるだろうと二人は思っていた。しかし、子を持つ母親の嗅覚と言えばいいのだろうか。二人の間に漂う殺伐とした緊張感に母は気づいていたのかもしれない。

義昭は、病床に伏した父と、傍らで腰掛けに座った母に、自分が原因で子どもができないことを告げ、優子に離婚を迫っていることを告げた。

「なんとかならないのか」

病床の父は、身を起こしてそう言ったが、義昭は首を振った。二人とも優子のことを気に入っていたから離婚という結末は避けたかったのだろう。寂しい気持ちと残念な表情を隠そうとはしなかった。

「よく考えなさい」

これが義昭に送った父の最後の言葉だ。父は二人のことを気にしながら他界した。それがもう十五年余も前のことだ。

母は、この十五年来の義昭の変化だけでなく、嫁の優子の変化をも敏感に感じ取っていた。優子と二人で、もう十五年余も薬局の経営を続けてきたのだ。優子の気持ちの微妙な変化も敏感に感じ取ることができるようになっていた。

義昭も優子も、母と一緒の旅を考えていたから、当初は母の拒絶をいぶかしがった。しかし、無理に誘うことはしなかった。二人とも今度の旅の意味するものを同時に感じ取ってもいたからだ。互いに旅の目的を確認したわけではないが、結婚後の二人の関係を見つめて新たな決断をする。二度目の大きな機会になるだろう。二度目のブーメランを二人で投げる。今度は戻ってこないかもしれない。そんなことを同時に考え、同時に理解していた。たとえ、意見が一致しなくても、それぞれに結論を得るのが今回の旅の目的だ。

一度目の結論は、それぞれに違っても一緒にやってこれたが、今回はそういうわけにもいかないだろう。二十年も連れ添ってきた夫婦には、相手の周りに漂っている雰囲気で、このことが理解できた。そろそろ自分の思いをしっかりと見つめ、判断を下す時期にきている。峠を越えるぎりぎりの年齢だ。このままでいいはずがないのだ。

もとはと言えば、今回も義昭の側に原因があった。義昭は、優子以外の女性と特別な時間を持ち始めていたのだ。このことに優子が気づいたのは一年ほど前のことだ。義昭はそう思っている。あの日、義昭は女との逢瀬の匂いを身にまとったまま寝室に入った。上着を脱いだ瞬間、この部屋に馴染んだ匂いとは違う別の匂いに義昭自身が驚いた。しまったと思った。女との逢瀬を楽しんだ残り香が、衣服や身体に付いていていたのだ。

義昭は、その匂い消すように慌ててYシャツを畳んだ。しかし、寝室に充満した新しい匂いは、衣服からだけではなく、女の部屋でシャワーを浴びた石鹸の匂いからも放たれていた。

義昭は自分の匂いのたっぷりと染み込んだ部屋着を肌にこするようにして急いで身につけて寝室

を出た。優子はベッドで眠っていたが、たぶん気づいたと思う。

翌日、優子は、Yシャツをつまむようにして言ったのだ。

「シャツに香水の匂いが付いているわよ」

優子は、そう言って洗濯物の中からYシャツを取り出した。笑顔を浮かべて冷やかす優子の表情に、義昭もまた黙って笑顔を浮かべた。弁解の言葉を探せないこともあったが、言葉を返せば、次々とあふれてくるだろう思いをなだめることに自信がなかったからだ。

優子の言葉を冗談として受け流して、義昭もまた首を傾げ笑顔を浮かべたのだ。その日以来、義昭は優子の言葉や行動を注意深く見るようになった。

優子は、それ以降、決してその匂いの原因を問いただすことをしなかった。問いただせば、優子にもあふれてくる言葉があるように思われた。そうすれば、言葉は異常に意味を膨らませ、決定的な言葉を吐き、決定的な時間が訪れるように思われた。それだから、その後も義昭が特別な女性と会ってきただろうと推察される夜の時間をも問いただすことをしなかった。義昭もまた、優子の疑いに答えることをせずに、二人で見合ったままの歳月を一年余も過ごしてきたのだ。

しかし、こんな状態に長くは耐えられないと思った。それは優子だけでなく、義昭も同じだった。木の枝に積もった雪が徐々に重さを増し、やがては耐えられずにポキリと折れる。自分が折れるならまだしも、相手のことを考えると、そんな事態は避けたかった。折れる前に雪を振り落としたかった。それだからこそ二人一緒に旅に出ることを思いつき、計画したのだ。

こんな目的があったとはいえ、旅の場所はどこでもいいというわけではなかった。宮古島を選んだのは、優子には学生時代に気の合う女友達三人で宮古島に出掛け、楽しい日々を過ごした記憶があったからだ。特に東平安名岬の美しさは今なお鮮やかに残っている。

他方、義昭は、優子や職場の仲間から「橋マニア」と冷やかされるほどに橋を見るのが大好きだった。全国の橋を見て回るのが夢だった。宮古島には三つの大きな橋がある。一つは二〇一五年に完成した伊良部(いらぶ)大橋だ。宮古島と隣の伊良部島とを結ぶ全長三五四〇メートルに及ぶ長い橋である。他にも池間大橋と来間(くりま)大橋がある。いずれも一〇〇〇メートルを越す巨大な橋だ。

伊良部大橋が架かったことは、新聞の報道や旅行雑誌を通して知っていた。通行料金を徴収しない橋としては日本最長であるという。この橋を含めて三つの橋を見たかった。伊良部大橋は優子が宮古島を旅したころにはなかった橋だ。二人の思いは微妙にズレていたかもしれないが、微妙な綾を作りながら重なってもいたのだ。

2

「ねえ、この服どうかしら？　やっぱりおかしいかなあ？」

「ねえ、これならどう？」

優子は旅の服の組み合わせを何度か変えては義昭に尋ねた。しかし、義昭は何度尋ねられても的確なアドバイスを送る自信はなかった。意見を言っても、言う傍らから、すぐに抑えていた別な意見が出てきた。適当な相槌を時計の振り子のように繰り返すだけだった。

「あなたに聞いても、無駄だったかしら」

優子は笑いながら言った。義昭も笑う以外になかった。

「あなたは結婚した当初から着る物には無頓着だったからね」

「そうだったかなあ」

「そうだったわよ。学生時代からそうだった。グレーの古びたジャケット、年中それぱっかり着ていたわよ」

優子は笑顔を浮かべながら、出会ったころを懐かしそうに思い出している。義昭は、思わず優子の表情から目を逸らす。言葉からもだ。

「ごめん、ごめん。ぼくはセンスがないんだよ」

「関心が、ないんじゃないの」

「えっ?」

義昭は狼狽した。いきなり本心を掴まれた感じがした。

「何をそんなに驚いているの」

「……」

「着る物に関心がないんじゃないの、って訊いたの」

優子が、皮肉っぽく笑っているようにも思われた。私に関心がないんじゃないのと問われたような気がして、一瞬答えを探しあぐねたのだ。ほっとして言い繕った。

「その服、似合うよ」

義昭は、精一杯、いつもと同じ言葉を繰り返した。同じ言葉しか出なかった。特別な女性との間では新しい言葉を探すことができるのに、優子との間では、いつの間にか新しい言葉を探すことができなくなっていた。水道の蛇口をひねると、決まった水の量が決まった音を発して出てくるように、義昭の口は同じ音のする水だけを吐き出しているように思った。

義昭は立ち上がってカーテンを開け、目を細めて窓の外を見た。数年前に優子と二人で庭に植えた柿の樹が、今年は淡黄色の花を咲かせ小さな実を付け始めている。冬が来る前に収穫できるだろうか。初めての収穫になるが楽しみにしていた。

柿は不思議な樹だ。植えた後に調べて分かったことだが、柿には雌花と雄花があり、ほとんどの品種が雄花を付けないという。それでも果実が実る単為結果性という性質を持ち、受粉しなくても一本の樹でも実がなるというのだ。冬に葉を落とし春に若葉が芽吹き、初夏には花を付ける。花は壺のような形で肉厚で葉に隠れてほとんど見落としてしまう控えめな花だ。そんな柿の木にいつからか愛着を覚えていた。

義昭は、特別な女性との関係を気づかれたかも知れないと感じたあの日以降も、慎重に行動してきた。優子は問いただすことはなかったし、また自ら話すこともなかった。優子に気づかれたからといって、その女性との関係に変化をもたらすことはないと思った。だが、告白すれば優子との関係は確実に変化をもたらすだろう。

その変化をもたらすために、優子は義昭に真実を問いただすことはしないように思われた。ぼんやりとした確信だが、優子は問いたださないことを選ぶだろうと思った。そんな漠然とした確信を拠り所に、義昭の身勝手な空想が膨らんでいた。その女性との関係を、もう一つの特別な関係として維持できないだろうか。そんなことを考えていた。社会の制度や理屈をはみ出す人間としての関係を模索したいとも思っていた。たった一度きりの人生を生きる幸せな関係を二人の女性と構築できないか。国家や社会の規範や道徳を逸脱しても、一個の人間として互いに尊敬し合い認め合う関係は、男女間のトライアングルな関係では不可能なのだろうか。

そんなふうに考える度に、自分勝手で理屈っぽくなっている自分を発見して苦笑した。優子の側からは耐えられない理屈だろう。しかし、男女の関係は理屈ではない。答えは単純なことの中にあるような気もしていた。

そんな思いに決着をつける日が、間近に迫ったのかもしれない。また決着をつけなければならないとも思っていた。優子もそのことを望んでいるのだろう。関係のあり方ではなく、もう一度一個の人間としての生き方や倫理観を問いたださねばならない。今度の旅が、二人での最後の旅になるか。あるいは新たな出発の旅になるか。たぶん旅の終わりには、その結論が出ているはずだ。義昭にとっては、そのような決意を抱いての旅だった。

優子もまたそのような思いを抱いての旅であるはずだ。義昭はそう思った。その思いは、旅立つ前のひと月の間に、だんだんと確信に変わっていた。だが、優子を見ていると、思い過ごしかもしれないという懸念も沸いてくる。優子は、自然に明るく振る舞っているようにも思えるのだ。

その思いを慌てて打ち消す。優子は意図的にそう心がけているに違いないのだと。植物が頂上の新芽を切られると、無数の新芽を脇から噴き出すように、優子は必死になってたくさんの明るい言葉を、義昭に放っているのだと思った。

「やはり、このままでいいわけがないんだ」

義昭は楽天的な思いを封印し、虫のいい理屈を排除した。そして、今はまだ言葉にならない思いを、必死に言葉に置き換えようと、柿の枝が小さく揺れるのをぼんやりと見つめながら考えていた。

3

「中部国際空港からで、いいかな？」

「えっ、何？」

「宮古行きの飛行機便だよ。東京や関西空港からも直行便があるんだけど、中部国際空港の方が近いかなと思って」

「うん、それでいいよ」

義昭の問いかけに優子が答える。

「航空チケットと宿泊は、ホテルパックでぼくが手配するけれど、細かな計画は、優子の方でお願いね」

「うん、分かった。大丈夫だよ。優子ツーリストにお任せあれ」

優子の言葉に、義昭が笑顔を浮かべてうなずく。

優子が続けて言う。

「ねえ、アキ、宮古島にはね、伊良部大橋だけでなく、結構長い他の二つの橋があるみたいだよ」

「うん、知っている。池間大橋と来間大橋だ。池間大橋は全長一四二五メートル、来間大橋は一六九〇メートルもある」

「あれ、やっぱり知っていたんだ。橋マニアのアキに言うのは野暮だったかな」

「そんなことはないよ。有り難う。ぼくも慌てて調べたんだ」

「で、アキの希望は？」

「うん、この三つの橋が見られたら最高！」

「そう、じゃあ最高にしようね」

義昭の返事に、優子は笑みを浮かべながら、焼きたてのパンと朝のサラダを食卓に並べた。

義昭のことを「アキ」と呼ぶのは、付き合っていた大学時代からだ。優子は今でもそう呼んでいる。子どもができないことが分かってからは、なおさらだ。「義昭」と呼ぶと義昭が遠くへ行ってしまいそうで怖かった。

二人の朝食はパンとサラダ、そして牛乳と熱いレモンティーが定番だ。ときにはゆで卵を添えたり、ヨーグルトを添えたり、林檎や梨などの果物を添えたりすることもある。子どもがいたら朝の食卓の風景も随分と変わったものになっただろう。子どもがいたら、と考えないようにしているけれど、つい考えてしまう。春になったら樹木が新芽をつけるようにどうしようもなく兆してくる思いだ。

義父が健在なときは両親と四人で朝の食卓を囲んだ。義父が亡くなってからは、義昭の出勤に合わせて優子と二人だけの朝食になった。義母は義昭が出かけた後、ゆっくりと一人で朝食を取る。義母の遠慮だろうか、とも思ったが義母の意向に従っている。

優子と義昭の間に子どもができないと分かった時、義昭は離婚を迫ったが、選択肢は離婚以外にも幾つかあった。一つは養子縁組をして子どもを二人で育てること。これは亡くなった義父が示唆した解決策の一つである。もう一つは義昭以外の精子を医療機関で提供してもらい妊娠して子どもを生むことだ。優子は思い悩んだ末に、二つ目の選択肢を選びたいと義昭に提案した。義昭は、優子が予想していた以上に、すんなりと提案を受け入れてくれた。

優子はすぐに行動した。東京のK大学附属病院がそのような不妊治療をしていることが分かり、義昭と一緒にK病院を訪れた。夫以外の精子を膣内に受け入れて卵子と受精させて子どもを生むというものだが、不安もあった。しかし、自分の子宮を使い、おなかを痛めて子どもを生むという行為は蠱惑的だった。また、女として生まれたからには、自然な願望だとも思った。

担当医の指示を受け、優子は毎朝基礎体温を測り、受精に適した日を選んだ。その日が来ると、義昭と二人で東京に行った。二度ほど精子を膣内に入れた。しかし妊娠の兆候は見られなかった。

優子はその治療を続けている数か月の間に、妊娠の期待とは逆に、不安がどんどんと膨らんでいった。そして、三度目の上京の際にその不安を担当医に話し、不妊治療を断念した。

自信をなくしたのだ。だれの子か分からない子を生むことに、そしてその子を育てることに。それだけではない。義昭にこの協力を頼むことが果たして二人の生活を続ける上で重要なことなのだろうかと疑問が兆してきたのだ。生まれてくる子が、優子には血縁関係があっても、義昭にはまったくの他人なのだ。その子を育てることで、逆に二人の関係を壊すことになるのではないか。そうなることは受け入れ難たかった。それが理由の一つだ。

しかし、それ以上に大きな理由があった。未知の他人の精子を受け入れる行為は、義昭を大きく傷つけることになるような気がしたのだ。残酷な選択だと思った。そんなことにも気づかずにこの行為を選んだ自分が許せなくなった。余りにも利己的な行為だと思ったのだ。

このような理由を義昭に話したわけではない。二人一緒の三度目の上京の際に、ただ「自信がない」と義昭には告げただけだ。

義昭はいぶかって、何度も優子を説得し翻意を促したが、優子の決意は変わらなかった。また二度とこのことを口にすることもなかった。優子は二度のチャレンジで妊娠しなかったことを感謝した。養子縁組の選択肢は話題に上らないままで、いつの間にか消えた。

六月の宮古島の旅の計画は優子が行った。せっかくだからと義昭は金曜日に一日の休暇を取って二泊三日の旅になった。優子は義母と相談して薬局を臨時休業にした。

「優子さんは働き過ぎだよ。たまには休むといいよ」

義母にそう言われて、実際働き過ぎだということに気がついた。実家の薬局は義父のころから基本的に年中無休で営業してきたのだ。それに倣って優子もそうしてきた。そのために、義昭の休日のデートの誘いや、二人だけのプライベートの時間を削ってきたのではないか。このことに気がついて大きな後悔に襲われた。過去の時間は、もう巻き戻せないのだ。

学生のころ、義昭に誘われて南知多町の長谷岬から三河湾を眺めながら、初めて唇を重ねた日のことが甦ってきた。あの日にも、あの場所にも、もう戻れないのだ。潮風の香りを浴びながら、義昭の腕の中で何度も身体を震わせたあの時間は、人生の中で至福の時間だったのだ。

しかし、人生の中では、一瞬一瞬が違った時間と違った場所で刻まれるように、幸せな時間を未来に手に入れることは必ずしも不可能なことではないはずだ。その年齢にふさわしい時間と場所との出会いがあるだろう。優子はそんな機会を再び作ろうとしなかった自分を悔いた。

優子は学生のころ、親しい友人の絵里子と美由紀の三人で宮古島を訪れた気ままな旅の記憶を呼び戻しながら、宮古島の旅の詳細なプランを作成した。義昭は三つの橋を見れば最高だ、と言って優子に任せたが、優子はかつて訪れた東平安名岬を是非もう一度、訪れてみたかった。テッポウユリの季節は過ぎたが、東平安名岬から眺める海は途方もない夢を見させてくれたような気がした。また、切り岸に立つ緊張感は、若かったけれど人生の切迫感と同時に、希望とも重なるようだった。人間の生きる意味と意欲をも届けてくれる岬の美しさであったような気がしたのだ。それを確かめたかった。それらは、今の優子には失われてしまっているようにも思われたのだ。

宮古島に到着した一日目に、まず「伊良部大橋」を見る。義昭の第一希望だ。優子もまだ見たことはなかった。空港でレンタカーを借りて伊良部大橋を渡り、伊良部島を一周し、下地島の「通り池」を見て、ホテルへチェックインする。ホテルは「宮古島東急リゾートホテル」が義昭によって予約されている。

二日目の午前は「東平安名岬」と「池間大橋」だ。東平安名岬は優子の第一希望だ。午後は「宮古島海中公園」や「宮古島市総合博物館」などを見学する。そして市内観光をして、夕食を市内でとる。市内は「ぱなり」という居酒屋を予約した。郷土料理の美味しい店で、学生のころに訪れた懐かしい居酒屋だ。ネットで検索すると、まだ営業していることが分かったのですぐに予約した。

三日目は、ホテル前のビーチ「与那覇前浜」を早朝に散策し、チェックアウト後に「来間大橋」を渡り、その後に「うえのドイツ文化村」を見学して空港へ戻る。これが大まかな計画だ。

出発は六月六日の金曜日。名古屋駅から名鉄特急九時三分発の中部国際空港行きに乗り、九時四十分に空港に到着する。十一時十五分発のＡＮＡ３２９便に乗り宮古島へ向かう。

学生のころは、関西空港から飛んで那覇空港を経由して宮古島へ降り立った。絵里子の実家が神戸にあったので、修学旅行気分でそこでも一泊したのだった。便利になったと思う。今では直行便がある。帰りは逆のルートだ。

義母に手を振って自宅で見送られ、義昭と優子の宮古島行きの旅は始まった。二人のそれぞれの思いを秘めての旅だったが、秘めた思いはすぐに語り合えるものではなかった。性急に語れば、イソップ寓話に出てくるカラスのように、口にくわえた大切なものを落としてしまうような気がした。もちろん、大切なものを発見する旅でもあった。

4

優子の出発日の服装は、紺色のブラウスにグレーと白色の細いストライプの入ったサブリナパンツを着てグレーの帽子を被った。靴は黒色の柔らかい動き易いものを履き、耳には三つ星が並んだ小さな銀色のイヤリングを付けた。義昭に問い掛け、悩んだ末の装いかと思うと、優子にも義昭にも自然に笑みがこぼれた。

義昭は、優子の服装に目を遣っている自分に気づいて慌てて目を逸らし、気づかれないようにそっと笑みを浮かべた。

学生のころ、二人のデートは、優子の希望もあって太平洋の見える沿岸をよくドライブした。義昭は大学入学と同時に車の運転免許を取り、大学までの通学用にと両親から車を買ってもらっていたから、よく遠出をした。日曜日や祭日には市内を出て、東は伊豆半島の下田まで、西は紀伊半島の潮岬まで、何度もドライブをした。伊勢湾と三河湾を切り裂くように伸びる知多半島の師崎港からフエリーに乗り、渥美半島の伊良湖岬へ渡る海上の旅も楽しかった。

「これが太平洋なのね。太平洋の風なんだよね」

優子は、まぶしい陽光に目を細めながら、義昭の腕に何度も身体を預けた。不思議なことだが、あのころ、優子が船酔いした記憶はなかった。

結婚してからも、二人の太平洋沿岸をドライブする旅は続いていた。義昭は橋マニアになっていたが、十年経ったころからは、どちらも仕事が忙しくなり、少しずつ、少しずつ旅は減っていった。今度の二人の旅は久しぶりだった。

「宮古島へ行ってみたい」という思いは、義昭にも優子にも偽りのない思いだった。だれから言い出したことなのかは、はっきりしなかったが、一緒に暮らす上でそれほど重要なことではなかった。あるいは、重要なことでも、重要だと気づかないままにやり過ごされるのかもしれない。記憶に刻印されることもなかった。だが、記憶からもすぐに消えていくことの中にこそ意外と重要なことはあるのかもしれない。そういう日々が続けば幸せなのかもしれない。

しかし、義昭と優子の場合は、少なくとも義昭にとっては、優子の趣味や関心にもやがて無頓着になっていた。朝顔を育てるために突き刺しただけの竹のように、義昭は優子の言葉にも行動にも気を留めなくなっていた。無関心さと無自覚のままに刻印される記憶は、寄り添う記憶とは明らかに違うように思われた。

「優子は優子で生きていけばいい。ぼくはぼくで生きていく」……。いつしかそのような距離が優子との距離になっていた。この思いは、特別な女性と特別な関係に陥ってからも義昭の脳裏に浮かび上がり意識的に自分に言い聞かせている思いでもあった。

このことが、優子への後ろめたい思いを振り払うために役に立っているかは分からない。また、優子へ後ろめたい思いを抱くぐらいなら、義昭は特別な女性との関係を絶つ潔さは、まだ失っていないとも思っていた。二人の女性との二つの家庭、そんな家庭を作りたいとも思ったが、同時にそんな家庭はあり得ない、自分のわがままだと小さく頭を振った。

義昭は、飛び立った飛行機の窓に顔を付けるようにして、遠くに浮かぶ白い雲を眺めていた。近くにある雲も、遂には後ろに流れ去っていく。身近にあるものこそが視界を遮り圧迫を感じさせるのかもしれない。過去ではなく現在こそが障壁になるのだ。そんな発見に気づいて驚いた。

黙って傍らの優子を見る。優子は目を閉じて、キャビンアテンダント（客室乗務員）からもらい受けた毛布を肩までずり上げている。少し気分が悪く頭痛がするという。船酔い、車酔いのなかった優子にしては珍しいことだ。

優子は用心のためにと、持ってきていた酔い止めの薬を飲んでいたので、大丈夫だとは思うが、頭痛が別のところからやって来たのではないかと、義昭は気になった。ずり落ちそうになった毛布を肩まで引き上げてやる。

飛行機の中で、昼食用にと優子が購入した弁当をすぐに開いた。優子の提案で二つの別々の種類の弁当を半分ずつに分けて食べた。なんだか遠足にでも出かけるような気分になった。サバの煮付けがメーンになった弁当と、焼き肉がメーンになった弁当だ。なんだかいつもとは違う格別な味がして美味しかった。が、優子の箸の動きが鈍いので、義昭が尋ねると、少し頭痛がするというのだった。優子は箸を置き、弁当を閉じ、水を貰い、水を飲み、毛布を貰って目を閉じた。

義昭は今一度考えてみる。優子に対して後ろめたい思いがあれば、特別な女性との関係を諦めねばならない。しかし、不思議なことだが、後ろめたい思いは沸き上がってこないのだ。それこそ男の身勝手な論理だろう。いや論理ではなくわがままだ。あるいは原初的な本能だろうか。その女性と一緒にいると自らの思いに素直になって行動できる自分を発見して驚くことがある。一緒に食事をしたり、読んだ本の話をしたり、話題になっているニュースの話をしたりすることが、何の衒いもなくできるのだ。好悪の感情にも素直に振る舞えた。それは優子といるときには決して感じられない安らぎでもあった。特別な女性は、同じ病院に勤める五歳年下の女医だ。

しかし、と思い直す。この感情や安らぎは、結婚当初は優子とも共有できたのではないだろうか。義昭はもう一度窓外に向けていた視線を優子に戻した。

優子は相変わらず目を閉じたままだった。眠っているとは思われないが、声をかけるのも憚(はばか)られた。優子と寝室を別にしてから、どのくらいになるのだろうか。優子から求めることもないし、不満を漏らすこともない。義昭も、もうすぐ四十五歳を越える肉体の自然な衰えだと、体裁を繕っているが、あるいは優子は気づいているのかもしれない。かつて優子につぶやくように尋ねられたことがある。

「突然、老いが来るのよね……」

義昭もつぶやくように答えた。

「うん、たぶん、人間はそのようにできているのかもしれない。徐々に老いるのは辛いからね」

義昭の答えは、もちろん、優子が指している老いの意味を曖昧にしたままの答えだった。二人の思いはすでに交差する軌跡を微妙にズレていたのかもしれない。しかし、それでも解決策はあるはずだ。

ＡＮＡ３２９便は、ほぼ満席だった。再び窓の外へ目を遣る。雲の隙間から海が見える。海のような気がしたが定かでない。海であることを確かめようとして、目を凝らして窓外の景色を再び眺めた。

5

ＡＮＡ３２９便は、十四時五分に宮古島空港に到着した。快晴の宮古の空のように優子の頭痛もすっかり収まっていた。

機内での気分の悪さの原因はなんだったのだろう。義昭に冷やかされて優子は明るい笑顔を浮かべて言った。

「私、夢を見るために眠ったのよ。心配しないでいいよ」

「さあ、優子ツーリストの旅が始まりますよ」

「お客様は幸せです。親切な添乗員がご案内致します」

優子の軽口に義昭は、ほっとした。

優子は、久しぶりの二人旅に、自ら「優子ツーリスト」と名付けて、どんどんと先へ先へと計画を進めていた。

空港に着き、手荷物を受け取ってゲートを出て行く優子の後ろ姿を見ながら、義昭も遅れないようにと、レンタカーの貸し出しカウンターを探して足早に歩いた。若いころの快活な優子が戻っていた。

優子の計画した二泊三日の旅のスケジュールには、実際義昭も感心した。義昭にとって宮古島の旅は初めてだったが、無駄のない旅のように思われた。

優子が計画した初日の観光の目玉は伊良部大橋だ。伊良部大橋を見学して伊良部島をレンタカーで周回する。隣接する下地島の「通り池」を見学し、時間に余裕があれば牧山展望台や佐和田浜へ降り立ってみる。その後にホテルに向かい十八時を目途にチェックインをするというものだ。

空港からレンタカーで三十分足らずで伊良部大橋に到着した。橋マニアの義昭が驚きの声をあげる。

「すごい！　最高！　美しすぎる」

「橋だけではないよ。海がまぶしいほどに美しい。青く輝いているよ」

「素敵だね。まるでこの海は橋が架かるのを待っていたみたいだね」

優子も相づちを打ち、驚嘆の声をあげる。

伊良部大橋は、優子も初めて見る橋だ。学生のころに訪れた宮古島にはまだこの橋は架かっていなかった。

伊良部大橋は二〇〇六年に着工し、二〇一五年に完成した。全長三五四〇メートル。総事業費は三九九億円。橋の壮大さにも驚いたが、同じように海の青さ、空の青さ、周りの風景の美しさにも驚いた。

「いろいろ橋を見てきたけれど」

「見てきたけれど？」

「三本の指に入る一本目の橋だね」

「変な言い方」

優子は義昭の感慨に声をあげて笑う。

橋の途中で車を停める。車を停めるエリアがある。橋の上から海を見下ろすと、海面の青さがグラディエーションのように映えて美しい。光を受けた海はひととおりではない。近くに若葉のような黄緑色の海もあれば、遠くに藍を流したような濃紺の海もある。眼下の海は透明だ。透明であるがゆえに海底の珊瑚礁の形も見える。顔を上げると伊良部島の白い砂浜が見え、振り返ると宮古島の港の風景が見える。

「最初からこんなに驚いていると、驚きが幾つあっても足りないかもね」

優子の言葉に義昭が応える。

「そうだね、驚きが飛び出さないように心臓を抑えておかなくちゃあね」

「あれ、また変な言い方」

「変な言い方になるほど驚いているということだよ」

「ああ、驚いた」

なんだか、二人とも学生のころの気分に戻ったようで、軽口を言い合った。

感動を引きずったままで、伊良部大橋を渡り伊良部島の周回道路を走る。海岸や砂浜の美しさに、思わず車を停めて目を見張る。ドアを開けて外に出ると海風が爽やかに身体を撫でる。感動を伴ったままで車を走らせる。

二つ目の観光ポイント「通り池」は下地島にある。下地島といっても伊良部島とは陸続きのような錯覚を覚えるほどに二つの島の海峡は狭い。橋を渡る感覚もない。

「通り池」は下地島西海岸にあり、二つ並んだ池の総称だ。直径五十メートルから七十メートルほどの二つの池は、水深も五十メートルほどだという。二つの池は地下でつながっているので「通り池」と呼ばれ、「双子池」「龍の目」とも呼ばれているという。さらに海岸沿いの池は海底の洞窟で海ともつながっているがゆえに「通り池」であり、ダイバーたちの憧れのダイビングスポットの一つだという。

通り池にはその神秘性からか、パンフレットには二つの伝説が紹介されている。一つは海霊の化身であるユナイマタ（人魚ともされる）を釣ったために、津波を受けて漁師の家が二つの池になってしまったとされている。もう一つは、継子と取り違えて実子を池に投げ捨ててしまった母親の悲劇の逸話がある。

広い駐車場には立派な建物のトイレもあり、逆に木陰には質素な土産品店があった。貝殻や珊瑚で作ったネックレスなどがベニヤ板の上に無造作に並べられている。

駐車場から通り池までは二百メートルほどの距離だが、アダンの木などが生い茂る緑のトンネルを潜り抜けると一気に視界が広がった。通り池の傍らには東屋（あずまや）があり、海を含めて全体が見渡せる。二つの池を周回する見学路がごつごつした岩肌を縫って造られており、身近に池を眺めることができる。

二つの池は、外海の波のうねりに関係なく不思議なほど静かである。熱帯魚が池の縁の透明になった箇所を泳いでいる。その姿が見えるほどに水面は透き通っている。午後の日差しに照らされてきらきらと輝くコバルトブルーの二つの池は、やはり神秘的である。

義昭も優子も食い入るように通り池を見つめた。

優子が感慨を漏らす。

「この池を見れて良かったわ。学生のころ、伊良部大橋はなかったので、私たちはフェリーで伊良部島に渡ってこの池を見るつもりだったの。だけど、渡った後の島での交通手段が不便だったので、結局は見学するのを諦めたのよ。今回見られて良かったわ」

優子が義昭に告げる。義昭もうなずきながら応える。

「不思議な池だね。二つの池が地下でつながって海まで続いていると思うと、なお不思議だ」

義昭が顔を上げて、近くに押し寄せている海を眺め、通り池を取り囲む広い空間を見渡す。通り池から、さらに周辺を散策できるようにと木板を並べて造った橋の道が続いている。通り池のように地下でつながる二人の関係はあるのだろうか。ふと浮かんできた感慨を義昭は口を閉ざして追い払った。

義昭と優子は通り池を見学した後、その木板で作られた道の終着点まで歩いて行った。海風を受けながら、岩の隙間から覗いているアザミやオオハマボウや名の知らない小さな草花に足を停め目を細める。

遮るものがないために日差しをまともに受けるが、遠くまで見渡せる風景の中で、海風を身体いっぱいに受けているからなのか暑さを感じない。むしろ爽快である。

「ねえ、ワイドーって言葉、知っている？」

「えっ？　何それ？　知らないな」

優子の言葉に、義昭が顔を上げる。二人は立ち止まって岩陰から身を隠すように顔を覗かせている黄色い草花を見ていた。

「学生のころ、宮古島に来たときに覚えた言葉なの」

「どういう意味なの？」

「頑張れ、とか負けるな、という意味。岩陰から顔を覗かせている小さな草花を見て、急に思い出したの、ワイドー、宮古！　ワイドー、お花さん！」

優子のガッツポーズに、義昭は笑顔を浮かべた。

優子は、ガッツポーズをつくった後に、一人で歩き出した。優子の後ろ姿を見ながら、優子は「ワイドー、優子！」と自分へ言いたかったのかな、とふと思った。優子の後ろ姿は、寂しかった。

義昭は優子と二人でよく旅をした日々を思い出した。太平洋の海岸沿いをドライブをしながら観光スポットをつなぐように宿を取る気ままな旅が多かった。

結婚してから、一度松島へ行き、そこから平泉を観光する旅をしたこともある。松島の観光では短い船旅をした。優子は船室で青ざめた顔をしたまま、寝たきりだった。そのころから、船酔いに苦しめられるようになり、極力船旅は回避した。このことを急に思い出した。飛行機で気分が悪くなったときには思い出せなかったことだ。

義昭は自分の不甲斐なさを恥じた。「ワイドー、優子！」、いや「ワイドー、義昭！」かな。そうつぶやいて、足早に優子の後を追いかけた。

6

通り池を眺めた後、ホテルにチェックインするにはまだ時間に余裕があったので、夕日が美しいという「佐和田浜」に寄ることにした。二人一緒に、伊良部島に再び来ることは、もうないかもしれない。あるいは、そんな思いを二人とも抱いていたのだろうか。うなずき合って佐和田浜行きはすぐに決まった。

佐和田浜は、伊良部島の北西部にある。一九九六年には「日本の渚一〇〇選」に選ばれたビーチだ。カーナビを入れたらすぐにその場所へ案内してくれた。周辺は整備されて公園になっている。シャワーやトイレの備え付けられた建物もあり、清涼飲料水やお土産品を置いてある売店もあった。

佐和田浜は、数多くの巨岩が沖合に転がっている一風変わった風景の海を目の前にしていた。巨岩は一七七一年の「明和の大津波」によって運ばれてきたものと言われているようだ。大きな岩と白い砂浜と波打つ渚、そんな光景が目前に広がった。

義昭と優子は売店で冷えたウーロン茶を買い、売店前に置かれた椅子を引き寄せて海を眺めた。

日に焼けた浅黒い顔をした売り子の青年は、干潮時にはここが遠浅の海になると教えてくれた。また浜の西側には「魚垣（うおがき）」と呼ばれる昔ながらの漁法が行われた石垣が残っているとも教えてくれた。

魚垣は干潮時に遠浅になる海を利用して、周囲を石で囲んで生け簀を造り、潮が満ちた時に魚が入り、潮が引くときに逃げ遅れた魚を一か所に集めて網を張って捕るという。かなり原始的な漁法だが、大がかりな規模の「魚垣」だと熱心に説明してくれた。あいにくとこの時間は満潮で、魚垣は海の底に沈んで見えなかった。この「魚垣」は宮古島市の有形民俗文化財にも指定されており、貴重な文化財でもあると、青年は笑顔を浮かべながら一所懸命に教えてくれた。

風に吹かれ、海を眺め、魚垣のことを想像したからだろうか。優子はふと、海産物が大好きだった父のことを思い出した。幼いころ父の膝に乗って食べた「さんまの塩焼き」や「鯛のバター焼き」の味を思い出した。

優子は末っ子だったから、父は優子を甘えさせた。「甘えさせては駄目よ」という母の叱る声に耳を貸さなかった。父は優子を膝に乗せ、様々な種類の魚のトゲを丁寧に取っては優子の口に運んでくれた。優子もまた父の膝で甘えた。

優子の父は、優子が小学校六年生の時に亡くなった。肺癌だった。父が亡くなって間もなくして母も亡くなった。父の後を追いかけるように死に急いだ逝去だった。

母の死んだ後、優子は長兄の家族の元で成長し、高校生活を送った。長兄は優子と十五歳も年が離れていたから、一緒に遊んだというような幼少期のころの思い出はなかった。

当時、長兄は結婚をして、幼い二人の息子がいた。なんとなく居心地が悪くて、優子は与えられた部屋に閉じこもって受験勉強に熱心に取り組んでいる振りをした。時々、両親を亡くした寂しさに涙をこぼすこともあったが、だれにも言わずに黙って耐えた。

東京で雑誌社の仕事に就いている姉が帰省する数日間は、自分でも驚くほど姉に甘えた。姉と一緒に金沢市内の商店街に出向き、流行の服を買ってもらい、美味しいものをたくさん食べた。その姉のいる東京の大学に進学したいと夢が膨らむこともあったが、太平洋岸の海風の誘惑とN大学のネームバリューには勝てなかった。N大学は父の卒業した大学でもあった。

父の跡を継いで薬剤師の道を選んだのは、長兄と優子の二人だけだった。次兄と三兄は、二人ともそれぞれが選んだ仕事に就いている。次兄は大阪で自動車の販売店に就職したが、やがて福岡に転勤になり、そのまま福岡で結婚して家庭をもった。三兄は大阪にあるコンピュータ会社でゲームソフトの開発部門に勤めている。それぞれが違う場所で独立し、それぞれが家庭をつくり、違う土地で暮らしていた。

二人の兄が独身のころまでは、八月の盆の日には、長兄の家に集まり、両親の霊を供養することが慣わしだったが、それぞれが結婚をし、家庭を持つと、それぞれの事情もあり、ここ十年ほどは、ほとんど集まることもなくなっていた。そんなことを思い出すと少し感傷的になった。

感傷的な気分のままに、優子は長いこと会っていない姉のことを思い出した。姉は、東京を引っ越して今では故郷金沢市に移り住んでいる。移り住んでから、もう十年余になる。数年後には還暦を迎える年齢になるはずだ。

義昭とのことを、どうして姉と相談することを思いつかなかったのか。姉の元を訪ねることを考えなかったのだろうか。そんなふうに思うと懐かしさと同時に、悔しさが込み上げてきた。しかし、義昭の意向を確かめもせずに相談ができるだろうか。二人の間に生じた二度目の危機だ。いや、二度目の危機なのかを、今度の旅は確かめる旅なのだ。そう言い聞かせて自分の心を慰めた。

優子はこぼれそうになる涙を必死で堪えた。小さく瞬きをしながら、義昭に気づかれぬようにハンカチを取り出して、まつげを濡らしている涙をそっとぬぐった。

あの晩、義昭が寝室に入ってきたとき、すぐにいつもと違う匂いを身にまとっていることに気づいた。女の香水の匂いだと直観した。でも、義昭に尋ねることができなかった。何がためらわせたのだろう。尋ねれば、返ってくる言葉に身をこわばらせたかもしれない。あるいは義昭を信じていたのかもしれない。そんなことは一度もなかったから、香水の匂いだけで疑う自分が腹立たしかったようにも思う。

その日から、何度か義昭は同じ香水の匂いを身にまとって帰ってきた。やはり問いただすことはできなかった。問いただすことは、別れることにつながるように思われたのだ。

なぜ、そう思ったのだろうか。優子は何度か自分に問いかけた。そして自分を責めた。義昭は、自分と別れるチャンスを待っているように思われたのだ。子どもができないと分かったとき、別れてくれと離婚を迫られたとき、あの日以来、義昭は別れるチャンスがやって来るのを待っているようにも思われる。いや、作っているようにも思われた。そう思うと切なかった。悲しかった。

その切なさを分かち合うためにも、何度も問いただそうと思った。しかし、問いただす理由が曖昧だった。問いただせば二人の関係は破綻する。そんな予感さえ抱いた。義昭に特別な女性がいるという不安が確信に変わっても問いただせなかった。むしろ、問いただしてはいけないことのような気にさえなったのだ。

「こんなの、夫婦じゃない……」

優子は、じっと目を凝らして海面を眺めた。小さくうねった波頭は、不気味な生き物のように感じられる。時には笑い、時には怒り、時には泣いているようにも見える。得体の知れない海の生き物たちが、彼岸の世界へ優子を手招いているようにも見える。

大学のころ、一人のクラスメートが自殺した。彼女とはそれほど親しい仲でもなかった。いや彼女はだれとも親しくなかった。彼女は新潟の出身で女子寮に住み、勉学に励む真面目な学生だった。

彼女の死の原因が噂された。容易に真相は分からなかったが、やがて妻子のいる男に裏切られたのだということが分かった。彼女は知多半島の野間灯台から身を投げた。遺体はその二日後に小野浦海岸へ漂着した。

彼女の死を知ったとき、優子は意外と単純な理由に驚いた。男に裏切られる。そんな理由だけで人は死ねるのかと不思議に思った。もっと他に理由があるはずだ。死にふさわしい複雑な理由があるはずだ。そう思って生きてきた。しかし、今はどんな理由でも、人は死ねるような気がする。あるいは、理由がなくても、人は死ねるかもしれない。

優子は熱くなった目頭をハンカチで押さえた。なぜこのような記憶が突然甦るのだろう。彼女は人の世の得体の知れない魔物に誘惑されたのだろうか。やがて彼女が身籠っていたことが噂された。妊娠して死ぬ女性と、妊娠できないで死ぬ女性は、どちらが不幸なのだろうか。

優子は、立ち上がってハンカチで再び涙を押さえ苦笑しながら、誘惑する魔物の正体を考えた。ハンカチには、海の匂いがいっぱい染み込んでいた。

義昭も立ち上がった。佐和田浜の海風に吹かれながら、じっと海を眺めている優子の身体に異様な緊張感が漂っていることに気づいた。これまでと違って思いつめたように姿勢を正し、たじろぎもせず海面を見つめている。異常な緊張感が背後からも感じられる。義昭は立ち竦んだままで優子を見た。

背後からではあるが、優子は明らかに泣いているように思われた。その姿を見て義昭は声をかけるのがためらわれた。立ち竦んだままで一歩を踏み出せなかった。優子は砂浜を見るのではなく海面を見続けていた。義昭は海面を見るのではなく優子の後ろ姿を見つめていた。様々な思いが沸いてきた。

二人の間にどのくらいの時間が流れたのだろうか。やがて義昭は、優子から目を逸らして、砂浜に無造作に置かれた椅子の所へ再び歩み寄って腰掛けた。泣いている優子に気づいたものの、優子との距離を測りかねた。座った後、目を見開いて海面を眺めた。優子と同じ風景を眺めていると思われたが、違うものを見ているようにも思われた。二人は、そのままの距離と姿勢のままで、重ならない時間を過ごした。優子は振り返らなかった。

義昭の視線の先に一艘のサバニ（小舟）が見えた。だんだんと大きくなってくるようでもあったが、遠くへ離れて行くようにも見えた。

義昭は意を決して再び優子の方に視線を移した。パンフレットには佐和田の浜に落ちる夕日は絶景だと書いてあったが、夕日が落ちる時間にはまだ早かった。

7

宿泊に利用した宮古島東急ホテルは豪奢なリゾートホテルだった。料金を奮発したと思ったが、すべての高級感に高いとは思わなかった。周りにはよく手入れされた庭園があり、建物近くの中庭には身近にバナナなどの南国の植物が見られた。

朝食も豪華なバイキング料理だった。ホテル前には美しい景観で観光パンフにもよく掲載される与那覇前浜ビーチがあり、来間島や来間大橋も眺められる。「うえのドイツ文化村」も近くにある。これらの見学は三日目に回して、はやる心を抑えて二日目の日程を、朝食後のコーヒーを飲みながら、優子は義昭と口頭で確認した。

二日目の観光は、「東平安名岬」と「池間大橋」がメインだ。この旅の目玉でもある。東平安名岬は東平安名崎とも表記され、どちらも「ひがしへんなさき」と呼ばれるようだ。宮古島市城辺字保良に位置し、太平洋及び東シナ海に面する岬で、宮古島の南東端で同島を代表する観光地である。池間大橋は、東平安名岬と逆の方角にあったが、それもまた良しとした。

順路を、ホテルを出て東平安名岬を見学し、それから逆の西の方向へ向かって「宮古島地下ダム資料館」を見学した後、池間大橋を渡り池間島見学、昼食を池間大橋近くにある食堂「大漁丼屋池間大橋店」でとる。午後は「雪塩ミュージアム」、「宮古島海中公園」、「宮古島市総合博物館」を経て港近くにある人頭税石を見た後、市内を見学する。それからいったんホテルに戻り休憩を取った後、市内に出て夕食をとる。これが優子の立てた二日目の計画だ。欲張りとは思ったが、義昭にはたくさん宮古島を見て貰いたかった。

義昭が朝食後のコーヒーを飲み終えると、立ち上がって優子を見て笑顔で言った。

「さあ、それでは優子ツーリストの優秀な添乗員へ、宮古島を案内してもらおうか」

「お任せを。あなたの優秀なナビでございます」

優子も笑って答えた。

部屋へ戻って歯を磨き、身近な品をバッグに入れるとすぐにホテルを出た。東平安名岬は優子には思い出深い場所だった。仲良しの絵里子と美由紀と三人でいつまでもそこを離れられなかった。ちょうどテッポウユリの咲く季節だったが、絵里子が突然、泣き出した場所だ。絵里子は泣き出した理由を、景色が余りにも美しいので、と説明したが、優子も美由紀も、他にも理由があることを知っていた。

レンタカーのカーナビを東平安名岬に設定してホテルの駐車場を出た。東平安名岬は、日本の都市公園百選にも選ばれている国指定名勝地だ。カーナビでも迷うことなく、三十分ほどで岬に着いた。

全長約二キロにわたって細長く伸びる岬には、あの日と同じように心地良い風が吹いていた。都会の喧噪から逃れたいと宮古島行きを提案したのは絵里子だった。優子もすぐに同意した。

東平安名岬はあのときと同じように、都会の雑踏や障害物がひとつもなく、目の前に広がる景観の雄大さや空の青さ、海の青さに、優子はやはり感動した。爽やかに吹き渡る風、聞こえてくる潮騒の音、遮るもののない海の景観、来て良かったと思った。一歩一歩、土を踏みしめて岬へ向かった。

歩いてすぐにパンフレットに書いてあった人力車に出会った。以前にはなかったものだ。笑顔を浮かべて若い男が立っている。

「優子、乗ってみようか」

「えっ？」

「ガイドもしてくれるって書いてあるよ」

「そうだね」

「二名で二千円。ガイド料含む」と、人力車に貼り付けた紙を見る。

「片道一キロほどだろう？　帰りはゆっくり歩いてくるさ」

義昭は、優子の返事を待たずに、男へ歩み寄り「おはよう」と声をかけている。

「ねえ、片道で二キロだよ」

優子の返事に、義昭は答えずに笑って人力車に乗り込んだ。

優子も慌てて乗り込んだが、しばらくして、人力車を引く男のユーモラスな解説に引き込まれた。

「二人で来ても花は咲いています。ピンク色のあの花はグンバイヒルガオ。向こうの可憐な黄色い花びらを持った花はンジャナ。潮風に吹かれながらも逞しく咲いている花の美しさは、奥さん、あなたと同じです」

「東平安名岬には二百種類以上の植物が群生していて見所の一つになっています。春には真っ白なテッポウユリが咲きます。潔い立ち姿は、ご主人、あなたです。が、お二人が来るのが遅すぎました」

優子も義昭も苦笑をこぼす。

「花も人も美しいけれど、東平安名岬では、なんといっても海の景観に圧倒されます。岬の周りには幅六メートルから八メートルほどの巨岩がたくさんあります。一七七一年、江戸時代中期の明和八年に起った明和の大津波で打ち上げられたものだと言われています。それだから津波岩とも呼ばれています。波を受けて白いしぶきを弾(はじ)くさまは、困難に打ち勝つ男の姿を現しています。旦那さん、あなたの姿です」

今度も二人で苦笑する。

人力車を引く男は、島内の人ではなく、県外の人であるように思われる。宮古島市が気に入って住み着いたのだろうか。男は茶目っ気たっぷりに案内するが、道端に立ち塞がるようにそびえている大きな岩の前に人力車を停めた。

「この岩をご覧下さい。この岩には悲しい言い伝えがあります。この岩は『マムヤの墓』と呼ばれているウガン所（拝所）です。昔々、マムヤという機織りの上手な絶世の美女が近くの村に住んでいました。マムヤは多くの男に言い寄られます。その一人の按司(あじ)（豪族）と恋仲になります。ところが按司には妻子がいたのです。本妻からはいじめられ、やがて按司からも疎遠にされたマムヤは、この東平安名岬から身を投げて死んでしまうのです。マムヤの母親は美しさゆえに苦しんだ娘のことを思い、また村人は村の娘がマムヤのような辛さを味わうことがないようにと拝所を造りました。これがマムヤの墓の由来です。この大きな石の根元は空洞になっていて、墓石が収まっています。今も線香が焚かれ、お茶やお菓子などが供えられます」

「そこで、一曲、宮古民謡を歌ってみます」

男は人力車に吊していた三線を手に取り、哀調帯びた曲をつま弾きながら歌い出した。「トーガニアヤグ」という歌だと教えてくれた。歌詞は様々にあるが、泰平の世を祝する歌だという。歌の意味はよく分からないが、優子も義昭も思わず拍手をした。

義昭は、人力車の男には東平安名岬灯台まででよいと復路は断り、灯台前で下りた。男は苦笑していたが、料金は灯台までの分だよと優子が冷やかすと義昭は頭を掻いた。

二人でゆっくりと岬の突端を散歩し、断崖から海を眺め眼下の巨岩に打ち寄せる波のしぶきを見つめた。自然の作る豪快な景観に敬虔な思いが沸き起こってきた。

優子の友達の絵里子が突然泣き出したのがこの場所だ。この場所に立ちながら、絵里子は岬の先端から碁石を置いたように東の海上に続く水平線の彼方を見つめて泣き出したのだ。

絵里子は涙を流した理由を言わなかったが、今この岬に立ってみると、なんだか分かるような気がする。自然の雄大さ、永遠さ、そして気高さと優しさ、この景観が人間の諸々の感情を包んで慈しんでくれるように思われる。人間は小さいのだ。それでも必死に生きている。絵里子の涙の理由とは重ならないとも思われたが、優子も涙がこぼれそうだった。

長さ二キロ、幅二百メートルほどの細長い岬は、海を切り裂くように突き出ている。右を太平洋、左を東シナ海に分け、視界が三六〇度広がる雄大なパノラマが目前に広がる。岬は断崖となって海に落ち、波打ちぎわには奇岩が立ち並び、白い波が絶えることなく押し寄せてくる。マムヤの時代から、いや悠久の太古からの風景だろう。

それに比べると人間の命は儚い。それなのになぜ、悩み苦しむのだろう。理不尽な問いが優子の脳裏に浮かび上がってくる。岬を引っ張るように真っ直ぐに伸びた巨岩の行方をじっと見つめる。

「灯台に登ってみようか」

義昭が近寄ってきて背後から声をかける。優子は黙ってうなずき、義昭の後をついて行く。

優子はふと、義昭と自分と特別な女性との三人の関係を、波のような糸でつなぐことができないかと考えた。三人の関係を維持するために、それぞれが三角形の頂点に位置する岩となる。平等な関係を築くためには三人それぞれが頂点となって、その間を波の糸で結ぶ。ゆらゆらと揺れる糸でもいいし、穏やかな糸でもいい。岩に叩きつけるしぶきを上げる糸でもいい。そんな関係を築くことはできないか。三人の関係は既にそのようなものになっているのではないか。三角形を作っている糸は、ただ見えないだけではないのか。

優子は自らの内部に兆した想念を慌てて打ち消した。波に負けずに毅然としてそびえる巨岩を見続けたからだろうか。そう考えることは、義昭を許すことになる。義昭は巨岩になっていつでも脇から二つの直線を引くことができるのだ。直線を引くと、それぞれが確固たる関係になる。それは男の身勝手さではないか。身勝手さを許していいのか。

義昭が優子の身体に触れなくなってから、もう二年ほどになる。全く触れないのではないが、月に一度、ふた月に一度と、優子に触れる回数は少なくなっていた。正確に言えば、特別な女性の存在を知られないために、たまに優子を抱く。優子の視界を遮るように、優子の肉体へ覆い被さってくるようにも思う。子どものいない寂しさを、互いに支えて共に歩みたいと決意した日々は、もう再びやって来ることはないのだろうか。

優子は、義昭が特別な女性との特別な関係になった理由を考える。それよりも前に、自分自身の態度と義昭との関係を思い出さなければならないのだろうか。義昭に向かう自分の態度に、何か変わったことがあったのだろうか。

義昭は「せねばならない」という定義を振りかざす人生を、最も嫌っていたはずだ。それが全共闘世代として手に入れた処世の術だと何度か優子につぶやいていた。優子には、せねばならないことが多すぎるような気がした。それが義昭が離れていった理由の一つなのだろうか。

優子は傍らで、広大な海を眺めている義昭の横顔を見ながら、義昭と自分をつなぎとめている波のような言葉を必死に探そうとしていた。

8

優子は、結婚してから実家の金沢に帰ることはほとんどなかった。義昭と結婚したこの場所を、終(つい)の棲家と決めていた。実家に戻っても両親は他界していた。実家には長兄家族が住んでいたが、長兄とは年が離れすぎていて、楽しい思い出もあまり多くはなかった。次兄は福岡で、三兄は大阪で暮らしている。唯一人の姉は、優子が名古屋の大学に入学するのと入れ替わるように、東京から金沢に戻っていた。金沢で幼馴染みの同級生と結婚し、家族を持っていて、忙しそうだった。

しかし、五年ほど前、姉が乳がんを患い、入院したときはさすがに見舞いに駆けつけた。久しぶりに会う姉は、年老いていた。東京で大学を出て、東京で就職した溌剌とした姉の面影は、すっかり影を潜めていた。優子とは十歳違いの姉だ。

姉は治療の甲斐あって今では退院して、普通の暮らしを続けている。しかし、癌細胞はいつ再発するか分からない、転移するかもしれないと、不安を口にしての退院だった。またその覚悟を医者に言われてもいた。

優子が高校に入学する年に母が亡くなったが、母の看護のために時々戻ってくる姉は、東京の匂いを身にまとい、優子の憧れの的だった。

金沢に戻ってきた姉は、金沢の新聞社で編集の仕事を得た。東京で大手の雑誌社に勤めていたキャリアが評価されたものだった。優子が名古屋の大学に入学してそのまま名古屋に嫁いだがゆえに、姉とは疎遠になっていたのだが、病気になって以来、携帯電話でのメールのやりとりが増えた。気弱になった姉をいつも優子が励ましていた。

姉には二人の息子がいた。二人とも東京の大学へ進学して家を留守にしていた。このことも寂しいようだった。

「男の子は、勝手に一人で大きくなったものと思っているのかねえ。親の病気さえ気にならないのか、なかなか帰っても来ないよ。困ったものねえ」

姉は、そう言って嘆くことも多かった。父も癌で亡くしたので、不安も大きかったのだろう。

「私たちは、癌に罹りやすいＤＮＡを持っているのかねえ。優子ちゃんも気をつけるんだよ」

姉は、時々、そんなメールを送ってきたが、優子はそれほど気にはならなかった。

義昭のことで、少し寂しい気持ちに陥るときは、姉が病室でつぶやいた言葉が甦ってきた。

「優子ちゃん、人にはね、死ぬ場所があるのよ。そこで死ねたら姉ちゃんは幸せだよ」

気弱になった姉の言葉だと思った。優子は深く考えることもなく、姉の言葉を聞いた。

「私にはね、この土地が死に場所だわ。若いころは、この土地を離れたくてしようがなかったのにねえ。今は、この土地が私を呼んでいるような気がするの」

「姉ちゃん、私に戻ってきて欲しいの？」

「いやいや、そんなことはないよ。そんなふうに考えなくていいわ。あんたは義昭さんと一緒に生きるの。そこがあんたの死に場所だよ」

そんなふうに言われて、どきっとしたのだ。

姉は続けて言った。

「人は生まれたときから死に場所を求めて生きているのかな、と思ったもんだから。姉ちゃんには、ここ金沢がその場所なんだと思ったからだよ。ただそれだけのことよ」

「なんだか、寂しいねえ」

「優子ちゃんも、そんな歳になったってことだよ」

「そうかなあ」

「そうだよ。優子ちゃんは優子ちゃんにふさわしい死に場所を見つけるのよ。義昭さんと一緒に頑張るのよ。姉ちゃんの遺言だと思ってね」

「遺言は早すぎるよ」

優子はそう言って笑った。しかし、姉は、真顔のままで微笑み返そうとはしなかった。そして、もう何も言わなかった。

優子は気まずくなった雰囲気を気遣ってその場を繕った。

「象さんにも、死に場所があるって聞いたことがあるよ」

姉は、優子が剥いたりんごを食べようとはせず、爪楊枝に突き刺したまま、手に持っていた。

「うん……」

「姉ちゃん、心配しないでね。姉ちゃんの遺言、実行できるよ」

優子はそう答えたかった。そう答えたくて、うずうずしていたのだ。わずか五年前のことなのだ。姉は、あるいは今の義昭との仲を、見通しての言葉だったのか。それに比べると、優子は、何も見えていなかったのだ。

東平安名岬を名残惜しい思いを引きずりながら後にして、池間島へ行く途中にある宮古島地下ダム資料館を見学した。宮古島は、大きな川もなく平たい島である。渇水期には長く続く断水に悩まされていた。それが地下ダムを造り、水を溜めて、今では不自由のない暮らしを送っている。農家の田畑の散水にも利用されているというから驚きだ。

資料館には地下ダムを建設した工法などが模型やパネルや音声案内を使って詳しく説明されていた。すべてが理解できるわけではなかったが、宮古島は表面が水を通しやすい石灰岩になっており、その下に水を通しにくい島尻層群があるという。今までは石灰岩を浸透した水は湧き水として海に流れ出ていたが、地下に壁を造りその水を堰き止めることによって、生活用水や農業用水などに利用できるようになったというのだ。資料館の周辺は公園としても整備され地元の人々の憩いの場ともなっているようだ。義昭も優子も科学の力に改めて驚かされた。

地下ダム資料館を出ると、一路池間島へ向かった。宮古島の東端から西端までの距離である。カーナビを使い、優子が助手席で地図を広げた。サトウキビの生い茂る農道を走ったり、海岸沿いを走ったりした。時には美しい海浜を眺めては満足しながら三十分ほど走ると、右手に大神島が見えた。それから間もなく池間大橋が見えてきた。

義昭が宮古島で見たいと思っていた二つ目の橋だ。池間大橋を渡る手前の海岸沿いに駐車場が造られていた。そこに車を停めて池間大橋を眺めるエリアのようだった。

車を出ると、すぐに義昭が声をあげた。

「わおっ！　美しい！　見事だ」

橋マニアと優子に冷やかされる義昭だが、一日目に見た伊良部大橋に負けないほどの景観に感動していた。澄みきった青空の下で、エメラルドグリーンの海の色を従えて、橋は燦然と輝いていた。

宮古島にある三つの橋の中で一番最初に架かったのが池間大橋だ。一九九二年に開通し、全長一四二五メートル。開通当時は沖縄県内で最も長い橋として注目を浴びた。その後一九九五年に来間大橋が開通し、次いで二〇一五年には伊良部大橋が開通した。沖縄で最も長い橋は伊良部大橋になった。

池間大橋の景観を駐車場から眺めて写真に収めた後、ゆっくりと車を走らせ、池間大橋を渡った。往来する車も少なく途中に駐車エリアもあったので、やはり橋上で車を停めて降りた。眼下の海水は透明度も抜群で遊泳する魚群も見える。視線を上げると遠くまで広がる宮古ブルーと呼ばれる感動的なエメラルドグリーンの海が広がっている。池間大橋は、宮古島と池間島を真っ直ぐに結びつけている。潔い感動があった。

池間大橋から眺める景観にも、東平安名岬から飛び石のように伸びる巨岩が海を貫く景観とどこか似たような感動があった。渡り終えて池間島を一周し、再び池間大橋に戻ってきて、橋のたもとにあるお土産品店兼食堂の「大漁丼屋池間大橋店」で昼食をとった。海ぶどうを盛った海鮮丼が美味で新鮮なマグロが美味しかった。

食事を済ませて午後の日程を確認する。「宮古島市総合博物館」を見学するのがメインで、途中、近くにある「雪塩ミュージアム」と「宮古島海中公園」を見学することにした。二つとも新しい建物なのだろうか。優子が学生のころには訪ねた記憶のない観光スポットだ。その後に博物館に行き、「人頭税石」を見て宮古島市の中心街を散策する。そして、いったんホテルへ戻り、出直して市内の居酒屋で食事を取るという後半のスケジュールだ。

優子の説明に義昭は大きくうなずいた。雪塩ミュージアムも宮古島海中公園も興味深かった。雪塩ミュージアムでは美しい海水から塩ができる工程を見学し、施設内のカフェで特産品だというソフトクリームを買い、ガイドに教えて貰ったように雪塩を振りかけて食べた。

宮古島海中公園は、海洋に隣接した建物の階段を下りていくと、半ドーム型になった部屋があり、周りをアクリル板で刳り抜いた無数の大きな窓があった。ここから水中を覗き、泳いでいる魚を見ることができた。海水は光を通して澄んでいて、窓に近寄ってくる色とりどりの魚を見るのは楽しく、いつまでも飽きることがなかった。

宮古島海中公園を後にして宮古島市総合博物館に行くときにハプニングが起こった。カーナビの示すとおりにレンタカーを運転してきたつもりであったが、道に迷ったのである。

午後もハンドルは義昭が握った。義昭はカーナビを諦めて、優子の指図(さしず)どおりに運転した。優子は膝の上で地図を広げたが、ほぼ宮古島全体の地図が頭に入っているようだった。優子は、かつて博物館を訪ねたことがあったとはいえ、もう二十年余も前のことだ。記憶も曖昧になっているだろうと、義昭は優子の指示する進路を疑ったが、優子の指示は一度も誤ることがなく博物館に到着した。優子の完璧な指示に義昭は感服した。

宮古島市総合博物館は思った以上に大きな建物で、展示内容も充実していた。宮古島市の歴史を、義昭は食い入るように見つめた。パンフレットを眺め、パネルの掲示板や音声案内をも注意深く聞きながら、思わずメモを取った。

宮古島市総合博物館を出た後で、義昭は助手席に座っている優子にいくつかの感想を述べた。優子はうなずいてくれたが、少し疲れた表情をしている。そんな優子の気分をほぐそうと思って義昭は少し軽口をたたいた。

「優子ツーリストは、完璧だね」

「えっ？　何が？」

「博物館も良かったし、道順も教えてくれた」

「今ごろ気づいたの、遅すぎるよ」

優子も軽口で答えてきた。優子の言葉に義昭は言い継いだ。

「ぼくのカーナビだね」

義昭は、そう言った後で、しまったと思った。優子の気分を和らげるつもりで冗談を言ったのだが、最後の言葉は冗談にならなかった。まさにこのことのために、二人は宮古島市に来ているのだ。二人の進む道を探しあぐねているのだ。

案の定、優子はその後は黙ってしまった。義昭も前方を見つめて無言でハンドルを握った。たぶん二人は同じ方角を向いていたが、考えていることは必ずしも同じではなかったはずだ。

9

優子は市内のお土産品店で、絵里子と美由紀へのお土産を買った。絵里子は大阪、美由紀は神戸の実家に戻っている。距離が遠いこともあって、卒業後二人とは疎遠になっていたが、東平安名岬に行ったと告げると驚くだろう。義母には迷った末に宮古上布で造った小物の手提げを買った。

ホテルに戻り仮眠を取った後、再び夕食を取るために市内へタクシーを利用して出掛けた。

夕食の場所「居酒屋ぱなり」は、優子がネットで調べていたがタクシーの運転手に店の名を告げると、すぐに了解してくれた。

優子には学生のころに絵里子や美由紀と一緒に訪れた懐かしい居酒屋だ。「ぱなり」という名前に引かれて、偶然に入った店だったが、近海で捕れる魚と郷土料理の美味しい店だった。「ぱなり」とは宮古島の方言で「離れ」「離れ島」という意味だと教えて貰った。

タクシーの運転手は、「ぱなり」は地元の人にも人気のある店で安くて美味しい料理が楽しめると推薦の口上を述べた。

優子が店員に予約した名前を告げると、すぐにすだれで仕切られた席に案内された。店内は思った以上に明るかった。優子と義昭は机を挟んで向かい合って座った。

一日目の晩は、ホテルで夕食を取った。刺身が新鮮で口の中でとろけるような甘みがあった。「菊の露」という地酒を飲んだ。泡盛であったが甘口で飲みやすく、すぐにのどに落ちた。

店員が注文を取りに来たので、まずは刺身の盛り合わせを頼んだ。それから地元料理の「ゴーヤーチャンプルー」「らっきょうの天ぷら」「すくがらす」「グルクンの唐揚げ」、そして店員のお勧めだという海ぶどうのたっぷり入った「海鮮サラダ」を注文した。

ビールで乾杯した後、地酒は昨日と違う銘柄で「多良川」を注文した。水で割り氷を入れて飲んだが、やはりほんのりとした甘みがあり飲みやすかった。

「いよいよ、今晩が最後になるね」

「お疲れ様でした」

二人は、グラスに注いだ「多良川」で乾杯した。それから後は、それぞれの脳裏で様々な思いが渦巻いていたはずだが、二人ともなかなか言葉にはできなかった。長い沈黙のままの時間が過ぎた。店員が料理を運んで来る瞬間だけ、言葉が短く交わされた。短い旅ではあったが二人にとっては久しぶりの旅であったはずだ。

義昭が、まぐろの刺身を口に入れた後、沈黙の時間に耐えられないかのように口を開いた。

「今日訪れた東平安名岬はよかったね。感動ものだったなあ」

やはり核心を突く話はできなかった。別れ話や、特別な女性の話はしづらかった。あるいは、この場所と時間にふさわしくないようにも思われた。この話をすることが旅の目的であったはずだが、なんだか、そんな話は避けたかった。

十四、五年も前のことだ。義昭は自分が原因で子どもができないと分かったとき、優子の前で神妙に口を開いた。「別れて欲しい」と。あの時、優子は、義昭の前で、唇を噛み、肩を震わせ、目を真っ赤にして涙をこぼした。

それを見ながら、義昭は、何度も反芻した別れなければいけない理由を、ゆっくりと話し続けたのだ。

今度は、どのように話しを切り出せばいいか迷っていた。二人の行方は分からないし、女医との関係も行方が分からない。確固たる別れる理由があるわけではない。強いて言えば、それぞれの生き方の違いを理解することになるだけかもしれない。「別れて欲しい」という理由が、今回は、はっきりとは見つからなかった。しかし、それでも大切なことであることは、ひしひしと感じていた。

突然、義昭の心に島と島とを結ぶ橋には、それぞれどんな理由があるのだろうかと、奇妙な疑問が沸いてきた。その答えを探していると、優子がつぶやいた。

「学生のときは気づかなかったけれど……」

「うん、なんだ」

「あんなにたくさんの海の色があるとは、思わなかったわ」

優子は義昭と別なことを考えているのだろうか。

優子の小さい言葉を拾って、義昭はほっとしたように言い継いだ。

「そうだね、ぼくも驚いたよ。海の色は鮮やかすぎた。どうしてそんなふうに見えるのかなとも思った。一つとして同じ色はないようにも思われた。東平安名岬の海の色、池間大橋の海の色、みんな違っていた」

義昭は、できるだけ快活に言った。

「そうだわね、目を閉じると思い浮かぶわ」

優子はそう言って両手を顔の前に持っていき、左手で拳を作り右手で包んだ。それが優子の癖だったことを義昭は思い出した。

若い女の子が三線を手に持って義昭と優子の席にやって来た。先ほどから各席を回って民謡を歌っている。お店の専属の歌い手で、紅型の琉装をしてサービスで三線を弾き客の前で歌っているのだという。歌う曲のリクエストを依頼されたが、義昭にはリクエストする曲がなかった。

「安里屋ユンタ、お願いできるかしら」

義昭の困った顔を見ながら、優子が傍らからリクエストした。

若い女の子は、うなずきながら、三線を弾き歌い出した。軽快な曲で周りの客も手を叩き拍子を取り、声を合わせて歌い始めた。優子も歌詞を口ずさみながら、手を叩き「サー、ユイユイ」と歌った。義昭も優子に合わせて「サー、ユイユイ」と手を叩き、拍子を合わせた。終わった後に、店の客から大きな拍手が沸き起こった。みんなには、馴染みの深い曲なのだろう。

もう一曲というので、義昭は東平安名岬で人力車の男が歌っていた「トーガニアヤグ」のことを尋ねた。「アヤグ」とは宮古方言で「アーグ」とも言われ、漢字では「綾語」と書き、「美しい言葉」の意味だと説明してくれた。「トーガニ」という言葉の意味を尋ねると、トーガニとは「叙情歌」の意味だと教えてくれた。若い子にしては、手慣れた説明に、あるいは何度も観光客に尋ねられているかもしれないと思った。「アヤグ」の曲を一曲、歌ってくれと義昭がリクエストすると、宮古島で古くから歌い継がれている「ナリヤマアヤグ」という民謡を歌ってくれた。「ナリヤマアヤグ」は安里屋ユンタと違い、高く透きとおった声で歌われ、思わず耳を傾けるような情感あふれる曲だった。

サー　なりやまは　なりてぃぬなりやま
すみやまは、すみてぃぬすみやま
イラユマーン
サーヤーヌ　すぅみてぃぬすぅみやま

歌い終わった後に義昭も優子も大きな拍手を送った。紅型衣装を着た若い歌い手は、歌詞の意味を次のように教えてくれた。

すべての世の中の道理、物事の成り立ちを
教訓として心に染めてくださいね
本当にそうだよ
大切な教えをしっかり心に染めてくださいね。

義昭は恋歌だと思っていたから、味わい深い教訓歌であったことに少し苦笑した。優子も義昭もうなずきながら感心した。女の子は次の席へ移っていった。

女の子が席を離れた後、義昭は優子に尋ねた。

「ねえ、優子は安里屋ユンタという歌、知っていたの？」

「うん、絵里子や美由紀たちと一緒にこの店で覚えたのよ」

「へえ、そうなの」

「この席に座ってから、思わず思い出したの、学生時代のころの懐かしい歌の一つね。名古屋に帰ってからも、絵里子と美由紀と一緒になって必死に覚えたのよ。宮古島土産にしようと思ってね」

「さあ、君は野中の茨の花か、サーユイユイ、ってね。三人で、かけ声を合わせながら、よく歌ったのよ。楽しかったなあ」

「そうなのか」

優子の顔から笑みがこぼれた。しばらくは、学生時代の宮古島旅行の優子たちの失敗談に、二人は声をあげて笑った。多くは言葉の意味の取り違えだった。「タンディガー、タンディ」（有り難う）を、川の名前と取り違えたり、「アバヨ」（驚いた）の意味をさよならの意味だと思って三人で手を振ったことなどだ。涙をぬぐうほどに優子は笑っていた。

義昭には、優子の笑顔を身近で見るのは久しぶりのような気がした。酔いのせいか優子の頬は火照っているようにも見えた。義昭も「多良川」を何杯か飲んだせいか、心地よい気分に酔いしれていた。

しかし、優子の話しを聞きながら、優子のことについては知らないことが多すぎた。結婚して二十年にもなるのに優子を見ていなかったのだろうか。

「ねえ、優子……」

「何？」

「優子はハイビスカスの花が好きなの？」

「えっ？　どうして」

「博物館の前に咲いていた黄色いハイビスカスを、じっと眺めていたじゃない」

「あれ、気づいていたの？」

「うん、気づいていたよ」

「そう……」

義昭が博物館の門前に飾られたサバニ（小舟）を眺めている間中、優子はハイビスカスの前に立ったままだった。

「呼んでも返事がなかったからさ、何しているんだろうと思って振り返って見たら……」

「そう、ごめんなさい、気がつかなかった」

「いや、謝ることではないさ」

義昭は、慌てて話題を変えようと思ったが、優子はこの話題を引き継いだ。いや義昭にもこの話題のほうが嬉しかった。

「ハイビスカスの花って、普通は赤かピンクでしょう。それなのに黄色い花だから珍しかったの。それにね、花びらが、まるでユウナの花のようになっているので、びっくりしたの」

「そうか、ユウナか。優子は黄色い花が好きなの？」

「ううん、そんなことはないよ。どうして？」

「黄色い花の前でよく立ち止まっていたから」

「えっ？」

「通り池でも、東平安名岬でも黄色い花を見つめていた」

「黄色い花が、少なかったからよ」

「そうか」

「そうよ、偶然だよ。でも……、それぞれの花に個性があって、見ていて楽しかったわ。宮古島は橋や海だけでなくて、花も魅力的だね。家に帰って花の名前を図鑑で調べるのが楽しみだよ。ほら、いっぱい写真を撮ったよ。見る？」

優子はバッグからスマホを取り出し、スイッチを入れた。義昭の前でページをめくりながら得意げに微笑んだ。

「これは、下地島の通り池に通じる道に咲いていた花。これは佐和田浜の駐車場の傍らに咲いていた小さな花、可愛(かわい)かった。これは、マムヤ岩の隣で咲いていた花」

「きれいだね」

「きれいでしょう。東平安名岬のテッポウユリを写せなかったのは残念だけど、諦めるわ」

「諦めることはないさ」

「えっ？」

義昭は、思わずそう言ったが、その次に続く言葉をつなげなかった。優子の驚きに、「また来ればいいさ」と言葉が出かけたが、慌てて飲み込んだ。また来れる保証はなかった。少なくとも二人で来れるかどうかは予測が不可能だ。

その不可能な予測を可能にするために、だれからともなくつぶやいて実現したのがこの旅だった。義昭にも優子にも確かな目的があった。義昭の目的は、優子が、特別な女性の存在に気づいているかどうかを確かめることだ。まず、ここから出発する。その先は考えていなかった。しかし、結局何も話せなかった。話せば二人の関係は壊れるはずだ。そんな予感があった。

二時間ほどで居酒屋「ぱなり」を出た。タクシーをつかまえるために少し夜風に吹かれて歩いた。傍らを歩いていた優子が、突然身体を寄せてきて義昭の腕を掴んだ。優子の体温が伝わってきた。義昭は戸惑いながらも市内の薄暗い道をそのままで歩き続けた。そして優子の気持ちを必死に考えた。コンビニで缶ビールと、ピーナツのつまみを買ってタクシーに乗った。

ホテルの部屋に戻り、義昭は優子を背後から抱いた。久しぶりの抱擁だったが優子は拒まなかった。小刻みに身体を震わしているようにも思った。声を噛み殺して泣いているようにも思った。もちろんその理由を義昭は問うことはできなかった。

10

優子は六月の宮古島の旅を、義昭との生活をまだ続けていくことができるかどうかを確かめる旅と、ひそかに考えていた。だが、二人の間の靄(もや)は、宮古島の空のように晴れることはなかった。義昭に特別な女性がいるかどうかを問うことはできなかった。問うことは、やはり義昭との仲を終わらせることになるような気がした。終わらせる決意は持てなかった。

義昭もまた、優子に何かを告げることはできなかった。義昭にも、優子との生活を続ける理由が、まだあるように思われた。

朝食を済ませた後、ゆっくりとコーヒーを飲みながら、最終日の日程を確認する。宮古島空港から十四時四十五分のＡＮＡ３３０便に乗り、十七時に中部国際空港へ到着する予定だ。午前中はホテル前の前浜ビーチを散策し、来間大橋を見学、最後に「うえのドイツ文化村」を見学し、レンタカー会社に指示されたように、市内でガソリンを満タンにして返却する。市内から空港まではレンタカー会社が送ってくれるということだった。

　前浜を散策するのは食事後のすぐにするか、チェックアウト後にするか迷ったがチェックアウト後にすることに決める。荷物は駐車場の車に置いて、与那覇前浜ビーチへ歩いて出かけた。

　与那覇前浜ビーチはやはり美しかった。空も海も、浜も自然も、神様からのかけがえのないプレゼントのような気がした。義昭も優子も靴を脱いで裸足で砂浜を踏みしめた。裸足で砂浜を踏みしめることなど、何十年ぶりだろうか。思い出せないほどの幼少のころの記憶だ。素足をくすぐる感触が好ましかった。さらに砂浜に腰を下ろして海を眺めた。

　左手の東の海の上には来間大橋が見えた。美しい景観に、優子も義昭もスマホのシャッターを押した。逸（はや）る心を抑えきれずに、駐車場に戻るとすぐに来間大橋に向かった。

　来間大橋は一九九五年に完成。宮古本島と来間島を結ぶ一六九〇メートルの真っ直ぐな橋だ。橋の上から眺める海の色は朝の光を浴びてやはり美しかった。海は生きていた。光の角度によって幾層にも変化し、言葉を失うほどの美しさだった。

　義昭が橋に惹かれるのは、橋を見るためでなく橋から海を眺めるためではないか。そんな感慨に気づいて苦笑した。

橋を渡って来間島をドライブした。来間島は周囲が九キロほどの小さな島である。人口は一五〇人ほどで過疎化が進んでいるという。来間大橋が完成したことで、市の中心部へは三十分足らずで行くことができるほどに便利になったが、住民は宮古島本島に移り住む家族が多くなっているという。逆にこの利便性ゆえに来間島に移住してくる県内外の人々も増えているという。去る者もおれば来る者もいる。近年、島にはおしゃれなカフェや雑貨店もオープンし、観光客の人気のスポットになっているという。島の東側に集落が一つあり、他はほぼ耕作地だった。それらしきカフェも見えたが車を降りることはしなかった。

「人頭税ってヤマトの責任だな」

義昭の言葉に、優子はは思わず言葉を発した。

「えっ？　何？」

思ってもいなかった突然の言葉に優子が義昭を見る。

「人頭税って、首里王府が先島に課した税制度だろう。その原因は薩摩に侵略された首里王府が、薩摩の圧政に苦しんで、先島の住民に二重に税をかけたようなものじゃないか」

「うん、そうだね」

「博物館からもらったパンフレットにはそう書いてあったよ。だから、結局宮古島の住民を苦しめたのは薩摩かなと思って」

「うん、そうだね、でも人頭税は明治期に沖縄県になった後も長く続いていたようだよ」

「そうだよな。明治政府は琉球王国を明治政府の傘下に組み込むために、武力で琉球王国を滅ぼしたと言われている。それを明治政府は、琉球処分と呼んだようだけど、そのころに、琉球王国の臣下の一人が、王国が日本に苦しめられているとして日毒いう言葉を使ったそうだ。日本に毒されている琉球という意味だって。そして先島では琉球に苦しめられているということで、琉毒という言葉もあったんだって」

「そうなの、沖縄の人々は、今も日毒と闘っているのかな」

「さあ、よくは知らないけれど、案外、そう思っている人は多いかもね」

優子も義昭も互いに顔を見合わせてうなずき合った。博物館などで手に入れた知識を反芻する。

人頭税は、その人の収入や仕事の内容、年齢、男女に関係なく、とにかく「一人あたりいくら」と決められた金額を税金として支払わなければいけなかったこと。とても厳しい税制度で、この税金の取り方は、宮古島や八重山だけでなく当時の日本や外国でも行われていたが、琉球王朝が宮古島や八重山など先島で行った税の取り立ては、とくに厳しいものであったという。家族が生活するための収入がなくても、自分たちの食べ物や時には家族の命を犠牲にしてでも支払わなければならず、島の人々は全てを人頭税の支払いのために生きるという奴隷のような人生であったという。

宮古島の博物館には、人頭税で苦しんだ宮古島の人々や、その撤廃に立ち上がった人々のことが紹介されていた。厳しい税制度になった理由の一つは、干ばつや台風被害によって収穫物や生産量が少ない年でも琉球王府は、税金収入の総額が減らないように、収入額を一定化させることにあったという。その背景には確かに薩摩への納入額も猶予がなされなかったことがあるようだ。

「博物館でメモを取っているようだったけれど、そんなことをメモしていたの？」

「うん、マムヤのおかげかも」

義昭の冗談に、優子も笑顔を浮かべる。

たぶん、義昭はそんな話しをしようとしたのではないようにも思われた。でも優子はそんな話しに興味を持った。話しを継いだ。

「そうだね、人頭税は十五歳から五十歳までの病弱を問わず男女全員が対象であったって書いていたね。身分の高い人たちは自分では全く支払わずに、支払いの多くを身分の低い人々に押し付けていたとも書いていたよ。それゆえ島民の多くは寝る間もなく働き続けなければならなかったって」

優子の返事に義昭はうなずいた。優子は何を考えているのだろう。義昭は博物館の説明板の文言を思い浮かべながら、優子の心に渦巻いている思いを察しかねた。

結局、何もかもうやむやにしたままで生きていくのだろうか。問いを問いのままにしていいのだろうか。六月は水無月と呼ばれる季節だ。水無月のように霞（かすみ）や靄（もや）が掛かったままで、相手の本当の姿を見ることができないままに生きていいのだろうか。判断留保のままで生きていく。これもまた人生なのだろうか。

義昭も優子もたぶん同時にそんなことを考えながら、来間大橋を渡り、「うえのドイツ文化村」を見学したのかもしれない。結局は他人の思いなど見えないのだ。見ようとしても、見えないものがあるのだ。あるいは、見えないほうがいい真実もあるのだ。

「見るべきほどのことをば見つ」と口上を述べ、壇ノ浦の源平の合戦で入水した平知盛のことが思い出された。優子が教えてくれた逸話だ。二人で生きて、「見るべきほどのことをば見つ、と死ねたらいいね」と優子が言ったことがあった。義昭もまたそんなふうに考えたこともあったような気がする。

「うえのドイツ文化村」は、宮古島市上野にあるテーマパークで、明治時代に宮古の住民がドイツの難破船を救助したがゆえに、ゆかりの地に建つテーマパークだ。ドイツの文化と宮古島の美しい自然が満喫できるというのがキャッチコピーだ。広大な敷地にドイツの古城を真似た建築物や、資料館、レストラン、お土産品店などが鮮やかに聳え立っていた。なかでも博愛記念館は八階建ての建物で最上階には展望室があり、宮古島を取り巻く周りの海が見渡せた。

各階には、城内を再現したフロアもあり、ドイツライン河地方の絵画や美術品を展示している階もあった。驚いたことに一階には、高さ三、六メートル、重さ二、六トンもあるという本物のベルリンの壁があったことだ。この展示はひときわ目を引いた。関連資料や当時の壁の崩壊の様子を写した写真パネルとともに展示されていた。また、二〇〇〇年に開催された沖縄サミットの際に文化村を訪問したドイツのシュレーダー首相が来島した際のビデオの上映と資料や写真も展示されていた。

　大がかりなテーマパークは、地元の人々に大きな夢や希望を与えているように思われたが、訪れる人々はまばらであるようにも思われた。

「ねえ、アキ……。ドイツのシュレーダー首相は宮古島を見てどのように思ったのかしら」

　義昭は、優子のいきなりの質問に戸惑いながら、聳え立つ博愛記念館を仰ぎ見て、それから優子を見た。優子は、悪戯っぽい笑みを浮かべていた。

「そうだなあ。今日の優子は、何だか変な質問だけするなあ」

「そう、それが、私なの」

「えっ、そうか。そうだったな」

　義昭は思わず声をあげて笑った。実際、優子は変な質問が多かった。大学で知り合ったころのいくつかの質問の場面が浮かんでくる。

「ねえ、アキ、樹は自分が樹だってことを知っているのかしら」

「ねえ、どうして指は五本なの」

「ねえ、どうして猫はワンて鳴かないんだろう」

「ねえ、波は、どうして飽きもせずに寄せてくるのかな」

　出会いはじめのころ、優子のするそんな質問の一つ一つがおかしく楽しかった。

　義昭を、「アキ」と呼んだときも突然だった。一つの毛布にくるまりながら、優子は「お腹とお腹がくっつくよ」と幼児の歌を歌った。そして義昭の身体に寄り添いながら顔を上げて言った。

「アキかな、ヨシかな。ヨシ、アキにしよう。アキと呼ぶ、ヨシと決めたアキ記念日」

何のことか義昭は面食らった。

「何？　それ、わけ分からん」

義昭は、わけが分かると照れくさくて小さな抵抗を試みたが嬉しかった。その日以来、アキと呼ばれている。

義昭は、甦ってくる優子の質問と戯れた。それから、笑みを浮かべながら、宮古島で見た三つの橋のことを思い出した。

義昭は優子の口癖を真似て言ってみる。

「ねえ優子。橋は、自分が橋だってことを知っているのかな」

「えっ、何それ」

優子が義昭を見て微笑んだ。義昭はさらに言い継いだ。

「海は、自分が海ってこと知っているのかな」

もちろん義昭にも、とっさに思いついた問いであった。それ以上尋ねると、傷つけ合うようにも思われた。その次の問いは「優子は、自分が優子ということ知っているのかな」「義昭は、義昭ということ知っているのかな」と、軽口を叩きそうだった。それは軽口ではなくなるはずだ。

義昭の脳裏で様々な答えが渦巻いていた。自分が何者かを知らずに生きていけるのだろうか。生きていけるような気もした。しかし、それを言うことは、憚られた。

義昭よりも先に優子が答える。

「海は海であることを知らなくても、海であり続けることはできると思うよ」

「そうだな、答えを見つけなくても、生きていけるかもしれないね」

義昭は優子の答えにつなぐように、小さく声をあげて笑った。優子も義昭と同じことを考えていたのだ。

義昭の脳裏に、ふと思い浮かんだことがあった。二十年余も前のことだ。

「宮古島へ行ってみたいな……」

確かにそう言ったのは優子だった。大学生協の書店で旅の本を開き、義昭が伊豆半島への一人旅を計画している時だった。観光スポットを調べている時、傍らで頁をめくっている女子学生の小さなつぶやきが聞こえたのだ。それが優子との初めての出会いだった。

優子は偶然目に入った沖縄や宮古島の海の美しさに見入っていたのだ。義昭も傍らから首を伸ばしてその頁を覗いたのだ。その時の記憶が鮮やかに甦ってきた。優子の服装まで浮かんできた。優子は白地に薄いブルーの小さな水玉模様あしらった半袖のブラウスを着ていた。スカートはグレーのタイトスカートだ。その時のはにかんだ笑顔が目前に浮かんできた。

そうすると、優子には二十年余も前の希望が叶ったことになるのだろうか。いや、優子は夢を膨らませて女友達と宮古島を旅したのだろうか。

なんだか、曖昧な記憶だが嬉しかった。今もその時の優子が傍らにいるような気がした。

レンタカーを返して、搭乗手続きを取って飛行機に乗った。

優子に頭痛はやって来ないようだった。

「アキ、はいこれ」

「何?」

「かりんとう。アキ、好きでしょう。このことを思い出して、飛行機に乗る前に買ったんだ。まだ好き?」

「うん、大好きだ。有り難う」

義昭の返事に優子は笑顔でうなずいた。義昭は自分が大好きなかりんとうのことを長く忘れていた。優子との歳月に思いを馳せた。

義昭は、かりんとうを食べながら、飛び立った飛行機の窓から宮古島を眺めた。優子と一緒に遠いところまで来たと思ったが、案外、身近なところで日々を重ねているのかもしれない。遠いところにではなく、夢も希望も未来も、手の届く身近なところにあるのかもしれない。そう思うと、義昭の顔に笑みがこぼれた。答えは見つけられなかったが、職場は辞めようと思った。

義昭は、微笑んだままで、隣の優子へ視線を送った。優子は空港で手に入れた宮古島の観光案内のパンフレットを見ている。宮古島を離れる際に、熱心に見入っている優子の態度に笑みがこぼれる。なんだか、ちぐはぐだ。それでもいい。「ワイドー、……宮古」

義昭は笑みを浮かべたまま、かりんとうを口に入れた。まだ大好きだ。
義昭は、同じかりんとうを優子の前に差し出した。

〈了〉

砂男

1

ぼくは砂が好きだ。砂を愛している。ぼくには砂が一番似合っているんだ。ネクタイよりもコンピュータよりも、ムックと散歩するよりも、庭の芝生を刈るよりも、ずーっと似合っていると神に誓ってもいい。もっとも誓う神なんかいないけれど、やっと巡り会えた幸せを、運命にでも感謝したいという心境だ。

ぼくは今、運命という言葉が神に近い位置にあることを初めて知った。が、今はどうでもいい。ぼくの関心はなんとかうまく砂に対するぼくの愛情を伝えておきたいということだけだ。例えば、ぼくの部屋が砂に埋まっていても、また、ぼくが砂に埋まったままの死体で発見されても、ぼくはちっとも不幸なんかじゃなかったことを知ってもらいたいんだ。運命のなせるわざであったことを分かってもらいたいんだ。

ぼくは砂を何よりも愛している。どんな存在よりもだ。砂が一番似合うんだ。もし、似合わないという人がいるとすれば、その人はぼくのことをよく知らないからだ。もしくは、砂のことをよく知らないからだ。

でも、そんなことに悲観なんかしてはいられない。ぼくのことを知っている人は、この広い地球上でも、結局ぼく以外にはいないのだから。ぼくもまた、他人のことを知り得たと思ったことは一度もない。三十有余年の人生の中で、理解し得たことの中でも、このことは確信をもって言えることだ。

砂の魅力を知っている人は、ぼく以外にもたくさんいると思う。このことにはちょっぴり嫉妬を感じるけれど、砂はぼくだけのものではないし、砂がだれからも愛されることは喜ぶべきことなんだ。だから、ぼくはぼくなりの砂の愛しかたをするだけだ。迷わされることはない。あるいは、愛することは、迷いを払拭して単純になることなんだ。

砂を愛することは、まともな大人がやることじゃないと思っている人がいるに違いない。だから、たとえぼくと同じように砂を愛している大人がいても、告白せずにただ黙っているだけなんだ。だれでもが、まともな大人と思われたいからさ。

でも、ぼくはまともでなくてもいい。ぼくは、自分に忠実に生きたい。自分の感情や感覚や、あるのならば自分の獲得した思想のようなものに忠実に生きたいんだ。それが社会の規範を越え、道徳を越えることになって、他の大人たちからまともでないと思われたってかまわない。ぼくは砂と引き換えになら、まともな大人たちを何人失ってもいいと思っている。人生は短すぎるし、自らに忠実に生きることが一番なんだ。

　ぼくは、少し気負っているかもしれない。力が入り過ぎているようだ。大人になったら、まともな顔と、まともでない顔とを使い分けることは、難しいことではないことをすぐに理解できるはずなのに、理屈っぽくなっている。きっと告白することに慣れていないからに違いない。砂を愛していると告白することは、国を愛していると告白することと同じぐらいに勇気のいることなんだ。慎重にならざるを得ない。ぼくは砂への思いが嘘でないことを、時代や人々に迷わされることなく永遠であることを秩序立てて語りたいだけなんだ。

　ぼくは今、パソコンに向かってキーを叩いている。ゆっくりとキーを叩き、ゆっくりと砂たちと愛し合えば、語ることにも徐々に慣れるだろうが、ぼくにはそれほど時間がない。来週には愛するたくさんの砂たちと別れなければならない。あるいは、住み慣れたこのアパートに永遠に戻ることができないかもしれない。そのときのためにこそ、ぼくは今、砂への思いを告白し、手記を書く気になったのだ。ぼくのアパートを訪れた人々が、砂の部屋になったぼくの日々に驚かないように。あるいは、ぼくを少しだけ理解してもらうために。あるいは、ぼくと一緒に愛し合ったたくさんの砂たちの名誉を守るためにだ。

　ぼくがこれから語ることは、きっとだれかがやらなければならないことなんだ。優しい砂たちの一生が、犬や猫の糞尿場を作るためだけに捧げられ、足で踏み散らされ、尻を舐めさせられるだけで終わることがあれば、きっと哲学的に不幸なことなんだ。

ぼくは、まともな大人でないとレッテルを貼られることを怖れているわけではない。また、周囲から批難されることを怖れているわけでもない。が、これまで砂を愛していることは、だれにも言わずに内緒にしてきた。慎重にならざるを得ない。また、愛する関係を強化するには、秘め続けること以外にないとも思ったからだ。愛とは本質的にやましいことなんだ。特に人間の男女の情愛は、やましさをカムフラージュするための言葉遊びに過ぎない。利口な人間が生みだした人類共通のまやかしだ。

でもこのことは、みんな黙っている。気づいているのにだ。だれだって犬畜生と自分とを区別したいからだ。このことと比べると、砂を愛することが、いかに崇高な行為かが分かるはずだ。砂を愛することは、ピュア（純粋）な行為なんだ。

ぼくは、砂あってこそぼくの存在があるように思う。砂は永遠だ。ぼくは、砂の前では瞬時の存在に過ぎない。過ぎ去っていくぼくが、生きていた証と言えるものは、砂との関係を語ること以外にない。その気持ちは徐々に強まっている。今日は、なおさら砂が愛おしい。特別な感じがする。砂は、ぼくにとってかけがえのない存在だ。砂は秩序だ。

市役所に電話をして、ムックを処分してもらってから、犬を飼うことはもう嫌になった。パチンコも退屈だ。読書はもっと退屈だ。くだらないか難しいかのどちらかだ。何よりも作者に節操がない。読者に媚びている。映画も飽きた。釣りも裏切られ続けると嫌になる。

でも砂は、決して裏切らない。ぼくの意のままだ。奇妙に馴れ馴れしいけれど、乾いてもいる。

媚びる姿態も悩ましい。砂の前で、ぼくは自分の意志を測ることができる。無防備になれる。この弛緩する心身のスタンスがなんとも心地良い。ぼくの愛情やわがままを両手いっぱいに広げて受け止めてくれる。砂の前で、ぼくは子どもにもなれるし、大人にもなれる。老人にもなれるし、少年にもなれる。恋人にもなれるし、父親にもなれる。ぼくは自由なんだ。

砂もまた、ぼくの前で同じように子どもにもなれるし母親にもなれる。何よりもぼくと同じように興奮してくれる。それは、ぼくにも砂にもごく自然なことだ。ぼくらは理想的なカップルだと思っている。

こんな素敵な関係を手に入れるのに、生まれてから三十有余年もかかったことが悔しいけれど、必要な歳月だったと思っている。この気分は阪神タイガースの勝敗と関係ないから重要なことなんだ。

タイガースには裏切られ続けている。小学校三年生のころから続いている一方的な片思いだが、辞めようにも辞められない。受験勉強の時は、「ナイター中継を聞かないこと」と、机の正面に貼りだしたのだが、駄目だった。あの時、わずか一年でも辞めることができたら、ひょっとして今ごろは望みが叶って医者になっていたかもしれない。

ぼくの喜怒哀楽の感情の八十パーセントは、今でも阪神タイガースと共にある。ジャイアンツに負けたときは悔しくて眠れない。新聞を取りに行くことさえ億劫になる。不愉快な気分と何時間も闘うことは容易ではない。勝ったときには、テレビのスポーツニュースをはしごする。でも、砂を愛するのは、こんな気分と関係がない。

ぼくは、この愛すべき砂をゆっくりと愛撫する。何百時間あっても足りない。しかし、そんな気の遠くなるような時間だって、砂が生まれるまでの時間と比べたら、ほんのわずかな時間に過ぎないのだろう。ぼくは慎重に手で触れる。微粒子になった一粒一粒の姿態を想像する。じっと向かい合う。それだけでもスリリングなことだ。女と浮ついた愛を語るよりも、無口な砂との時間のほうがずーっと充実している。何百万の粒へ何百万の思いを込めて見つめる。それが砂に対する誠実さだと思っている。

ぼくは砂への愛情を誠実に書きたい。あるいはぼくがこの世に残せるものといったら、このことだけのような気もする。秘密にすることは何もない。できるだけ正確にすべてを語るつもりだ。だが、どの行為が砂への愛情と関係があるのか、あるいはないのか、その区別が難しい。愛情は直接的な行為だけではない。そこに至るまでには波のようなプロセスと、山の数ほどの思いの蓄積がある。ためらいもある。

ぼく自身の行為の多くは、意味も理由も分かっている。だが、不可解な行為も少なくはない。それらの行為が砂を愛することと全く関係がないとは言い切れない。一つの行為には、いつでもたくさんの理由がある。今は少しでも関係があると思われるものは、ためらわずに書くだけだ。もちろん、愛することと同じように、気力と体力のいることだから難儀なことではある。でも、砂はぼくを軽蔑しない。ぼくも砂を軽蔑しない。このことがぼくを支えている。ぼくは努力できる。何よりも、砂を愛するために生まれてきたのだから。ぼくの人生は、砂との出会いを潔く受け入れるためにこそあったのだから。つまり、砂との関係のない行為は、ぼくにはあり得ないと思っている。

まず、一つ目の行為からだ。ぼくは、浜風の匂いを全身に浴びながら人気のない砂浜に立っている。それからゆっくりと砂の上に座る。靴を脱ぎ、靴下を脱ぎ、砂に足をめり込ませる。砂はその場所により、形や色や匂いが微妙に違う。指先を動かしながら、足を深く潜らせる。ぼくの足の周りで砂たちは小さな吐息を漏らす。ぼくは慌てない。我慢する。絡む砂は、女の舌のように妙に艶めかしい。

それから小さなスコップを使って、足指の先から座っているぼくの尻の下まで、時間をかけてゆっくりと掘り下げる。脚を伸ばしたままで下半身がすっぽりと入る深さまで掘る。もう一度砂をじらしてやる。それから脚をいっぱい伸ばして穴の中に座り、腰までの下半身を砂に埋める。目線の下に従順な砂山ができる。会話をする。ぼくを待っていたのかと問いかける。砂は小刻みに震えて返事をし、ぼくを迎えてくれる。下半身に力を入れる。砂山が動き、亀裂が走る。砂が小さく吐息を漏らす。ぼくは手の平でそれを優しく撫でる。時にはいたぶってやる。やがて砂はぼくに慣れ、ぼくに服従する。ぼくも砂に慣れ砂に身を任せる。砂を股間に挟み、擦る。砂は悲鳴を上げる。ぼくは、何時間でもそのように砂と戯れる。

ぼくは、まだ正直ではない。正直に語ろう。ぼくは時には下半身だけでなく全身を砂に埋める。じーっと首だけを出したままで、空に映ったぼくと、ぼくを抱擁してくれる砂たちを眺める。この時間が大好きだ。夜空の星を数えることもある。そして、砂の中で固くなった下半身を愛撫する無数の砂たちに応えて、ぼくはたくさんの亀裂を作って夢のできごとのように射精する。

2

ぼくはエスマートに勤めている。鮮魚コーナーで十年余も魚の頭をぶった切っている。田舎で育ち、都会に出て、G市にある小さな私大を卒業したぼくには、あつらえ向きの仕事だ。先輩から教えてもらった包丁さばきもすぐに覚えた。

ブリの頭を割き、タイやシチューを刺身にする。キスを開き、メカジキやスズキを切り身にする。ガチュンやグルクンの臓物を取り除き、アバサーの皮を剥ぎ、時にはマグロのでかい目玉と睨み合う。近海魚のブダイやミーバイの赤や緑の鮮やかな色彩は何時間見ても飽きることがない。ウナギを蒲焼きにするのも、ぼくらの仕事だ。退屈なことは何もない。

手ほどきをしてくれた先輩のRは、三年ほど経って九州にある本社に転属になった。しかし、Rのことは、あまり思い出したくない。思い出したくないが、必要ならぼくはすべてを語る。あるいは、ぼくが砂を愛するようになったのは、Rとのことも原因の一つになっているかもしれない。少なくとも、出会いのことだけは語ることが必要なようにも思う。

Rは、感心するほど包丁さばきが上手だった。見とれるほどに腕が確かだった。当時、四十歳に近かったが、独身であった。就職したばかりのぼくを、しきりに自分のアパートに誘った。度々の誘いを何度も無下に断るわけにもいかず、時には誘いに応じ、Rのアパートで酒やビールをご馳走になった。テレビを見たり、ビデオを見たり、タイガースの話しなどをした。帰ろうとすると、Rはいつも強引に引き留めた。今考えると、その時気づけばよかったが、ぼくも若かった。

Rの強引な引き留めを断れきれずに、酔い潰れてベッドに入った何度目かの夜、ぼくの身体に酒臭い匂いが被さった。Rがぼくの身体に被さり、熱い吐息を吹きかけながら柔らかい唇でぼくの身体を濡らし、温かい手でぼくの身体を撫で回していたのだ。

ぼくは酩酊したままでなすがままにされていた。が、徐々に朦朧とした意識が払拭されて、ことの次第が分かってきた。ぼくは目が覚めたのだ。Rはこのことに気付くと、ぼくに声をかけた。ぼくは断ったが、Rはぼくを放さなかった。身体をよじってベッドを出ようとするぼくを、Rは強い力で押さえつけた。ぼくは観念した。

Rは、ぼくの口に一物を含ませ、ぼくの一物をも口の中で弄んだ。テレビからは猥褻な画面がいっぱいにあふれていた。涙が流れた。Rはぼくの頭を押さえ、ぼくの口の中で急激に怒張して果てた。

ぼくはRに飼育され始めていた。ぼくらの行為は徐々にエスカレートしていった。でも、ぼくは夢中になれなかった。なんとか口実を見つけては、Rの誘いを断った。そんな時、Rは不機嫌になり、ぼくは鮮魚コーナーの床を、舐めるほど丁寧に磨かされた。

Rは、ぼくにアダルトビデオを何十本となく見せた。また米軍基地に自由に出入りしている土建業者の友人からは、輸入物のセックスビデオがいつでも手に入るようで、それをも次から次にと見せてくれた。見続けていると気が変になりそうだった。激しい嘔吐感と嫌悪感に苛まれ、好奇心と罪悪感に弄ばれた。

Rの部屋に出入りしているのは、ぼくだけではなかった。明らかに複数の女たちが出入りしていた。Rは、そのことを隠そうともしなかった。むしろ自慢していた。スナックで知り合った女たち、あるいはスナックに勤める女たち、あるいは国際通りでハントした女の子たちを部屋に連れ込んでビデオを見せる。ビールを飲ませ、ほろ酔い気分にさせる。ビデオを見て興奮した女たちとヤルことのできる確率はおよそ九十パーセントだと豪語した。

でも、Rは女たちのことを愛していたとは思われない。むしろ憎んでいた。陵辱することにこそ喜びを感じていたようだった。ぼくはエスマートの鮮魚コーナーから、Rが若い主婦たちを眺めながら、主婦たちを侮辱する卑猥な言葉をぶつぶつと小声でつぶやいていたことを何度も聞いた。そして、魚の頭をぶった切る手に力がこもるのを何度も見たことがある。

ぼくは、ここでRのことを書こうとは思わない。このことが目的ではない。またRのことを特別に恨んでいるわけでもない。ただ、Rとの出会いを通して、アダルトビデオや怪しい本で知った未知の世界がとても身近にあることを知ったのだ。もちろん、ぼくはアブノーマルな関係は好みじゃないということも知ったんだ。

Rとのそんな関係が続いたおよそ半年後に、突然Rが九州の本社へ転属されることが決まった。このことを知ったときには、正直なところほっとした。複雑な気持ちだったがそれが偽らざる心境だ。ぼくは気に入ったエスマートを辞めなくてもよいと思った。人知れず拍手をした。

Rから、ダンボール箱に入ったマル秘のビデオを保管してくれと言われたときも、ぼくはとにかくにも目の前からRがひとまずいなくなることが嬉しかった。ぼくは、ためらいながらも一箱だけなら預かると言い、そしてやむを得なければ処分してもいいというRの言葉も手に入れた。損はない。ぼくは鮮魚コーナーが気に入っているのだ。

鮮魚コーナーは、男だけのコーナーだ。死んだ魚たちに気を遣わなくてもよい。Rと入れ代わりにやってきた後輩たちに、今度はぼくが包丁さばきを教えることになった。でも、後輩たちは、このコーナーに馴染めないようだ。今、ぼくと一緒に働いているMは、Rから数えてこの三年間で四人目になる。もちろん、ぼくはRのように彼らを誘ったりはしない。むしろ彼らの誘いを断っている。彼らはぼくと違って女の子のいる文具コーナーや衣料品コーナーが好きなんだ。

一度だけ、ぼくは数か月間、鮮魚コーナーを離れたことがある。Rが去ってから間もなくのことだった。店長から衣料品コーナーへの配置換えを打診されて了解したのだ。魔が差したと言うべきだろう。

「君自身の将来のためにも、あらゆるコーナーで経験を積むことが大切なんだ」

そんな言葉に説得されて甘い夢を見た。

「ぼく自身の将来のために」……。今なら、この言葉は背筋だけでなく頭も氷らせる。もちろん、それ以上に、店長の言葉にいい加減にうんざりしていて了解したのだ。

でも予想どおり、衣料品コーナーはぼくには向いてないのがすぐに分かった。無理を言って、また鮮魚コーナーに戻してもらった。それからはずーっとこのコーナーにいる。

ぼくには幹部候補生は向いていない。ここが一番似合っている。会社が許すのなら、ずーっとこのコーナーで働きたい。一生、魚の頭をぶった切って生きていけたら本望だ。

冷凍された魚や蟹などを捌(さば)くのも楽しいが、近海の魚を捌くのはもっと楽しい。近海の魚が大量に入荷したときには、できるだけ相棒のMには譲らずにぼく自身で捌く。鱗を取り除き、腹を割く。臓物を掴み出し鰓(えら)を抜き取って頭を切り落とす。その匂いや感触がぞくぞくするほど、ぼくを魅了する。指先に触れる鰓のぎざぎざした突起の感触、臓物の柔らかさはすべてぼくのものだ。

魚を見立てて三枚におろして刺身にするか、汁物や煮付け用の輪切りにするかは商品の売れ具合によってぼくが決める。総菜コーナーからの注文もある。結構忙しい。

Mは、何かとぼくのアパートを訪ねたがるが、もちろん断っている。だれもぼくのアパートに招待したことはない。衣料品コーナーに勤めていたころに知り合った女の子が、しばらくの間は頻繁に訪ねてきたが、そのことも終わりになった。しかし、そのことがあってから、ぼくは本当は女の子よりも砂が好きだということに確信をもって気づいたのだ。隠されている本性は、往々にして異性によって開花されるというが本当だ。ぼくはその子に感謝している。砂は女よりはるかに魅惑的だ。

二つ目の行為を語るときがきたようだ。ぼくは砂を飼っている。あらゆる種類の砂を壜に詰めて優しく愛でている。玄関から寝室まで部屋いっぱいに飾っている砂の女たち。今、こうしてパソコンに向かっているぼくが、ディスプレイから目を逸らし、首を回せば、ぼくの目には買い揃えたガラス壜の砂たちが一斉にぼくを見ることを知っている。砂時計の「アイコ」はとりわけ扇情的な目でぼくを見る。

部屋の壁という壁にも、砂の風景を撮ったパネル写真が飾ってある。その前で、砂たちは身体を揺らし優しく脚を開いている。一升壜をひっくり返した大きな砂時計もあれば、小さなプラスチック容器の砂時計もある。お土産品店で買い揃えた十二色の淡い彩色の施された丸い壜の砂はいつも妖艶だ。もちろん、いずれの容器も中の砂が見えるほどの透明さだ。そうでなければ、ぼくよりも砂の女たちがもっと悲しむ。

もちろん、ぼくは壜の収集マニアではない。砂を愛しているだけなんだ。いつでも見ていたい。いつでも感じていたいから、砂を容器で目隠しするわけにはいかないのだ。

百円ショップやスーパーに行けば、透明な容器はいくらでも手に入る。玄関から寝室まで砂を並べるのにそれほど時間はかからなかった。ただ決意をするだけで、すべては回転し始めたんだ。一つ一つがぼくには愛着がある。「アイコ」だけではない。「ヤヨイ」や「エミコ」「ヒロコ」「ユウコ」「マナミ」「リョーコ」「スーザン」……、一つ一つに名前を付けている。一つ一つに個性がある。

ぼくは従順な砂たちと一緒に住んでいる。変身した砂の女たちは、愚痴ることもない。裸体のままで立ち、欲望のままで器の中で愛情を流している。少女から成熟した女まで、官能的に愛を流している。流れは扇情的にぼくを誘惑する。ぼくは女たちの前で、女たちの欲望に応えてやる。時には、じらすこともあるが、すべては意のままだ。ぼくは立ったままで欲情する。街の女たちとは一度も得たことのなかった世界で、ぼくは官能の極地を体験する。

3

ぼくが砂に夢中になったのは、偶然のことかどうか、ぼくには分からない。行動の一歩を踏み出したのは、確かに偶然のことを契機としていたが、堰が切れたように虜になったのは、内的な必然性があったからだと思う。最近は、考えれば考えるほどその必然性に納得する。ぼくは、あるいは砂に出会うためにこそ生まれてきたのだ。もう、数年余も砂を愛し続けているが、十年余も二十年余も愛し続けてきたようにも思う。それはきっとこれからもずーっと続いていくことなんだ。

五年前の夏、ぼくは南部の海岸道路をドライブしていた。車のガラス窓を開けることは、めったにない。走る風が嫌いなんだ。無遠慮に頬に吹きつける風には我慢ができない。その時も、ぼくは窓を締切り、クーラーをかけてドライブしていた。一週間に一度ある休暇だったが、どこへ行こうかという目的のないドライブだ。付き合っていた女の子との関係が切れた憂鬱さもあった。若い女の子の言動が、どうしても理解できなかった。何度考えても、結局ぼくは侮辱されたという結論に至った。だから、考えるのをやめた。考えるのをやめるためにドライブをした。

Ｇ市を出発し、玉城村の百名ビーチを過ぎ、奥武島(おうじま)へ向かった。奥武島は戸数三百ほどで、人口は千人足らずのウミンチュ（漁師）の島だ。島と言っても、本島との距離はわずか百メートルほどで、大きな橋でつながっている。渡りきった西側一帯は漁港になっていていつでも数隻の漁船が繋留されていた。橋を渡って漁港手前までは、道路を挟んで海辺に向かい合うように数軒の魚屋や天ぷら屋が並んでいた。魚やイカの天ぷらは噂に上るほどに美味しかった。

ぼくは、時々この奥武島を訪ね、天ぷらを食べたり、周囲一、七キロほどの小さな島の一周道路を、ゆっくりと車を走らせたりするのが大好きだ。

その日、つまり運命の日だ。ぼくは奥武島へ架かった橋を渡りきったところで、西側の港の手前の堤防にたむろする賑やかな集団に興味を覚えて車を停めた。島の周辺が名高い釣場であることは知っていた。きっと大物の魚でも釣れたのだろうと思ったからだ。

だが、魚なんかいなかった。人々の座っている場所の下方は海水浴場になっていて、たくさんの子どもたちが水遊びをしているだけだった。それを若い母親たちが堤防に座って眺めていたのだ。堤防は座っている足下からゆるやかな階段を作り、その階段が尽きる所に砂浜があり、海があった。道路の側からは堤防の高さに遮られて泳いでいる子どもたちの姿が見えなかったのだ。

ぼくはすでに夏がやって来ていることを理解した。子どもたちは夏を待てずに、自ら夏を作ってしまうのだ。しかし、ぼくは落胆した。子どもより魚の方に興味があるんだ。

海は、昼間の暑い日差しを吸い取って和らいでいた。サバニ（小舟）の曳航が銀色の油液を流したように、真っ直ぐに遠くの水平線まで伸びている。夕凪が訪れる前触れだろうか。周りの空気も静かにたゆたっていた。

そんな雄大な眺めや想念をいつものように女たちが妨害する。女たちはぼくを不愉快にした。特に若い母親たちには、ぼくは耐えられない。彼女たちが手に入れた幸せを妬む気持ちは毛頭ないが、彼女たちの存在に耐えられないのだ。彼女たちをまな板に乗せて、魚のように鱗を剥ぐわけにはいかないし、頭をぶった切るわけにもいかない。彼女たちに鱗はないし、鰓もない。だからできるだけ彼女たちから目を逸らす。感情が高ぶらないようにするためだ。ぼくは、ぼんやりとでなければ、若い母親たちを見ることはできない。

子どもたちを見るのは不愉快だが退屈ではない。ぼくは、その場に座り込んでぼんやりと海を眺め、船を眺めた後、砂遊びをしている子どもたちの集団に目を遣った。

最初は、四、五人の子どもたちが力を合わせて、単に砂山を作っているのかと思った。砂山の端で微かに動く小さな頭を見て、ぼくの目は釘付けになった。一人の少年が砂山から顔だけ出して埋められていたのだ。

埋められた少年は泣きべそをかいていた。砂を取り除くようにと哀願しているようだったが、仲間の皆は、それを聞き入れずになおも砂をかけ続けていた。ぼくが食い入るようにその様子を眺めているのに気づいた少年の一人が、咎められることを気にしたのか、ちらりちらりとぼくを見上げた。もちろん、ぼくには咎める気持ちなど毛頭なかった。埋められた少年が泣きだしたが、ぼくの知ったことではない。生き埋めになったって同じことだ。ぼくの目が釘付けになったのは、それがエロチックで刺激的な光景であったからだ。

砂山は、埋められた少年が動くたびに幾筋もの亀裂を作った。少年が大きく息を吸い、吐き出すたびに、艶めかしく振動した。ぼくは、恍惚として見とれていたのだ。何かを夢中で見るのは久しぶりだった。このことを意識すると、また、ぞくぞくするような快感が沸き起こってきた。

砂は、少年の泣き声と共に、さらに肉感的にうねり出してぼくの目を釘付けにした。波打つ砂は、女の背中のようにも思われたし、あやしげに開閉する股間のようにも見えた。房事のさなかのシーツや布団が波打っているようにも見えた。亀裂は、男女の絡み合う肢体だ。激しくもつれあい、汗を流し、喘いでいる。

少年の泣き声は、ぼくの興奮と同じように徐々に高まっていった。ぼくは耐えたのに、少年は耐えられなかった。やがて、ある者は慌てて、ある者はゆっくりと身体を蔽っている砂を取り除き始めた。崩壊する砂山の中から、少年の裸体が息を弾ませながら現われた。砂をまとった少年の裸体は美しかった。沈みゆく夕日に照らされて輝いていた。

ぼくは、走っていって彼らの仲間に加えてもらいたい衝動に、じっと耐えた。ぼくの視線を気にしていた少年の一人は、ぼくを見上げて恥ずかしそうな微笑を作った。

数週間後、ぼくはスコップを買いにホームセンター「サクモト」に走った。キャンプ用品を売っているコーナーで、折畳み式の手ごろなスコップを見つけると、すでに砂浜に立っているような気分に陥った。撫でながら念入りに点検した後、それを買った。ぼくには、数週間の迷いが嘘のように吹っ飛んでいた。

4

ぼくが、砂に埋もれる姿勢に憧れたのは、遠い昔から始まっていたような気がする。砂への愛情は、すなわち「砂棺」への憧れなんだ。だが「棺」という言葉には死とつながるイメージがあるので、それを排斥したいという意識が働いていたのかもしれない。死よりも生をこそ考えたいと思っていたのかもしれない。でも今は、死こそが人生の始まりなんだという気もする。少なくとも穏やかな死と穏やかな生を送りたい。だれにも認められなくてもよい。

だが一方で、砂に女の匂いを嗅いだり射精したりするのは、女の幻影を見ることによって、死を遠ざけているのかもしれない。死から最も遠く離れて、エネルギッシュに生を満喫できるのは、あるいは多くの人々にとっては異性を対象とする瞬間であろう。でも、女の肉体はぼくの身体の全部を埋めてはくれない。わずかに一部を埋めるだけだ。すべてを埋没させることはできない。女は、ぼくの砂棺にはなれないのだ。

ぼくは、少し錯綜しているかもしれない。ぼくが語りたいのは、なぜ砂を愛するかということなんだが、うまく説明できない。まず砂を愛してみることだよ、と言いたいのだが、それでは説明にならない。なぜ女を愛するのかという問いよりは、うまく答えられると思ったのに苛立ちが募る。砂を愛することは、女を愛することと同じぐらいにノーマルなことなんだ。やはりぼくは、理由ではなく、事実を語ることのみに徹しなければいけない。

ぼくの心に、砂を愛する必然的な契機を作ったと思われる事件がいくつかある。ぼくはこのことで、ますます砂への愛情が本物だってことが分かったのだ。ぼくはこのことをこそ語りたいのだが、そんな中から三つも語れば充分だろう。もちろん、このことは目的ではない。目的へ到達するためのプロセスだ。

一つは、ミイラだ。これが一つめのプロセスになる。Rが九州の本社へ赴任してから迎える二度目の夏だったから、就職して四年ほどが経っていたと思う。短い休みを利用して一週間ほどのシルクロードの旅に出た。もちろん、ツーリストのパックツアーだ。あのころ、NHKテレビでシルクロードを取材した番組が継続的に放映され、多くの人々の関心を集めていた。たぶん、ぼくも多くの人々と同じような理由で番組の虜になったのだろう。日々が退屈だったからだけではない。喜多郎の音楽がアルファ波を発していたからだけでもない。特に言えば、未知なるもの、悠久なるものへの強い憧れが、ぼくを画面に釘付けにしたのだ。

ぼくは、歴史上の人物ではアレクサンダー大王が大好きだ。レンブラントが描いた若きアレクサンダー大王の肖像画を見たとき、ぼくは衝撃的に理解したのだ。彼は征服欲だけでボスポラス海峡を渡りインドへ向かったのではない。愁いを含んだ優しい目と陰影のある表情は、血なまぐさい戦いの勝敗を見ていたのではない。遠く未知なるものを見ていたのだ。未知なるものへの憧れ、それが彼の人生であったのだ。

ぼくはレンブラントの画集から、丁寧にこの絵を切り取って額縁に入れ、部屋に飾った。あるいはこの絵の背後にあるものは、征服し、殺し、女や子どもを蹂躙する男たちだ。戦勝国の男たちの快楽をも思い出していたかもしれない。しかし、少なくともそれが全部ではなかった。ぼくは、大好きなアレクサンダー大王のように、未知なる世界、シルクロードの旅へ憧れたのだ。

シルクロードは、ぼくの予想をはるかに上回った。何もかもが刺激的だった。人々の生き方、価値観、自然、文化、生死……。若かったこともあるが、ぼくはすべてに驚いた。なかでもミイラは衝撃的だった。

それは、トルファンのアスターナ古墓区の墓窟で見た。アスターナ地方の墓は、砂漠の下に掘られた大きな地下壕であった。ドーム形の墓窟の壁には、生前、死者が好きだったという草花や動物たちの絵が極彩色に彩られて描かれており、その前にミイラが横たわっていた。それだけのことだ。だが、そこには生と死の境界が超えられていた。死者たちはいかにも潔いのだ。

干からびた肉体は、すべての悩みを削ぎ落としたかのように足をまっすぐに伸ばし、清らかな魂をも宿しているようで美しかった。ああ、こんなふうにして死後を生きることができたらどんなにいいだろう。生は、執着するほど美しくはないのだと……。

二つめは、父の死だ。父は癌に侵され苦しみながら死んだ。三年間の闘病生活だった。父の逞しい肉体は消滅し、骨と皮だけの身体になった。背中や臀部は、床ずれで皮膚がめくれ、膿み、爛れ、異臭を放った。

荼毘（だび）に付した父の肉体は、一握りの小さな白い骨に変わった。骨壷に納めた後、父の両親や伯父たちが眠る故郷の墓に入り、それらの骨の上に父の骨をこぼした。古くから伝わるぼくたちの村の慣習だ。さらさら、さらさらと、微かな音を立てて父の骨は小さな山を作って死者たちの骨に重なった。死者たちもまた、さらさら、さらさらと音立てて父を迎えた。

父は、ぼくに多くのことを教えてくれた。その一つが、だれもが死を迎えるにもかかわらず、だれもが必死に生きようとする人間の孤独だ。そして、死はすべてを終わらせる。死ねば死にきりという冷厳な事実を教えてくれた。ぼくは父の死によって、ぼく自身の死がぼくだけのものではないことを知った。同時に、怖れるものでもなくなった。死は生の続きであり貴重なピリオドではないのだ。

三つめは、水棺だ。ぼくは、アパートの浴槽を、密かに水棺と名づけている。水をいっぱいに溜め、四肢を伸ばし、息を止めて水に沈む。じっと、とどまり動かない。ぼくは浴槽の中で死体になる。やがて、天国もこれほどまではと思われるほどの恍惚感が訪れる。水の音が聞こえる。神の声が、ぼくに囁く。未知の声が水棺に訪れる。ぼくは耳を傾け一日の禊を終える。死を通過して、ぼくは生きていることを確かに感じる。

ぼくには、これらの体験が一本の太い糸に貫かれていることに思い至るのだ。うまく言い当てられないけれど、流れるようなもの、微かなもの、さらさらしたもの、無機的なもの、細やかなもの、つまり、砂のようなものに貫かれていたのだ。脈絡もないように見える三つの体験は、皆、砂を愛するための通過儀礼だったような気がするのだ。何者かが、ぼくを試し、ぼくを鍛えていたんだ。たぶん、ぼくはその何者かに選ばれたのだ。もちろん、砂を愛し、砂の魅力を語るためにだ。水棺が砂棺になるために、ぼくの人生は豊かなプロセスをも有していたのだ。

5

ぼくは、砂への愛を語るのに、もう少し遠回りをしなければならない必要性を感じている。砂への愛を語ることは、ぼく自身を語ることから始めなければならないとも思うからだ。一見、なんの脈絡もないぼくの体験が、一本の糸に貫かれていることを悟ったからだ。

ぼくの日々は、すべて砂との出会いのためにこそあったのだ。その単純な経路を、この手記を読む人はつなぎあわせて欲しい。ぼくには余裕がない。

ぼくに心理学や生理学や精神分析学の素養があれば、すべてを関連づけて考えることができ、複雑な関係を単純にして提示することができると思うが、それができないのが口惜しい。ぼくはただ事実を記すだけだ。

ぼくが死んだら、語られていない体験は残らない。砂への愛を知る手掛かりは、ぼくと共にすべて消え去る。唯一この手記だけが頼りだ。ぼくは、直感だけを信じて、できるだけ多くのことを記したい。この手記を読む人々は、ぼくのこれまでの日々が砂との出会いのためにこそあったのだという単純な経路を、つなぎ合わせて欲しい。

父が死んだのはショックだった。肉親の死によって初めて死を実感した。死は彼岸にではなく此岸にあることを実感した。死は、日常の中にあり、怯えるものでもないし、特別なものでもない。すべての人々に、死は確実にやって来るのだ。あるいは、突然に……。いずれにしろ、だれもが肉親の死を看取ることによって、自らの死の準備をすることができるのだろう。そんな生物学的な法則に感心して、ぼくは死との距離を保つことができるようになった。自らの死を測ることもできた。

しかし、母はぼくよりも上手に距離を掴めなかった。父の死後、あっという間に白髪になった。母は、ひたすら父を頼って生きていたから、父の死のショックは大きかったのだろう。父は、長年勤めた教職を退いた後、その時を待っていたかのようにすぐに病に倒れた。享年六十三歳だった。

ぼくには、歳の離れた兄が一人いる。二人っきりの兄弟だ。兄は、県内で唯一の国立大学を卒業し、故郷のK村で幼馴染みと結婚し、一家を構え、父の後を継いで教職に就いた。今は、老いた母の面倒をみながら生活している。

ぼくは、兄と入れ替わるように高校を卒業するとK村を出た。G市にある私大に入学するためだ。しかし、とりたてて大学で何を勉強しようというあてもなかった。強いて言えば、村を早く飛び出したかった。旧い慣習を残した村は、ぼくには馴染めなかった。

父の死は、大学に入学したその夏に訪れた。それ以外の出来事は、大学在学中の四年間に何一つ起こらなかった。それでも、いやそれだからこそと言うべきか、ぼくの四年間の大学生活は、充分満足のいくものだった。ぼくは、ぼく自身へ何も求めなかったし、同じように他人にも何も求めなかった。

大学の仲間たちは、やがて、ぼくをコンパにも誘わなくなった。仲間たちはぼくのことを典型的な離人症だと言ったが、意に介さなかった。なぜなら、ぼくは本当に一人でいることが大好きだったし、楽だったからだ。嫌(いや)なことはやりたくない。好きなことだけをやりたかった。それができるのなら、離人症でも二人称でも何でもよかった。

もちろん、一人で何をしているかというと、特に何かをしているわけではなかった。大志も抱いていなかったし小志もなかった。ぼくは一人でテレビを見たり、ビデオを見たりして時間を過ごした。また、阪神タイガースの応援に夢中になり、ラジオの中継を飽きることなく聞き続けた。勝った翌日にはスポーツ新聞を何度も何度も読み返し、負けた日にはベッドに寝転んだままで片手にグローブをはめ、ボールを天井に届くほどの至近距離まで投げ、放物線を描いて落ちてくるボールを捕まえた。一人だけのキャッチボールのほうが、仲間たちと話しているよりも気が休まったし、嫌なことも起こらなかった。

卒業しても故郷のK村に戻る気持ちは毛頭なかった。正確にはK村にはもう、戻る場所がなかったと言っていい。仕事もなかったし、父が死んだ今、精神のバランスを失った母を見ながら兄夫婦と一つ屋根で暮らすのは億劫だった。そうかといって、田舎にはアパートなどあるはずもない。大学生活の四年間で、住み慣れたアパートの生活はぼくの肌にあっていた。

エスマートに就職してからは、やや広いアパートに移り住んだが、ぼくは、G市の何もかもが気に入っている。ここでは何でも手に入る。移り住んだアパートは、市の中心街にあるエスマートから車で十五分ほど南側に走った高台にある。ビデオ屋だって、五分も車を走らせばすぐに数軒ほどが目に入る。漫画喫茶に、おでん屋、パチンコ屋、古本屋、焼き鳥屋、カラオケ喫茶にボーリング場、一人で暮らすハンディは何もない。最高の環境だ。おまけにエスマートの裏通りには、いつでもあの商売をしている女たちのいる歓楽街さえある。なんでもござれのこんな街を離れるくらいなら、ぼくは魚になったほうがいい。本気でそう思っている。

大学生のころ、二年余りもずーっと居酒屋でアルバイトをしていたが、世の中や大学に不満を持ったことは一度もない。不満があるとすれば、女たちがすごく性的な存在に思えたことだけだ。女たちはすべてを肉体で思考する。居酒屋でもキャンパスでも、女たちが忍び声で、あるいはあっけらかんと話題にしていることは男のことばかりだ。そんなとき、ぼくは故郷の家の隣に住んでいた安子姉さんのことを思い出す。安子姉さんは自殺した。失恋が原因だ。妻子ある男の人に騙されたのだ。

ぼくはそのころ、一つの妄想にも囚われていた。大学の先輩が、入学時のコンパの最中に、ぼくの耳元で話してくれたことだが、今でもその妄想を完全にぬぐい去ったとは言い難い。その話を思い出す度に、女たちへの理不尽な憎しみが沸き起こってくる。

それは「赤鬼のふんどしを洗う女」の話だ。貞淑な女房でも、夫の留守の間に赤鬼にさらわれ、夜な夜な抱かれて性的な満足を得ることができるようになると、女は赤鬼に心を寄せて夫を捨てる。迎えに来た夫を拒み、赤鬼のふんどしだって洗うようになるという話だ。

ぼくの心で、この話はいつの間にか大きく膨らんでいた。そして、奇妙にこの例え話しに納得した。あるいはこの話が、ぼくの女性観に決定的な影響を与えたかもしれない。それを打ち消すような話を今まで聞いたことがない。逆に、それを裏付けるような話だけだ。ぼくは、屈辱的な悲劇を背負った夫にはなりたくないし、ましてや赤鬼にはなれそうもない。ぼくの肉体は貧弱だ。

かつてぼくは、空手道場に通ったり、ダンベルやエキスパンダーなどのボディビルの器具を買い揃えたりして鍛錬したことがある。どちらも長続きはしなかった。ぼくの胸は陥没しており、肉体は当時も今も、六十キロにも届かない。

ぼくは女たちを幸せにする自信がないのだ。女たちの幸せを奪うことにも冷淡になれない。何よりも他人の運命なんか背負えない。ぼくは女たちを憎んでいたが、あるいは愛していたかもしれない。しかし、今ではもうどうでもいいことだ。つまり、ぼくには、今では砂が居るということだ。当時は確かに、「普通の女の子に戻りたい」というキャンディーズの言葉にさえ赤鬼のふんどしを洗う女の性的な匂いを嗅いだものだ。

ぼくは、スポーツマンではなかった。人前で裸になることはすごく嫌だった。逞しい肉体なんかなかったから、逞しい精神もなかったんだ。「校内暴力」「家庭内暴力急造」という記事は、恐ろしかった。「暴力」という言葉は、ぼくのすべてを萎えさせた。「ノーパン喫茶急造」という記事も、同じようにぼくを滅入らせた。ぼくは何事にも臆病だった。「女街」へ行くことを考えることだけでも、ぼくは暗鬱な気分になった。

ぼくが嫌いな人々は、高慢な理屈屋。知ったかぶりの教えたがり屋。他人の痛みに鈍感な若い女性。自分の知識を見せびらかし自分の尺度で意見するおばさん。そして無神経な子どもたちだ。彼らの顔を見たり話を聞いていたりすると、殴りたいほど不愉快になる。でも、ぼくは殴らない。不愉快な気分を何日も引きずるだけだ。

もちろん、ぼくは言葉をうまく操れないし、どもるだけで、理屈で相手を納得させることができない。田舎生まれのぼくには、我を張り合って激しく論争し合う意義が分からない。だから、できるだけ、だれとも言葉を交わさない。だれとも親しくならない。不愉快な席からは遠ざかるのが一番だ。

ぼくはいつだって一人で居るほうがいい。だれからも干渉されず、だれにも干渉しない。だれも愛することができないし、だれにも愛されることがない。そう思い続けていた。こんなぼくに転機が訪れたのだ。あるいは、こんなぼくだからこそ、砂と出会えたのだろう。砂との出会いに感謝したい。砂は特別だ。

そろそろぼくは、砂に対する三番めの秘密を打ち明けねばならない。豊かな秘密だ。その時に近づいたことに気づいている。そのために今ぼくは、パソコンに向かっているのだ。

もちろん何番めかという順序は、思いの強弱の順序ではない。だから何番めでもいいのだ。ぼくと砂との関係は、すべてがかけがえのない関係だ。たぶん、この関係は崩れることはない。なぜなら、砂は、ぼくの気持ちをすべて見とおしてくれる。ぼくと砂との関係に誤解の入る余地はない。ぼくたちは、いつでも完璧だ。

6

ぼくは、夢を見る。美しい夢だ。ぼくは、光のように砂を浴びている。きらきらと輝きながら、砂はぼくの身体にまといつく。羽毛のような砂たちが、ふわふわとぼくを優しく愛撫する。砂たちは、細かい粒子になって、天から、さらさら、さらさらと落ちてくる。砂は、蝶のように舞っている。砂が、ぼくのすべてを包み、すべてを洗う。ぼくは、泣いている。やがて、ぼくは恍惚として砂になる。砂になって、ぼく自身を優しく愛撫する。砂は、ぼくだ……。

ぼくだって、女の子に興味がなかったわけではない。反発や同情をないまぜにしながら、むしろ、ずーっと女の子への興味と関心を持ち続けてきたと言った方が正確だ。でも、もうぼくはやっていられない。あれやこれやと考えるのは苦痛でしかない。あれやこれやと考えないと女の子と付き合えないのなら、付き合うことをやめる。

ぼくは、女の子のために犠牲を払いたくはない。個人的な関係は苦手だ。思い出すのも苦手だが、ぼくが砂を愛するようになった決定的な理由の一つは、あるいはU子とのことにも原因があるように思われる。だから、U子とのことは思い出さなければならない。U子の記憶に耐えることができるかどうかは分からない。が、その瞬間が訪れれば語ることをやめるだけだ。悲しいことは、思い出さないほうがいい。惨めなことは、なおさらだ。

U子は、ぼくが衣料品コーナーへ配置換えになった時、その売場にいたアルバイトの女の子だ。髪を短く切り、目がくりくりと動くボーイッシュな女の子だった。

衣料品コーナーへ配置換えになったといっても、ぼくの仕事は、売場の片隅を大きな壁で仕切った小さな事務室で、伝票を調べることが主だった。だから、直接販売コーナーへ出て行くことは少なかった。が、出て行くと、U子はいつも明るい笑顔でぼくを迎えてくれた。試着室の留め金を直して欲しいと頼みに来たのもU子だった。快活な行動と、時折、遠くを見つめる寂しげな表情がなんとも悩ましげでぼくを引きつけた。ぼくはU子にだんだんと好意を抱くようになった。

U子とぼくが性的な関係を結ぶなんて、ぼくにとっては革命的なことだった。あの街で抱いた女たちとは、いずれもうまくいかなかったから、ぼくは半ば諦めていた。U子とも、最初はうまくいかなかった。が、何度めかにうまくU子の中で果てた。ぼくは、有頂天になった。有頂天になってすべてをプラス思考で解釈し自分を鼓舞した。きっと幸せだったんだろう。例えばあの街の女とうまくいかなかったのは、きっと悪い病気をうつされるのが心配だったからだ、と自分を納得させた。U子と最初のころできなかったのは、年齢のことが気になっていたんだ、と自分を勇気づけた。

実際、U子は大学を卒業間近だったが、きらきらと輝いていたし、ぼくは田舎育ちで女の子の扱いかたも知らなかった。ぼくがU子に相手にされるなんて信じられなかった。相手にされることに、後ろめたささえ覚えた。だが万事がうまくいったのだ。

ぼくは、故郷の安子姉さんの死を忘れた。ぼく自身の存在から生起する罪悪感をも払拭できた。また、ぼくは左目の視力が弱いため、頬をひくひくと痙攣させる癖さえ忘れていた。少年のころ、その癖が原因で、何度かいじめられたこともあったのだ。

U子とぼくは、週末を待てずに愛し合った。休日には、朝から日が暮れるまでモーテルで抱き合った。会う度にぼくは激しくU子を抱いた。ぼくはU子に夢中になった。半年ほどそんな関係が続いた。

そんな時、職場の女の子たちが、ぼくとU子の関係をカーテンの陰でひそひそと話し合っているのが耳に入った。ぼくは、職場では細心の注意を払い、だれにも気づかれないようにしていたから、噂になることは信じられなかった。U子が仲間のだれかに話したのだろう。そろそろ、そんな時期なのかもしれないと思って苦笑した。仕方のないことだと思い、どこかで幸せな気分をも味わっていた。

だが、女の子たちの話を立ち聞きしたぼくは、自分の耳を疑った。女の子たちは、ぼくとU子のセックスのことを、赤裸々に話題にしているのだ。ぼくが会うたびにU子の身体を求めていること、ぼくがU子と最初のころうまくできなかったこと、U子は転勤した先輩Rの女だったこと、そんなことを声をしのばせながら話しているのだった。ぼくは、恥ずかしさと屈辱感で身体が震えた。身を竦めてその場を立ち去った。信じられないことだった。鮮魚コーナーへ立ち寄って、ぼくは思い切り魚の頭をぶった切った。

その晩、U子を誘って尋ねてみた。仲間の女たちへそんな話しをしたのかと。するとU子は、屈託ない笑顔で確かに話したと言った。なぜそんなことを聞くのかというふうに、いぶかしげに首を傾げた。ぼくは驚いて言葉が継げなかった。ぼくとU子の性的な関係が若い女の子たちの間で、あけっぴろげに話し合われているのかと思うと耐えられなかった。ひどく自尊心が傷ついた。U子とRとの関係は問いただす意欲さえ失っていた。

ぼくはU子に不愉快な気分を告げた。U子は顔色一つ変えずに言い放った。

「だって本当のことでしょう。私、嘘なんかついてないわ」

「それは、そうだが……。ぼくは、ひどく傷ついたよ」

「それは、あなたの問題よね」

「ぼくたちの問題だよ」

「そんなことはないわ。二人の問題にしないで。コトが面倒になるからね。私は、私よ。だれにも迷惑はかけてないつもりよ。だれにも束縛されずに、自由に生きたいわ。それが嫌なら、別れましょう」

ぼくは慌ててぼくの気持ちを弁解したが、新たなショックが加わった。「別れましょう」と、いとも簡単に結論を下すU子が分からなくなった。

U子にとって、ぼくはそれほどに軽い存在だったのか。エスマートの女の子たちが話していたように、Rがいなくなった後を埋め合わせる束の間のセックスフレンドであったのか。惨めだった。それならそれでもいいと思ったが、だんだんと気持ちが萎えていく自分をどうすることもできなかった。

結局、それっきりだった。別れはあっけなく訪れた。U子は、二度とぼくに心を開いてはくれなかったし、ぼくも二度とU子を求めなかった。U子を抱くことは屈辱的な行為でしかなかったからだ。U子は、その後しばらくして卒業と同時にエスマートを辞めた。

ぼくはU子のことを話したいのではない。砂への愛情を語りたいのだ。砂は、煩わしくないし、裏切らない。このことを語りたいのだ。U子のことではやや混乱していることも事実だ。

「私たち、きっと似合わないのよね」

そう言って立ち去ったU子へ、ぼくはどのように言えばよかったのか、今でも言葉を探せない。ただ、U子を広く受け入れることができなかった自分を、どこかで大人気ないと恥じ入っている。が、それ以来、ぼくは女の子と親密な関係にはなれない。それがぼくには自然なことなのだ。ぼくは、二度と恋人は作らないし、だれも信じない。将来に自分の子孫を残さないことにも、つゆほどの不幸も感じない。このことは、混乱しない確かなことだ。いつでも、いつまでも言えることだ。女の子より砂を愛していると。

砂の種類と表情は、実に様々である。形や大きさ、固さや柔らかさなどいろいろだ。砂の色には白色、ねずみ色、肌色、茶色、赤、黒、青、紫……などなど、際限がない。触れた感触も様々だ。ざらざら、ごわごわ、ねばねば、ねとねと、じめじめ、しっとり、さーらさら……。ぼくの手のひらや太腿に触れる感触は、いつも新鮮だ。

砂の匂いも違うのだ。海の匂いが、季節や天候によって左右されるように、砂も温度や場所によって左右される。砂は、熟女にもなれるし少女にもなれる。母親にもなれば女学生にもなる。ぼくは、それぞれに応えてやる。凌辱することもあれば、優しく愛撫することもある。じらすこともあれば拒否することもある。すべてはぼくの意のままだ。

ぼくの愛する砂はサハラやゴビの砂ではない。身近な海浜の砂だ。ぼくは、女を物色するように砂を物色する。ゆっくりと海岸沿いに車を走らせながら、砂を見る。思わず自分の興奮ぶりに赤面して、バックミラーを覗くことさえある。

G市からN市までの海岸沿いは、何度往復しても退屈しない。ここぞ、と思う場所に来たら車を止める。車のトランクを開け、スコップを取り出し、砂の上に立つ。それから座る。ゆっくりと語り合いながら、砂が応えるまで待つ。

もっとも感じやすいのが、Cビーチの砂だ。Cビーチの夕暮れ時は、ぼくまで感じてしまう。波打ち際の濡れた砂に下半身を埋めて、砂を愛撫する。時々、水着姿の女の子たちや家族連れがいることもある。でも、ぼくは砂に夢中になれる。彼らはぼくに無関心だし、ぼくも彼らに無関心だ。ぼくは砂を掴み、砂はぼくを掴む。ぼくが砂を愛撫し、砂がぼくを愛撫する。波がぼくらを愛撫する。ぼくは、全身の毛が興奮して逆立つことさえ感じることがある。

休日には、遠出をすることもある。M岬の砂は、妙によそよそしい。でも振り向かせることができたら豹変する。ぼくを激しく噛んでくる。身動きできないほどだ。真正面から挑まなければ食い込まれてしまう。ぼくは砂を両手で叩きながら、砂と一緒に果てる。時には風を見る。ぼくは風と共に生きている。砂や風と一緒に果てることを一度も悔やんだことはない。

海浜の砂ならなんでもいいというわけではない。ぼくは清潔を好む。汚れた河口の砂浜や塵にまみれた砂浜は、ぼくを興奮させない。到底、そんな砂には埋もれる気にはなれない。特に海浜のアダン葉の下の砂浜は、ぼくを滅入らせる。それには理由がある。

大学を卒業する直前に、学内での検診で胃癌に冒されていることが分かった。自覚症状もなく初期段階であったので、手術をすれば治るとのことでN病院へ入院した。入院した数か月でぼくは多くのものを見た。多くのことを考えた。心が洗われる新鮮な発見に驚いた。あの時、あるいはぼくは人生を終えてよかったのかもしれない。死にどきがあるとすれば、あの時だった。ぼくは二度目のチャンスを逃したのだ。一度目は、もちろん、ぼくを可愛がってくれた隣の安子姉さんの死の直後だ。ぼくは食事をすることをさえ拒み、家族を心配させた。

手術を終えて小康状態を得たぼくが移された病室には、常時、ぼくを含めて六人の患者がいた。入れ代わり立ち代わり現れる患者たちに、ぼくは人生を見たのだ。あるいは、見舞いや看病に来る人々を通して、ぼくは人生を悟ったのだ。あれから七年余、あのときの日々から、ぼくはどれほどの距離を歩いてきたのだろうか。彼らのことは、昨日のことのように思い出せる。

T氏は五十歳だった。がっしりした体躯は、若いころ、スポーツマンであったという面影を彷彿させた。仲の良い奥さんが、いつもぴったりと寄り添っていたが、一人の時は、ベッドの上で微動だにしなかった。絵合わせのパズルに夢中になっていた。「踊り子」「カサブランカ」「ひまわり」など、素晴らしい出来映えの作品を見せてもらった。喉にはギロチンに遭ったような大きな切り傷があった。しかし、それだけでは終わらなかった。病は確実に転移が始まっていて、今度は両頬と右肩が腫れてきていた。ベッドに温もりを残して病室を離れた後は、二度と戻ってこなかった。

K氏は二十六歳。蓄膿症の手術。手術後の包帯を取り替える医師の手付きと己の痛さを、身振り手振りで熱演して皆を笑わせた。母親が孫の手を引き、よく見舞いに来ていた。母親は小さなテープレコーダーを離さずに民謡のテープを聞いていた。母親はぼくに言った。

「父ちゃんは遊び人でね。酒も飲むし嘘もつく。私なんか、何度泣かされたか分からんよ。でも、三線は上手でね。五丁もあったんだよ。一本弾きなんか特に上手でね、皆をよく笑わせていたよ。このテープは死んだ父ちゃんの声さ」

こんな人々が、何人もぼくの傍らに住んでいたのだ。そして、ぼくに、アダン葉の下の砂浜でのことを語ってくれたのはY氏だった。

Y氏は、痔の手術のために病院へ来ていた。すでに古希を過ぎていて、八十歳になろうとしていた。しかし、話すことは顎のことばかり。顎は斜めに変形していた。一九四五（昭和二十）年、沖縄戦のさなか、Y氏の家族は南部の海岸沿いに追い詰められて逃げ場を失った。アダン葉の下の砂を掘り、砂を被って身を隠す。顔だけ出したその上を、ビュンビュンと砲弾が飛び交う。生きた心地がしなかったという。その一発がY氏の顎に命中した。米軍に助けられて一命を取り留めることはできたが、長い療養生活を経て退院。その後は、もう固い食べ物は噛むことができなかった。戦後の四十年間余、定期的に病院で栄養剤の点滴を受ける生活が続く。この間、あらゆる病気に悩まされて痩身になる。今は痔で下着を汚すことがたまらなく嫌だという。背筋を伸ばし、杖を突き、矍鑠として歩く姿は古武士然として潔い。が、部屋を出ると戻ってこれなくなる。己の部屋を見失ってしまうのだ。

ぼくはアダン葉の下の砂を見ると、Y氏と戦争を思い出す。Y氏は恐怖のあまり砂の中でおしっこをちびったと言った。ぼくにはそれだけで充分だ。辛いことは忘れたい。

Y氏が語ってくれたもう一つの楽しみ方を知っている。生暖かいおしっこと、泡立つ砂は、ぼくには刺激的だ。ぼくは砂に勢いよくおしっこをかけてやる。女たちとはそういうわけにもいかない。しかし、砂とは可能だ。砂は、そんな時でも従順に悲鳴を上げる。

砂にまつわる四つ目の記憶だ。

ぼくは、幼少のころ、教師の父を迎えるために、砂浜を歩いて父の勤める学校へ行き、父に手を引かれて、再び砂浜を歩きながら家へ戻ることが週に何回かあった。地元の高校の生物教師であった父は、貝殻を拾い、幼いぼくに一つ二つとその名前を教えてくれた。ぼくはこのことが嬉しくて、何度も一人で父を迎えに行った。

ぼくは浜辺で父を待つ間、砂と戯れた。砂山を作り、砂に覚え立ての文字や数字を書いた。乾いた砂は、パリッ、パリッと音立てて割れた。水平線の彼方に沈む大きな夕日は、とてつもなく美しく、夕日と砂は、ぼくを幸せな気分に浸らせてくれた。

7

エスマートの毎日は忙しい。でも、とても充実している。やりがいも感じている。魚介類を洗い、魚を解体し臓物を取り除く。冷凍魚はその処理がなされているのが多いが、それでも解凍して食膳にすぐ出せるように切り身にしなければならない。冷凍魚だけでなく、近海で捕れたいろいろな魚を解体してパックに入れて透明なラップを被せて値段をつける。これが主な仕事だ。これだけの仕事だが毎日が充実している。

しじみや、あさりなどの貝類、あるいはエビ、蟹などの甲殻類の中には、生きたままで送られてくるものもある。生きたままの魚介類を見るのはなお楽しい。スーパー業界は、品物の新鮮さと豊富さ、そして簡単に扱える手軽さと廉価であることが大切だ。十年余も務めると、こんなことは店長に言われなくても分かっている。

後輩のMは、ぼくが漁介類をいつまでも眺めているのを不思議がっているようだが、どうってことはない。最近では、ぼくの付き合いの悪さにうんざりしたのか、衣料品コーナーの女の子たちと、よく飲みにいっているようだ。ぼくを誘うこともなくなった。もちろん、ぼくはその方がいいに決まっている。難儀なことはしたくないし、嫌なこともしたくない。楽しいこと、そしてやりたいと思うことだけをやるだけだ。

Mにとっても、それは同じことだ。自分に似合いの場所、ふさわしい時間を探せばよい。女の子だって、自分の生き方を探しているのだろうが、ぼくはだれの運命にも関わりたくはない。女の子は鮮魚コーナーから眺めるだけで充分だ。ぼくは今、女の子よりも砂の方に興味があるんだ。

ぼくは、砂と一緒にいると哲学者になれる。生きることに飽きることがない。砂の数だけ神の声が聞こえてくる。砂の数だけ愛する行為に没頭することができる。

ぼくは、やはりぼくの哲学を残しておくべきだ。ぼくにとって、子孫を残しておくことよりも大切なことのような気がする。もちろん、ぼくにはもう子孫は残せない。ぼくはもうすぐきっと死ぬのだから。

ぼくは、急いでいるとはいえ、砂との関係を愛情なしでは語れないことにもどかしさを感じる。確かに愛情をもって語ることは重要なことだ。しかし、愛情を性愛と引き離して語れないことに嫌悪感をも覚えている。それが極端な例であることを、ぼくは認めている。だが、極端な例が物事の本質的な関係を際立たせることもあると、沸き起ってくる苛立ちを抑えている。

ぼくは、最後まで極端を語る。ぼくを理解しようとする人々は、極端を語らなければならないぼくの理由を理解して欲しい。

砂と一緒にいると、不思議なことだが、ぼくの記憶は鮮明になる。母の体内にいたころのことかと思える記憶もある。ぼくは海で漂い、砂のトンネルを抜けて生まれてきた。そんな幻想さえ浮かんでくる。だから砂に潜り海を見る。ニライ・カナイの国はぼくにつながっている。運命の糸が砂を潜ってぼくのところにやって来たのだ。ぼくは一人ではない。ぼくの記憶は、すべて運命と名付けてもいいほど砂とつながっている。

ぼくは、もう少し砂にまつわる記憶を列挙しよう。意味のないことかもしれないが、意味のあることのような気もする。砂を愛するようになったのは、砂を愛する契機があったのか、ぼくにも興味深いことだ。

ぼくは、ふるさとの浜辺で少女と二人だけでいる。引き揚げられたサバニ（小舟）が腹を上にして干されているのを屋根替わりにして、ぼくと少女は砂だらけの小さな性器を見せ合っている。やがて、突然降り出した雨が、海面を激しく叩く様子をじっと眺めている。雨は、広い海原をしぶきを上げ、水煙を立てている。

ぼくは大人になる日々の中で、その少女のことを何度も思い出した。少女が大人になって結婚したと聞いたときは、何だか寂しかった。その少女には、たぶん二十年余も会っていなかったのだが、大切なものを奪われたような気がした。

やはり、ぼくはこの少女との砂の上での記憶が、砂を愛することに何らかの影響を与えているのだろうかと疑っている。あるいは、まったく関係がないのだと信じている。それならば、ここに記す必要はないのではないか。

しかし、結果には原因があるはずだ。そして一つの事実には、いくとおりもの見方があることを、ぼくは大人の世界で学んできた。まったく関連性がないと思われることでも、視点を変えれば別の意味が浮かび上がってくる。ぼくでない人間が、ぼくを理解するためには、ぼくの分別は無用だろう。ぼくは砂に対する愛情を、できるだけ忠実に書けばいいのだ。

ぼくと少女は、だれからともなく駆け出して海の中へ潜(もぐ)る。海中に身を沈めると、激しい雨音は一瞬のうちに静まりかえる。その音の落差が不思議で、何度も何度も海面に頭を出しては、また海中に身を沈める。

手をつないだ少女は、突然、隣の安子姉(ネエ)さんの笑顔になる。安子姉さんはぼくに言う。

「雨が降るとね、海の中はしーんと静まりかえってきれいになるのよ。そして、ずーっとずーっと遠くまで見通すことができるのよ。ずーっとずーっと遠くまでね」

安子姉さんはそう言って、ぼくを優しく抱き締める。

五つめの記憶だ。少年のぼくは、砂浜に横になり大人のペニスを握っている。砂浜でいたぶられている。息ができないほど強く抱き締められ、握らされたペニスを両手で強くこするようにと指示されている。ぼくの小さなペニスもズボンから引き出され、剥き出しにされている。

ぼくは、現実感覚を失って砂の上で浮遊している。丸太のように固くなった大きなペニスに驚いている。太陽が激しく目や頬を照らす。突然、握らされたぼくの手首に男の力が加わり、折れそうになる。目の前で男は唸り声をあげ、目を閉じ、口を大きく開け、ぼくの掌に水母（くらげ）のような液を放出して果てた……。

8

鮮魚コーナーから眺める女たちは、皆醜い。服を着ただけの淫乱な猿だ。もしくは鱗をまとった狡猾な豚だ。食欲と性欲だけで女たちの頭はいっぱいなんだ。Rがそんなふうに言っていた言葉を思い出す。陵辱されるべき原因を女たち自らが作ったのだと。

でも、ぼくは陵辱しない。ただ眺めているだけだ。あるいはつぶやいているだけだ。ぼくは視姦しているのではない。軽蔑しているのだ。女たちの目は落ち着かなく動き回り、手はせわしく動く。手に取って品定めをしてうっとりと見入る瞳の彼方には、虚栄と欲望しかない。ぼくはそんなときは、つい包丁を握る手に力が入る。

もちろん、女たちを見ているぼくの目が正しいとは思わない。むしろ間違っているに違いない。それでもいいんだ。ぼくは、ぼくの理由で生きていく。いつの時代にも、すべての人々に正しい真理は一つだってない。真理も正義も所変われば虚偽でしかない。事実だけが永遠だ。もちろん、ぼくはRではない。

ぼくは事実だけを語ろう。砂との関係だ。ぼくは決してセックスアニマルなんかじゃない。砂とセックスばかりしているわけではない。むしろ、そうでないときが多いのだ。そんな単純なことがどうして複雑になるのだろうか。ぼくはゆっくりと語りたいが、ぼくには時間がない。

ぼくは、職場の定期健康診断で精密検査が必要だと判断された。精密検査の結果、膵臓に癌細胞が転移していることが発見された。すぐに手術が必要だという。三か月ほどの入院が必要かもしれないという。しかし、それは気休めだ。ぼくは、ほとんど覚悟を決めている。今度という今度は駄目だろう。

学生のころ、胃癌の腫瘍の手術を受けてから六年余が経過した。この間、ぼくは順調だった。どこにも痛みは感じなかった。しかし、ぼくは病んでいたのだ。転移をすれば危ないと、医者には言われていたが、それが現実になった。ぼくには防ぎようがなかったのだ。

もちろん、ぼくは手術がうまくいってこのアパートに戻れることを強く拒むわけではない。だから、大家には半年分の家賃を払って、部屋をそのままにしておくようにと言ってある。だが、戻れないということもある。むしろ、その確率が大きいのだ。

しかし、それでも構わない。生に対する執着は何もない。ただ、ぼくは、ぼくの部屋の砂たちが、不当な扱いを受けることだけが気掛かりだ。そのために、この一文を記している。この一文を書き終えたら、ぼくは入院する。

ぼくはもう充分だ。充分に人生を堪能した。ぼくは日頃から長く生きすぎることは避けたいと思っていた。その思いが叶う、めったにないチャンスを手に入れることができたのだ。

癌で死ぬことは運命的なことなのだ。ぼくは運命と闘うことを好まない。運命は素直に受け入れる方がいい。ぼくには思い当たる節がたくさんある。父の四人の兄弟のうち三人は癌で死亡した。二人の従兄たちも同じように癌で世を去った。さらに三人の従姉たちが乳癌の剔出手術を受けている。末っ子の父の子どもであるぼくに、いよいよその順番が回ってきたということだ。これは逃れられない運命なんだ。

ぼくと兄との間で、どちらかが選ばれるのならば、当然独り身のぼくのほうが都合が良い。ぼくは煙草が好きだ。酒も飲む。寝室のミユキと名付けた砂時計には、いつも煙草の煙を吹きかけている。ヨーコとはビールで乾杯をする。このことに原因があるとすれば、後悔することは何もない。

ぼくはもう一度この部屋に戻れたら、そのときは砂への愛の物語の一大長編小説を書いてみたい。「ドクトル・ジバゴ」を上回るような作品をだ。あるいはドクトル・ジバゴがララへの愛を歌ったように、砂への愛を歌った作品をだ。いつの時代にも愛することを持続するためには愛する決意を持続せねばならない。ゆっくりと急がずにだ。しかし、今のぼくは、急いで直接的に極端を語ることしかできない。

ぼくは砂と一緒に寝ることで、砂への愛情を語ろうとしている。が、一緒に寝ることができなくても、砂へ抱く愛情に変わりはない。砂はこのことをよく理解している。このことが砂とぼくとの関係を、いっそう緊密にするのだ。

ぼくは土と寝る願望があった。あるのではない。あったのだ。今は微塵もないからだ。ぼくには確かめる必要があった。土は砂よりもいいのかと。なぜなら、人は死ぬと土中に埋葬されるし、土に還るとも言われているからだ。

ぼくは用意周到な計画を立てて土と寝た。でも駄目だった。ごわごわしていて重いだけだ。何よりも土を被ると死んだ気分になって不愉快だった。砂と寝るときの、あの清々しい気分は味わえなかった。ぼくは死ぬ気分を味わうために土と寝るのではないのだから、すぐに這い出したのだ。

土を抜けると、なんだか蝉になったような気がした。あと一週間しか生きられないのかと思った。ぼくは、より人間らしく生きるために土と寝ようと思ったのだから、それと反対の気分を味わうのは迷惑だ。土は生者をではなく死者を葬る場所であることがよく分かった。

二つ目の浮気は落ち葉と寝たことだ。すべてを語ることが、ぼくのためになるとは思わないが砂のためにはなる。ぼくは密かに思い描いた。一人の男は一生の間に何人の女と寝るのだろうか。また、一人の女は一生の間に何人の男と寝るのだろうかと。あるいは両者を比較した統計学的な数字はないのだろうかと。もちろん、ぼくと砂との関係は完璧だ。

ぼくは美しい落ち葉を求めて、そーっと一人山に入り、樹の視線を気にしながら落ち葉を寄せ集め、天を仰ぎ落ち葉を被った。暖かな落ち葉は、ぼくを燃えるような思いに引き込んでくれそうだった。が、すぐにその思いは破られた。激しいかゆみに耐えられなくなって落ち葉を振り払い立ち上がった。気分のせいではなかった。小さな虫たちが身体に取り付いていた。赤いぶつぶつができ、かゆみはやがて全身に広がった。目に見えないほどの小さな虫たちを両手で払いながら、ぼくは自分を軽蔑した。お笑いぐさだ。なんて馬鹿なことをしたのだろうと後悔した。それ以来、ぼくの思いは砂一筋だ。

ぼくは夢を見る。ぼくが砂に化する夢だ。ぼくの身体に無数の亀裂が入って、やがてひび割れて崩壊する。その場所にひと山の砂ができる。砂山の一つ一つの砂が動き出して他の砂と交接する。やがて無数の快楽が束ねられた大きな波のようなエクスタシーが訪れる。

ぼくは飛び起きる。ぐっしょりと汗をかいている。ぼくの砂への愛はそんなことではない。その行為にはないのだ。ぼくはひどく惨めな気持ちになる。時には股間を濡らす滴（しずく）をぬぐい取る。ぼくは砂だ。砂はぼくだ。そんな思いが辛うじてぼくを支えている。

9

Rがぼくの部屋を占拠しそうになったときは閉口した。このことも語らねばならないことかもしれない。でもぼくは迷っている。語らなければ、この事実は永久に闇に葬られる。しかし、闇に葬られる事実はいくらでもある。真実はさらに多く闇に葬られているはずだ。要するにこの事実は、砂とぼくとの愛を語るために必要かということだ。ぼくがここまで語ることを躊躇してきたのも、この判断がつかないからだ。悲しい事実ではあるが、決して心の痛みからではない。

最初の一歩をどう踏み出すか。いつでもこのことが大切だ。あるいは終わりの一歩をどう踏み終えるか、と言い換えてもいい。

ぼくの告白も、そろそろ最後に近づいている。最初と最後は肝心なんだ。そして、きっと最初と最後は同じなんだ。たぶん、何事においても、最後の形で最初の価値も決まるんだろう。ぼくはやがて死ぬ。死ぬことは最初の形に戻ることなんだ。無だ。

ぼくは語り始めよう。砂への愛を語ることが最初の決意だ。あるいはためらったままの状態が、ぼくの人生の多くの時間を占めていたはずだ。ためらったままでも語ることはできる。

Rが死んだ。彼の部屋でだ。ぼくが殺したのではない。U子が殺したのだ。U子ではない。見知らぬ女の子が殺したのだ。見知らぬ女の子ではない。ぼくの愛する砂が殺したのだ。あるいは砂たちが、ぼくを守ってくれたのだ。ぼくは混乱している。慎重に語ろう。事実だけだ。事実だけが真実だ。

Rが彼のアパートのベッドの上で半裸体のまま死んだ。それがまず一つ目の事実だ。Rの死をぼくは願っていた。それもまた事実だ。Rに殺意を抱いていた。それは事実ではない。

Rがぼくの前に再び現われたのは、去年の夏のことだ。四年間の本社での研修を終えて戻ってきたのである。戻ってきたと言っても、ぼくらの店舗に戻ってきたのではない。N市にある本社の生鮮部の役職に就くためである。だから、戻ってきたといっても、ぼくはほとんど意に介さなかった。不愉快な記憶が頭に浮かんだけれども、四年も経てば人は変わるだろうとも思った。現に、このぼくも変わっている。Rは、自ら申し出て三年間の研修期間を一年間延長したとも噂されていた。結婚したとも聞いていた。

Rは、戻ってくると、盛んにぼくのところに電話をかけてきた。会いたいというのだ。ぼくは口実をつけてなんとか断っていたが、退社時間に捕まった。さらに、それから数週間後、アパートのドアに手を掛けたところを捕まった。強引に部屋の中に押し入られた。

Rは、ぼくが一緒に住んでいる砂たちを見て長いこと沈黙した後、ため息をついた。そして、また沈黙した。

ぼくは、砂たちがRの気を引きやしないかと、ひやひやしながら見つめていた。見つめていると、砂たちは、初めてのぼくの部屋の訪問者に精一杯、媚を売っているようにも思われた。まるで扇情的な姿態で誘っている。ぼくは、初めて砂たちに嫉妬した。

「気に入った」

Rが感心する。

「気に入ったと言っているんだ」

Rが、二度目に大声を出した時、ぼくは我に返った。

「別に、気に入ってもらわなくてもいいんです」

ぼくは、本気でそう思った。Rは大声で笑った。笑った後、ぼくを見ずに砂たちを見たままで言った。

「女は猿だ、そして、豚だ、というぼくのお前に対する説教が利いたようだな」

Rは、言い終わった後、今度はにやにやしながらぼくを見つめた。

ぼくは別に否定はしなかった。Rが魚を見てぶつぶつと、つぶやいていたのは、いつも女を卑下する言葉だったのだから。

「四年間は長くはなかったさ。結構楽しめたからな。南の国の毛深い男は、ヤマトの女の子にはモテるんだ。ところで、ヨシキ。お前、女はいないのかい？　いないんだろうな」

「どうして分かるんですか？」

ぼくは、Rの手のひらで弄ばれているアイを奪い返して、元の位置に戻しながら、ぶっきらぼうに反論した。

「そりゃ、分かるさ。この砂たちはみんなお前の女に仕立てあげてあるからな。俺のもって生まれた嗅覚だよ。この鼻は、雌を嗅ぎ分けることができるんだ。人間だけでなくな。しかしまあ、よくも集めたもんだなあ。気に入ったぞ」

気に入ってくれなくてもいい。ぼくは、話題を早く変えたかった。

「結婚したと聞きましたが……」

「結婚？　この俺が？　だれがそんなことを言ったのか。結婚なんてするもんか。俺は女を信じていない。俺が信じているのは指先に伝わる魚の感触だけだよ。俺は一人でマンション暮らしさ」

やはり、そうかという気もする。同時に、ぼくはRのことについて何も知らないことに気づく。Rがなぜ研修に行ったのか、人生のビジョンをどのように描いているのか、何も知らないのだ。でも、ぼくはこのことに関係なく生きていける。このことも確かなことだ。

Rの気をなんとか砂から逸したい。別の話題を探すが、ぼくよりも先にRが言った。

「それにしても、この女たちはなかなかいい。一目惚れだ。少し分けてくれよ」

「駄目です」

ぼくは、きっぱりと断った。断る語気の強さに自分ながら驚いた。

「駄目？　俺はこれまで駄目なものでも手に入れてきた」

Rは、ぼくを見てほくそ笑む。ぼくも笑いながら、再び強く首を振る。話題を切り換えたい。突然浮かんできた疑問を口にする。

「先輩は、何事にも角度があると言っていましたが、どういうことなんですか？」

「何？　どうして急にそんなことを聞くんだ。そんなこと、言ったかな」

「ええ、言いましたよ」

「そうか、言ったとすれば、人間にはそれぞれ向き合う角度がある。それを見つけないと怪我するぞということだよ。でも、俺は女たちとは向き合わないよ。結婚すれば、義務と演技とやらで、男は堕落するだけだ。しかし、こんな可愛い砂たちとなら一緒に住めるかもしれない。お前のように な……。お前にとっては、ここが最後のフィッティングルームというわけか」

「フィッティングルーム？」

「試着室のことだよ。似合いの服を選ぶ部屋のことさ。お前にはそれが砂だったというわけだ。でも、選ばれた砂にも反抗というものがあるぞ。残酷な結末が用意されているかもしれないぞ」

「ぼくは、そんなことで砂を飼っているのではありません」

「砂を飼う？　いい言葉だ。女を買うよりずーっといい」

Rはそう言うと、周りの砂たちを再び丁寧に眺め始めた。笑みを浮かべ、一つ一つ手に取って撫で回した。

ぼくは気が気でなかった。必死になった。再び話題を変える。

「先輩は釣りが、好きですか？」

「釣り？　大好きだよ。特に陸での釣りはな。俺の病気みたいなものだよ。陸の魚は馬鹿だらけよ。俺を憎んでいる魚はゴマンといるだろうなあ。でも俺は魚とは一緒に住まないよ。砂となら一緒に住んでもいいかなあ、お前のようにな」

Rは下卑た笑いを浮かべ、砂を詰めた小瓶や砂時計を手に取って撫で回す。ぼくはRの手の中で弄ばれているケイコを奪い返して元の位置に戻す。

Rの手も口もよく動く。女が魚なら、男はナマコだと思った。

Rは、またもアイを手に取って撫で回す。

「俺のインスピレーションなんだがな、ヨシキ……。俺はこんな可愛い砂たちとなら一緒に住めるような気がする。お前のようにな。女たちと一緒に住むことで得られるものは何もない。でも砂と一緒なら多くのものを得ることができそうだ。スリリングな人生を楽しめそうだよ」

「ぼくはスリリングな人生を楽しむために砂と一緒にいるのではありません」

「それでは、何のためだ?」

Rの問いに、ぼくは一瞬たじろいだ。何のためだろう。何のために砂を愛しているのだろう。分かりきっていたことが分からなくなる。このことについては何度も考えたことがあったはずだ。

「結局、どうだっていいんだよ、理由なんか、なくてもいいんだよ」

Rはそう言って、周りの砂たちをちらちらと眺めて、ほくそ笑んだ。

ぼくは初めてRの言葉に共感を覚えた。あるいはRにではなく、ぼくの思考の混乱を救ってくれた砂たちへのものだったかもしれない。Rの言葉は、単なるきっかけに過ぎなかったのだ。砂を愛することに理由なんかなくてもいいのだ。

その日以来、Ｒはぼくの部屋に度々訪れるようになった。ぼくの帰りを待ち伏せ、強引に上がり込み、奇妙な笑みを浮かべては砂たちを眺めた。時には、砂たちに語りかけていた。いや、口説いていた。ぼくは不愉快だった。大切な砂たちが、汚されていくような気がした。思い余って、来ないで欲しいとお願いした。Ｒは意に介さなかった。ぼくはなんとかして砂たちを守ってやらなければならなかった。

ぼくは、アパートを留守にすることは日頃から少なかったが。それでも仕事が終わると逸早くアパートに戻り、内側から鍵を掛けた。Ｒがドアを叩き、取っ手を回しても声を立てずにじっとしていた。ぼくが居留守を使っていることを、当然Ｒは知っていた。ぼくだって、知られることによってＲの訪問をいかに嫌っているかを知ってもらいたかったのだ。しかし、Ｒは合い鍵を作り、今度はぼくのいない時にやって来て、勝手に部屋に上がり込んだ。

ぼくは、留守の間にＲが来たことはすぐに見分けがついた。ぼくの砂たちが犯されていたからだ。ぼくは、悲しい気持ちで、砂たちを元の位置に戻した。痛められた姿態をぬぐって愛撫した。Ｒに対する憎悪が日増しに高まってきた。殺意のような気もした。

数週間が過ぎた。アイが居なくなった。ぼくのもっとも愛した淡いピンクの細長い瓶に入った砂だ。ぼくは、すぐにＲの仕業だと思った。ミドリやケイコよりも、アイに釘付けになっていたＲの目を思い出した。ぼくは、取り返しに行かなければならなかった。

ぼくはＲに電話した。Ｒは出なかった。しかし、確かめるまでもないことだ。ぼくは情熱的な素早さでRのマンションを訪ね、階段を上がり、部屋のドアをノックした。返事はない。ドアは開いている。中に入ると、Rはベッドの上で半裸体のまま死んでいた。すでに血は流れ止み、黒い糊のように固まっていた。無数のアイが、Rの身体やベッドの上を覆っていた。

辺りを見回した。やがて、呆けたように音も立てずにカーテンの陰に座り込んでいる女がいることに気づいた。U子だ。U子は動かなかった。ぼくが入ってきたことに、全く気づかなかったのかと思われるほどだった。

ぼくは、思わず駆け寄った。しかし、U子ではなかった。

女は顔を上げてぼくを見ると、両手で顔を包んで泣き出した。女は猿のように小さく見えたが、泣きながらぼくの面前で豚のようにだんだんと大きくなっていった。

10

もうすぐ新しい夏が来る。ぼくは、昨日、新しい夏のために新しいスコップをサクモトで買った。二度と使うことがないかもしれないのに、病院を退院したときのためにと、沸き起こってくる衝動を抑えることができなかった。その衝動に素直になった。ぼくは自分の気持ちに素直に生きることが最もよい生き方だと信じている。

Rや、Rの部屋にいた女のことでは何度か警察署へ呼び出された。いろいろと尋ねられたが、二人の関係について、ぼくは何も知らなかった。女は、Rを追いかけるようにして九州からやって来たことも初めて知った。Rを巡って他の女たちとの間でトラブルが続いていることも初めて知った。その一人に、今では教職に就いているU子がいることも知ったが、ぼくにはもう関係がないことだ。ただ、女の子はRを愛していたのかな、Rは女の子へ逃げ道を作ってやらなかったのかなと、ふと思った。

サクモトでは、久しぶりに心が弾んだ。これほどまでに心を弾ませて物を買ったのは、国際通りの三越に行き、U子にプレゼントするためにとネックレスを買った時以来だ。でも決定的な違いもある。あの時は、どこかに恥ずかしさがあって人目を気にした。しかし、昨日、スコップを買った時の気分は、だれかに見られたいという気分だった。砂を愛するためにスコップを買うんだということを、だれかに知ってもらいたかった。砂への愛を語ることに比べたら、RやU子や、女の子のことを詮索するのは馬鹿馬鹿しい。

ぼくは、砂と出会ってから、退屈なことは何もなかった。やり残したこともたくさんある。砂時計だけでなく、砂人形も作りたかった。部屋には、熱帯魚を飼う大きな水槽も備えたかった。シャワーのように砂を浴びるにはどうすればよいか。ニライ・カナイの神々は、この部屋にもやって来るのか。考えることはたくさんある。とりわけ砂との寝床造りは型枠を造り終え、砂を運び始めたところだったので残念だ。ぼくの砂棺だ。

もちろん、砂を愛することはどこかに後ろめたい気分がいまだにあることも否めない。砂への愛を正直に語ろうとは思うけれど、皆の前で赤裸々に語ることは勇気がいる。砂の名誉のためにと語り始めたぼくの決意は、竜頭蛇尾になりはしないかと気を揉んでいる。秘めることが愛ではないかとも思い始めている。

しかし、今は語ることが大切なんだ。この一文は、あるいはぼくの遺書になるかもしれない。ぼくはこの部屋を出ていったら、二度と砂のことを語ることができないのだ。戻れないかもしれないという思いと、戻れるかもしれないという思いとで揺れている。戻れない場合は、たぶん兄がこの一文を手にするだろう。

兄がこの一文を読んでどう処理するかは兄の勝手だ。この一文を闇から闇へ葬り去るか、それとも日の目を見るかは兄のぼくに対する愛情の問題ではない。ぼくの砂に対する愛情の問題でもない。ひとえにぼくの筆力の問題だ。

ぼくは、いつでも砂を裏切りたくはない。今は、ただ正直に語ることに徹するべきだろうと思っている。フィクションを組み立てて小説のように語ることや、文章の修辞法は苦手だ。文章を書くことは魚を料理することとは違う。魚の頭をぶった切ることには自信がある。包丁を入れる角度を間違えないことだ。Rから教わったことだ。だがパソコンには、角度もポイントもない。

砂への愛を語ることは難儀なことではない。ぼくはいつでもたくさんの思いを語ることができる。砂の女たちは、いつでもぼくを満足させる。だからぼくも砂をなんとか満足させたい。満足させるために、ぼくは優しく砂を愛撫する。

ぼくは、ときどき海の中を泳いでいる錯覚に陥ることがある。そんなとき、砂たちが一斉に嫉妬の眼差しでぼくを見る。砂たちが、激しくぼくをなじっても、ぼくは潔癖だ。揺らぐことはない。ぼくは人を愛することは苦手だが、砂を愛することは得意だ。ぼくがぼくである理由はここにある。他はすべて無意味なことだ。

ばくは日々を満足に暮らしている。迷いがあるとすればただ一つ。密かな楽しみを、密かなままに埋葬するかどうかについてだけだ。だれもがぼくの語ることを信じてくれないかもしれない。それでも砂の魅力について語ることは、ぼくを満足させる。

ぼくは砂に埋もれるだけの人生で終わるだろうが、砂はぼくを埋めるだけでは終わらない。そう考えると、今度はぼくが激しく砂に嫉妬する。

そろそろ、語るべきことも終わりに近づいたことが分かる。だが、せっかくここまで到着したのに、ぼくはパソコンに向かっている自分が、だんだんと嫌になってくる。これまでの頁をすべて「取り消し終了」で白紙撤回したい気分と闘っている。こんなことをしている自分がつまらない人間に思えてくる。砂を愛することはつまらないことではない。素敵なことなのに、どうしてだろう。ぼくは疲れているのかもしれない。あるいは砂を愛することに比べれば、どんなことでもつまらないことなんだ。

地元のO新聞に掲載された記事を、もう一度読む。

カリフォルニア15日発共同。

海水浴客で賑わう米国カリフォルニア州サンタグロリアルビーチで、一九九九年八月十五日午後三時二十分ころ、J・B・ジェファーソンさん（二十八歳・男性）が、砂に埋もれ死亡した。海水浴客の話では、ジェファーソンさんは一人でやって来て、海で泳ぐ様子はなく、スコップを使って砂を掘っていたが、突然姿が見えなくなったという。なぜ、砂が崩れたのかは、目下、地元の警察が調査中である。

ぼくには分かっている。彼も、ぼくと同じように、砂を愛したのだ。

パソコンを叩く手を休めて、愛する砂たちを見る。砂たちがぼくの周りで生きている。ケイコは、激しく欲情して、ぼくを威嚇している。ミドリは扇情的な姿態で媚を売っている。お高くとまっているのはタカコだ。ぼくは机を離れ、砂たちを一つ一つ手にして優しく愛撫する。

Rは、この部屋をフィッティングルームと呼んだが、あるいはすべての人々にとって、この世界こそが、フィッティングルームと呼ばれるにふさわしいのかもしれない。だれもが皆、それぞれに似合いの服を探す孤独な旅を続けているのだ。

ぼくの砂への思いは、いまだあふれてくるが、集中力が散漫になっている。一九九九年、十月十日、午前三時三十三分。ぼくは、もう疲れている。いよいよこの手記を終えなければならない時間だ。

ここにきて、砂漠への思いも募る。流動していく砂が、ぼくの身体をゆっくりと撫でる。一キロも十キロも遠くへぼくを運んでいく。横たわった身体を、砂の波動が優しく撫でる。ぼくは、砂漠の頂上へ運ばれ、炎天のもとで、すべてを削いで干からびたミイラになる。砂たちに抱かれたぼくは、幸せだ。まるで夢のようだ。あるいは、いくつかは、確かに夢ではなかったような気がする……。

〈了〉

【注記】

◇本作品は、平成12年度第32回九州芸術祭文学賞佳作受賞作品「サーンド・クラッシュ」58枚を、タイトルを「砂男」に変え、１１２枚に大幅に増補改変して収載した。

【注記】作品の初稿執筆年

私に似た人　２０１９年
夢のかけら　２０２０年
ベンチ　２０１７年
幸せになってはいけない　２０２２年
歯を抜く　２０２１年
東平安名岬　２０１７年
砂男　２０００年

◆付録　大城貞俊出版書籍一覧（単行本のみ）

西暦年	元号	月	書籍名 収載作品名	出版社
1975	昭50	11月	詩文集『道化と共犯』	私家版
1980	昭55	8月	詩集『秩序への不安』	私家版
1984	昭59	12月	詩集『百足の夢』	オリジナル企画
1989	昭64	4月	詩集『夢・夢夢街道』	編集工房・貘
	平元	11月	評論『沖縄戦後詩史』	編集工房・貘
		11月	評論『沖縄戦後詩人論』	編集工房・貘
1991	平3	10月	詩集『大城貞俊詩集』	脈発行所
1993	平5	6月	小説『椎の川』	朝日新聞社
1994	平6	9月	詩集『グッドバイ・詩』	てい芸出版
		11月	評論『憂鬱なる系譜—沖縄戦後詩史増補』	ZO企画
1996	平8	8月	小説『椎の川』	朝日文庫（朝日新聞社）
1998	平10	6月	小説『山のサバニ』	那覇出版社
2000	平12	3月	詩集『ゼロ・フィクション』	ZO企画
2004	平16	11月	詩集『或いは取るに足りない小さな物語』	なんよう文庫、

2005	平17	10月	小説『アトムたちの空』	講談社
		10月	小説『記憶から記憶へ』 「ガンチョーケンジ」「面影の立てば」 「イナグのイクサ」	文芸社
2006	平18	2月	小説『運転代行人』	新風舎
2008	平20	4月	小説『G米軍野戦病院跡辺り』 「G米軍野戦病院跡辺り」「ヌジファ」 「サナカ・カサナ・サカナ」 「K共同墓地死亡者名簿」	人文書館
2011	平23	6月	小説『ウマーク日記』	琉球新報社
2013	平25	12月	大城貞俊作品集（上）『島影—慶良間や見いゆしが』 「慶良間や見いゆしが」「彼岸から声」 「パラオの青い空」「ペットの葬儀屋」	人文書館
2014	平26	4月	大城貞俊作品集（下）『樹響—でいご村から』 「別れてぃどいちゅる」「加世子の村」 「ハンバーガーボブ」「でいご村から」	人文書館
2015	平27	3月	琉球大学ブックレット1『「沖縄文学」への招待』	琉球大学

2016	平28	6月	『奪われた物語―大兼久の戦争犠牲者たち』	沖縄タイムス社
2017	平29	12月	小説『一九四五年　チムグリサ沖縄』	魁新報社
2018	平30	4月	小説『カミちゃん、起きなさい！　生きるんだよ』	インパクト出版会
		8月	小説『六月二十三日　アイエナー沖縄』	インパクト出版会
			「六月二十三日　アイエナー沖縄」	
			「嘉数高台公園」「つつじ」	
2019	令元	8月	小説『椎の川』コールサック小説文庫	コールサック社
		5月	小説『海の太陽』	インパクト出版会
		5月	評論『抗いと創造―沖縄文学の内部風景』	コールサック社
2020	令2	4月	小説『記憶は罪ではない』	コールサック社
			「特急スーパー雷鳥88号」「レッツ・ゴー・なぎさ」	
			「戻り道」「秋の旅」「青葉闇」	
2021	令3	4月	小説『沖縄の祈り』	インパクト出版会
		3月	評論『多様性と再生力―沖縄戦後小説の現在と可能性』	コールサック社
		6月	小説『風の声・土地の記憶』	インパクト出版会
			「風の声・土地の記憶」「マブイワカシ綺譚」	
2022	令4	3月	小説『蛍の川』	インパクト出版会

		3月	小説『この村で』「この村で」「納骨隊」「プウヌ崎から」「タンガマ」「ハニク川」「北霊之塔」	インパクト出版会
2023	令5	2月	小説『父の庭』	インパクト出版会
		3月	小説『ヌチガフウホテル』「ぶながや」	インパクト出版会
		11月	大城貞俊未発表作品集第一巻『遠い空』「遠い空」「二つの祖国」「カラス（鳥）」「やちひめ」「十六日」「北京にて」	インパクト出版会
		11月	大城貞俊未発表作品集第二巻『逆愛』「逆愛」「オサムちゃんとトカトントン」「ラブレター」「樹の声」「石焼き芋売りの声」「父の置き土産」	インパクト出版会
		11月	大城貞俊未発表作品集第三巻『私に似た人』「私に似た人」「夢のかけら」「ベンチ」「幸せになってはいけない」「歯を抜く」「東平安名岬」「砂男」	インパクト出版会

11月　大城貞俊未発表作品集第四巻・朗読劇、戯曲『にんげんだから』
インパクト出版会

朗読劇
「にんげんだから」「いのち―沖縄戦七十七年」
戯曲
「山のサバニ」「じんじん　～椎の川から」
「でいご村から」「海の太陽」「一条の光を求めて」
「フィティングルーム」「とびら」

大城貞俊　未発表作品集　第三巻　解説

独言（モノローグ）から対話（ダイアローグ）へ

鈴木　智之

1　死者とともにある生

ますます死が近しいものになっている。本巻に収められた作品群を読み通して、まず思ったのはそのことだった。

表現者・大城貞俊の歩みは、その初めから死と向き合う作業であった。若き日の作品において主題化されていたのは、死に急ぐように自らの命を絶っていった同世代の若者たちであったり、癌を患った父親が病いと闘いながら最期を迎える姿であったりした。そして、その基底には、自らの死に対するいささか過敏とも思える怖れの感情があったように思われる。しかし、父親の死を見届けたことを一つの転機として、大城は、死とともに、死者とともにある生を描くことを、自らの中心的な課題として引き受けてきた。

本書に収められた七篇の作品は、登場人物の設定も方法論も様々であるが、すべて何らかの形で死をモチーフとしている。大城貞俊の文学における「死の近しさ」については、拙著においてすでに論じてきたことであるが、やはり避けて通ることはできそうにない。その主題との関わりのなかで、ここでは個と共同性の問題を中心に考えてみたい。

2　個の言葉から人々の言葉へ

大城文学のなかには、エゴイズムの克服、あるいは、独言的（モノロジカル）な自意識のドラマから共同的な生の語りへの転換というテーマがある。その文学表現の出発点は「詩作」にあったが、それは「社会を憎み、人間を憎み、秩序を憎み」ながら生きていた若き日の大城が、「生きるバランスを取るため」に「無我夢中」で紡ぎ出した言葉、「他者への免罪符の言葉」であった。「呪縛された自分を解き放そうともがいた怨念と闘い、自分自身を鼓舞する言葉」だったと、自らがふり返っている（『父の庭』二〇二三年、七‐八頁）。実際、初期の詩篇には、立ちはだかる秩序への違和の感覚、他者との関わりに対する強い忌避感が表されていて、社会的なつながりのなかにうまく身を置くことのできない「自我」をめぐる独言的な語りが生みだされていた。そして、この孤独と疎外の感覚と表裏をなす形で、「死」への怖れが色濃くあったように思える。

しかし、父親の闘病と死を一つの契機として、大城は「死に向かって生きる生」を肯定的にとらえ直すようになる。その転換の過程は詩集『グッドバイ・詩』（一九九四年）にたどることができるし、近作の『父の庭』でもあらためてふり返られている。そして、「詩」から「小説」へ、あるいは「物語」へのジャンルの移行は、「生と死をめぐるまなざしの転換」であると同時に、「共同的な世界」の発見へと向かう道筋でもあった。

だが、小説という形式はいかなる共同性を可能にするのだろうか。

本巻には、自意識の文学から共同性の探求への移行の過程を考える上で大きなヒントになりそうな作品が収録されている。それは二〇〇〇年（平成一二年）に「九州芸術祭文学賞」で佳作に選ばれた「サーンド・クラッシュ」を増補改変した小説、「砂男」である。ここでは、スーパーマーケットの鮮魚コーナーに働く語り手―「ぼく」―の「砂」への愛が語られる。「ぼく」は海岸の砂浜に身を埋めて快楽をおぼえ、あらゆる種類の砂を壜に詰めて自室に「飼って」いる。透明な容器に入れられて並んでいる砂たちは「アイコ」「ヤヨイ」「エミコ」…といった名前がつけられている。砂たちは「ぼく」を誘惑し、「ぼく」はそれに応えて欲情する。この「砂」への偏愛をどう読めばよいのか。様々な解釈がありうるだろうが、大城貞俊の文学のなかに一貫して流れている一つのモチーフが「エロス」であることは指摘しておいてよいだろう。何ものかとの交わりに官能を求めることを「エロス」と呼ぶならば、「砂」との交わりはその純粋形であるとも言える。

「ぼく」の欲望が砂に向かう背景には、社会への不適応、異性への嫌悪感、現実の他者との関係の不全感が置かれている。だからといってただちに、この愛を病理的なものと見る必要はない。「ぼく」にとって、「砂を愛することは、ピュア（純粋）な行為」（三六一頁）なのである。しかし、砂と交わり続ける限り、「ぼく」の世界には実質的な意味での「他者」は登場しない。

そして、ここにおいて追求されるエロスは、同時に死の誘惑でもある。「ぼく」が砂への愛を自覚するきっかけとなったのは、海岸で砂に埋められて泣きべそをかいている少年の姿を見たことであった。「ぼく」はそれを「エロチックで刺激的な光景」（三七四頁）だと感じるのであるが、「砂に埋もれる姿勢」への「憧れ」は「砂棺」への憧れでもある（三七五頁）。そこに「死とつながるイメージ」があったからこそ、それを遠ざけようとする意識が働いていたのかもしれないと「ぼく」は思う。そして、何故砂を愛するのかを自問して、三つの理由を述べる。ひとつは、シルクロードの砂漠を旅した時に見たミイラの鮮烈なイメージ。二つ目は「父の死」。「さらさら」と「微かな音を立てて」山を作った父の骨の思い出。そして三つめは、アパートの浴槽を見立てて言うところの「水棺」。その小さな「棺」のなかで水に浸かることで、「ぼく」は象徴的に「死」を経験する。「死を通過して、ぼくは生きていることを確かに感じる」（三七九頁）。

こうして見ると、「ぼく」の砂に対する愛の基底には、「死」を感受することを通じて「生」の実感を得ることへの希求がある。砂への愛を語ることは、死を語ることにほかならない。実際に作中には、たくさんの死者の記憶が語られる。「父」、「故郷の安子姉（ネエ）さん」、病院で同室になった「T

氏」、スーパーマーケットの先輩だった「R」、新聞に報じられた「砂に埋もれて死んだ」アメリカ人・ジェファーソン。そして最後に、自分自身の死。「ぼく」は砂への愛を語るこの文章を、「遺書」のようなものとして記している。砂を掘るための新しいスコップを買った「ぼく」は、「この部屋を出ていったら」「戻れないかもしれない」（四一二頁）と思っている。「この一文は、あるいはぼくの遺書になるかもしれない」（四一二頁）という独言は、死の可能性をうかがわせる。自らの死を間近に思い描いたからこそ、この一文は書き記されている。そして、だからこそ、砂に対する「ぼく」の欲望は「砂になる」ことへの欲望へと生成するのだろう。「ぼくは夢を見る。僕が砂に化する夢だ。僕の身体に無数の亀裂が入って、やがてひび割れて崩壊する。その場所にひと山の砂ができる。砂山の一つ一つの砂が動き出して他の砂と交接する。やがて無数の快楽が束ねられた大きな波のようなエクスタシーが訪れる」（四〇二頁）。自らの死を「砂と化す」こととして夢想する。それは、「ぼく」にとってのエロスの探求が死に通じる営みであることを示している。

死を身近なものとして生きる者に、自らの死に対する実存的な不安が生じうることは容易に想像できる。「ぼく」は、その死への怖れを、エロスと表裏一体のものとしてとらえ返し、砂との交わりに生きようとしている。しかし、それはますます彼の孤独を強めるものとなるだろう。「砂男」において、砂への偏愛は死の受容の試みでもあるが、それは他者なき「部屋」でなされる独言的なふるまいであった。その点で、本作品における「死」の語られ方は、その後の大城文学が向かう方向性とは異なるベクトルをもっている。

では、その後の展開においては何がどのように探求されてきたのか。本巻に収録されたその他の作品（二〇一七年から二〇二二年までに執筆された）は、それを鮮明に示している。

3　声の交錯、孤独の共鳴

まず、一連の小説をその「方法」に着目してみた時、多くが複数の声の交差の上に語られていることに着目できるだろう。

その点が最も鮮明に表れている作品は、「幸せになってはいけない」である。

ここでは、沖縄戦下の「島」の「集団自決（強制的集団死）」の場で、家族を自らの手にかけて殺害してしまった男・善正の孤独で過酷な戦後が描かれる。語りは、善正が二〇一七年、八五歳でこの世を去るところから始まる。沖縄戦の終結から七二年間、「出来事」と向き合うためだけに生きてきた男の死。その知らせが、本島に暮らす妹のもとへ届く。そこから、次々と視点を変えて、善正という男の想い出が語られていく。戦後すぐに島を離れた妹・和江。戦争前に善正と結婚の約束をしていた「サチおばあ」。善正とサチと同級生だった勇治。すでに死者である善正本人。K島で惨劇の現場を見てしまった米軍の軍医ルイ・サンダース。善正と和江の祖母。善正の母・トミ、父・善一郎、姉・喜代、善美、弟・武。そして、慶良間諸島での「集団自決」の証言集からの引用。複数の生者と死者の声が入り乱れて、島での「出来事」が語られ、善正へ呼びかけがなされる。誰も誰かを恨んではいない。ただ、そうあらざるを得なかったのだという声。しかし、その渦中を生きてしまった善正は、「自分は幸せになってはいけない」という思いを抱えたまま、ただ、生き残った妹の幸せを願いながら、長い年月を生きてきた。それは、「戦後」にあってなお「終わらない戦争」を生きることであった。その現実が、複数の「証言」の交錯によって浮かび上がってくる。

「私に似た人」もまた多声的な語りを特徴としている。この作品では、沖縄本島で保育園を営む俊子が、戦後七〇年を過ぎてなお、サイパンで生き別れとなったままの妹・範子を探し続けている。自分によく似た人がいる。その人に間違えられて声をかけられるという経験が重なり、きっと妹が生きて、沖縄に戻ってきているのだと信じた俊子の「妹捜し」が始まる。しかし、確かな消息にはたどり着けないまま、彼女は亡くなってしまう。

その上原俊子の人生と晩年の姿は、娘である恵子の口から、作品の語り手である「私」に伝えられる。「私」は、教育の職を退いた後、戦争体験の聞き書きを行っており、新聞記事で俊子のことを知り、その娘のもとを訪ねていったのだ。彼女は、母が語ったサイパンの戦争の様子、アメリカ軍の猛攻撃に追いつめられ断崖から海に飛び降りていった親族たちのこと、収容所で妹の範子と引き離されてしまったことなどを「私」に語り継ぐ。俊子は、妹を置いて引き揚げてきたことに悔いを残していた。「私はね、恵子。戦争はまだ終わっていないと思っているよ。範子を探さなければ、お父さんやお母さんのところへ逝けないのよ。だからね、恵子。私に似た人を探したいの。その人がきっと範子なのよ。範子は生きているのよ……。」（三四頁）。ここにも「終らない戦争」という主題が現れる。俊子にとって、範子を探し出すまで「戦争」はずっと続いている。

　確認されるべきは、俊子のエピソードが、「私」による「戦争体験の聞き書き」の実践の一環として伝えられていることである。テクストは、恵子による語りから、俊子による一人称へと移行し、あたかも「私」が直接に俊子の声を聞いているかのような臨場感が生まれる。語りは死者から生者へ、生者から次の生者へと引き継がれる。そして、この作品は一つの仕掛けとして、俊子の語りが妄想の産物、あるいは「作り話」かもしれないという疑いを挟んでいる。「私に似た人」がいる。それは妹に違いない。妹は生きているに違いない。その語りを身内の人間が「亡霊を捜している」「夢を見ている」のだ（二六頁）、あるいは「作り話」なのだと言い放つ（四五頁）。ここには、聞き書きという作業にとって逃れることのできない問題が現れている。つまり、語られたことのすべてが「事実」であるとは限らないということ。しかし「私」は、その危うさを自ら告白しながら、「記憶は真実を越えられるかも知れない」（四六頁）と思う。それは、語りの伝承がたとえ「事実」をそのまま伝えなくとも、語りそれ自体において「真実性」を宿しうるという確信、あるいは信頼の表明であるように思える。

　大城貞俊自身、近年、自らの親族をはじめとする多くの人びとから戦争体験の聞き取りを行い、その成果は『奪われた物語―大兼久の戦争犠牲者たち』（二〇一九年）に結実している。その作業を通じて大城は、語られたことを伝えるという営みと小説を書くという営みの連続性と不連続性を考えてきたように見える。そしてそれは、語りに内在する真実、すなわち「事実」とは別の水準の「真実」を発見する過程でもあったはずだ。場合によっては、そこに「妄想」も「作り話」も含まれている。しかし、その語り継ぎは「記憶」としての真正性を失うわけではない。聞き書きの中継者としての「私」の立ち位置は、決して客観的な視点から事実を述べるのでもなく、高所に立って歴史的真実を告げるのでもない。文字通りの意味での対話のなかで、他者に出会い、聞き取り、語り継ぐ。大城が見いだした共同性の形がここにある。そのような出会いの感覚が他の作品にも見られる。

「夢のかけら」では、人生の目標をうまく見つけることのできない大学生・健太が、「特殊清掃業」の会社でアルバイトをする様子が描かれる。孤独死などで遺体が残された部屋の清掃を請け負い、遺品を処理する仕事。一人で逝った高齢者の生涯に触れるなかで、健太は、沖縄戦の痕跡と戦後の沖縄に持続する貧困や困窮の問題にはじめて直面する。亡くなった男性の遺品のなかから、軍服姿の写真や戦前の家族の写真が、そして戦後に書き綴られた「日々の感慨を書いた日記」のような「ノート」が見つかる。あるいは、離島出身で、若い頃にはAサインバーで働いていた女性は、その後バーテンダーの男と心中を図り、ひとりだけ生き残ってしまった。その後彼女は、孤独と貧困に耐える日々を送ってきたことが分かる。

この会社を立ち上げた社長・誠勇は、特別清掃の仕事を戦争の死者の「遺骨収集」に重ね合わせている。「特殊清掃業も沖縄戦の供養の一つだ」（七〇頁）と彼は言う。同じ会社で働く芳郎は言う。

「沖縄の人々の戦争は、一九四五年六月二十三日で終わったのではなかったんだよな。戦後も地上戦は続いたんだ。今でも続いている、と言っていいかもしれない」（七一頁）。誠勇の祖父はフィリピンで、芳郎の祖父は八重岳で戦死しており、どちらも「遺骨」は戻ってきていない。二人にとって、特殊清掃の仕事は、終わらない「地上戦」を戦い続けることでもある。それは「死者たちとのつながり」を生き続けようとすることである。

この作品では、三人称の話法が安定していて、視点人物は健太に固定されている。しかし、物語の主役は必ずしも健太ではない。彼はむしろ目撃者である。健太は他者に出会い、その生と死に触発されて何事かを学んでいく。アパートやマンションの一室で孤独に息を引き取った人の人生の背後に沖縄の歴史と社会の構造があること、その部屋の整理を請け負う業者の一人ひとりにも「終らない戦争」とのつながりがあることを彼は知る。表向きには穏やかな生活世界のいたるところに、「戦場」が露出している。そのことに健太は、「特殊清掃業者」として関わるまで気づくことがなかった。彼は「死者」に、そして「他者」に出会ったことを「大きな財産」（一一〇頁）として、大学へと戻っていくのである。

「ベンチ」では、新都心のデパートに通ってきては長い時間を過ごす高齢者たちの姿が描かれる。食事もできる、トイレもある、昼寝もできるし、読書もできる。この快適な空間が、孤独な老人たちの居場所になる。彼らは緩やかな連帯感を抱いており、自分たちを「デパ友老人」と呼ぶ。そのなかの一人、金城正昭は七三歳。長く勤めた市立図書館を定年で辞めた。妻に先立たれ、娘たちはすでに自立し、母親を施設に預けたあと、一人暮らしを続ける正昭は、毎日のようにデパートのベンチに座って、本を読んだり、通り過ぎる買い物客を観察したりして過ごしている。

そこから彼の人生が想起される。漁師だった父親は、ある日サバニで海へ出たきり帰ってこなかった。妻・信子の父親は、ニューギニアの戦線に送られた兵士であったが、戦死した場所さえ分かっていない。そして正昭は、学生時代にはコザのAサインバーでバーテンダーとして働いていた。米兵の暴力に傷つく女たちの姿を目の当たりにしてきた。そんな戦後を生きた男が今、デパートを「老人たちの待ち合い場所」、「死を待つ場所」（一六二頁）と思い定めて、老いの日々を生きている。そんな彼の前に、姉弟の二人の子どもとその母親が現れ、絵を描かせてほしいと願う。喜んでモデルとなる正昭。しかし、その母と子のあいだにも死の影がさしている。他方、自分の娘は新しい命を授かり、家族はそれを言祝ぐ。デパートのベンチに生と死が交錯する。

市民たちが消費のために訪れるデパートという空間、不特定多数の人が行きかう公共の場における複数の人生の交わり。あまり社交的な性格ではない正昭は、積極的に他の高齢者たちと交流をはかっているわけではない。ベンチで本を読み、通り過ぎる人々の顔を眺めているだけ。それでも、毎日のように同じ場所に通ってくる「デパ友老人」たちそれぞれの人生の事情が断片的に見えてくる。そして、ベンチに座っている孤独な老人に声をかける親子がいて、子どもの目に映る姿が絵に描かれる。そのまなざしに応えるように、正昭の家族史が語りだされる。こうした配置は、深い交わりを生みださない大型商業施設の客たちが、それぞれに内面の物語をもち、そこに死者の記憶を宿していることを伝える。それらの孤独な物語が緩やかに共鳴しながら浮かび上がる。

「歯を抜く」では、もうすぐ古希を迎えようとする語り手「私」が、歯科医で抜歯したというエピソードを起点にして、「歯」をめぐるさまざまな記憶が呼び出されてくる。小学校の一年生か二年生の頃はじめて歯科医院を訪ねた時、連れていってくれた「八幡屋のおばさん」のこと。徴兵された夫がビルマで戦死し、「おばさん」は四人の子どもを抱えて八幡から郷里ヤンバルに帰ってきた人だった。「私」は長く勤めた教職を退いた後、やはり「戦争体験の聞き取り」を続けており、そのなかで「八幡屋の家族」の物語にも触れていた。

そこから作品は、「私」の個人史のなかでの「歯」の記憶を経巡る。子ども時代、高校時代の出来事、薬剤師だった兄のこと、死者の身元の特定に歯形が有力な手がかりになること、自分自身の孫たちに歯磨きを教える話、等など、エピソードはあちこちに飛んでいくが、通して読んでいくと、「私」の人生が死に出会い、死に惑い、時に逃避し、しかしやがてそれを馴致していく行程であったことが実感される。「不遜な考えかもしれないが、老いるとは死に対する恐怖を払拭する歳月を手に入れる日々のことでもあるような気がした」（二七二頁）と「私」は語っている。「私」は、作中に示されているプロフィールからも大城貞俊本人に重ね見ることができるだろう。その「私」にとって、「歯」の記憶とは「骨」の記憶である。そして、歯を介して骨へ、そして死者たちへと通じていくこの回想録は、最後に沖縄の現在（二〇二二年）に戻ってくる。ロシアによるウクライナ侵攻が「正義」の名のもとに遂行される状況のなかで、ふたたび沖縄が戦場となる不安が呼び起こされる。そのなかで、「土地の記憶」「戦争の記憶」を風化させないことへの意志が語られる。「かつて沖縄には、小指の痛みは全身の痛みだと唱える政治家がいた。歯の抜けた痛みは世界の痛みだと考える政治家がでてくるだろうか。私の歯の痛みは私の全身の痛みになるだろうか」(二八六頁)。ここに、この作品のモチーフが明確に示されている。小さき者の経験する小さな痛み。それを世界の痛みとして分有する可能性、あるいはその必然性を言わなければならない。「歯を抜く」という出来事から始まる私的な想起の試みは、そのような社会的な文脈性をもった企図につながっていく。

ここに見た五つの作品に通底しているのは、それぞれの痛みを胸の内に秘めながら、孤独な生活を営み、そして死を迎えようとする人の物語が見いだされ、聞き取られ、共鳴的につながっていくという構図である。「私に似た人」を探し続ける俊子、「夢のかけら」の特殊清掃員が見いだす孤独死した老人たち、デパートの「ベンチ」に座っている正昭、「幸せになってはいけない」のだと思い定めて一人きりで生きてきた善正、「歯を抜く」という出来事から様々な骨の記憶を呼び起こす「私」。それぞれが、日常の生活のなかでは容易に語られない記憶を秘めて生きている。その物語は、あえて耳を傾けなければ聞こえてこない。しかし、そこにまなざしを向け、声を聞き取ろうとする者があれば、あふれ出し、伝播していく。「聞き書き」という方法によって呼び起こされる、孤立した物語の共鳴。小さな痛みの分有の場としての小説の語り。そこに、大城文学の公共性の形がある。

4 「遺骨なき死者」

それにしても、個々に秘められていた物語が、なぜこのような濃密な共鳴関係を結ぶことができるのか。それは、近代の市民社会においては、必ずしも自明のことではない。しかし、大城貞俊が描く世界においては、孤立しているように見える個々人の生を結ぶことのできる基盤があるように思える。それはやはり、死の体験の共同性である。

ここまでふり返ってきた作品はいずれも、沖縄戦、あるいはパラオやサイパンなど南洋で展開された戦争の記憶を背景として、「戦後」を生きる人々の姿を描き出している。登場人物はその出自や居住地においても、社会的な地位や職業においても多様であるが、いくつかの通底するモチーフがある。その一つが「遺骨のない死者」「遺体なき死者」の存在である。

「私に似た人」では、俊子がサイパンで生き別れになったまま、行方の知れない「妹」を探し続けている。俊子の願いとは裏腹に、おそらく妹はすでに亡くなっている。

「夢のかけら」で特殊清掃の会社を営む誠勇は、祖父をフィリピンの戦闘で亡くしている。同じ会社で働く芳郎の祖父は八重岳で戦死している、「どちらも遺骨のない死者だ」(一〇六頁)。彼らにとって、孤独死した人の遺体を扱う仕事は「遺骨収集」を代理するものでもある。

マルエーデパートの「ペンチ」に座っている正昭の父・正次郎と兄・正一はサバニ(小舟)で海

に漁に出たまま帰らぬ人となった。消息を絶って一〇年が過ぎ、母・キクはようやく「諦めて位牌をつくった」。「遺体の見つからない二人の死だった」(一三五頁)。そして、のちに正昭の妻となる信子の父親も、兵士としてニューギニアに配属され、戦死した。死に場所も分からず、遺骨も戻って来なかった。

「歯を抜く」に登場する八幡屋のおばさんの夫も、徴兵されビルマで戦死したが、「遺骨のない戦死者」(二六一頁)のままである。

こうして見ると、四つの作品で、家族を亡くしながら、その遺体が見つかっていない、遺骨が戻ってきていない人の姿が描かれている。「歯を抜く」に語られた「骨」に対する愛着も、「夢のかけら」における「遺体」への思いも、こうした「骨の不在」を背景としてこそ強い意味を持つものであろう。遺骨や遺体への執着、逆に言えば、その不在を忌む感情は、日本の各地に見られる宗教観・死生観の産物であるが、島の全域が戦場となり、そこで戦いあるいは逃げ惑った人々の多くが命を落とし、今もなお多くの遺骨が掘り出されている沖縄では、「骨」に対するひときわ強い思いがあるように思われる。また、沖縄からは兵士だけでなく、多くの住民が開拓民として海外に移住していった。南洋の戦地で命を落としたまま、あるいは行方が分からなくなったまま、遺骨すら戻って来ない人が、どんな人の回りにもいる。死者とのつながりを感じ続ける、大城文学の登場人物たちは、その亡骸や遺骨にさえ触れていないという意味で「死者の不在」に苦しんできた人々でもあった。

死者はまだ戻ってきていない。それは、まだ戦争は終わっていないということの一面でもある。骨（遺骨・遺体）が不在であるからこそ、日常のいたるところに「死者」の影があり、「骨」が見いだされる。特殊清掃業者は自らを遺骨収集者と重ね見ている。歯科医院で衛生的に抜かれた骨もまた、未だ帰らない死者の記憶を呼び起こす。

そこに生きる人々は、「保育園」を経営する女性であり、「市役所」を辞めて起業した男性であり、大学を休学中の若者であり、「市立図書館」を定年退職した男性と会社で経理を担当していたその妻であり、大手の電気店や美容室で働く娘たちである。緩やかな意味で沖縄の中間階層を構成する市民たちの生活のなかに、これほど濃く死の色がしみわたっている。「沖縄は死の臭いがするのかねえ」とは、特殊清掃業者で働くキヨさんのつぶやきである（「夢のかけら」八〇頁）。遍在する不在の死者。その記憶は人々に孤独な闘いを強いるとともに、物語相互の共鳴を可能にする。大城貞俊の文学は、こうした土壌に根を下ろし、それゆえに果てしなく芽吹き、広がっていく。

5　「答え」のない問い

ここまでに触れなかったもう一つの作品に目を向けよう。

「東平安名岬」では、珍しく、沖縄県外の人が中心人物に置かれている。一組の夫婦。名古屋出身の義昭と金沢出身の優子は、名古屋の大学で出会い、卒業後はともに薬剤師として就職し、結婚した。しかし、夫の側の身体的問題で子どもができず、それを理由に義昭の側から離婚を切り出したことがあったが、優子はそれを受け入れず、二〇年間の夫婦生活を続けてきた。しかし、今、夫には別の女性がいて、妻はそのことに気づいている。微妙な危うさを抱えた二人が宮古島に旅する。二人の関係を続けられるかどうかを確認する旅だと、それぞれが思っている。

なぜ宮古島なのか。優子は学生時代に女友達とこの島を訪れ、楽しい思い出をもっていたから。「橋マニア」の義昭が、宮古と周辺の島を結ぶ橋を見たかったから。しかし、そうした動機づけとは別の水準で、物語としての必然もいくつか見いだせるように思える。一つには、その土地のなかに二人の関係を隠喩的に表すものがあること。例えば、下地島の「通り池」。「直径五十メートルから七十メートルほどの二つの池」が、並んでいる。そして二つの池は地下でつながっているという。義昭はその風景を前に、「通り池のように地下でつながる二人の関係はあるのだろうか」(三二四頁)と自問している。こうした呼応関係を思えば、「橋」もまた、孤立した島と島をつなぐ回路として象徴的な意味をもつだろう。車を橋の上で停めて海を見る二人。並んで、近くにありながら、隔てられている存在としての「島」。その島と島の通じ合わない心を架橋する建造物。義昭は橋上から見る海の美しさに魅了され、「橋に惹かれるのは、橋を見るためでなく橋から海を眺めるためではないか」(三四七頁)と思う。それは、島と島の狭間に立つことによって見えてくるものを見いだす、という経験であったかもしれない。

そして、この夫婦関係の再生を賭けた旅の物語にも、やはり死のモチーフが備わっている。それは主に優子の思い、あるいはその記憶にまつわるものとして現れる。伊良部島北西部の佐和田浜。そこで海を見つめながら、破綻しかけている夫婦関係に思いを巡らせるうちに、優子には「小さくうねった波頭が、不気味な生き物のように感じられ」、「彼岸の世界」へと自分を「手招いているように」見える。そして、大学時代のクラスメートで、交際相手に裏切られて投身自殺した友だちのことを思い起こす。ここで優子は、「今はどんな理由でも、人は死ねる」のではないかと感じている。優子にとってこの旅は、潜在的に「死に場所」探しでもある。それをうかがわせるのは、彼女とその姉とのあいだのエピソードである。金沢に暮らす十歳年上の姉は乳がんを患っている。その姉が、「人にはね、死ぬ場所があるのよ。そこで死ねたら姉ちゃんは幸せだよ」（三三一頁）と言ったことがある。その言葉は今、義昭との関係の先に自分の死に場所を定めることができない優子の危うさを照らしだす。そして、死を思い、死に引き寄せられそうになっている優子の思いに、東平安名岬に伝わる伝説が呼応する。「マムヤ」という機織りの上手な美女が、一人の豪族（按司）と恋仲になるが、その男の本妻からいじめられ東平安名岬から身を投げて死んでしまったという言い伝え。その命のはかなさと、目の前に広がる自然の雄大さのあいだで、なぜ自分は悩み苦しむのかと自問する優子。死へと至るマムヤの物語は、優子のなかに、生きるすべを模索しようとする思いを呼び起こしている。彼女は、「広大な海を眺めている義昭の横顔を見ながら、義昭と自分をつなぎとめている波のような言葉を必死に探そうとしていた」（三二九頁）。

では、優子と義昭は、この旅の果てにどんな答えを見いだしたのだろうか。それは、「答えなどなくても生きていける」という発見だった。旅の終りに、義昭は優子に「橋は、自分が橋だってことを知っているのかな」「海は、自分が海ってこと知っているのかな」と問いかける。優子は答える。「海は海であることを知らなくても、海であり続けることはできると思うよ」と。そして義昭は言う。「そうだな、答えを見つけなくても、生きていけるかもしれないね」（三五三‐三五四頁）。これは、濃密な死の記憶、死のにおいのなかにあって、なぜ生きるのかを問うてきた大城貞俊自身が、自らに投げ返した答えであるようにも思える。「東平安名岬」もまた、死の間際にある生をめぐる深い思索を宿した作品である。

（法政大学社会学部教員）

大城　貞俊

（おおしろ さだとし）

一九四九年沖縄県大宜味村に生まれる。元琉球大学教育学部教授。詩人、作家。県立高校や県立教育センター、県立学校教育課、昭和薬科大学附属中高等学校勤務を経て二〇〇九年琉球大学教育学部に採用。二〇一四年琉球大学教育学部教授で定年退職。

主な受賞歴

沖縄タイムス芸術選賞文学部門（評論）奨励賞、具志川市文学賞、沖縄市戯曲大賞、九州芸術祭文学賞佳作、文の京文芸賞最優秀賞、山之口貘賞、沖縄タイムス芸術選賞文学部門（小説）大賞、やまなし文学賞佳作、さきがけ文学賞最高賞、琉球新報活動賞（文化・芸術活動部門）などがある。

主な出版歴

詩集『夢（ゆめ）・夢夢（ぼうぼう）街道』（編集工房・貘）一九八九年／評論『沖縄戦後詩人論』（編集工房・貘）一九八九年／評論『沖縄戦後詩史』（編集工房・貘）一九八九年／小説『椎の川』（朝日新聞社）一九〇三年／評論『憂鬱なる系譜―「沖縄戦後詩史」増補』（ZO企画）一九九四年／詩集『或いは取るに足りない小さな物語』（なんよう文庫）二〇〇四年／小説『記憶から記憶へ』（文芸社）二〇〇五年／小説『アトムたちの空』（講談社）二〇〇五年／小説『運転代行人』（新風舎）二〇〇六年／小説『G米軍野戦病院跡辺り』（人文書館）二〇〇八年／小説『ウマーク日記』（琉球新報社）二〇一一年／大城貞俊作品集〈上〉『島影』（人文書館）二〇一三年／大城貞俊作品集〈下〉『樹響』（人文書館）二〇一四年／『「沖縄文学」への招待』琉球大学ブックレット（琉球大学）二〇一五年／『奪われた物語―大兼久の戦争犠牲者たち』（沖縄タイムス社）二〇一六年／小説『一九四五年チムグリサ沖縄』（秋田魁新報社）二〇一七年／小説『カミちゃん、起きなさい！生きるんだよ』（インパクト出版会）二〇一八年／小説『六月二十三日アイエナー沖縄』（インパクト出版会）二〇一八年／『椎の川』コールサック小説文庫（コールサック社）二〇一八年／評論『抗いと創造―沖縄文学の内部風景』（コールサック社）二〇一九年／小説『海の太陽』（インパクト出版会）二〇一九年／小説『沖縄の祈り』（インパクト出版会）二〇二〇年／評論集『多様性と再生力―沖縄戦後小説の現在と可能性』（コールサック社）二〇二一年／小説『風の声・土地の記憶』（インパクト出版会）二〇二一年／小説『この村で』（インパクト出版会）二〇二二年／小説『蛍の川』（インパクト出版会）二〇二二年／小説『父の庭』（インパクト出版会）二〇二三年／小説『ヌチガフウホテル』（インパクト出版会）二〇二三年

大城貞俊　未発表作品集　第三巻

『私に似た人』

二〇二三年十一月二〇日　第一刷発行

著者……大城貞俊

企画編集……なんよう文庫

発行人……川満昭広

発行……インパクト出版会

装幀……宗利淳一

印刷……モリモト印刷株式会社

〒九〇一－〇四〇五　八重瀬町後原三五七－九

Email:folkswind@yahoo.co.jp

〒一一三－〇〇三三　東京都文京区本郷二－五－一一服部ビル二階

電話〇三－三八一八－七五七六　ファクシミリ〇三－三八一八－八六七六

Email:impact@jca.apc.org

郵便振替〇〇一一〇・九・八三一四八